aufbau taschenbuch
AUFBAU VERLAGSGRUPPE

BARBARA FRISCHMUTH wurde 1941 in Altaussee (Steiermark) geboren. Sie studierte Türkisch, Ungarisch und von 1964 bis 1967 Orientalistik und ist seitdem freie Schriftstellerin. Seit einigen Jahren lebt sie wieder in Altaussee.

Nach ihrem von der Kritik hochgelobten Debüt *Die Klosterschule* (1968) und dem Roman *Das Verschwinden des Schattens in der Sonne* (1973) wurde sie vor allem mit der zauberhaften und verspielten *Sternwieser-Trilogie* (1976–1979) bekannt, der die *Demeter-Trilogie* (1986–1990) folgte.

Neben Erzählungen, Hör- und Fernsehspielen, Essays und Kinderbüchern erschienen zuletzt die Romane *Die Schrift des Freundes* (1998), *Die Entschlüsselung* (2001) und *Der Sommer, in dem Anna verschwunden war* (2004) sowie die literarischen Gartentagebücher *Fingerkraut und Feenhandschuh* (1999) und *Löwenmaul und Irisschwert* (2003).

Von Amaryllis Sternwieser, einer Dame, an die sie sich nur sehr ungenau erinnert, hat Sophie Silber eine merkwürdige Einladung in ein Hotel im Ausseerland erhalten. Sophie Silber, die im Herbst ihr erstes festes Engagement als Schauspielerin antreten wird, ist neugierig und verwirrt. Wie verwundert wäre sie erst, würde sie ahnen, daß Amarillys Sternwieser eine Fee ist, die die Frauen ihrer Familie seit Jahrhunderten beschützt und die nun ihr eine besondere Rolle zugedacht hat. Denn die »langexistierenden Wesen« – Alpenkönig und Wassermann, Berggeister und Elfen – möchten auf einem Kongreß in eben jenem Hotel erfahren, ob die Menschen noch an sie glauben und welche Lebensideale sie haben. Sophie Silber wird unbewußt zu ihrer Kronzeugin. – Ein phantastischer Roman, der die Alltagsrealität von Frauen mit ihren Träumen und Wünschen kontrastiert.

»Es ist ein ziemlich irritierendes und überraschendes Buch ... Aber diese romantischen Mystifikationen ... ziehen den Leser rasch und sicher in ihr erzählerisches Gespinst.« *Die Welt*

Barbara Frischmuth

Die Mystifikationen der Sophie Silber

Roman

Aufbau Taschenbuch Verlag

ISBN 978-3-7466-1795-4

Aufbau Taschenbuch ist eine Marke der Aufbau Verlagsgruppe GmbH

2. Auflage 2007
© Aufbau Verlagsgruppe GmbH, Berlin
© Aufbau Taschenbuch Verlag GmbH, Berlin 2002
Umschlaggestaltung Torsten Lemme unter Verwendung
des Gemäldes »Puck fleeing before the Dawn«, 1837, von David Scott
Druck und Binden AALEXX Druck GmbH, Großburgwedel
Printed in Germany

www.aufbau-taschenbuch.de

Der Stein war an einem warmen Vorsaison-Abend des letzten Saturn-Jahrs ins Rollen gekommen, genauer gesagt in dem Augenblick, als Amaryllis Sternwieser über denselben stolperte und alle Feenkraft ihr den ersten plötzlichen Schmerz in der großen Zehe nicht ersparen konnte. Erst als die Fee der beginnenden Kühle den Fuß in ihre zartgliedrigen Hände nahm und Pari Banu ihren linden Zephyr-Atem darüberwehen ließ, löste der Schmerz sich in ein warmes Prickeln auf, und als dann noch Max Ferdinand, Amaryllis Sternwiesers Dackel in siebzehnter Generation, mit seiner Zunge darüberfuhr, ging auch die Schwellung so weit zurück, daß der Fuß wieder in den Schuh paßte.

Die drei Feen waren auf ihrem Spaziergang – sie hatten vor, um den See zu gehen – bereits bis nach hinten zur Seewiese, wo die Bergkette etwas zurücktritt, gekommen und suchten nun einen Platz, an dem sie sich ein wenig ausruhen und etwas zu sich nehmen konnten. Unglücklicherweise war der Tag ein Samstag, an dem die in Frage kommende Jausenstation geschlossen hatte, da die Pächter mosaischen Glaubens und der heiligen Ruhe pflegten. Bevor die drei sich jedoch entschlossen, zu solch geringem Anlaß ihre geheimen Kräfte anzuwenden, hielten sie erst einmal gründlich Umschau.

Bald standen sie vor einem reizenden alten Jagdhaus, das in der Nähe des Sees auf einer saftigen Wiese zwischen kleinen, von Sträuchern, Moos und Bäumen bewachsenen Felsbrocken stand. Das Holz, aus dem es erbaut war, sah grau und verwittert aus, und auf die Fenster fiel bereits so viel Schatten, daß nicht zu erkennen war, ob sich jemand dahinter befand.

Amaryllis Sternwieser hatte ein geübtes Auge für seltsame Anzeichen in ihrer heimischen Umgebung. Sie bemerkte sogleich, daß mehrere Feuerlilien zu beiden Seiten der Tür wuchsen, die über Nacht aus dem Boden geschossen sein mußten. Und so glitt unter ihrem bebänderten Strohhut ein kaum wahrnehmbares Lächeln von ihren tiefliegenden Augen zu dem kleinen schmalen Mund hinab, und es bedurfte nur weniger gewisperter Worte, und vor den neidlos staunenden Augen der beiden anderen Feen erblühten mehrere Narzissen vor der Haustür.

Wir wollen einen Augenblick verweilen, sagte Amaryllis Sternwieser, und sie setzten sich auf eine Holzbank, von der aus sie das Jagdhaus gut überblicken konnten.

Um kein unnötiges Aufsehen zu erregen, waren die drei Feen in die landesübliche Tracht gekleidet. Sie trugen Steirergewänder, die ihnen allen recht gut anstanden, wenn auch das Gesicht der chinesischen Fee der beginnenden Kühle und das der persischen Fee Pari Banu in apartem Gegensatz dazu standen. Doch ihre Hälse ragten schlank und zart aus den gefransten Seidentüchern, und Amaryllis Sternwieser hatte akkurat die richtige Farbzusammenstellung der Dirndlgewänder getroffen, als sie bei der Ausführung mit zauberkundiger Hand nachgeholfen hatte. Sie selbst hatte, seit sie hier am Ort ansässig war, nichts anderes mehr getragen, und sie kannte jede Finesse des gut fallenden Saums, der schmalen, aber wirkungsvollen Borten und der zartesten Garnspitzen an den gezogenen Blusenärmeln. Was Wunder, wenn alles aufs beste übereinstimmte, Schuhwerk, Strümpfe, Tuchspenzer und Bortenbeutel mit eingeschlossen. Ja selbst das dunkle schwere Haar hatte sie den beiden Feen zu einer kunstvollen Flechtenfrisur aufgesteckt. Es war eine Freude, sie anzusehen, und Amaryllis Sternwieser konnte sich eines gewissen Stolzes nicht erwehren. Glücklicherweise waren noch nicht so viele Sommerfrischler da, die sie hätten bestaunen können. Die Einheimischen aber hatten sich durch all die Jahre so an Amaryllis Sternwieser und ihre gelegentlichen Besucherinnen gewöhnt – es gab niemanden mehr, der genau hätte sagen können, wann sie zugezogen war –, daß sie ihnen kaum mehr auffielen.

Es dauerte nicht lang, und der Duft der Narzissen mußte seinen Weg ins Innere des Jagdhauses gefunden haben, denn mit einemmal öffnete sich die Haustür von selbst sperrangelweit, und Max Ferdinand, der davor liegengeblieben war, trottete mit erhobener Schnauze, schnuppernd und niesend hinein. Ihm folgten die drei Feen, und sobald sie die Schwelle überschritten hatten, schloß sich die Haustür wieder hinter ihnen. Sie standen in einem schmalen, finsteren Gang, der zu einer halboffenen Tür führte, aus der Licht – nämlich das der untergehenden Sonne – und die Stimmen mehrerer Herren drangen. Sowie die drei Feen die Stimmen gewahrt hatten, glätteten sich ihre Gesichter, die ansonsten nicht gerade alt, aber von einer gewissen Dignität, die ein Zeichen der besseren Jahre ist, geprägt waren. Ihre Wangen überzogen sich mit Rosenglanz, und ihre Augen wurden groß und strahlten, als hätten sie Belladonna eingetropft. Und selbst von den Armen der Amaryllis Sternwieser verschwanden die Sommersprossen und leidigen Fältchen, und sie wurden straff und weiß wie seinerzeit, als Alpinox ihr den Hof gemacht hatte, aber das ist eine andere Geschichte. Max Ferdinand hatte inzwischen in seinem Ungestüm die Tür ganz aufgestoßen, und sie erblickten vier Herren, die sich, die Tarock-Karten noch in der Hand, gerade vom Tisch, an dem sie gesessen und gespielt hatten, erhoben.

Der Alpenkönig, sagte Amaryllis Sternwieser zu ihren beiden Begleiterinnen, bevor einer der Herren, die jeder noch rasch ins nun aufgedeckte Blatt des anderen geschaut hatten, etwas sagen konnte.

Der so bezeichnete, ein großer stattlicher Mann mit schlohweißem Haar und in älpischer Kleidung, verbeugte sich und reichte Amaryllis Sternwieser die Hand. Welch ein Glanz von Ihnen ausgeht, Verehrteste … Und er konnte nicht umhin, sie obendrein auch noch zu umarmen. Alpinox, sagte er dann, als Amaryllis Sternwieser ihm die Namen der beiden Feen nannte.

Auch die drei anderen Herren waren näher getreten. Es handelte sich um von Wasserthal, den ortsansässigen Wassermann, der so genannt sein wollte, seit einst ein Schriftsteller namens Wassermann am Ufer seines Sees gewohnt hatte, mit dem er aus Kompetenzgründen nicht verwechselt werden wollte. Weiters waren da noch Herr Drachenstein, ein Zwerg und Venedigermandl, und der Waukerl Eusebius, Ältester des legendären Stammes der Waukerln, einer herdentreibenden Seitenlinie der Zwerge, die sich etwa zur Zeit der Völkerwanderung von der Bergbau treibenden Hauptlinie getrennt hatte und in ihren obersten Belangen direkt dem Alpenkönig unterstellt war.

Ich hoffe, wir stören nicht gar zu sehr, lächelte Amaryllis Sternwieser und sah dabei vor allem Eusebius an, der für seine Tarockleidenschaft bekannt war. Tuat eahm nix, sagte Eusebius und nahm dabei sogar die Pfeife aus dem Mund, han eh scho gwunna.

Die Fee der beginnenden Kühle und Pari Banu, die seine Worte nicht verstanden hatten, zogen erschrocken die Brauen hoch und wußten nicht, was sie von den vermeintlichen Bannworten zu halten hatten. Da aber weder Böses noch Unangenehmes geschah, beruhigten sie sich wieder, und gleich darauf wurden sie von den Herren Drachenstein und von Wasserthal zu Tisch geführt.

Besser hätten wir uns gar nicht zusammenwünschen können, sagte Alpinox zu Amaryllis Sternwieser. Er hatte seinen Arm unter den ihren geschoben und ging mit ihr zwischen dem Tisch und dem alten gekachelten Herd auf und ab, wobei er ein Tempo anschlug, als befänden sie sich beim Aufstieg zu einer Alm, so daß Amaryllis Sternwieser bald ihren Arm wieder aus dem seinen zog und mitten im Zimmer stehenblieb, um zu verschnaufen.

Wenn Sie so mit mir umspringen, sagte sie mit fliegendem Atem, werde ich mir einen anderen Ort zum Ausruhen suchen müssen.

Bewahre, bewahre ... Alpinox führte sie lachend nun ebenfalls zum Tisch und bot ihr auf der mit bestickten Sitzkissen belegten Eckbank Platz an.

Wir wollten einen hübschen Spaziergang machen, natürlich nichts Alpinistisches, aber so, daß meine beiden Gäste sich ein richtiges Bild von der schönen Landschaft ringsum machen können, und soweit wäre auch alles bestens gewesen, hätte ich mir nicht plötzlich an einem Stein die Zehe wundgeschlagen, begann Amaryllis Sternwieser zu erzählen und schlüpfte dabei unter dem Tisch wie zur Bestätigung aus dem Schuh.

Aha, der Stein ... meinte Alpinox, und ein spöttisches Lächeln huschte über sein wind- und wettergezeichnetes Gesicht, daß die Falten um die Augen sich wie Fächer zusammenschoben.

Das ist die Höhe, rief Amaryllis Sternwieser mit einemmal, das ist nun wirklich die Höhe. Drachenstein, von Wasserthal, wie finden Sie das? Als aber auch die beiden Herren bloß schmunzelten, besänftigte sie ihren Groll und begann zu lächeln.

Daß Sie bloß nicht glauben, Sie hätten mich überlistet, Sie Alleswisser, fuhr sie in versöhnlicherem Ton an Alpinox gewendet fort. Daß Sie heute hier sind, nämlich ausgerechnet an diesem Abend ... und sie blickte zu Eusebius hinüber, an den nun die Reihe gekommen war zu schmunzeln.

Eusebius, du ...? rief Alpinox, und die Überraschung schien vollkommen. Ich gebe mich geschlagen, liebste Amaryllis, ich gebe mich, was Sie betrifft, zum tausendunderstenmal geschlagen.

Und nun ... sagte Amaryllis Sternwieser, nachdem sie ihren Triumph ein Weilchen ausgekostet hatte, nun, ich meine ... sie räusperte sich sogar, ... haben die Herren eigentlich schon gegessen?

Bewahre, bewahre ... Alpinox räusperte sich ebenfalls, ... wir haben natürlich damit gewartet. Und nachdem er aufgestanden war und die eisernen Ringe vom Herd genommen hatte, blies er mit einem einzigen Atemstoß die Glut an, daß die Holzkohlen nur so erröteten. Gleich darauf kam Eusebius mit einer größeren Anzahl von Weidenstecken, auf die die herrlichsten Saiblinge gespießt waren, und plazierte sie so kunstgerecht über dem offenen Herd, daß sie sofort zu brutzeln anfingen. Dann holte er einen Korb gewaschener Erdäpfel, die er in Scheiben schnitt und auf den Herdrand legte. Drachenstein hatte inzwischen allen als Aperitif ein Buderl Enzian gereicht, während von Wasserthal nach dem eingekühlten Wein sah. Es dauerte nicht lange, und schon konnten den beiden ausländischen Feen die ersten gebratenen Fische zusammen mit den gebähten Kartoffelscheiben gereicht werden. Das alles ging unter Lachen und Scherzen vor sich, und bald hatte die Stimmung einen ersten Höhepunkt erreicht. Die Herren machten den Feen Komplimente, die Feen hinwiederum zogen die Herren auf, der Enzian hatte eine gute Grundlage geschaffen.

Die Fee Pari Banu, die ihren Ahmed schon längst überlebt hatte, begann mit dem melancholisch dreinblickenden, aber sehr charmanten von Wasserthal zu flirten, während Drachenstein sich mit der Fee der beginnenden Kühle über die Verarbeitung von Jade unterhielt. Eusebius widmete sich weiterhin den Aufgaben eines Mundschenks, während Alpinox und Amaryllis Sternwieser so manches alte Histörchen aufwärmten, worüber sie am Ende jeweils herzlich lachten. Wir sollten wieder öfter zusammenkommen, sagte Alpinox.

Und besser zusammenarbeiten, erwiderte Amaryllis Sternwieser. Unsereiner hat es nicht leicht heutzutage, wo die Enterischen uns bereits in so vielem voraus sind.

Wem sagen Sie das ... Alpinox starrte betrübt in sein Glas, um es dann in einem Zug zu leeren. Einen Landsitz um den anderen habe ich aufgelassen, und auch diesen habe ich nur nach einer Abmachung mit der Fürstin halten können, die als Besitzerin zeichnet. Mit dem Erfolg, daß das Haus in den Monaten Juli und August an Fremde vermietet wird. Um nicht aufzufallen, wie die Fürstin erklärt hat.

Auch bei mir, lamentierte Amaryllis Sternwieser, kommt alle paar Tage jemand vorbei, und ich wohne gewiß in einer abgelegenen Gegend, um zu fragen, ob ich nicht ein Zimmer frei hätte.

Und helfen läßt sich auch keiner mehr. Zumindest legen die Enterischen keinen Wert mehr auf die Art von Hilfe, die wir ihnen bieten können. Versuche ich doch da neulich ...

Ich weiß, ich weiß, lieber Alpinox, mir geht es um keinen Deut anders. Es ist noch keine Woche her, daß ich ...

Wir haben uns überlebt, Verehrteste, das ist die traurige Wahrheit. Wir sind für die Enterischen unnütz geworden, glauben Sie mir.

Und das soll unsere einzige Daseinsberechtigung sein, den Enterischen zu nützen? Es war nun an Amaryllis Sternwieser, traurig in ihr Glas zu starren, um es dann in einem Zug zu leeren. Eigentlich haben Sie recht, so recht, lieber Alpinox. Dazu kommen noch all die großen und kleinen Feindseligkeiten unter unseresgleichen, die wir seit Jahrtausenden pflegen und hätscheln. Es geschieht uns recht. Wie sagen die Enterischen, wenn sie alle ihre Kräfte zusammennehmen? sann Alpinox vor sich hin.

Ich glaube, sie sagen: Einigkeit macht stark! oder so ähnlich, meinte Amaryllis Sternwieser. Aber in unserem Fall ...

Warum nicht, Verehrteste, warum sollten nicht auch wir uns zusammentun, bevor wir es endgültig aufgeben, Gestalt anzunehmen? Da wir nun einmal nicht sterben können oder zumindest außergewöhnlich lang existieren, bleibt uns sonst nur mehr die Rückkehr in die Dinge. In diesem Fall sind wir den Enterischen erst recht ausgeliefert.

Ihr Gespräch wurde durch den Ruf nach Musik unterbrochen. Die beiden Paare hatten Lust auf ein Tänzchen bekommen, und man bat Alpinox, bei Eusebius ein gutes Wort einzulegen, dessen es aber gar nicht bedurfte, denn schon hatte Eusebius seine Zither ausgepackt und auf den Tisch gestellt, und gleich darauf erklangen die flottesten Weisen, die derart in die Beine gingen, daß die beiden ausländischen Feen sich noch im Stehen zu wiegen begannen und darauf warteten, daß die beiden Herren sie im Steirischen unterwiesen. Diese hinwiederum warteten darauf, daß Alpinox den Tanz eröffne, und obwohl Amaryllis Sternwieser sich anfänglich zierte, nahm sie die Aufforderung an, und Alpinox, der trotz seiner würdigen Erscheinung ein schwungvoller Tänzer war, führte sie in die Mitte des Raumes und begann sich mit ihr aufs anmutigste zu drehen. Er kannte all die Figuren, die zumeist schon in Vergessenheit geraten sind, und Amaryllis Sternwieser stellte sich seiner Führung, zumindest was den Tanz betraf, mit Freude anheim.

Als sie ihren Schautanz geendet hatten, klatschten die Fee der beginnenden Kühle, die noch selten jemand so fröhlich gesehen hatte, und Pari Banu begeistert in die Hände, und dank ihrer feenhaften Verständigkeit bedurfte es keiner langen Lehrzeit, und sie landeten durch sämtliche Räumlichkeiten des alten Jagdhauses – man hatte alle Türen geöffnet –, als hätten sie zeit ihres Lebens mit den zierlichen Füßen den Boden gestrampft.

Daß es dabei lustig zuging, kann man wohl sagen, und so darf es auch nicht wundernehmen, wenn die Ausgelassenheit allerlei nächtliches Volk anlockte, das schon längere Zeit ums alte Jagdhaus geschwirrt war. Erst als jemand ans Fenster klopfte, wurden die Drinneren aufmerksam. Es war Rosalia, die Salige, eine der letzten Wildfrauen, die es in der Gegend noch gab. Ihr blasses Gesicht mit dem rötlichbraunen Haar erschien an die Scheiben gedrückt, und sie machte mit dem Finger ein Zeichen, daß sie eingelassen werden wollte.

Das ist allerhand, sagte Amaryllis Sternwieser, wie diese Person sich aufdrängt. Alpinox beschwichtigte sie.

Sie hatten immer schon ein Faible für Wildfrauen, geben Sie es zu, schmollte sie. Sie dichten mir Sachen an, Verehrteste, meinte Alpinox. Vergessen Sie nicht, sie gehören zu uns. Auch wenn sie sich von Zeit zu Zeit mit einem Enterischen einlassen. Das passiert doch auch Ihresgleichen, holde Amaryllis, und er warf einen Seitenblick auf Pari Banu, die sich gerade von von Wasserthal küssen ließ.

Jetzt gehen Sie aber, Sie sind ein richtiges Ekel ... und Amaryllis Sternwieser puffte den Alpenkönig in die Seite, was dieser zum Anlaß nahm, sich zu erheben. Er bedeutete Rosalia, der Saligen, daß die Tür offenstünde. Und bald darauf betrat jene in ihrem weißen, durchscheinenden Gewand den Raum. Von ihrer ganzen Erscheinung ging etwas wie Nachtwind aus, was die Tänzer als angenehmen Lufthauch verspürten. Anscheinend waren aber durch die offene Tür eine Reihe anderer, noch unsichtbarer Wesen hereingewischt, denn mit einemmal war der Raum mit Wispern und Kichern erfüllt, und man war vor keinem Schabernack sicher. Amaryllis Sternwieser fühlte plötzlich, wie ihr ganzes Gesicht von kleinen feuchten Küssen bedeckt wurde, und erst als sie das betreffende Wesen mit dem dafür bestimmten Spruch gezwungen hatte, sich sichtbar zu machen, erkannte sie eine der kleinen Nixen aus dem Haushalt von Wasserthals, die ihr auch schon bei anderer Gelegenheit begegnet war.

Und mit einemmal entschwebte Eusebius' Zither an die Decke des Raumes, und eine herrliche Musik erklang.

Bei allen Dingen und Gestalten, flüsterte Amaryllis Sternwieser Alpinox zu, auch das Stille Volk ist angekommen.

Sie meinen den seinerzeit aus Albion verbannten Elfenstamm? Die kleinen Leute sind gestraft genug, sie tun keinem mehr was.

Da waren sie auch schon sichtbar geworden mit ihren Fiedeln und Flöten, und schon drehten sich eine Reihe von Paaren zu der neuen Musik.

Aber boshaft sind sie allemal, das werden Sie mir nicht abstreiten, fügte Amaryllis Sternwieser hinzu, die die böse Nachred nicht lassen konnte, sintemal sie eine schlechte Erfahrung gemacht hatte, aber das ist eine andere Geschichte.

Wir müssen besser zusammenarbeiten, Verehrteste, wir alle, dazu gehört auch das Stille Volk und was weiß ich, wer nicht noch aller.

Sie nehmen mich beim Wort, gut. Aber wie, wie sollen wir das zuwege bringen? Wir sollten alle zusammenkommen und darüber reden, was uns überhaupt noch zu tun bleibt.

Ach, seufzte Amaryllis Sternwieser, wenn ich mir die endlosen Streitereien vorstelle. Herauskommen wird dabei gar nichts.

Vielleicht sehen wir dann klarer.

Rosalia, die Salige, war unterdessen an den Tisch gekommen und stellte sich so unmißverständlich vor Alpinox hin, daß ihm nichts anderes übrigblieb, als sie zum Tanzen aufzufordern.

Während Alpinox mit der Wildfrau entschwand, kamen von Wasserthal und Pari Banu an den Tisch zurück.

Geliebte Amaryllis, dieses Fest ist zauberhaft, so urtümlich und so erfrischend. Dabei fiel sie Amaryllis Sternwieser um den Hals, ohne von Wasserthals Hand loszulassen. Dann setzten sich die beiden dicht nebeneinander, und Amaryllis hatte den Verdacht, daß sie sich mit den Beinen liebkosten.

Ihr habt doch irgend etwas ausgebraten, meinte Pari Banu zu Amaryllis Sternwieser, während wir alle getanzt haben. Ihr seid die ganze Zeit in diesem Winkel gesessen und habt geredet.

Amaryllis Sternwieser seufzte, nicht gerade sehr bekümmert,

aber sie seufzte, und dann erzählte sie von Alpinox' Idee, daß sie sich alle treffen sollten, und sie erweiterte das Ganze durch eine gewichtige Formulierung, indem sie das Treffen Kongreß nannte, um damit anzudeuten, daß es mit einem kurzen Treffen nicht getan wäre, daß man Tage, vielleicht sogar Wochen brauchen würde, um sich, wie sie es nannte, zusammenzuraufen.

Wenn der Alpenkönig einen solchen Vorschlag macht, wird schon was dran sein, meinte der melancholisch dreinblickende von Wasserthal, ohne sich sonderlich interessiert zu zeigen.

Eine herrliche Idee, rief Pari Banu. Wir kommen im nächsten Sommer alle hierher, mieten uns in einem großen Haus ein und unterhalten uns. Und Feste werden wir feiern ... wirklich, eine herrliche Idee. Und schon verbreitete sich das Wort Idee unter allen Anwesenden. Es flatterte von sichtbarem zu unsichtbarem Mund und faszinierte alle.

Eine glänzende Idee, meinte Rosalia, die Salige, als Alpinox sie an den Tisch brachte. Finden Sie nicht, geschätzte Amaryllis?

Amaryllis Sternwieser wiegte gemessen den Kopf in den Schultern. Einstweilen ist alles noch vage, sagte sie. So etwas muß selbst unter unseresgleichen organisiert werden.

Wissen Sie, fuhr Rosalia, die Salige, fort, manchmal bin ich bereits so niedergeschlagen, wenn ich mein Schicksal bedenke, daß ich mich am liebsten in einen x-beliebigen Nebelstreif auflösen möchte. Es gibt nichts mehr, woran man sich halten kann. Ein Großteil der Wildfrauen ist verzogen, die anderen sind bereits zum äußersten entschlossen. Es ist alles so traurig, finden Sie nicht auch? Die Enterischen werden einem immer enterischer, und die Orte, an denen man sich ungeniert bewegen kann, gibt es schon kaum mehr.

Ein jeder von uns hat seine eigenen Depressionen, erwiderte Amaryllis Sternwieser abweisend. Sie konnte nun einmal die Salige nicht leiden, schon seit jenem ersten Mal nicht, als sie sie besucht und ihr von ihren Amouren erzählt hatte, aber das ist eine andere Geschichte.

Mittlerweile waren auch Drachenstein und die Fee der beginnenden Kühle des Tanzens müde geworden und an den Tisch zurückgekommen.

Wie ich höre, werden wichtige Dinge beschlossen, wandte sich Drachenstein an Amaryllis Sternwieser. Vor allem muß eine Resolution gefaßt werden, die dem Raubbau von Schmucksteinen Einhalt gebietet. Ich kann wohl bei meinem Antrag mit Ihrer Unterstützung rechnen, werter Alpinox? Die Fee der beginnenden Kühle, die, je mehr es dem Morgen zuging, immer lebhafter wurde, machte ein interessiertes Gesicht und nickte eifrig mit dem Kopf.

Ja, ja, mein Bester, rief Alpinox, auf den nun von überallher Vorschläge und Richtlinien einstürmten. Wir werden alles besprechen. Alles zu seiner Zeit.

So ein Kongreß – sie betonte das Wort genüßlich, schließlich war es ihre Erfindung – muß gründlich vorbereitet werden, schaltete sich Amaryllis Sternwieser ein. Sie sehen ja, kaum wird eine Idee geboren, und schon geht alles drunter und drüber.

Eusebius, der das Amt eines alpenköniglichen Mundschenks sehr ernst nahm, hatte, während die Berg- und Wassergeister noch immer tanzten, einen Kessel mit Gulaschsuppe über den Herd gehängt, und ihr Duft stieg der mittlerweile wieder hungrig gewordenen Gesellschaft aufs angenehmste in die Nase. Und als es soweit war, daß die Suppe ausgeschenkt werden konnte, unterbrachen auch die Elfen für eine kurze Ruhepause ihre Musik. Nicht daß sie davon essen wollten, sie nährten sich ausschließlich von Tau, aber auch sie hatten etwas von der Idee gewittert, und neugierig, wie sie waren, kamen sie ebenfalls an den Tisch. Nachdem sie eine Weile zugehört hatten, fragte der ranghöchste der anwesenden Elfen, wer denn überhaupt aller zu dem Kongreß geladen werden sollte.

Natürlich alle, rief Alpinox, die wir es in der Hand haben, Gestalt anzunehmen oder in die Dinge zurückzukehren, ohne daß wir dabei wie die Enterischen das Bewußtsein verlieren, ob Fee, ob Zwerg, ob Berggeist, ob Elf ...

Lieber Alpinox, fiel Amaryllis Sternwieser ihm ins Wort, das wäre doch sinnlos und würde dem ganzen Unternehmen bloß schaden. Wenn ich dazu etwas bemerken darf ...

Aber gewiß, Verehrteste, bemerken Sie nur ...

Wenn ich also dazu etwas bemerken darf, so finde ich es sinnvoller, wenn alle straffer organisierten Wesen wie Elfen, Zwerge, Berg- und Wassergeister, die ihren Königen zu absolutem Gehorsam verpflichtet sind, nur jeweils einen Vertreter entsenden, während Sie, lieber Alpinox, und die anwesenden Feen – Rosalia räusperte sich – sowie die Wildfrauen nach Möglichkeit alle erscheinen sollten.

Angenommen, riefen die Genannten, während unter den straffer organisierten Wesen ein leises Murren anhob, dem aber niemand zum Durchbruch verhelfen wollte.

Da wir aber bis dahin noch eine Menge Zeit haben, meinte Alpinox, es wird mindestens ein Jahr dauern, bis wir den Kongreß abhalten können, möchte ich die verehrten Anwesenden bitten, sich nun weniger der Diskussion als dem Genuß der Gulaschsuppe hinzugeben. Dieser Aufforderung wurde allgemein nachgekommen, und die vielen Ah's und Oh's bewiesen Eusebius, daß seine Kunst sich schmecken lassen konnte. Und als man gegessen hatte und Eusebius noch einmal allen nachgeschenkt hatte und die Elfen gerade wieder zu ihren Instrumenten greifen wollten, fielen die ersten Strahlen der Morgensonne durchs Fenster, was die ganze Gesellschaft, vor allem die tagscheuen Wesen, zum Aufbruch mahnte. Als erste verschwanden die Elfen, so schnell, daß sie sich nicht einmal verabschiedeten, aber auch die Berg- und Wassergeister hatten es eilig. Die ursprüngliche Gesellschaft, Alpinox, die drei Feen,

Drachenstein und von Wasserthal, trank noch in Ruhe ihre Gläser leer, erhob sich aber dann ebenfalls und verabschiedete sich voneinander, bei den Klängen eines lustigen Kehraus, den Eusebius auf seiner wiedererhaltenen Zither aufspielte.

Die drei Feen beschlossen, auf jede Art von zauberischem Fortbewegungsmittel zu verzichten und ihren begonnenen Spaziergang um den See herum fortzusetzen, von dort aus dann den Tressenweg zu benutzen, der geradewegs zum Sternwieser-Haus führte.

Max Ferdinand, der die Nacht in einem ruhigen Winkel des alten Jagdhauses friedlich verschlafen hatte, hüpfte frisch und munter vor den drei Feen her, roch an jedem Baum und an jedem Strauch und tat auch an allen Ecken seine Schuldigkeit.

Die drei Feen schritten, erfrischt von der klaren Morgenluft, ebenfalls flott dahin und redeten lange Zeit gar nichts, bis Pari Banu das Schweigen brach. Wenn ich mir vorstelle, daß wir alle Feen zu diesem Kongreß einladen wollen, brauchen wir eine ganze Hotelkette, um sie unterzubringen.

So viele werden schon nicht kommen, meinte Amaryllis Sternwieser. Vergessen Sie nicht, meine Liebe, wir haben da noch das Problem der Zeit. Wie Sie wissen, verfahren wir oft recht beliebig damit. Denken Sie an Prinz Ahmed, dem viele Ihrer Feenjahre wie ein Tag vorgekommen sein mögen. Viele von uns werden innerhalb eines Jahres gar nicht erreichbar sein, weil sie ihren Zeitablauf anders eingestellt haben.

Vor allem die chinesischen Feen, sagte die Fee der beginnenden Kühle. Die meisten haben sich zur Zeit des Boxeraufstands zu einem hundertjährigen Schlaf entschlossen. Sie waren so neugierig, was daraus werden würde, daß sie es nicht mehr aushielten, und so legten sie sich schlafen, um beim Erwachen gleich zu erfahren, was wirklich daraus geworden ist. Zum Glück habe ich mich nicht dazu entschließen können, darum hat mich Ihre reizende Einladung auch erreicht, liebe Amaryllis.

Sehen Sie, meine Liebe, fuhr Amaryllis Sternwieser, an Pari Banu gewendet, fort, unsere Zahl wird sich in erträglichen Ausmaßen halten.

Sie waren trotz der herrlichen Morgenluft alle ein wenig müde, und so ließen sie es auch sein, weiter über die große Idee zu sprechen. Sie freuten sich auf einen ordentlichen Frühstückskaffee und auf ein bequemes Ruhebett, auf dem sie den Vormittag würden verdösen können.

※

... von Weitersleben! Sie zog ihren Personalausweis aus der schon geöffneten Tasche und schob dann mit dem Daumen derselben Hand die Haut am Ringfingernagel zurück.

Zimmer acht ... und der Portier nahm einen Schlüssel vom Brett.

Mit oder ohne Bad?

Mit, sagte der Portier, wünsche einen angenehmen Aufenthalt.

Ein Hausdiener mit grüner Schürze und Schirmmütze hatte ihre Koffer genommen, und sie folgte ihm über die einfach geknickte Treppe in den ersten Stock. Daß Kinder schon schreien können, bevor sie das Lächeln erlernen. Der Hausdiener plagte sich, verstand es auf eine Weise, nicht zu seufzen, als er sich des Gepäcks entledigte, die einen glauben machte, ein Seufzer wäre am Platz gewesen.

Sie suchte nach Geld, einer Münze, die was gleichsah, sich wie eine Entschädigung anfühlte, die sie aber auch auswies als einen besonderen Gast, der nichts wie beiläufig tat. Ein Fünfmarkstück, eher Souvenir, weil nicht die Währung des Landes, geriet ihr zwischen die Finger, und sie steckte es dem Hausdiener in die Westentasche, die unter dem Schurz hervorschaute. Eine fast intime Berührung. Sei's drum, dachte sie, ich weiß, was ich meiner Erscheinung schuldig bin. Sie hatte immer schon geahnt, daß mehr in ihr steckte, als bisher zum Vorschein gekommen war.

Den Ort kannte sie. Sie hatte als Kind hier gelebt, zusammen mit ihrer Mutter, der geborenen von Weitersleben. Ihr Vater, der Name tat nie etwas zur Sache, war bereits damals eine legendäre Gestalt mit vielen Gesichtern gewesen, deren keines sie wirklich gesehen hatte. Aber auch jene Männer, die die Mutter ihr in aller Form vorzustellen pflegte, hatten liebenswerte Seiten gehabt.

Silber, sagte sie, wenn sie gezwungen war, sich irgendwo selbst bekannt zu machen, Sophie Silber, und auf ihrer Visitenkarte, die sie nur in besonderen Fällen aus der Hand gab, war das von vor Weitersleben durchgestrichen. Nur in besseren Hotels führte sie sich mit ihrem eigentlichen und vollständigen Namen ein.

Im Nachtkästchen fand sie ein porzellanenes Nachtgeschirr, mit einer gelben und einer violetten Chrysantheme bemalt, die Stengel über Kreuz. Versunken in den Anblick, spielte sie mit dem Gedanken, es bei der Abreise mitzunehmen, um es als Übertopf für eine ihrer Pflanzen zu verwenden.

Sophie Silber als Lacrimosa. Sie stellte sich im schlichten Lederrahmen auf den Kirschholzsekretär. So fühlte sie sich heimischer. Eine gekonnte Aufnahme, wenn auch schon länger her. Damals war sie sich zu jung vorgekommen für die achtzehnjährige Tochter, trotz der Feengestalt. Doch der Erfolg hatte es sie vergessen lassen.

Am liebsten wäre sie eine große Magierin geworden, das Wort Hexe lag ihr nicht. Es hatte Brandgeruch an sich und Häßlichkeit. Früher einmal war die Cheristane ihre Lieblingsrolle gewesen, aber sie wußte, was ihr noch anstand und was nicht.

Sie reinigte sich das Gesicht mit einem getränkten Wattebausch. Das Auspacken ging schnell, nach den vielen Tourneen war es ihr zur Gewohnheit geworden, Koffer mit wenigen Griffen aus- oder einzupacken.

Ihr halkyonischen Bergspitzen! Sie war mit leicht gebreiteten Armen ans Fenster getreten, konnte aber nichts als Ausschnitte unterhalb der Baumgrenze erspähen und eine kleine Fläche See. Dafür lag der Gastgarten unter ihr, mit dem als Felsengrotte getarnten Brunnen. Der Rest der Aussicht verfing sich in den Kronen zweier behäbiger Linden.

Etwas dunkel das Zimmer, nordseitig. Sie hatte sich zu spät entschieden, oder war Absicht dahinter? Was will man während der Saison. Sie prüfte Hähne und Abflüsse des Badezimmers, warf einen Blick durch das nur halb so große Fenster, das im rechten Winkel zum gegenüberliegenden Gangfenster stand, beide beinah zugewachsen von kopfgroßen herzförmigen Blättern, an deren Achsen bräunliche Blüten in der Form von kleinen Pfeifen hingen.

Es war vier Uhr, regnerisch trüb, und sie hatte keine Lust auf eine Jause. Zeitweise liebte sie dieses Wetter, das voller Erwartung war, als könne der Hauch von Schwüle sich an der Glut einer Zigarette entzünden. Während sie sich zum Ausgehen fertigmachte, fiel ihr auf, wie niedrig die Schwalben flogen, wie sie im Gastgarten unten die Mücken über die Löcher der Salzstreuer hinweg aufpickten.

Erst als sie die messingene Klinke schon in der Hand hielt, bemerkte sie die drei Feuerlilien, die aus einer schlanken handförmigen Vase ragten und auf einem Beistelltischchen in der dem Bett gegenüberliegenden Ecke standen. Etwas in ihrer Erinnerung gab Alarm. Sie trat näher, vielleicht war eine Karte dabei, aber nichts. Eine Gefälligkeit des Hauses? Und sie überdachte ihr Bankkonto, falls sie die Einladung denn doch mißverstanden hatte. Feuerlilien, Feuerlilien ... wieso ausgerechnet Feuerlilien? Die Bartnelken, die sie bei der Ankunft in großen Gartenbeeten hatte wachsen sehen, hätten es doch auch getan. Ihr war, als hätte sie schon einmal eine Begegnung mit Feuerlilien gehabt. In ihrem Kopf summte es, sie kam und kam nicht dahinter. Der Schirm war so zusammengefaltet, daß er gerade in ihrer Handtasche Platz hatte. Sie kannte den Weg, konnte ihn unmöglich vergessen haben. Wo Du seinerzeit um die Milch gegangen bist. Und von dort die Leite hinauf, am Bartlhof vorbei an den Rand der großen Wiese oder, wenn Du vom See her kommst, an der Tischlerei vorbei, zur Sandgrube hinauf und von dort aus die große Wiese entlang bis an deren Rand. So hatte ihr Amaryllis Sternwieser geschrieben. Sie konnte sich an die Wiese erinnern und beinahe auch an das Haus, sie würde wissen, wo es zu suchen war. Und beinahe auch an Amaryllis Sternwieser. Wenn sie an sie dachte, sah sie eine Dame undefinierbaren Alters, mit einem bebänderten Strohhut und in einem Steirergewand, das heißt, ihr war dann, als ginge sie hinter ihr her, könne aber ihr Gesicht nicht erkennen.

Also der Brief: Liebe Sophie, Sie werden sich nicht mehr so deutlich an mich erinnern, das heißt Du, liebe Sophie, als die ich Dich vor vielen Jahren kennengelernt und gekannt habe, wirst Dich in Deinem Herzen gewiß an mich erinnern und an Max Ferdinand, meinen Hund. Ihr dämmerte etwas von einem rothaarigen Dackel, der eine Zeitung trug und damit die Straße kehrte, aber der konnte auch jemand anderem gehört haben.

Sie trug noch ihr Reisekostüm, ebenfalls eine Angewohnheit aus der Tourneezeit, sich nur dann umzuziehen, wenn es wirklich nötig war. Sie betrachtete sich einen Augenblick lang in dem großen Spiegel neben der Portiersloge, stellte mit Befriedigung fest, daß ihre Figur recht passabel war, und da weder der Portier noch sonst jemand in der Nähe war, trat sie näher und fuhr sich mit den beiden kleinen Fingern mehrmals und in leicht massierender Bewegung über die Jochbeine, rollte auch mit beiden Augäpfeln und strich mit den Mittelfingern gegen die natürliche Richtung der Augenbrauen, was diesen eine zarte

Buschigkeit verlieh, die die Ausdruckskraft ihres Blickes erhöhte.

Liebe Sophie, hauchte ihr Mund sich entgegen, daß das Glas sich beschlug, ich erwarte Dich am Tag Deiner Ankunft gegen fünf Uhr zum Tee. Alles Weitere mündlich.

Dann hatte sie Nachricht vom Hotel bekommen, daß das Zimmer für sie bereitstünde. Seltsamerweise war ihr der Brief von Amaryllis Sternwieser abhanden gekommen. Zum Teil wußte sie ihn auswendig, doch konnte sie sich nicht mehr genau erinnern, wie die Einladung gelautet hatte. Es war aber doch eine Einladung gewesen. Spätestens bei der ersten Wochenrechnung würde sie Gewißheit haben. Sie war schon unter wesentlich ungewisseren Voraussetzungen in gute Hotels gezogen. Ein dahingehendes Mißverständnis würde sie kaum aus der Fassung bringen.

Es herrschte absolute Windstille, was ihr sogleich auffiel, kam sie doch aus einer Stadt, die voll war von Wind, so daß Fremde Kopfschmerzen darin bekamen.

Es wird sich viel verändert haben, seit damals. Sie schlug einen raschen Spazierschritt an. Noch fiel ihr nichts auf, zumindest hier am See nicht. Die alten Häuser schienen unverändert, was ihre Bauweise betraf, nur neuer, besser instand gehalten als zu ihrer Zeit. Sie sträubte sich gegen diese Formulierung in Gedanken. Meine Zeit ist jetzt, sagte sie sich, ich habe mich noch nie so sehr als ich selbst gefühlt. Die Besitzer der Villen waren wahrscheinlich andere als damals, nur in der Tischlerei würden noch dieselben Leute, zumindest dieselbe Familie wohnen.

Bei der Klause entdeckte sie plötzlich ein langentbehrtes, ehemals vertrautes Geräusch wieder, das Tosen der beiden Flüsse, der eine Abfluß des Sees, der andere durch den Ort herkommend. Am Ende einer kleinen Halbinsel vereinigten sie sich, rauschend und gurgelnd, es hallte lang in ihren Ohren nach.

Der Weg war schlechter, als sie ihn in Erinnerung hatte, von kleinen Rinnsalen durchzogen und von armstarken Wurzeln überwachsen. Weiter oben hingen manchmal geknickte Bäume über den Weg, daß sie sich bücken mußte, um passieren zu können. Auf dem Hang des Kogels, der steil abfiel, wuchsen Ziegenbart, Storchenschnabel und geflecktes Knabenkraut. Als der Wald sich lichtete und sie bereits am Rande der Wiese entlangging, bückte sie sich nach zarten kleinen Glockenblumen, ohne sie zu pflücken, aber auch hier roch es noch nach morschem Holz und nach Pilzen. Von einer jungen Tanne riß sie ein Wipfelchen ab und kaute es, wie sie es als Kind oft getan hatte, manchmal aus wirklichem Hunger, wenn sie auf ihren langen Spaziergängen die Essenszeit übersehen hatte.

Plötzlich stand sie vor dem Haus, an einer Stelle, an der sie nur Stadeln in Erinnerung hatte. Es sah aus, als stünde es schon ewig. Die Oberschicht des unbehandelten Holzes war grau und verwittert, wie bei den meisten alten Häusern der Einheimischen. Es war nicht sehr groß, aber umgeben von den leuchtenden Farben der Blumen eines Bauerngartens.

Die Tür zum Vordach stand offen. Auf der Steinstufe lag ein Paar Knoschpen, Holzpantoffel, die vorne spitz ausliefen und ein ledernes Oberteil hatten. Sie sah sich dabei zu, wie sie aus dem Schuh schlüpfte und in einen der Knoschpen fuhr. Gerade daß sie sich noch an den Namen erinnerte, so lange war es her, daß sie das letztemal so etwas angehabt hatte. Vom vielen Tragen war das Holz glatt geworden und fühlte sich kühl an durch ihren dünnen Strumpf.

Das Vordach diente gleichzeitig als Veranda, Stühle, ein hölzerner Tisch. Vertrocknete Palmkätzchen hingen, zu einer Rute gebunden, im Winkel über der Eckbank. In den Holzleisten steckten Ansichtskarten, darunter die Fotografie von einer Gemse, die aus dem Ei schlüpft. Der dünne Vorhang über dem kleinen Fenster hob sich, wie von einem Atemhauch bewegt.

Amaryllis Sternwieser mußte sie schon eine Zeitlang beobachtet haben. Sie stand regungslos in der Tür, die ins Haus führte, mit angehobenen Armen, als warte sie nur darauf, sie in dieselben zu schließen. Ein Lächeln sprang aus ihren tiefliegenden Augen, und sie sagte: beinahe unverändert, liebe Sophie, beinahe unverändert.

Sophie war erschrocken und verlegen zugleich. Grüß Gott, sagte sie, ohne sich von der Stelle zu rühren, und ihr fiel ein, daß ihr Fuß noch immer in dem Knoschpen steckte. Da, sagte sie und fing zu lachen an. So lange ist es her, und da soll ich mich beinahe nicht verändert haben.

Als sie ihren eigenen Schuh wieder anhatte, stand Amaryllis Sternwieser neben ihr, nahm sie am Arm und führte sie ins Haus. Von draußen kommend, schien ihr der Vorraum besonders kühl und dunkel, und ein Duft, den sie nicht sofort mit der Blume, von der er stammen mußte, in Verbindung bringen konnte, schlug ihr mit solcher Macht entgegen, daß sie wie betäubt war.

Komm, sagte Amaryllis Sternwieser, du erlaubst, daß ich dich duze, so wie früher, und sie führte sie in einen hellen, unerwartet hohen Raum. Es gibt auch noch eine Küche, sie deutete auf eine angelehnte Tür, aber du weißt, wie Küchen aussehen.

Sophie hatte die üblichen Bauernmöbel erwartet, wurde aber bis auf einen massiven Schrank aus dunklem Holz mit großem Eisenschlüssel und eisernen Scharnieren und einer ebensolchen Truhe enttäuscht. Beide Stücke waren unbemalt. Sie spürte, wie sie in einen lederbezogenen Lehnstuhl sank und ihre Hände auf dem dunkel gebeizten Naturholz eines länglichen Tisches niedergingen. Langsam gewöhnte sie sich an den Duft, und ihre Sinne erwachten wieder. Über einem schmalen Sofa an der gegenüberliegenden Wand lag eine Kaschmirdecke mit orientalischem Muster, aber in gedämpften Farben. Sehr schlicht kam ihr die Einrichtung vor, und doch war ihr, als läge eine Üppigkeit in dem Raum, die sie sich nicht zu erklären wußte.

Aus einem Wandschränkchen, das Sophie erst jetzt bemerkte, holte Amaryllis Sternwieser eine einfache Glaskaraffe mit zwei ebenso einfachen, sechseckig geschliffenen Gläsern und stellte sie auf den Tisch.

Also doch der Strohhut mit den Borten. Amaryllis Sternwieser trug ihn wie etwas, das so sehr zu ihr gehörte, daß sich die Vorstellung aufdrängte, sie würde ihn auch nachts nicht abnehmen. Auch trug sie ein Steirergewand, wenn auch in unüblichen Farben. Einen etwas verwaschen wirkenden gelben Miederleib über der weißen Bluse und eine grüngemusterte Schürze über dem erdfarbenen Kittel. Nur das Seidentuch mit den Fransen, das über den Schultern lag und vorne an der Brust mit einer silbernen Brosche zusammengesteckt war, enthielt auch Rot- und Orangetöne.

Liebe Sophie, ich freue mich, daß du da bist. Amaryllis Sternwieser goß eine roséfarbene Flüssigkeit in das Glas, das sie ihr dann reichte, und plötzlich fiel ihr ein, daß dies nur Ribiselwein sein konnte.

Auf deine Rückkehr, sagte Amaryllis Sternwieser, als sie ihr ebenfalls gefülltes Glas hob. Beim ersten Schluck mußte Sophie lächeln, er entsprach genau ihren Erwartungen. Selbst angesetzt? fragte sie, und Amaryllis Sternwieser nickte mit leuchtenden Augen. Ach, was gäbe es alles zu erzählen, fuhr sie fort, griff nach einer Awafi-Schachtel und stopfte sich mit zierlichem Griff eine Zigarette. Rauchst du? fragte sie. Sophie nahm die Gestopfte in Empfang und bot Amaryllis Sternwieser eine von ihren Ägyptischen an. Nein danke, meinte diese, ich bin meine Mischung so gewöhnt, ich würde husten müssen. Und wieder holte sie eine Hülse aus der Schachtel, verteilte den Tabak gleichmäßig und roch genießerisch daran.

Wie lange ist es nun eigentlich her? Sophie versuchte in Gedanken, die Jahre zu ordnen, sie in annähernd richtige Zahlenwerte zu bringen. Als Schauspielerin hatte sie es sich abgewöhnt, die Jahre in ihrem tatsächlichen Vergehen ernst zu nehmen. Und nun, wo sie zu Beginn der Herbstsaison endlich ein festes Engagement für Jahre an einen Ort binden würde, wollte sie sich erst recht keine Gedanken machen. Sie würde eben immer mehr ins Charakterfach hinüberwechseln, je öfter die Herbste sich jährten.

Deine Mutter ist in meinen Armen gestorben. Sophie fuhr aus ihren Gedanken. In deinen Armen? Sie war überrascht, wie leicht ihr das Du von den Lippen kam. O Gott, wie lange ihre Mutter nun schon tot war, und wie lange sie schon nicht mehr an den Tod ihrer Mutter gedacht hatte. Es war hier geschehen, an diesem Ort. Und Silber war da gewesen. Auch er war tot, Silber, nach dem sie sich nannte, sein Tod war viele Jahre her. Sie mußte einen langen Schluck aus ihrem Glas nehmen.

Liebe Sophie, sagte Amaryllis Sternwieser, es war ein schöner Tod, du kannst mir glauben.

Unglaublich, sie konnte sich nicht mehr daran erinnern. Es fing an, sie zu beunruhigen. Sich an den Tod der eigenen Mutter nicht erinnern zu können. Die Gänsehaut stieg ihr auf. Wenn sie noch mehr solche Lücken hatte?

Einen solchen Tod kann man sich nur wünschen. Amaryllis Sternwieser verschwand beinahe hinter dem Rauch ihrer Zigarette. Also dann auf dich, sagte sie und hob ihr Glas.

Es kratzte an der Tür, die sich auch sogleich öffnete, als wäre sie nur angelehnt gewesen. Sophie fuhr herum, verlor dabei ihre Zigarette, bückte sich, damit sie kein Loch in den Teppich brannte, und als ihr Blick den Boden entlangglitt, bemerkte sie einen Dackel, der mit kurzen, aber gravitätischen Schritten auf sie zukam.

Max Ferdinand, sagte Amaryllis Sternwieser, du kommst schon wieder zu spät. Max Ferdinand klopfte dreimal mit dem Schwanz gegen Sophies Bein, dann sprang er auf den Stuhl, der zwischen Amaryllis Sternwieser und Sophie am schmalen Ende des Tisches stand, und sah die beiden freundlich und ein wenig devot an.

Sie sind alle gleich, sagte Amaryllis Sternwieser. Schon sein Urgroßvater hatte keinen Begriff von der Zeit. Max Ferdinand gähnte, als wäre er es überdrüssig, seine Eigenschaften besprochen zu hören. Er strich mit der Zunge ein paar seiner Brusthaare glatt und sah gelangweilt zum Fenster hinaus. Nun, liebe Sophie, wir haben dich also eingeladen, fuhr Amaryllis Sternwieser fort, aber du wirst schon alles rechtzeitig erfahren. Max Ferdinand blickte sie freundlich an und hob seine Hängeohren, so weit es ging. Wir? fragte Sophie.

Sehr nette Leute, sagte Amaryllis Sternwieser. Vielleicht ein wenig eigen, aber im allgemeinen sehr nett und wohlwollend. Du wirst sie alle noch kennenlernen. Zeit spielt für dich doch keine Rolle. Ich nehme an, du willst dich erst einmal von deinen Wanderschaften erholen.

Mit einemmal stand ein Teller voll mit Hundekuchen auf dem Tisch. Verzeih, sagte Amaryllis Sternwieser, aber er wird unausstehlich, wenn er um diese Zeit nichts zu fressen bekommt. Die Uhr in seinem Magen geht richtig. Und sie schob den Teller an Max Ferdinands Platz, der die Vorderpfoten auf den Tisch legte und sich darüber hermachte.

Sophie erhob sich. Ich bin lange im Zug gesessen ... sagte sie etwas hilflos. Du mußt dich ausruhen, erwiderte Amaryllis Sternwieser, wir werden uns noch oft genug sehen. Ich habe mich sehr über dein Kommen gefreut. Sie begleitete Sophie bis zur Tür des Vordachs. Geh früh zu Bett, und versuch lange zu schlafen. Draußen sah es aus, als sei mittlerweile ein Gewitter niedergegangen. Die Blumen waren zum Teil geknickt, und das Gras lag stellenweise flach am Boden. Daß sie nichts davon bemerkt hatte. Es regnete noch immer, wenn auch nur leise. Sophie versuchte, ihren Knirps aufzuspannen.

Mit so einem winzigen Ding wirst du im Wald auf jeden Fall

naß, nimm lieber den da ... und Amaryllis Sternwieser reichte Sophie einen großen bunten Bauernschirm, unter dem drei Leute Platz gefunden hätten. Also dann bis bald, sagte Sophie, und die ozonreiche Luft stieg ihr angenehm in die Nase. Als sie dann wieder am Rande der großen Wiese entlangging, fiel ihr ein, daß sie diese Wiese immer die Narzissenwiese genannt hatten.

*

Diese Feuerlilien ... sagte sie zu sich selbst. Sie hätte Amaryllis Sternwieser danach fragen können. Ob sie es wohl veranlaßt hatte, daß man sie ihr aufs Zimmer stellte. Wenn ja, worauf sollten sie hinweisen, wofür waren sie ein Zeichen?

Sie hatte ein erfrischendes Bad mit einem Kräuterzusatz genommen und ihr Make-up erneuert, sich überhaupt wie für einen Auftritt zurechtgemacht, wenn auch für keine bestimmte Rolle. Ein elegantes, weniger von den Farben als vom Schnitt her auffallendes Seidenkleid, dazu Perlen und nur einen Ring. Sie konnte es sich erlauben, schöne Schuhe zu tragen, ihre Beine waren weder geschwollen, noch hatte sie Krampfadern. Sie nahm Taschentuch, Lippenstift und Puderdose aus ihrer Handtasche und steckte sie in ein Jugendstilabendtäschchen, in dessen Messingbügel Blumenornamente gepreßt waren. Der erste Eindruck ist meist entscheidend. Sie prüfte, ob ihre Wimpern fest genug saßen, und begutachtete bei voller Beleuchtung ihre Puderauflage. Man kann nie wissen, das Schicksal entscheidet sich in den seltsamsten Momenten. Schon hatte sie jene lustvolle prickelnde Erregung erfaßt, die sie sonst nur von Premieren an einem neuen Ort her kannte. Als sie die Treppen hinunterstieg, kam dazu auch noch eine große Beschwingtheit, die sie kaum hörbar die Melodie eines Couplets vor sich hinsummen ließ. Sie hörte das Klirren von Besteck und leises Murmeln aus der einen, das laute Bestellen der Speisen aus der anderen Richtung, in der die Küche liegen mußte.

Frau von Weitersleben ... sagte der Kellner und führte sie durch die geöffneten Flügeltüren des Speisesaals, in dem der Witterung wegen bereits Licht brannte, an einen kleinen Tisch, an dem für eine Person gedeckt war. Da stieg ihr die Röte auf, bevor sie noch genau wußte, weshalb, und sie mußte an den alten Bühnenwitz vom Schauspieler im falschen Stück denken. So muß einem zumute sein. Und sie hatte es nur ihrer Geistesgegenwärtigkeit, die ihr auch auf der Bühne schon oft zu Hilfe gekommen war, zu verdanken, daß sie weder stolperte noch das Tischtuch vom Tisch riß oder ein Glas umstieß. Sie hatte Haltung bewahrt, setzte sich und nahm mit kaum zitternden Händen das Menu-Kärtchen an sich und begann die Speisenfolge zu studieren.

Das verstärkte Bemühen, sich zu fassen, machte sie für alle weiteren Wahrnehmungen unempfindlich, so daß der Kellner sie mehrmals fragen mußte, was sie denn zu trinken wünsche. Auch dann brachte sie es nur dazu, einfach Rotwein zu sagen, worauf der Kellner sich lächelnd verbeugte, als brächte er für ihren Zustand Verständnis auf.

Sophie Silber, geborene von Weitersleben, hatte mit einem ersten und einzigen Blick erfaßt, daß ihr Instinkt sie diesmal verlassen hatte. Sie war völlig falsch angezogen, was heißt falsch angezogen, einfach overdressed. Nichts hätte ihr peinlicher sein können. Und sie verwünschte den Augenblick, in dem sie vor ihrem Kleiderschrank gestanden war und sich für diese, wie ihr schien, einnehmende kleine Abendtoilette entschieden hatte.

Es waren wesentlich mehr Damen anwesend als Herren, und obwohl sie ihrem ersten Blick durchaus trauen konnte, begann sie sich neuerdings, wenngleich verstohlen, umzusehen. Man saß zu dritt oder zu viert an den Tischen, und es schien, als würde man sich allgemein kennen, ohne daß diesem eher nur spürbaren Eindruck auf besondere Weise Rechnung getragen wurde.

Und all diese Damen, sie brauchte sich im einzelnen gar nicht mehr davon zu überzeugen, trugen Steirergewänder. Dirndlkleider in den seltsamsten Farbzusammenstellungen, doch waren keine lauten Farben darunter. Auch waren keine modischen Einflüsse feststellbar, eher eine gewisse Patina, die an die verschlissene Eleganz erinnerte, auf die früher die Adeligen bei ihren Landaufenthalten so großen Wert gelegt hatten. Und all das wirkte so entspannt, gepflegt und nachlässig zugleich, als hätten diejenigen, die diese Gewänder trugen, keine Kleidersorgen, als wären sie das Selbstverständlichste für hier, heute und überhaupt. Und trotz der altmeisterlichen Abgenütztheit sahen sie nicht danach aus, als seien sie bei einer bestimmten Art von Arbeit getragen worden, einfach deshalb, weil die Leute, die sie trugen, nicht danach aussahen, als würden sie einer bestimmten Arbeit nachgehen, obwohl dies durchaus der Fall sein konnte.

Sie bemühte sich, ihren Gleichmut zu wahren und ihren Blick nicht allzu deutlich umherwandern zu lassen. Der Kellner brachte ihr die Vorspeise, und sie war froh, etwas zu tun zu haben. Ich sehe aus wie jemand, der sich hierher verflogen hat, aber was hilft es ... Sie mußte ihren Auftritt durchstehen, diesen einen Abend lang, morgen würde sie sich schon zu helfen wissen.

Sie hatte gerade den Löffel, mit dem sie die Vorspeise gegessen hatte, beiseite gelegt, als vom anderen Ende des Speisesaals her ein Geräusch, eher nur die Andeutung eines Geräuschs, sie aufblicken ließ. Ein hochgewachsener Mann von stattlicher Figur war eingetreten, und aller Augen richteten sich auf ihn. Er hatte schlohweißes Haar, ein sonnengebräuntes Gesicht mit einer kräftigen Nase und buschigen Brauen. Er trug einen ausgenähten Trachtenspenzer aus grünem Tuch, lange graue Flanellhosen und um den weißen Hemdkragen eine aus einem altrosa Seidentuch gebundene Krawatte mit einer Silberschließe.

Als er so allseits händeschüttelnd, grüßend und lächelnd die Tische entlangging, erweckte er beinah den Eindruck eines Gastgebers. Einigen der Damen wurde er von anderen, die ihn sichtlich kannten, vorgestellt. Sophie fiel auf, daß der Gesichtsschnitt so mancher der Damen in einem eher aparten Gegensatz zu der Tracht stand. Sie glaubte sogar eine Chinesin zu bemerken, mit einem besonders zarten Halsansatz, und diese war es auch, von der sie den Namen Alpinox zu hören glaubte. Es gab aber auch dunkle, großäugige Gesichter, die auf indische, persische oder arabische Herkunft schließen ließen. Herr Alpinox, oder wie immer er heißen mochte, erinnerte sie hingegen stark an einen bekannten und volkstümlichen Schauspieler, dessen Name ihr auf der Zunge lag. Und wie sie so unter dem Schutz ihrer langen Wimpern die Begrüßungsszenen beobachtete, traf auch sie ein Blick dieses Mannes, der eine Art Erkennen anzeigte, so als wüßte er, wer sie sei, ohne sie je gesehen zu haben. Verwundert senkte sie den Blick. Sie erwog, ob er der Besitzer dieses Hotels sein konnte, aber irgendwie kam ihr diese Vermutung unpassend vor. Als habe das eine nichts mit dem anderen zu tun. Zum Glück brachte ihr der Kellner die Hauptspeise, die sie für die nächste Viertelstunde so in Anspruch nahm, daß sie sich nur auf das vor ihr Liegende konzentrierte.

Zu viele Gesprächsbrocken drangen bis an ihr Ohr, als daß sie sich einen Reim darauf hätte machen können, zudem sie kaum je ein Wort wirklich verstand. Manchmal war es sogar, als sprächen sie alle eine ihr fremde Sprache, die sie aber als keine bestimmte identifizieren konnte. Erst so nach und nach beruhigte sich Sophie so weit, daß sie nun auch den Speisesaal als solchen wahrnahm. Er war auf Biedermeierart eingerichtet, mit einer gold-weiß gestreiften Tapete, an der in schmucklosen Goldrähmchen die Bilder von Schauspielerinnen und Schauspielern hingen, die offenbar hier gewohnt hatten. Vielleicht würde auch ihr Bild einmal hier hängen. Zwei von schweren

Samtvorhängen halb verdeckte Flügeltüren führten in den Park hinaus, der im Dunkeln lag und nur vom Licht einer fernen Straßenlaterne sowie von den rechteckigen Lichtflächen der Fenster und Türen des Hotels erleuchtet war. Sie glaubte mehrere Gestalten zu sehen, die an den Türen vorbeihuschten, ohne daß sie wirklich etwas hätte ausnehmen können. So als wären es eher Schatten oder Schemen gewesen, wer sollte auch hier draußen herumschleichen? Aber während sie gerade dabei war, ihre Beobachtungen als Sinnestäuschungen abzutun, bemerkte sie, wie auch dieser Herr Alpinox seinen Blick nach draußen richtete und dann mit der Hand eine Bewegung machte, als wolle er etwas verscheuchen. Seltsam dies alles, die ganze Gesellschaft ... in was sie da wohl geraten war ... was konnte das alles nur mit ihr zu tun haben ...

Man war nun allgemein mit dem Essen fertig geworden. Einige der Damen erhoben sich bereits, gingen an andere Tische, redeten mit den dort Sitzenden. Ausdrücke wie Canasta, Bridge, Tarock ... fielen. Erst jetzt konnte sie auch die beiden anderen anwesenden Herren besser sehen, die, jeweils von einer Anzahl von Damen umgeben, an den Gesprächen teilhatten. Der eine von ihnen war von eher jugendlicher Erscheinung. Sein dunkles Haar reichte bis zur Schulter und glänzte, wie es schien, vor Nässe. Sophie traute ihren Augen kaum, als sie ein paar glitzernde Tropfen auf den Schultern seines Trachtenspenzers aus schwarzem Tuch bemerkte. Seine Haut wirkte glatt, von mattem Glanz, und seine großen dunklen Augen waren von dichten Wimpern umgeben.

Der letzte der drei anwesenden Herren sah eher klein aus, beinah verwachsen, und trug einen schwarzen Anzug, der an eine Art Bergmannstracht erinnerte. Sein Gesicht war scharf geschnitten, und das schüttere Haar, das unter seinem schwarzen, silberbestickten Käppi hervorschaute, schien grau und spröde wie Eisendraht. Er unterhielt sich mit der Dame, die wie eine Chinesin aussah, und beide machten im Gegensatz zu den meisten anderen ziemlich ernsthafte Gesichter.

Auch Sophie war nun mit dem Essen fertig, und da sie keinen Anlaß hatte, länger zu bleiben, faltete sie ihre Damastserviette und legte sie in die noch unbeschriftete Serviettentasche. Während sie sich erhob, ließ sie ihren Blick noch einmal kurz über die Anwesenden hinweggehen, und als er bei dem stattlichen Herrn mit dem schlohweißen Haar ankam, vergaß sie, ihn rechtzeitig niederzuschlagen, und so kam es, daß auch er sie ansah und sich grüßend vor ihr verneigte.

Eine einnehmende Erscheinung ... eine ausgesprochen einnehmende Erscheinung, dieser Herr im grünen Spenzer, sagte sie sich, als sie, bereits im Nachtgewand, noch einmal ans Fenster trat, um nach dem Wetter zu sehen. Es hatte zu regnen aufgehört, und der Himmel war sternklar. Bevor sie zu Bett ging, roch sie noch einmal an den Feuerlilien, und noch einmal begann sie die seltsamsten Vermutungen anzustellen, die aber zu nichts führten, was nach einem konkreten Ergebnis aussah.

Es war eine sonderbare Nacht gewesen, in der sie immer wieder für wenige Augenblicke erwacht war, ohne je wirklich zu sich zu kommen. Sie hatte von ihrer Mutter geträumt, ohne sich an den Verlauf des Traumes erinnern zu können, aber auch von den Leuten, die sie gestern beim Abendessen gesehen hatte. Es war eine Nacht gewesen, erfüllt von sanftem Rauschen und Gurren, von leisem Lachen und wispernden Stimmen, als huschten immer wieder Wesen, die beim Gehen den Boden kaum berührten, durch die Gänge. Doch wenn sie darüber nachdachte, konnte sie sich an nichts Bestimmtes erinnern. Als wüßte sie nicht zu unterscheiden zwischen ihren Träumen und dem dazwischenliegenden Erwachen. Auch hatte sie dieses nächtliche Treiben, das sie nur vage umschreiben konnte, nicht als Störung empfunden. Sie fühlte sich frisch und ausgeruht, als sie gegen sieben Uhr morgens erwachte. Aus Gewohnheit versuchte sie, nochmals einzuschlafen, was nicht gelang, es litt sie nicht mehr im Bett.

Sie begann bei weit geöffnetem Fenster mit einer ausführlichen Morgentoilette, streckte und reckte sich nach jedem Handgriff und sog die Morgenluft in vollen Zügen ein. Sie stand lange vor ihrem Kleiderschrank, unschlüssig, ob sie dieses oder jenes Kleid anziehen solle, und nachdem sie dazwischen einige Male ins Bad gelaufen war, entschied sie sich für ein einfaches sommerliches Leinenkleid. Vom Fenster aus konnte sie sehen, daß nicht im Speisesaal, sondern im Gastgarten gedeckt war, und als sie dann endlich gegen acht Uhr unten erschien, war sie der erste und einzige Gast einer freundlichen jungen Serviererin, die zu erschrecken schien über die frühe Kundschaft, obwohl alles bereitstand.

Das Wetter schien aushalten zu wollen und versprach einen herrlichen Sommertag. Und während sie so alleine dasaß bei Kaffee und frischem Gebäck, hatte sie Muße, ihre Erinnerungen an diesen Ort zu überprüfen. Sie ließ ihren Blick die Wälder empor über die Baumgrenzen bis zu den besonders markanten Gipfeln der beiden Hauptberge gleiten und die bizarren Felsformen wieder herabstürzen, ließ ihn auf der blauen und glatten Fläche des Sees ausruhen, um ihn dann über Wiesen und Felder wandern zu lassen. Sie hatte nicht mehr gewußt, wie schön es hier war, und eine Freude des Wiedersehens, mit der sie gar nicht gerechnet hatte, erfüllte sie mit solcher Heftigkeit, daß ihr fast die Tränen aufstiegen.

Der stark duftende Kaffee half ihr bald über die aufgekommene Rührung hinweg. Aus den Butterkringeln spritzten Wassertropfen, während sie sie auf eine resche Kaisersemmel strich, und in dem Glasschüsselchen mit der Marmelade fingen sich die Sonnenstrahlen, daß es nur so gleißte und glitzerte. Bis auf die Küche lag das Haus in tiefer Ruhe da, und aus keinem der halb offenen Fenster war auch nur ein Laut zu hören. Das Schild auf ihrer Serviettentasche war nun bereits mit ihrem Namen beschriftet oder zumindest mit einem Teil davon: Fr. v. Weitersl., weiter hatte das Papier nicht gereicht. Auf der Lehne des Stuhls, der ihr gegenüberstand, saßen zwei Spatzen und warteten auf die Brösel, die von ihrem Frühstück übrigbleiben würden.

Sie blieb noch eine Weile sitzen, hielt ihr Gesicht in die Morgensonne und überlegte, was sie nun als erstes tun solle. Eigentlich wartete sie darauf, daß jemand ihr sagen würde, was diese Einladung bedeutete, was man von ihr wollte. Irgend etwas würde man sicher von ihr wollen, umsonst hatte man sie gewiß nicht hierher eingeladen. Ob es etwas mit den Leuten von gestern abend zu tun hatte? Aber warum war dann niemand an ihren Tisch gekommen oder hatte sich ihr auch nur vorgestellt? Sie dachte wieder an den Mann im grünen Tuchspenzer, der sie zum Abschied so freundlich gegrüßt und von dem sie auch irgend etwas geträumt hatte. Und da war auch wieder ihre Mutter, an deren Tod sie sich so schlecht erinnern konnte. Sie würde in den nächsten Tagen zu der Villa hinaufsteigen, die sie danach hatte verkaufen müssen. Von hier aus konnte sie sie nicht sehen. Ob sie überhaupt noch stand? Möglicherweise war sie abgerissen worden, und an ihrer Stelle stand nun eines jener Bauspar-Tirolerhäuser mit Metallrahmenfenstern. Es schauderte sie, wenn sie daran dachte. Aber was half es, sie würde, auch wenn es so war, nichts dagegen tun können. Wieder dachte sie an gestern abend, wie deplaziert sie sich in ihrer Garderobe vorgekommen war. Es mußte etwas geschehen, und zwar sogleich. Sie würde die Serviererin nach einer Schneiderin fragen und sich sofort auf den Weg machen. Die Serviererin beschrieb ihr den Weg genau, und sie tat, als höre sie das alles zum erstenmal, dabei wußte sie nach wenigen Worten Bescheid. Die bewußte Schneiderei hatte es auch schon damals gegeben, als sie noch hier gelebt hatte, aber gewiß war sie größer oder sonst anders geworden. Es waren noch nicht viele Spaziergänger unterwegs, hauptsächlich ältere Leute, die die morgendliche Stille nützten. Sophie hatte das Hotel in Richtung Klause verlassen, der Gesang der Vögel vermischte sich mit dem Tosen der sich vereinigenden Flüsse, und die oberen Zweige der Haselbüsche bildeten ein grünes Dickicht, durch das kein Sonnenstrahl drang. Bei der Klause verweilte sie einige Augenblicke, geblendet von der zart gerippten, in der Morgensonne glitzernden Fläche des Sees, dessen gegenüberliegendes Ufer in feinem Dunst lag. Sie beobachtete, wie die Forellen unter der Brücke trotz der Strömung ihre Standplätze wahrten, um dann im nächsten Moment blitzschnell zu einem anderen Standplatz zu wechseln. Noch lagen all die kleinen rot und ocker bemalten Boote an den Ketten, einige wurden erst aus den Bootshäusern gefahren und schaukelten, die Sonne tief ins Holz einziehend, auf dem morgenkühlen Wasser.

Die Schneiderei. Sophie bog in einen schmalen Weg rechts von der Klause ein, der, begrenzt von einem verwitterten Bretterzaun, die Au entlangführte. Sie erschrak beinahe, als sie schon von weitem all die neuen Häuser dort stehen sah, wo es früher außer der Schneiderei nur noch zwei gegeben hatte. Und es dauerte eine Weile, bis sie sich zurechtfand und vor dem richtigen Haus anhielt. Gewiß, es war noch das alte Haus, aber es hatte einen Anbau bekommen, die Veranda war aufgestockt, und an einer anderen Stelle war eine neue Veranda dazugebaut worden. Es war ein typisches Haus aus der Gegend, dem das Anbauen nicht viel geschadet hatte. Es war schon immer üblich gewesen, an diese Art von Häusern anzubauen, ihre Bauweise sah es sozusagen schon vor, daß sie von Zeit zu Zeit an irgendeiner Stelle austrieben. Noch bot sich das Dazugekommene dem Blick ein wenig zu neu, aber in einigen Jahren würde das Wetter schon wieder ein Ganzes daraus machen.

Sophie trat durch das Vordach ein, läutete, und ein junges Mädchen kam an die Tür. Sie wünschen? fragte es. Eine ganze

Menge, antwortete Sophie und folgte dem Mädchen in die Schneiderwerkstätte. Guten Tag allseits, grüßte sie und ging auf eine etwas üppige ältere Dame mit rostgrauem Haar zu, die sich gerade erhoben hatte. Sie erkannte sie sofort. Es war die Schneiderin von damals, bei der sie und ihre Mutter sich seinerzeit schon einige Dirndlkleider hatten machen lassen. Auch die Schneiderin sah sie so an, als erkenne sie sie, wisse aber im Augenblick nicht, wo sie sie hintun solle. Sophie hätte ihr helfen können, indem sie sich zu erkennen gab, aber sie hatte keine Lust dazu, Fragen zu beantworten, die sich auf die ganzen seither vergangenen zwanzig Jahre beziehen konnten.

Womit kann ich Ihnen dienen? fragte die Schneiderin und sah sie noch immer aus den Augenwinkeln an, als ließe es ihr keine Ruhe.

Steirergewänder, mindestens zwei, und eilig ist es außerdem.

Wir hätten einige halbfertige da, erwiderte die Schneiderin und führte sie an eine Kleiderstange, von der eine ganze Reihe von Dirndlkleidern hing. Bei Ihrer Figur dürfte es kein Problem sein, Sie können alles tragen. Sophie wühlte mit den Fingern in den dicht hängenden Kleidern, deutete auf dieses und jenes und begann dann zu probieren. Es machte ihr Freude, sich in immer neuen Farben vor dem Spiegel zu begegnen. Als sie dann endlich ihre Wahl getroffen und zwei der Gewänder von dem Haufen der übrigen abgesondert hatte, probierte sie sie nochmals an, um sie an den richtigen Stellen abstecken zu lassen.

Ihrer Wahl nach zu schließen, kennen Sie sich aus mit der Tracht, sagte die Schneiderin und sah sie erwartungsvoll an, so als müsse sie auf diesen Köder hin ihre Identität lüften. Wenn man denkt, was die Touristen sich manchmal aussuchen ... Und als Sophie sich zu keiner der erwarteten Offenbarungen hinreißen ließ, fragte die Schneiderin: Darf man wissen, wo die Dame abgestiegen ist? Wenn Sie wollen, lasse ich die Sachen bringen.

Im Park-Hotel, sagte Sophie, ohne eine Miene zu verziehen. Ich wäre Ihnen dankbar, wenn Sie mir die Kleider heute abend dort abgeben lassen könnten. Für Silber ... sie würde dem Portier einen Wink geben.

Heuer sind viele Damen im Park-Hotel abgestiegen, sagte die Schneiderin mit einem seltsamen Ton in der Stimme.

Und sie tragen die hübschesten Steirergewänder, die ich je gesehen habe, nahm Sophie das Gespräch auf. Haben sie alle bei Ihnen arbeiten lassen?

Nicht daß ich wüßte. Die Schneiderin wirkte etwas gekränkt. Ich hab mich selbst schon gewundert, als ich neulich abends vorbeiging und die Damen alle im Garten saßen.

Sophie lachte. Sie müssen eine tüchtige Konkurrenz haben. Ist Ihnen denn keine von den Damen bekannt vorgekommen? Ich meine, vielleicht waren sie schon in früheren Sommern hier.

Nicht eine. Die Schneiderin hatte den Kopf gesenkt und fuhr mit leiserer Stimme fort. Die meisten sind sogar Ausländerinnen. Ich möchte wissen, wo die die Tracht herhaben.

Wenn ich es in Erfahrung bringe, lasse ich es Sie wissen, erwiderte Sophie, im Scherz den Ton der Verschwörung aufnehmend. Dann wählte sie noch einige Blusen und Schürzen, bezahlte und ging wieder in den herrlichen Morgen, der nun schon ein Vormittag war, hinaus. Sie wollte weiter, in den Ort, um eine jener Silberhalsketten zu erstehen, ohne die die Tracht nicht vollständig war.

Etwa zur selben Zeit wie die Fee Rosabelverde war auch Amaryllis Sternwieser jenes Landes verwiesen worden, in dem die Feen mehrere Jahrhunderte lang auf sehr angenehme Weise ihre Tage verbracht hatten. Europamüde, wie sie damals gewesen war, hatte sie zuerst den Nahen Osten besucht, dann den Fernen und hatte schließlich ein Menschenalter im Hain der beträchtlichen Stille bei ihrer Freundin, der Fee der beginnenden Kühle, gelebt. Aber auch in China hatte es sie nicht länger gehalten, und zuletzt hatte sie die Zeit immer weiter vorangetrieben, indem sie mehrmals sieben Jahre zu einem Tag werden ließ. Frisch gestärkt und erlebnishungrig, hatte sie eine Wolke bestiegen und sich auf derselben notdürftig eingerichtet. Doch alles, was sie sah, schien ihr bald zu weit weg. Sie konnte die Details so schlecht ausnehmen, und dem Enterischen verbunden, wie sie nun einmal war, ließ sie sich nach längerem Hin- und Hertreiben und öfterem Wolkenwechsel in einer ihr zusagenden Alpengegend sanft herniederregnen.

Der erste Eindruck überwältigte sie so sehr, daß sie sich augenblicklich in die landesübliche Tracht hineinwünschte, und als sie sich dann in einem jener überaus klaren Gebirgsseen des steirischen Salzkammerguts zum erstenmal in der neuen Aufmachung erblickte, war sie sehr zufrieden. Besonders gefiel ihr der große naturfarbene Strohhut mit dem Bortenband, und sie beschloß, nicht mehr ohne einen solchen in Erscheinung zu treten.

Bald darauf schloß sie sich einer jener wandernden Gruppen

an, bestehend aus fußtüchtigen Adeligen in verfeinerter älpischer Kleidung und müßigen, sie begleitenden Einheimischen beiderlei Geschlechts. Sie tat das auf so diskrete Weise, daß man allseits der Meinung war, sie wäre bereits von Anbeginn der entsprechenden Gebirgswanderung dabeigewesen. Einen Sommer lang wanderte sie also bergauf und bergab über Grate und Almen, bestaunte Wasserfälle und lobte das einfache Leben, die frische Milch und das würzige Brot, an dem es dank ihrer Hilfe auch nie mangelte, und gegen Herbst, als die Amt und Würden tragenden Herren wieder an den Hof und in die Hauptstadt zurückmußten und die Bürgerstöchter und Almerinnen Tränen beim Abschied vergossen, mußte sie sich eingestehen, daß sie sich schon lange nicht mehr so gut unterhalten hatte, und sie beschloß, sich in dem Tal, das sie das schönste dünkte, niederzulassen, dortselbst einen geruhsamen Winter zu verbringen und sich im darauffolgenden Sommer wiederum derselben oder einer ähnlichen Gruppe anzuschließen.

Amaryllis Sternwieser zog also in ein Holzhäuschen am Rande einer sauren Wiese, die im Frühjahr Narzissen tragen würde. Das Häuschen unterschied sich in seiner einfachen, aber behaglichen Bauweise in nichts von denen der übrigen Bewohner des Tals, und so nahm es auch niemanden wunder, daß es plötzlich da stand. Wie gesagt, Amaryllis Sternwieser vollführte alles auf so diskrete Weise, daß sie sich ohne Aufhebens in das Bewußtsein der Enterischen stehlen konnte. Kurz darauf hatte sie auch ihren ersten Dackel namens Max Ferdinand, und da sie sozusagen in der Einschicht wohnte, hatte sie auch ihre Ruhe vor den Enterischen. Nicht hingegen vor ihresgleichen.

Es dauerte nicht lange, und Rosalia, die Salige, machte ihr die erste Aufwartung. Sie habe sie schon mehrmals auf ihren ausgedehnten Spaziergängen beobachtet, die sie weit in der Wildfrauen Gebiet geführt hätten. Sie hoffe aber auf gute Nachbarschaft, und man würde sich freuen, wenn sie ihrerseits die Mühe des unbequemen Aufstiegs nicht scheuen und ihnen, den Wildfrauen nämlich, einen Besuch abstatten würde. Sie wohnten in jener geräumigen Höhle, bei den Enterischen als das Trisselbergerloch bekannt, und sie könne, ohne ihren Feenblick – denn als Fee habe sie sie sofort erkannt – besonders anzustrengen, an manchen Tagen ihre Wäsche davor hängen sehen.

Rosalia, die Salige, wäre eine strahlende Erscheinung gewesen, wäre ihre Haut nicht nach Art der Wald- und Baumgeister leicht grindig gewesen. Ihr rotbraunes Haar war von der Ausdruckskraft frischer Blutbuchenblätter, und das weiche fließende Kleid war so durchsichtig, daß man ihre Brustspitzen, die frischen Baumschößlingen glichen, mehr als ahnen konnte. Und während sie so mit Amaryllis Sternwieser plauderte, trank sie einen aufgewarteten Hollerschnaps nach dem anderen, so daß Amaryllis Sternwieser sich genötigt sah, ihr auch eine Reihe von Broten anzubieten, damit der Alkohol in dem nüchternen Magen keinen Schaden anrichtete. Und als sie dann auch noch Kaffee kochte, stand Rosalia, die Salige, nicht an, ihr ihre neueste Liebe einzugestehen, einen jungen Burschen aus dem Dorf, der sich, wenn auch nur heimlich, dafür bestens aufs Waidwerk verstünde und nach dem sie ganz wild sei, ebenso wie er nach ihr.

Amaryllis Sternwieser, die Geständnisse dieser Art nicht entsprechend zu schätzen wußte – ihr Feenblick hatte ihr die Amouren der Wildfrau schon längst kundgetan –, versuchte denn auch, die bekenntnisfreudige Rosalia bei Einbruch der Dämmerung mit höflichen, aber zielstrebigen Worten hinauszukomplimentieren, ein Unterfangen, dem erst, als der Mond schon hoch am Himmel stand, Erfolg beschieden war und das von der Wildfrau – empfindlich, wie leicht Berauschte nun einmal sind – auch als beleidigend empfunden wurde. Von daher rührte also der erste, wenn auch noch versteckte Groll der beiden gegeneinander, zu dem im Laufe der Zeit noch einiges an

Mißgunst und Mißverständnis hinzukommen sollte. Fürs erste jedenfalls hielten sie noch Frieden miteinander.

Dann herrschte einige Wochen Ruhe. Ein Herbsttag war prächtiger als der andere, und Amaryllis Sternwieser wanderte, nur von Max Ferdinand begleitet, über den Tressenweg in Richtung See, in dem die Farben des Himmels und der sich verfärbenden Bäume in kleinen Wellchen ineinanderliefen. Sie genoß die Anmut der herbstlichen Landschaft so sehr, daß sie, mit sich zufrieden, meinte, jeder Gesellschaft entraten zu können. Ihr war so geruhsam zumute, und die Vorfreude auf die Wanderungen im nächsten Sommer ließen sie nach dem ersten Frost mit dem Gedanken spielen, sich den Winter zu einer einzigen wohligen Nacht zu machen, ihn sich, kurz gesagt, zu schenken.

Ihre Ankunft jedoch hatte sich unter den Berg- und Wassergeistern herumgesprochen, und man war fest entschlossen, den Neuankömmling nicht ungeschoren zu lassen. Eines Morgens also, sie trank gerade – des noch immer strahlenden Wetters wegen bei offenem Fenster – Kaffee, als ein Auerhahn sich auf dem Fensterbrett niederließ, sich zuerst scheinheilig das Gefieder strählte und, als sie keine Anstalten machte, ihn zu verscheuchen, unter seinem Flügel einen dort befestigten Brief hervorzog und ihn ihr mit einem artigen Radschlag und ungewohnt balzendem Gehaben vor die Nase hielt.

Von Neugier, gegen die sie nur kurze Zeit angekämpft hatte, übermannt, nahm sie den Brief in die Hände, worauf der Auerhahn, seines Auftrags ledig, sofort entflog. Einer alten Gewohnheit zufolge roch Amaryllis Sternwieser geraume Weile an dem moosgrünen Brieflein, und Max Ferdinand, der ebenfalls über eine ausgezeichnete Nase verfügte, erlaubte sich, laut und freudig mit dem Schwanz zu klopfen, was sie sich mißvergnügt verbat, denn schon schwante ihr, daß aus ihrer geruhsamen Winternacht nicht viel werden würde und daß sie das nicht nur dem

Brief, sondern ihrer eigenen Neugier und der sofort erwachten Vergnügungssucht zuzuschreiben habe.

Verehrteste, hochmögende Fee! – stand in schmuckloser Handschrift an den Anfang des Briefes gestellt –

Sintemal Ihre reizende Erscheinung schon mehrmals meinen heimlichen Blick gestreift und ich kein Freund von ausgedehnten Briefschaften bin, wenns Reden einen leichter ankommen möcht, erlaube ich mir, sozusagen als Hausherr der Gegend, Ihre geschätzte Persönlichkeit in meinen bescheidenen Gebirgspalast auf eine gemütliche Jause zwecks näheren Kennenlernens zu laden. Etwelchen Schwierigkeiten der Ortsfindung von vornherein Einhalt gebietend, gestatte ich mir, Ihro Lieblichkeit kommenden Sonntag im kleinen, weil unauffälligen Gamslwagen um die für solcherlei Verabredungen übliche Ortszeit, nämlich gegen vier Uhr nachmittags, abholen zu lassen.

In dem Anlaß gemäßer freudiger Erwartung
untertänigst gezeichnet von
Alpinox respektive
dem Alpenkönig

Der Sonntag kam und mit ihm der Gamslwagen, Glock vier, wie schriftlich niedergelegt, und Amaryllis Sternwieser hatte sich, obwohl sie der ganzen Visite mit einigem Mißtrauen entgegenfieberte, in ein Steirergewand gekleidet, das sich zu den satten Farben des Herbstes verhielt wie der Ast zum Zweig und sich sozusagen harmonisch in den Anlaß fügte. Max Ferdinand war vor Begeisterung sofort aufgesprungen und arbeitete sich nach vor bis zum Bock, auf dem ein als Jäger gekleideter Dienergeist saß und in einem der Schriftsprache angenäherten Deutsch an Amaryllis Sternwieser die rhetorische Frage richtete: Wöllen aufsteigen?

Amaryllis Sternwieser, die den Kutscher für reine Staffage achtete, nickte nur leicht mit dem Kopf, nahm aber die ihr beim Aufsteigen helfen wollende Hand doch in Anspruch, und kaum hatte sie sich in dem leichten Gefährt halbwegs sicher hingesetzt, ging es auch schon über versteckte Forstwege der felsigen Höhe zu.

Nun ja, der Alpenkönig, sagte sie vor sich hin, während die Zweige der dicht stehenden Bäume von ihrem Gesicht zurückwichen. Sie erinnerte sich, einmal vor Urzeiten von ihm gehört zu haben, wenn ihr auch nicht mehr einfiel, bei welcher Gelegenheit, schließlich hatte sie lange im Ausland gelebt. Möglicherweise war er ein knorriger Kauz, der streng auf die Grenzen seines Reiches achtete und sie darauf aufmerksam machen wollte, daß sie sich innerhalb derselben der Anwendung geheimer Kräfte gänzlich zu enthalten habe. Vielleicht wollte er ihr überhaupt nahelegen, sich anderswo niederzulassen. Sie hatte keinesfalls vor, klein beizugeben, und während sie an all die möglichen Widernisse dachte, straffte sich ihre Haut, und ihre Augen wurden groß und leuchtend, so daß sie nach kurzem wesentlich jünger und schöner aussah, als sie es für den winterlichen Hausgebrauch vorgehabt hatte.

Mir sand da, meinte der Kutscher und scheuchte Amaryllis Sternwieser gerade rechtzeitig aus ihrer Verjüngung auf – sie hatte Gestalt und Aussehen einer guten Zwanzigerin angenommen –, wobei sie fraglos im Rahmen ihres Typs geblieben war, Veränderungen desselben pflegte sie so gut wie nie vorzunehmen, möglicherweise lag es auch gar nicht in ihrer Macht.

Sie hielten in felsigem Gebiet, das nur durch eine kleine Almwiese aufgelockert war, und als sie um sich blickte, stellte sie fest, daß sie sich ziemlich hoch im Gebirge befand. Besagte Almwiese fiel an den Rändern schroff ab und wich vor tiefen Abgründen zurück. Auf der anderen Seite, wo sich Felszacken türmten, konnte ihr sich rasch gewöhnendes Auge einen gut von natürlichem Gestein kaschierten Bau ausnehmen, der wohl der Palast des Alpenkönigs war. Zu beiden Seiten des Eingangs wuchsen herrlich erblühte Feuerlilien, und als Amaryllis Sternwieser sich dem Eingang näherte, ließ sie mit kundigem Blick ein paar Narzissen davor wachsen. Somit hatte sie ihre Visitenkarte abgegeben und konnte ungehindert eintreten, gefolgt von Max Ferdinand, der aus Vorfreude immer wieder niesen mußte.

Verehrteste haben also Farbe bekannt, meinte der Alpenkönig, der mit einemmal vor ihr stand. Sie befanden sich in einer mit Fackeln ausgeleuchteten Halle, an deren Wänden riesige Jagdtrophäen hingen, die gewiß aus der Vorzeit stammten.

Amaryllis Sternwieser wunderte sich über die unkonventionelle Begrüßung, die ihr zuteil wurde, sie hatte Diener, Lakaien, Hauspersonal, mit einem Wort eine Menge dienstbarer Geister erwartet und keineswegs damit gerechnet, daß Alpinox plötzlich so formlos vor ihr stehen könnte. Sie überließ ihm die Hand zum Kuß, senkte den Blick auf sein schlohweißes Haar, musterte seinen älpischen Anzug und machte sich so ihre Gedanken über den stattlichen Mann, der sie am Arm weiterführte.

Schön haben Sie es hier, war alles, was ihr einfiel, so verdattert war sie über den offensichtlichen Mangel an Pracht, die sie ja wohl hatte erwarten können.

Die Prunkräume sind oben, sagte er, als hätte er sich näher mit ihren Gedanken befaßt. Sie werden aber nur zu entsprechend förmlichen Anlässen gebraucht, fügte er lächelnd hinzu. Die angenehmen finden in der guten Stube statt. Und als er sie in einen kleinen Salon gebracht und ihr in einem Samtstuhl Platz angeboten hatte, meinte er: Lassen Sie uns die Zeit zu einer freundlichen Unterhaltung nutzen, bevor die anderen kommen. Ich hatte gehofft, Ihre erste Visite geheimhalten zu können, aber irgendwie hat die Gesellschaft Wind davon bekommen. Sie werden beobachtet, Verehrteste, glauben Sie mir, und sein Blick senkte sich in den ihren, als gelte es ein Geheimnis daraus zu bergen.

Amaryllis Sternwieser lächelte geschmeichelt.

Sie werden sehen, in Kürze fällt die ganze Schar hier ein. Von Wasserthal mit seinen Damen, Drachenstein und sein ganzer Anhang ... nur die arme Rosalia sitzt weinend in ihrem Loch. Die Enterischen haben ihren Wilderer dabei erwischt, wie er nachts im Friedhof Bohnen in die Augen eines Toten gepflanzt hat. Nach alter Unsitte wollte er sie darin keimen lassen – es soll ein Mittel für absolute Treffsicherheit abgeben. Jetzt sitzt der erbärmliche Erbarmungswürdige im Gemeindekotter, und Rosalia, die gute Haut, ist wieder einmal untröstlich.

Wenn sie schon so eine Vorliebe für die Enterischen hat, warum müssen es dann ausgerechnet Wilderer sein, meinte Amaryllis Sternwieser, und der Ton ihrer Stimme machte kein Hehl aus der geringen Sympathie, die sie für die Wildfrau empfand. Es gibt doch eine Reihe anderer honetter Leute, die aus reinem Vergnügen die Gebirge durchstreifen ...

Vor allem Erzherzöge, sagte Alpinox und warf Amaryllis Sternwieser einen scherzhaften Blick zu, und andere Würdenträger, denen sommers die Comtessen zu lange unter schattigen Bäumen sitzen bleiben und die sich daher lieber hier oben im Gebirge die Füße vertreten, besonders wenn so reizende Feen wie Sie, Verehrteste, mit von der Partie sind.

Geistesgegenwärtig besann sich Amaryllis Sternwieser auf ihre Feenkräfte und konnte es so zum Glück noch verhindern, daß ihr die Röte ins Gesicht stieg. Ich habe die Gesellschaft dieser Leute sehr genossen, sagte sie kühl, wenn es das ist, worauf Sie anspielen.

Alpinox lachte. Schon damals habe ich Ihnen aus so mancher Felsspalte bewundernd nachgesehen, wie Sie so mit flinkem Fuß über Stock und Stein stiegen. Amaryllis Sternwieser ging nicht weiter darauf ein. Sie pflegen näheren Umgang mit der Wildfrau? fragte sie.

So viele sind wir hier in der Gegend nicht, daß wir es uns leisten könnten, einander aus dem Weg zu gehen, meinte Alpinox gutmütig. Außerdem ist Rosalia ein gutes Mädchen, ein wenig eigen vielleicht, aber das sind wir ja alle.

Ich verstehe, sagte Amaryllis Sternwieser, in ihrer Eigenschaft als Baumgeist steht sie Ihrem Wesen gewiß näher ...

Als wer? fragte Alpinox und warf ihr einen beinahe verliebt zu nennenden Blick zu.

Amaryllis Sternwieser ärgerte sich, daß sie ihm Anlaß zu einer solch intimen Frage gegeben hatte, fuhr aber unerschrocken, ja sogar lächelnd fort, als unsereiner, der mit ein paar Blumen auf einer Wiese als Identifikationsgegenstand vorlieb nimmt.

Verehrteste schließen völlig falsch, sagte Alpinox, hob ihre Hand vom Tisch auf und küßte sie.

In diesem Augenblick klopfte es kaum vernehmbar, nur Max Ferdinand war aus dem Schlaf geschreckt, die Tür öffnete sich, und ein Diener trat ein, in dem Amaryllis Sternwieser, sie wußte selbst nicht, wie, den Auerhahn erkannte. Er war in die Sonntagstracht der Holzknechte gekleidet und trug ein volles Tablett herein, das er vor den beiden auf den Tisch stellte.

Etwas Kuchen und Ribiselwein, zur Erfrischung, sagte Alpinox, oder hätten Sie lieber Kaffee gehabt?

Danke, danke, sagte Amaryllis Sternwieser, die auf ihren eigenen Kaffee eingeschworen war, dessen fachgemäße Zubereitung sie auch der alpenköniglichen Küche nicht zutraute.

Du kannst gehen, Axel, sagte Alpinox mit einem Schmunzeln, das den untersuchenden Blicken von Amaryllis Sternwieser galt. Wie alle Feen hatte sie etwas übrig für schöne Gebrauchsgegenstände. Die Gläser waren aus reinem Bergkristall, einfach geschliffen und in Silber gefaßt. Das Tablett hingegen bestand aus mehreren Schichten des feinsten Glimmers, die in einen ovalen Holzrahmen gespannt waren, der zwei silberne Griffe hatte. Zwischen den Glimmerschichten war die vollkommene Blüte einer Feuerlilie eingeschlossen, deren Rottöne mit der Farbe des Ribiselweines harmonierten. Der Kuchen aber lag auf kleinen Bergkristalltellern, die ebenfalls in Silber gefaßt waren.

Auf daß ich Sie oft und oft sehen werde, sagte Alpinox und hob sein Glas, das in der Nachmittagssonne zu strahlen und zu funkeln begann.

Auf daß wir gut miteinander auskommen, meinte Amaryllis Sternwieser und hob ihr Glas an die Lippen. Dabei fiel ihr Blick auf den Grund desselben, sie stutzte, ließ sich aber nichts anmerken, trank einen Schluck und stellte das Glas wieder vor sich hin. Alpinox, der sie dabei beobachtet hatte, ließ sich ebenfalls nichts anmerken, wandte den Blick sogar für eine Weile ab und sah zum Fenster hinaus, als hätte er draußen etwas wahrgenommen, das des näheren Hinsehens wert war. Die paar Augenblicke, in denen seine Aufmerksamkeit von ihr abgewendet war, genügten Amaryllis Sternwieser, um zu vollbringen, was sie zu vollbringen wünschte. Nach einer Weile hob sie das Glas wieder an die Lippen, und nun gab sie sich wirklich als die Erstaunte.

Oh, sagte sie, das darf nicht wahr sein, und ihre Brauen hoben sich beinah bis an den Rand ihres bebänderten Strohhuts.

Nicht der Rede wert, sagte Alpinox, nur ein kleines Andenken an Ihren ersten Besuch. Ich wage kaum zu hoffen, daß es Ihnen gefällt.

Mit ihrem Zauberblick zog Amaryllis Sternwieser den Gegenstand vom Grund des noch halbvollen Glases in die Höhe, daß sie ihn bequem ergreifen konnte, ohne sich die Finger naß zu machen. Es war ein zierliches Silberarmband, mit böhmischen Granaten besetzt, wie es gut zu ihrer Tracht paßte, ohne aufwendig zu wirken. Die Kostbarkeit lag weniger im Material als in der Art der Verarbeitung, die jedoch nur von einem geübten Auge geschätzt werden konnte.

Also nicht den Finger, sondern die ganze Hand, dachte Amaryllis Sternwieser, laut aber sagte sie, allerliebst, werter Alpinox, wirklich allerliebst, ich werde es als Andenken stets werthalten.

Alpinox' Gesicht, das von einem zufriedenen Lächeln überstrahlt war, verzog sich plötzlich und fixierte einen Gegenstand in seinem Kuchen, der offensichtlich nicht zum Kuchen gehörte. Er war nicht viel größer als eine der Rosinen, hatte aber dem Anschein nach mit einer Rosine nichts gemein. Es war eine kleine nußförmige Kapsel aus Gold, und Alpinox hob sie prüfend in Augenhöhe. Ein kleines Mitbringsel, sagte Amaryllis Sternwieser, ihre Zufriedenheit über die gelungene Überraschung überspielend. Falls Sie sich einmal einen besonders angenehmen Schlaf herbeiwünschen wollen.

Alpinox hatte die Kapsel geöffnet und wollte gerade an ihrem Inhalt riechen, als Amaryllis Sternwieser ihm in den Arm fiel. Geben Sie acht, sagte sie, sonst schlafen Sie auf der Stelle. Alpinox nahm sanft ihre Hand von seinem Arm und führte sie an die Lippen.

Ich bin zutiefst gerührt, sagte er. Es handelt sich wohl um das sagenhafte Amaryllium. Ich werde diesen Schatz zu hüten wissen, und er steckte die Kapsel in die linke, grün ausgenähte Brusttasche seines schwarzen Tuchspenzers und strich noch mehrmals liebevoll darüber.

Amaryllis Sternwieser hatte plötzlich das Empfinden, daß nun der Liebesdienste genug erwiesen worden waren, und ein wenig hatte sie auch davor Angst, daß es zwischen ihr und Alpinox zu einer Situation kommen könnte, von der sie so rasch nicht überrumpelt werden wollte. Sie trank in kleinen Schlucken ihr Glas leer, aß auch ein paar Bissen von dem Kuchen, den Rest ließ sie auf unauffällige Weise Max Ferdinand zukommen, der unter dem Tisch saß und darauf wartete. Dann fragte sie Alpinox, der in ihren Anblick versunken dasaß, rundheraus, ob er ihr nicht seinen Palast zeigen wolle.

Wenn es Sie interessiert, meinte er beinahe abschätzig, will ich Ihnen gerne alles zeigen, und während sie sich erhoben, versuchte er auf diskrete Weise sich wieder ihres Armes zu bemächtigen, was aber Amaryllis Sternwieser auf ebenso diskrete Weise zu verhindern wußte.

Sie verließen also den kleinen Salon, in dem nicht nur die Vorhänge, sondern auch die Bezüge der Möbel aus grünem Samt waren und der als Gesamtheit wie eine Mooshöhle wirkte, und traten durch eine Doppeltür in einen karg möblierten Raum, der unmittelbar an die Felswand angebaut war. Eine kleine Quelle, die aus der Felswand entsprang, wurde in einem Becken aus Untersberger Marmor aufgefangen, um dessen Sockel herrlich grüne, an den Spitzen zum Teil noch eingerollte Farnkräuter wuchsen, und Amaryllis Sternwieser konnte es gerade noch verhindern, daß Max Ferdinand, der sofort hingeeilt war, seinem inneren Drang nachgab und das Bein hob. Nicht weit von der Quelle standen ein steinerner Tisch und eine steinerne Sitzbank, die aussahen, als wären sie aus einem Stück Felsen gehauen. Und als Zugeständnis an die Bequemlichkeit war nur ein schmales besticktes Sitzkissen zu entdecken, dessen Wollfarben schon ziemlich verblichen waren.

Die Bibliothek, sagte Alpinox, und als Amaryllis Sternwieser sich verwundert umsah und etwas zu suchen schien, zog er lächelnd die Vorhänge aus ungebleichter Leinwand zurück, die die übrige, nicht aus Felsen bestehende Wand bedeckten und die selbst wie jene Wand aussahen.

Die Rücken der Bücher stören mich beim Nachdenken, sagte Alpinox, und Amaryllis Sternwieser versuchte, so viele Titel wie möglich zu überfliegen, um sich ein besseres Bild von Alpinox'

Wesen zu machen. Das I Ging und die Bücher der Religionsstifter standen in einer Reihe, in einer anderen sogar die Philosophen der Enterischen, die jedoch nicht sehr gebraucht aussahen. Und immer wieder stieß sie auf unbeschriftete Buchrücken. Sie war sicher, daß es sich dabei um die geheimen Bücher handelte, und sie hätte gerne gewußt, ob die ihr bekannten darunter waren.

Viel zu schnell zog Alpinox den Vorhang wieder über die Bücher, als hätte er Angst, sie könne zuviel erfahren. Auf dieser Seite ist noch mein Schlafzimmer, sagte er, ohne es ihr zu zeigen, und sie hatte den Verdacht, daß es sich hinter einer ihrem Auge verborgenen Tür im Felsen befand.

Sie kamen nun wieder durch den moosgrünen Salon und von dort zurück in die Halle, die ihr nun viel größer erschien. In der Mitte zwischen den beiden Treppenaufgängen befand sich ein riesiger Kamin, in dem nur ein paar vereinzelte Scheiter glosten, der aber im Winter gewiß den ganzen Palast heizen konnte. Erst jetzt fiel Amaryllis Sternwieser auf, daß der Boden aus gepreßten Fichtennadeln bestand, die so dicht ineinander verwoben waren, daß keine davon an ihrem Schuh haftenblieb. Die Fackeln steckten in eisernen Ringen, die an der Wand befestigt waren, und ihr Licht ließ einige der urzeitlichen Trophäen besonders dräuend erscheinen.

Bevor ich Sie nach oben führe, sagte Alpinox, möchte ich Sie noch durch die Räume auf der anderen Seite des Kamins führen ... doch in diesem Augenblick waren von draußen Stimmen zu hören, die rufend und lachend näher kamen. Alpinox zuckte mit den Schultern. Sie sehen, man gönnt Sie mir nicht ... und wie auf einen geheimen Wink öffnete sich das Tor, Max Ferdinand bellte, und die Gäste drängten sich in kleinen Gruppen herein.

※

Silber. Sie griff sich mehrmals an den Hals, an die noch kühle und blanke Kette. Dann fiel eine Erinnerung über sie her.

Sie war ein Stück am See entlanggegangen und saß nun, knapp oberhalb des Seespiegels und unterhalb des Weges, auf einer Bank, ließ den Blick über die Blautöne des Wassers zu den Blautönen der Berge steigen, verfolgte, wenn auch teilnahmslos, vorübergleitende Boote, beschirmte wohl auch die Augen mit der Hand, um einem besonders großen bunten Schmetterling nachzuschauen, saß aber ansonsten in vollkommener Ruhe da, ausgeliefert der unorthodoxen Bewegung, in die ihr Gedächtnis gekommen war.

Silber. Der alte Silber. Mit einemmal war er aufgetaucht aus all der Verschwommenheit, die ihr früheres Leben zudeckte, und hatte wieder die Gestalt angenommen, in der sie einst so vieles gesehen hatte. Während sie jetzt nur mehr Silbers Namen, wie ein Maskottchen, mit sich herumtrug.

Der gute alte Silber. Er war nie wirklich alt gewesen, bis zu seinem Tod nicht. Sie hatte ein zart gemustertes Batistkleid mit Biesen über der Brust getragen, weiße Kniestrümpfe und schwarze Spangenschuhe, als er zum erstenmal mit ihr ausgegangen war. Sie spürte den Geschmack des wäßrigen Frucht-eises in ihrem Mund, sah auch den Fleck, den sie sich damit aufs schöne, aufs einzige schöne Kleid gepatzt hatte. Schlechte Zeiten damals, kurz nach dem Krieg. Und Silber, der noch nicht lange aus der Emigration zurück war, hatte mit seinem Taschentuch und etwas warmem Wasser versucht, den Fleck ungeschehen zu machen.

Es war an einem Tag wie diesem gewesen, und die Sonne hatte ihr in die Augen geschienen, bis sie der Stärke des Lichtes nicht mehr standhalten konnte und aufs Wasser blickte, in dessen kleinen Wellen sich das Licht erst recht verfing, so daß sie die Augen schließen mußte, wobei zwei unbeabsichtigte Tränen sich lösten. Da hatte Silber ihr Gesicht mit den Händen berührt und sie trösten wollen, ob des Flecks, wie er meinte, aber an den hatte sie dabei schon gar nicht mehr gedacht. Als sie dann zum Essen nach Hause kamen, Silber war, wie immer, eingeladen, küßte er ihrer Mutter die Hand und nahm zwischen ihnen beiden Platz, um mit Anstand das zu verzehren, was genaugenommen ihm zu verdanken war. Und schon damals, nach diesem ersten Mal, als er ihr Gesicht berührt hatte, ohne daß ihre Mutter dabei gewesen war, mit einer Berührung, die nur ihr galt und nicht dem Wohlwollen der Frau, die ihre Mutter war, hatte sie begonnen, seine leibliche Nähe zu suchen, mit einem Verlangen, das weder ihrem noch dem Alter Silbers entsprach.

Silber wußte das, aber er nahm es nicht zur Kenntnis, lange nicht zur Kenntnis. Wenn sie es nach wiederholter innerer Vorbereitung dann endlich wagte, und an jenem Tag war dies, ebenfalls zum erstenmal, geschehen, ihren Serviettenring fallen zu lassen, nach dem sie sich sogleich bückte, um sich beim Wiederauftauchen, unter dem Tisch hervor, Gleichgewicht suchend, an Silbers Arm festzuhalten, setzte Silber alles daran, ihr auf höfliche Art behilflich zu sein, sie mit beiden Armen heraufzuziehen und sie wie das Kind, das sie auch noch war, auf ihren Platz zu heben, die Rüge der Mutter ob ihrer Ungeschicklichkeit zu entschärfen und ihr somit als ein Bollwerk seiner selbst zu erscheinen, was ihre Berührungssehnsucht nur noch steigerte.

Das Haus wäre längst nicht mehr zu halten gewesen, hätte nicht Silber, ein alter Freund ihrer Mutter, den oberen Trakt zu einer Summe gemietet, die ihr und ihrer Mutter zu leben ermöglichte.

Silber hatte, so lang sie sich erinnern konnte, ihre Mutter verehrt. Soviel sie wußte, auch schon vor der Emigration. Inzwischen hatte es andere Männer gegeben, bessere und schlechtere. Es beruhigte sie, zu wissen, daß Silber nicht ihr Vater war, wenn sie auch manchmal wünschte, er wäre es.

Seit jenem ersten Mal, als er sie ausgeführt hatte, begann sie ihn und ihre Mutter zu beobachten, jeder Geste, auch der harmlosesten, aufzulauern und konnte doch nicht anders, als unter einem Vorwand in ihr Zimmer zu flüchten, wenn ihre Mutter in die obere Veranda hinaufstieg, um mit Silber Schach zu spielen.

Und sie warf sich aufs Bett, zog den Polster über den Kopf, um ja nicht in Versuchung zu fallen, nach dem Schatten, der aus der Veranda auf die Wiese fiel, zu spähen und daran zu erkennen, wie lange die Partien dauerten und wie viele Küsse dabei geküßt wurden. Und so, als wäre ein Zauber über sie verhängt, fiel sie dabei jedesmal in Schlaf, so daß sie ihre Mutter nie herunterkommen hörte. Später hatte sie sich dann lächelnd gesagt, daß ihre Mutter eben gar nicht heruntergekommen war, sondern erst am Morgen, wenn es nicht mehr auffiel, pflegten sie doch auf der oberen Veranda alle gemeinsam zu frühstücken.

Amelie von Weitersleben war eine schöne Frau gewesen, schön und selbstbewußt und nur zu irritieren durch kleinliche Alltagssorgen, wie sie es nannte, so zum Beispiel wenn kein Geld im Haus war und sie Sophie schickte, um beim Kaufmann anschreiben zu lassen.

Aber da war es immer wieder Silber, der stillschweigend Rechnungen bezahlte, ohne diesen Umstand auch nur zu erwähnen. Silber, der Sophie bei den Schulaufgaben half, weil ihre Mutter, Goethe zitierend, nicht mit Schulweisheit behelligt werden wollte. Er war immer wieder da, wenn auch nicht immer.

Und wenn Silber nicht da war, mußte Sophie sich selber helfen. Man kann nicht früh genug erwachsen werden, hatte ihre Mutter das genannt und sie gewähren lassen, indem sie immer das *wie* vor das *was* stellte. Amelie von Weitersleben wußte zu genau, wie das Leben auszusehen hatte, als daß sie sich sehr darum gekümmert hätte, was die Voraussetzung für ein Leben, wie das ihre, war. Immer wieder war es ihr gelungen, von dieser ihrer Auffassung vom Leben andere Menschen so zu überzeugen, daß sie sich genötigt sahen, sie darin zu unterstützen, allen voran natürlich Silber, der in seiner Treue zu diesem auf sich genommenen Dienst nicht nachließ, bis ihre Mutter gestorben war.

Es waren zwei Silber, an die Sophie zurückdachte, wenn sie an Silber dachte. Jener Silber aus ihrer Kindheit, der sich nie dazu hinreißen ließ, eine ihrer Annäherungen zu erwidern, und der ihr gleichzeitig die Verantwortung für sich selbst abnahm. Der nur hin und wieder ihre Hand ergriff und sie hielt, bis sie dem Drang, mit den Fingern an dieser Hand zu spielen, nicht mehr widerstehen konnte, und er ihre Hand rasch losließ, nicht weil er nicht gerne auf das Spiel eingegangen wäre, sondern weil er es sich und seiner Beziehung zu Sophies Mutter schuldig zu sein glaubte. Der es aber von Zeit zu Zeit zuließ, daß sie sich ihm unter irgendeinem Vorwand an die Brust warf und dabei ihr Gesicht an seinen Hals preßte. Er ließ es zu, um sich dieser äußersten Herausforderung einmal mehr zu stellen, ohne schwach zu werden und vielleicht doch einen Augenblick der Befriedigung daraus zu ziehen. Denn wie Sophie es damals sehr wohl gespürt hatte, bedeutete es für ihn das äußerste an Selbstbeherrschung, ihrer so offensichtlichen Aufforderung, sie zu umarmen, nicht nachzukommen. Wohingegen Sophie selbst durch sein sie bis zu einem gewissen Grade Gewährenlassen immer noch weiter zu gehen versuchte, bis ihr von Silber wieder eine jener unüberschreitbaren Grenzen gesetzt wurde.

Sie sah sich ganz in der Rolle der Erobernden und des jungfräulichen Vamps, die sie dank Silbers Langmütigkeit voll und ganz ausspielen konnte, um so mehr, als sie in ihrem Innersten sicher war, daß nichts ihr geschehen würde, daß sie diese von ihr so geliebte Rolle spielen konnte, sooft sie wollte, ohne die Folgen auf sich nehmen zu müssen, allerdings auch ohne die Befriedigung, gesiegt zu haben.

Es kam eine Zeit, in der sie sich so vollkommen mit ihrer Rolle als Verführerin identifizierte, daß sie zur Bestürzung ihrer Mutter, die in diesen Dingen wesentlich mehr Stil von ihr erwartet hatte, mit offenen Blusenknöpfen herumrannte, das Haar lang und wallend trug und keine Gelegenheit verstreichen ließ, eines ihrer Beine auf einen Stuhl zu stellen, um sich die Kniestrümpfe zu richten oder an ihren Socken zu zerren.

Ihre Mutter betrachtete ihr Benehmen zuerst mit Argwohn, schob es dann auf die Pubertät, wobei sie es nicht unterließ, bei gegebenem Anlaß entsprechende Bemerkungen zu machen. Wohl aus erzieherischen Gründen tat sie das manchmal auch in der Gegenwart von Silber, aber anstatt sich diese Zurechtweisungen vor ihm besonders zu Herzen zu nehmen, waren sie für Sophie Bestandteil des Spiels vom Aufreizen gewesen. Und wenn ihre Mutter nicht hinsah, warf sie Silber einen Blick zu, der besagte, sehen Sie nur, wie weit es mit mir gekommen ist.

Sie lebte in einem Gefühl der Selbstentäußerung, ja der Hingabe, das sie manchmal – grundlos, wie es ihrer Mutter vorkam – in Tränen ausbrechen ließ, in Tränen der Liebe über ein besonderes Gefühl, das gerade in ihr war. Andererseits wurde dieses Gefühl manchmal so körperhaft, daß sie in ihr Zimmer lief, sich die Kleider vom Leib riß und sich bäuchlings und nackt in ihr aufgemachtes Bett warf, um mit der bloßen Haut die Kühle des Leintuchs zu fühlen. Meist beruhigte sie dieses »mit dem ganzen Leibe liegen« – wie sie es insgeheim nannte – so sehr, daß sie einschlief und in vielen verschlüsselten Weisen von Silber träumte.

Einmal, als ihre Mutter mit einer Halsentzündung zu Bett lag und sie sicher war, daß sie weder zu Silber hinauf Schach spielen noch überhaupt aus dem Bett steigen würde, hatte Sophie es gewagt, das Spiel auf eine Weise voranzutreiben, die beinah das Ende desselben bedeutet hätte. Es mußte gegen Mitternacht gewesen sein, als sie »mit dem ganzen Leibe liegend« erwachte und, von den erlebten Träumen eher aufgereizt denn beruhigt, sich im Bett aufrichtete, das heißt eine Weile im Liegestütz verharrte und so beschloß, zu Silber hinaufzugehen, um zu sehen, was geschehen würde.

Sie zog ein dünnes Nachthemd über und, da sie nicht fror, keinen Schlafrock. Nur das Licht der einen Straßenlampe in der Nähe des Hauses und der noch nicht volle Mond erhellten den Treppenaufgang, denn sie hatte sich gescheut, Licht zu machen, als sie, vorsichtig Fuß vor Fuß setzend, nach oben schlich. Die Tür war wie üblich offen, knarrte auch nicht – ihre Mutter konnte nichts so wenig leiden wie knarrende Türen –, als sie sie öffnete, und als sie dann im sogenannten Salon stand, durch den es in die Veranda hinaus und links in Silbers Bibliothek und Arbeitszimmer, rechts aber in sein Schlafzimmer ging, blieb sie eine Weile auf Zehenspitzen stehen und atmete den leisen Geruch von Silbers Toilettewasser ein, der sich mit dem der ägyptischen Zigaretten, die er rauchte, mischte und nur für jemanden spürbar war, der ihn lange kannte.

Dann aber versuchte sie mit unendlicher Geduld und so lautlos wie möglich, die Tür zu Silbers Schlafzimmer zu öffnen, bis sie bemerkte, daß diese nur angelehnt war. Durch diese Überraschung war ihr Herzklopfen noch stärker geworden, und sie blieb eine Weile stehen, um sich an die Dunkelheit des Raumes, in den das Licht der Straßenlampe nicht hereinschien, zu gewöhnen. Dann aber, als sie das Bett ziemlich deutlich ausnehmen konnte, ja sogar glaubte, Silbers Kopf darin zu sehen, der hoch auf den Pölstern lag, schlich sie mit angehaltenem Atem in diese Richtung. Ihr eigener lauter Herzschlag hinderte sie daran, nach Silbers Atem zu lauschen, und als sie neben dem Bett stand, hatte sie plötzlich Angst vor dem eigenen Mut, und sie wußte, daß sie im Begriff stand, etwas Unwiderrufliches zu tun, aber da sie nun einmal so weit gekommen war, hätte nichts mehr an eigenen Erwägungen sie davon abhalten können, auch noch den nächsten Schritt zu tun. Tastend fuhr sie mit den Händen über die Bettdecke, ohne genau zu wissen, was sie überhaupt tun würde oder sollte, wenn diese ihre Hände nun wirklich auf Silber stießen.

Mit einemmal kam Silbers Stimme aus einer ganz anderen Richtung, nämlich vom Fenster her, wo er stehen oder sitzen mußte.

Komm her, hörte sie Silber sagen. Und die Wachheit in seinem Ton – er mußte sie die ganze Zeit über beobachtet haben – versetzte ihr einen solchen Schreck, daß sie sich mit dem Oberkörper auf das leere Bett fallen ließ, bereit, sich für ihre Handlungsweise töten zu lassen. Komm her, hörte sie Silber noch einmal sagen, und in seinem Ton lag mit einemmal so viel an erwachsener Zärtlichkeit, daß ihr bang vor ihm wurde und sie gleichzeitig Hoffnung schöpfte.

Wo ... wo sind Sie? wagte sie dann zu fragen, und Silbers Gestalt trat nun vor das ihrem Blick immer deutlicher erkennbare Fenster, wo er dann dastand wie ein Schattenriß.

Sophie begann auf ihn zuzugehen, und wieder dachte sie dabei an den Tod, aber nicht mehr wie an eine Strafe.

Ich wollte nur ... stammelte sie, während ihre Füße sich zu Silbers Schattenriß hintasteten. Dann fiel ihr nichts mehr ein, und sie ging geradewegs auf ihn zu, bis seine Hände auf ihren Schultern lagen und er sie etwas von sich weghielt, als wolle er ein Mehr an Berührung vermeiden.

Das sollst du nie wieder tun, sagte Silber, und sein weißes Haar schien ihr zu leuchten.

Sophie wußte, daß sie nur eine einzige Bewegung machen mußte, eine ganz kleine, und er würde sie in die Arme nehmen und an sich drücken, wie sie es sich immer gewünscht hatte. Aber sie brachte es nicht über sich; es streifte sie eine Ahnung dessen, was sie damit auslösen würde.

Geh jetzt, sagte Silber sanft, sonst erkältest du dich. Sophie nickte gehorsam, den festen Druck seiner Hände auf ihre Schultern duldend, der sie wenden ließ und durch das Zimmer gehen.

Soll ich dir auf der Treppe Licht machen? fragte Silber, als sie wieder im Salon standen. Sophie schüttelte den Kopf.

Gute Nacht ... Silber küßte ihre Stirn. Gib acht, daß du nicht fällst. Sie versuchte so schnell wie möglich in ihr Zimmer zu kommen, ohne ihre Mutter durch eine Ungeschicklichkeit zu wecken, was ihr auch gelang. Als sie dann wieder in ihrem Bett lag, stieg es ihr heiß auf, und sie versuchte, nicht mehr daran zu denken. So als wolle sie diese Möglichkeit, das Spiel zu beenden, von nun an für immer ausschließen.

*

Es ging auf Mittag zu, als Sophie vom Strom ihrer plötzlich ausgebrochenen Erinnerung ans Ufer gespült wurde, an dem sie noch immer saß.

Ihr schwindelte ein wenig vor der Dichte des Gefühls für den längst verstorbenen Silber, das wieder in ihr erwacht war. Mein Gott, sagte sie sich, wie habe ich nur so lange an all das nicht denken können. Und sie glaubte sich daran zu erinnern, einmal mit Silber auf genau dieser Bank gesessen zu sein.

Die Seeluft hatte sie hungrig gemacht, und sie war sicher, daß sie, wenn sie jetzt aufbrach und sich dann auf ihrem Zimmer noch etwas frisch machte, gerade rechtzeitig zum Essen kommen würde, wobei sie unter rechtzeitig den Umstand meinte, daß dann wohl auch all die sonderbaren Damen und Herren vom Vorabend zum Essen da waren.

Als Sophie ins Hotel kam, saßen nur ein paar Sommerfrischler aus den umliegenden Pensionen im Gastgarten, die für die Hotelgäste gedeckten Tische waren noch leer. Sie ging in ihr Zimmer, nahm den Silberschmuck ab, sie hatte ihn nur angelegt, um sich an ihn zu gewöhnen, er paßte nicht zu ihrem Kleid, und wusch sich die Hände.

Die Sonne hatte ihr Gesicht lang genug beschienen, um ihm einen Hauch von frischer Farbe zu verleihen, sie konnte also auf Rouge verzichten. Sie rieb Hals und Arme mit Eau de Toilette ein, spähte während der verschiedenen Handgriffe immer wieder in den Gastgarten hinunter, roch nochmals an den Feuerlilien, die in unverminderter Frische in ihrer Vase standen, lackierte, als sich im Gastgarten noch immer nichts ereignete, einen ihrer Fingernägel nach, flatterte dabei wie ein Vogel mit den Armen, um den Lack trocknen zu lassen, und ging dann, sich ihrem Hunger beugend, die Treppen hinunter, ohne jemandem von den anderen Gästen zu begegnen.

Ihr Tisch stand angenehm im Halbschatten und an einer Stelle, von der aus sie den ganzen Gastgarten bequem überblicken konnte, aber noch war da nichts, das ihr Interesse geweckt hätte.

Als der Kellner, es war nun wieder der vom vorigen Abend, ihr die Frittatensuppe einschenkte, versuchte sie, ihn mit einer harmlosen Frage aus der Reserve zu locken. So als hätte sie die gedeckten Tische einfach nicht gesehen, meinte sie: Haben wohl einen Ausflug gemacht, die anderen Gäste?

Der Kellner lächelte. Die Damen schlafen lange, und das Frühstück wird ihnen ans Bett gebracht. Zum Essen kommen sie meistens erst spät.

Sophie, die sich nicht allzu interessiert zeigen wollte, machte keine Bemerkung dazu, sondern bat nur, ihr zur Hauptspeise keine Erdäpfel zu servieren. Sie wissen ... erklärte sie, man denkt nicht daran und ißt sie doch, mit dem Erfolg, daß man sich nicht mehr auf die Waage traut.

Auch ihre Mutter hatte in puncto Linie immer Haltung bewahrt und streng darauf geachtet, nicht zuzunehmen. Bei Frittaten hatte allerdings auch sie nicht widerstehen können, und sie machte sie meist dann, wenn Silber da war, als Ausrede vor sich selbst.

Silber. Und wieder mußte Sophie an ihn denken. Nun an den anderen Silber. Als ihre Mutter bereits tot war. Sie hatte auf Anraten von Silber die Villa, die immer mehr zum Haus geworden war, verkauft und war fortgezogen, in die Hauptstadt. Es war Silber zu verdanken gewesen, daß sie das Haus verkaufen konnte, ohne dabei alles zu verlieren. Silber hatte in den letzten Jahren finanzielle Mißerfolge gehabt, sonst hätte er den Verkauf des Hauses gar nicht zugelassen. Sie wiederum wollte nicht, daß er das letzte, was er hatte, für ihre Ausbildung ausgab. Er verwaltete ihr Geld, solange er lebte. Danach hatte Sophie es einfach ausgegeben.

Sie hatte darauf bestanden, allein in einem Untermietzimmer zu wohnen, obwohl Silber ihr angeboten hatte, über einen Teil seiner geräumigen Wohnung zu verfügen. Sophie hatte sie dann als Ganzes geerbt. Es war das einzige, was sie noch besaß. Und nun, da sie ein festes Engagement hatte, würde sie endlich darin wohnen.

Die Situation zwischen ihnen hatte sich, als sie in der Hauptstadt lebten, umgekehrt. Nun war es Silber, der ihre Nähe, die Berührung suchte. Aber Silber war Silber. Er wollte sie zu sich kommen lassen. Er wartete täglich, stündlich darauf, daß sie ihm, so wie früher, ihre Bereitschaft zu erkennen gab, die Sehnsucht danach, von ihm umarmt zu werden. Sie aber wartete darauf, daß er einfach nach ihr greifen würde. Vielleicht hatte sie sogar einen Antrag erwartet oder zumindest eine Erklärung. Obwohl sie wußte, daß sie davor zurückschrecken würde. Nun, da nichts mehr an Skrupel oder Rücksichtnahme ihr den Weg versperrte und sie sich ihm in die Arme werfen hätte können, war ihr nicht mehr danach. Und ihr Verhalten Silber gegenüber wurde kindlicher, als es während ihrer Kindheit je gewesen war.

Es lag nur zum Teil an den Einflüssen von außen, der neuen

Umgebung, der Schauspielschule, den jungen Kollegen, daß sich ihr Gefühl für Silber verändert hatte. Es lag eher an der Veränderung ihrer Situation. Nun mußte sie sich entscheiden. Es hing von ihr ab, ob sie sich den Wunsch ihrer Kindheit erfüllte oder nicht. Und sie wollte ihn sich erfüllen. Sie wollte die Umarmung Silbers kennenlernen. Sie wußte, daß sie ihn einmal, ein einziges Mal dazu auffordern würde. Dann wäre der Bann gebrochen. Sie würde frei sein, frei auch von Silber, wie sehr er sie noch lieben mochte. Sie würde keine Rücksicht mehr auf ihn nehmen. Mit einemmal begann sie, an den Altersunterschied zu denken, an die mehr als vierzig Jahre, die zwischen ihnen lagen.

Ach, Silber. Sie liebte ihn, und doch liebte sie ihn nicht. Er war die Jahre ihrer späten Kindheit hindurch so groß geworden, daß es ihr unerträglich schien, nicht vor ihm auszubrechen. Solange dieses eine Mal noch vor ihr lag, war alles in der Schwebe.

Silber litt unter ihrem Zögern, doch schien er sich ihrer sicher zu sein, selbst dann, wenn er bei Gelegenheit seinen Arm um ihre Schulter legte und sie unter einem Vorwand aus dieser Berührung schlüpfte. Er verstehe, wie er sagte, ihr Streben nach Selbständigkeit, nach dem bißchen Freiheit, das ihrer Jugend zustehe. Und zusehends hatte auch er vom Altersunterschied zu reden begonnen. Er hielt weiter die Hand über sie, beriet und unterstützte sie, so gut er konnte und in dem Maß, in dem sie es zuließ.

Sooft sie es erlaubte, führte er sie aus. Ins Theater oder zum Essen. Jetzt war sie es, die etwas zuließ oder erlaubte, und an diesem Gefühl des Gewährenlassens wuchs sie empor zu einer Größe, die Silber erschrecken mußte, so als stünde er plötzlich einer Sache hilflos gegenüber, die immer in seiner Hand war, in seiner Hand gewesen war.

Auf diese Weise verging mehr als ein Jahr. Das Warten auf der einen und Hinhalten auf der anderen Seite ähnelte immer mehr einem Ritual mit bestimmten Verhaltensweisen, die immer zwingender wurden. Kleine Gesten des Kompromisses bürgerten sich ein, wie zum Beispiel, daß sie einander zur Begrüßung und zum Abschied auf beide Wangen küßten oder daß Silber manchmal ihre Hand an die Lippen führte, was sie mit damenhafter Gelassenheit duldete.

Sophie kam immer seltener in Silbers Wohnung. Meist trafen sie einander in einem Kaffeehaus und gingen von dort in ein anderes Lokal oder auch in die Oper. Am Ende ließ sie sich von Silber nach Hause bringen, ohne daß sie ihm ihr Zimmer je auch nur gezeigt hätte. Silber nahm das zum Teil als das, was es war, nämlich die Verteidigung dessen, was er lächelnd als ihr Privatleben bezeichnete. Sie sei noch zu jung, meinte er, um ihm gegenüber auf ein solches verzichten zu können.

Sophie hatte nie so recht gewußt, was Silber tat, wenn er nicht bei ihnen wohnte, und sie hatte auch jetzt nur einen schemenhaften Begriff davon, womit er seinen Lebensunterhalt verdiente. Sie wußte nur, daß er Kaufmann war. Seine Geschäfte aber mußten in den letzten Jahren eher schlecht gegangen sein, denn er hatte begonnen sich einzuschränken, und wann immer sie bei ihm anrief oder zu ihm hinaufging, fand sie ihn zu Hause vor. Meist hatte er in einem Buch gelesen, oder er saß über seiner Sammlung von Versteinerungen, mit einer Lupe in der Hand, durch die er sie als Kind oft hatte schauen lassen. Viele dieser Steine hatte er in den Bergen gesammelt, an deren Fuß sie mit ihrer Mutter gewohnt hatte, und sie erinnerte sich an Ausflüge und Wanderungen, die sie zu dritt unternommen hatten und von denen Silber mit einem Rucksack voller Steine zurückkam. Als sie noch wirklich ein Kind gewesen war, hatte diese seine Sammelleidenschaft sie eher gestört, hieß es doch, geduldig zu sein und auf ihn zu warten, wenn er sich einbildete, in einem unscheinbaren Geröllhaufen etwas ganz Bestimmtes zu finden.

Die neue Bereitwilligkeit, mit der er nun, wann immer sie kam, von seiner Sammlung abließ, um sich ganz ihr zu widmen, ließ sie ahnen, welch bedeutenden Platz in seinem Leben sie bereits eingenommen hatte. Silber gab sich Mühe, es ihr zu verbergen, aber sie spürte es immer deutlicher, daß er nur mehr für sie da war. Und sie dachte mit Schrecken daran, wie er die ganze Zeit über so dasaß und darauf wartete, daß sie ihn rief, daß sie ihn darum bat, das zu tun, was zu tun ihm als einziges noch wichtig zu sein schien. So als hätte er sich mit allen ihm zur Verfügung stehenden Kräften auf sie konzentriert und sich von den anderen Dingen zurückgezogen. Nicht daß er in den letzten Monaten verfallen wäre, er war auch nicht wirklich gealtert. Nur hagerer war er geworden, und sein Blick glomm auf eine Weise, die vermuten ließ, daß er bald brennen würde.

Dennoch war er jener Silber geblieben, der sich erhob, um ihren Stuhl zurechtzurücken oder ihr die Jacke um die Schultern zu legen, und das alles mit einer solchen Selbstverständlichkeit, daß es Sophie meist nur dann auffiel, wenn sie kurz vorher oder kurz danach mit anderen Leuten zusammengewesen war, die so gar nichts von Silbers behutsamer Fürsorglichkeit hatten.

Manchmal, sagte ihr seine Haushälterin in der Küche, ginge er stundenlang in der Stadt spazieren. Sie könne das an seinen Schuhen sehen. Doch wenn ihn jemand geschäftlich zu sprechen wünsche, sage er jedesmal unter einem anderen Vorwand ab. Sie wisse nicht, wo das noch hinführen solle, sagte die alte Frau kopfschüttelnd, während sie das Gemüse für das Mittagessen putzte.

Sophie hatte die Augen niedergeschlagen und das Tablett mit dem Kaffeegeschirr hingestellt. Sie ließ es sich nicht nehmen, wie in alten Zeiten, den Frühstückstisch abzuräumen, obwohl Silber ihr immer wieder zu erklären versuchte, daß sie hier zu Gast sei.

Sie müssen ihn sehr gerne haben, fuhr die Haushälterin unbeirrt fort, weil Sie ihn noch immer besuchen kommen. Sie kennen ihn wohl schon lange? Seit meiner Kindheit, sagte Sophie, mit der Betonung auf dem Wort Kindheit. Sie wußte, worauf die alte Frau, die scheinbar viel von Silber wußte, obwohl es höchst unwahrscheinlich war, daß er ihr von sich erzählte, hinauswollte.

Dann aber kamen Wochen, in denen sie sich jedesmal, wenn sie einander trafen, vornahm, es diesmal geschehen zu lassen. Sie stellte sich vor, wie sie von hinten leise an ihn herantreten und ihn umarmen würde, während er nach ihren Händen griff und sie zu sich nach vor zog, bis ihr Kopf an seinem Hals liegen würde. Und es würde all das geschehen, was sie als Kind so herbeigesehnt hatte, und mehr noch. Sie würde endlich wissen, wer Silber wirklich war, ihn ein und für alle Male erkennen.

Aber so, wie sie damals, als er jede Verantwortung für sie übernommen hatte, trotz aller Herausforderung vor der letzten Konsequenz zurückgeschreckt war, in dem Bewußtsein, es bliebe ihr dann nichts mehr, so gelang es auch Silber immer wieder, die letzte Entscheidung hinauszuzögern, weil auch er zu wissen schien, daß ihm dann nichts mehr bleiben würde außer der Erinnerung und daß er somit auch ihre Mutter ein letztes Mal verlieren würde, ihre Mutter, die er so lange und treu geliebt, in ihr vielleicht wiedergeliebt hatte.

Als es dann wirklich geschah, war mehr als ein Zufall vonnöten, um das Ritual des Wartens und Hinhaltens zu durchbrechen und es damit auch aufzuheben. Mit Absicht konnte das nichts zu tun haben, in diesem Fall wäre sowohl Silber als auch Sophie etwas Besseres eingefallen als ein verlorener Wohnungsschlüssel.

Sie waren in einem Barockmusik-Konzert und anschließend noch in einem Restaurant gewesen, wo sie etwas gegessen und Rotwein dazu getrunken hatten. Silber begleitete sie wie üblich zu Fuß nach Hause, es war nicht weit, und Sophie hatte, wie auch sonst, seinen Arm genommen. Der Rotwein hatte eine angenehme Wirkung, und Sophie redete enthusiastisch von der Musik, die sie gehört hatten.

Sie mußte ihren Wohnungsschlüssel in der Garderobe ausgestreut haben, doch war es schon zu spät, ihn dort noch zu suchen. Heiter und fröhlich gelaunt, wie sie war, nahm sie Silbers Angebot, in einem der Schlafzimmer in seiner Wohnung zu übernachten, an.

Dann aber, als sie bereits in Silbers Wohnung waren, kam es zu dem zweiten Zufall, der eher ein Kniefall war. Als Silber ihr im Flur den Mantel abnahm, stolperte er über die Spitze eines Schirms, der aus dem unteren Teil des Schirmständers gerutscht war, und bei diesem seinem Stolpern riß er Sophie mit, die sich jedoch an einem der hängenden Mäntel festhielt, was damit endete, daß Silber auf den Knien vor ihr lag, mit der Hand ihren Arm haltend, und sie diese Hand und damit Silber wieder hochzuziehen versuchte, was auch gelang. Nur daß Silber, sein Stolpern, so gut es ging, kaschierend, sie nun an beiden Schultern faßte, genau wie damals in jener Nacht, als sie in sein Schlafzimmer gekommen war. Sophie, überwältigt von der Erinnerung, legte nun ebenfalls die Arme um Silber und ihr Gesicht an seinen Hals.

Sie hörte ihn nur ihren Namen sagen. Es klang wie ein unterdrückter Schrei, ohne Triumph, eher geängstigt und so voller Hingabe, daß sie sich daran berauschte und ihrerseits ein Gefühl des Triumphes zu verspüren meinte, das sie sich in dieser Heftigkeit nicht einmal vorzustellen vermocht hatte.

Dann hob Silber sie auf und trug sie durch all die dunklen Räume bis in sein Schlafzimmer, wo er sie mit solcher Sanftheit aufs Bett legte, daß sie schon meinte, er würde sie nie und nimmer antasten.

Sie mußte sich selbst ausziehen, in dem nur von der Straßenbeleuchtung erhellten Raum, während er eine ihrer Blößen nach der anderen wie ein Blinder abtastete, als lerne er, sie durch ihre

Haut auf eine neue Weise zu sehen. Und da liebte sie ihn wieder, obwohl sie sich das alles ganz anders vorgestellt hatte, liebte ihn mit demselben Verlangen, mit dem sie als Kind seine körperliche Nähe ersehnt hatte, liebte ihn so sehr, daß sie dieser Liebe wegen wieder die Rolle der Verführerin annahm und selbst begann, ihn zu entkleiden, als könne sie es nicht erwarten, »mit dem ganzen Leibe zu liegen«, ihn mit ihrem Körper zuzudecken. Sie schlang sich um ihn, als gäbe es nicht genügend Stellen für eine Berührung, als müsse sie jede Möglichkeit der Vereinigung auskosten, und es war nicht Silber, der sie küßte, sondern sie war es, die Silber küßte. Ihre ganze Jugend lag in der Entschiedenheit, mit der sie ihn zwang, in sie einzudringen und nicht mehr von ihr zu lassen. Er hatte sie besiegt, indem er aus ihr wieder die gemacht hatte, die ihn liebte und begehrte, und sie wollte ihm diesen Sieg heimzahlen.

Als sie dann sein trockenes, heiseres Atmen hörte, begann sie zu spüren, daß auch sie gesiegt hatte, und sie empfand eine Lust, die so frei war von Scham, weil ohne Verantwortung, und sie grub ihre Nägel und ihre Zähne in Silbers Leib, um ihn schreien zu hören, während sie selbst schrie. Um dann plötzlich einer Müdigkeit anheimzufallen, der sie sich mit derselben Schamlosigkeit überließ wie der Lust, und sie schlief ein, ohne Silber auch nur einmal noch geküßt zu haben.

Als sie erwachte, war es schon hell draußen, nicht sehr, aber doch so, daß sie das Zimmer und seine Einrichtung erkennen konnte. Sie fühlte sich noch immer müde und wollte versuchen, gleich wieder einzuschlafen, als sie merkte, daß Silber nicht neben ihr lag. Sie nahm an, daß er nicht hatte schlafen können und hinausgegangen war. Sie richtete sich auf, überlegte, ob sie sich ein Glas Wasser holen sollte, und in diesem Augenblick sah sie ihn. Er lag, zusammengekrümmt wie ein Embryo, seitlich auf dem Fell vor seinem Bett. Und obwohl sie seine Augen nicht sehen konnte, wußte sie, daß er tot war.

Die Beziehungen, die Amaryllis Sternwieser zu den aufeinanderfolgenden Generationen derer von Weitersleben unterhielt, waren mannigfaltig und reichten bis in die Zeit kurz nach ihrer Ankunft im steirischen Salzkammergut zurück. Einerseits hatte es damit begonnen, daß Euphemie, genannt Fifi von Weitersleben, nach dem Tod ihrer Eltern allein dastand und diesen Zustand nicht für so schrecklich hielt. Sie beschloß, Gut und Ehre, die ihr von der Familie hinterlassen worden waren, selbst zu verwalten, enthielt sich also der Ehe, was sie nicht daran hinderte, ein Kind zur Welt zu bringen. Daß es darüber zu keinem größeren Skandal gekommen war, hatte sie eher den Gepflogenheiten des steirischen Salzkammergutes (wo Kinderkriegen immer schon mehr zu den Frauen als zur Ehe gehörte) als denen ihres Standes zu verdanken. Der Umstand, daß schon die Eltern sich kaum je bei Hof und selten in der ihnen rangmäßig zustehenden Gesellschaft hatten blicken lassen, führte über lang dazu, daß man die Familie von Weitersleben aus dem Ball- und Einladungskalender gestrichen hatte und sie damit aus den Augen und dem Bewußtsein verlor, sie einfach vergaß.

Euphemie also stand am Anfang einer bis heute fortdauernden Tradition derer von Weitersleben, den Namen in weiblicher Linie zu vererben, ohne das Joch der Ehe auf sich zu nehmen. Seltsamerweise entsprang diesen jochlosen Verbindungen jeweils wieder eine Tochter, die den Namen ihrerseits an die eigene Tochter weitergab. Die Ehre wurde also, wenn auch auf eigenwillige Weise, so doch erfolgreich, bis zur Gegenwart verwaltet.

Bei der Verwaltung des Gutes war den Damen weniger Erfolg beschieden, was nicht so sehr auf einen Mangel an Intelligenz als auf einen Mangel an Interesse zurückzuführen ist. Weder Verschwendungssucht noch Spielleidenschaft waren, wie sonst bei alten Familien üblich, der Grund des materiellen Niedergangs, sondern die Unfähigkeit, zu dem Vorhandenen etwas dazuzuerwerben. Und so wurde aus dem Vorhandenen trotz Mäßigkeit im Verbrauch immer mehr ein Nichtvorhandenes, aus dem dann Sophie Silber, wie die vorderhand letzte von Weitersleben sich nannte, ihre Konsequenzen zu ziehen hatte.

Euphemie aber, die am Anfang der weiblichen Linie derer von Weitersleben stand, hatte wie so viele andere Bräuche auch jenen alten außer acht gelassen, der besagt, daß das erste Badewasser eines weiblichen Kindes unter einen Birnbaum gegossen werden muß. Es fiel niemandem auf und brachte die ersten drei Jahre hindurch auch keinen Schaden. Aber als Konstantine, genannt Titine, von Weitersleben in ihr viertes Lebensjahr eintrat, geschah etwas hierorts noch nie Geschehenes, und die heimischen Schutzgeister, durch keine Birnennymphe gewarnt, fühlten sich überrumpelt, als sie erst im nachhinein davon erfuhren. Titine von Weitersleben war von einem aus Albion ins steirische Salzkammergut verbannten Elfenstamm geraubt und verschleppt worden.

George MacDonald hat in der Erzählung »The Carasoyn« die Geschichte dieses ursprünglich aus Schottland kommenden Stammes genau beschrieben, der schon seinerzeit wegen Kindesentführung nach Devonshire verbannt worden war und dann wegen Wiederholung desselben Delikts hierorts landete, wobei das Grausame der Bestrafung darin lag, daß es immer eine noch schönere Gegend sein mußte, in die man die Elfen verbannte, eine zwar schönere, in der sie aber immer weniger heimisch sein sollten. George MacDonald hatte schon richtig erkannt, von welch eitler und boshafter Wesensart jener Stamm war, vor allem seine Königin, die das Kinderstehlen nicht lassen konnte. Dabei meinte es das Stille Volk, wie sie genannt wurden, nicht so böse, zumindest was den Fall Weitersleben angeht (bei Colins Sohn war es schon Rache gewesen). Sie waren so entzückt von der Schönheit und dem Liebreiz der kleinen Titine, daß sie nicht hatten widerstehen können. Hinzu kommt, daß ihnen trotz allem die Aussicht auf weitere Verbannung nicht mehr viel anhaben konnte, sie hatten sich entgegen dem Sinn der Strafe mit dem Wanderleben abgefunden, wenn sie sich auch noch als echte Schotten fühlten. Ihr Schicksal hatte insofern Rücksicht auf sie genommen, daß es sie an den Orten der Verbannung immer Flüsse und Seen, das Wasser, das sie so liebten, vorfinden ließ, und so hatten sie es sich einigermaßen bequem machen können. Und auch die Berge und die Wälder behagten ihnen, selbst wenn sie daran auszusetzen hatten, daß es keine schottischen waren.

Zwar lag das steirische Salzkammergut um vieles weiter von Schottland entfernt als Devonshire, doch hatte es für das Stille Volk den Vorteil, daß die meisten seiner Blumen unbesetzt waren, also nicht eine jede einen persönlichen Betreuer besaß, und so hatten die Elfen, was in Devonshire ein Glücksspiel gewesen war, hier sogar die Wahl, in welcher Blüte sie sich niederlassen wollten. Obwohl ihnen die hiesigen Blumen zumeist fremd waren und sie deren Wartung im Einzelfall erst lernen mußten, gediehen die Blumen prächtiger als je vorher und freuten sich über die für Elfen selbstverständlichen kleinen Handreichungen wie das Zurechtrücken eines Tautropfens oder das Abklauben von Ungeziefer. Es gab Blumen, die dieser Elfenstamm bevorzugte, vor allem solche, die in der Nähe von Gewässern wuchsen oder auf an sich feuchtem Boden. Sie hatten es dann nicht weit zu ihren Badeplätzen, und auch die Flotte, mit der sie einst auf dem

Bach durch Colins Haus gefahren waren, lag in dem winzigen Ostersee, der sich in der Seewiese an den großen See anschloß, vor Anker. Dieser See allerdings war nur zu Hochwasserzeiten oder nach der Schneeschmelze ein echter See mit genügend Wasser, so daß sie auf ihm umherfahren konnten. Es gehörte zu ihrer Bestrafung, daß ihnen der große See verboten worden war. Da es aber in diesem Frühjahr viel geregnet hatte, schien es noch eine Weile zu dauern, bis der See austrocknete, und sie nützten die Zeit, so gut und so oft sie konnten.

Auf einer ihrer nächtlichen Wanderungen, besser gesagt auf einem ihrer nocturnen Umflüge, kamen sie auch zu der höher gelegenen Narzissenwiese, die voller Blüten stand. Dieser Anblick und der Duft, der von den weißen Sternen ausging, berauschte den Stamm so sehr, daß er ein großes Tanzgelage abhielt und sich, soweit dies außerhalb von Schottland möglich war, einfach glücklich fühlte. Doch als die Elfen gegen Morgen, vom Tanzen müde geworden, in die Blüten kriechen und sich zur Ruhe legen wollten, gelang ihnen das nicht. Es war, als hätten die Narzissen einen eigenen Abwehrzauber, und nicht einmal vor der Königin öffnete sich auch nur ein Kelch. Die Elfen waren zuerst verwirrt und traurig, dann aber erbosten sie sich und beschlossen, in der nächsten Nacht wiederzukommen, um den Zauber zu enträtseln.

Amaryllis Sternwieser, die, wie gesagt, noch nicht lange in der Gegend weilte, hatte auf verschiedenen Umwegen in Erfahrung gebracht, daß eine der Vorfahrinnen Euphemiens von Weitersleben, wahrscheinlich die Mutter oder die Großmutter, aus Feengeschlecht stammte, besser gesagt die Tochter einer Fee (wenn sie bloß gewußt hätte, welcher) und eines Enterischen gewesen war und dann in aller Stille in die Familie von Weitersleben eingeheiratet hatte. Gespannt darauf, zu welchen absonderlichen Blüten und Wucherungen das Feenblut im menschlichen Leib der Euphemie ausgetrieben haben mochte, machte sich Amaryllis Sternwieser eines Nachmittags auf den ziemlich langen Spazierweg, der ins Dorf hinab und von dort aus wieder die Hänge hinauf führte, um Euphemie von Weitersleben ohne den Pomp gutbürgerlicher vorheriger Anmeldung ihre Aufwartung zu machen.

Auch Amaryllis Sternwieser hatte keine Ahnung davon, daß Titine geraubt worden war, und so traf sie eine ziemlich aufgelöste, schmerzenswilde und zu so ziemlich allem entschlossene Euphemie an, die sich ihr, ob des freundlichen Gesichtes, ohne Umstände an die Brust warf.

Amaryllis Sternwieser, die sich in einem solchen Fall zu helfen wußte, netzte in einem unbemerkten Augenblick ihren Finger mit einer leichten Amaryllium-Lösung, die sie stets bei sich trug, und strich damit Euphemie behutsam über die Stirn, was bewirkte, daß diese sogleich etwas ruhiger wurde und Hergang und mutmaßliche Hintergründe des Verbrechens zu erzählen begann. Aus dieser Erzählung allein jedoch wäre Amaryllis Sternwieser nicht klug geworden, doch ihr geheimes Wissen sowie die frühere Bekanntschaft mit einigen schottischen Feen ließ sie bald die auch richtige Vermutung anstellen, daß der Kindsraub nur zu Lasten jenes verbannten Elfenstammes gehen konnte, der mit aller Gewalt versucht hatte, in ihre Narzissen einzudringen, und dem sie dessentwegen ohnehin schon Mißtrauen entgegenbrachte.

Ruhiger geworden, verspürte Euphemie zum erstenmal seit dem Tag, an dem Titine geraubt worden war, den Wunsch, etwas zu essen, und so ließen sich die beiden Damen eine kräftigende Brettljause servieren, zu der sie sich obendrein mit einigen Gläschen Wacholderschnaps stärkten.

Amaryllis Sternwieser hatte sich nach dem zweiten Gläschen andeutungsweise als das, was sie war, zu erkennen gegeben, natürlich unter dem Siegel der Verschwiegenheit, und Euphemie, die nun wieder klar und beschwingt denken konnte, hatte

Amaryllis Sternwieser von den Feengerüchten in ihrer Familie, die diese ohnehin schon kannte, erzählt. Gemeinsam begannen sie nun nach Wegen zu einer möglichen Befreiung von Titine zu suchen, was sich als schwierig erwies, da auch Amaryllis Sternwieser die Bräuche und Gepflogenheiten des verbannten Elfenstammes zu wenig kannte. Doch kamen sie überein, daß jeder Versuch auf diskrete und äußerst vorsichtige Weise angegangen werden mußte, da man durch unüberlegte Handlungen der kleinen Titine nur schaden konnte. Amaryllis Sternwieser bat sich einige Tage Bedenkzeit aus, sie wollte mit den anderen lang existierenden Wesen, die hierorts ansässig waren, die Vorgangsweise besprechen und sie gegebenenfalls um Hilfe und Beistand bitten.

Euphemie, die nun die Angelegenheit in kundiger Hand wußte, hatte ihr Selbstvertrauen so weit wiedergewonnen, daß sie sich ihrer Rolle als Gastgeberin besann und Amaryllis Sternwieser durch Haus, Garten und Stallungen führte. Die kleine Villa lag auf einem abschüssigen Hang, nicht weit unter dem beginnenden Wald, und von der Glasveranda aus hatte man einen herrlichen Blick auf den Ort mit dem See, aber auch auf die umliegenden Berge, sogar der Gletscher bot sich von einer seiner reizvollsten Seiten dem Blick dar. Die dazugehörige kleine Landwirtschaft hatte Euphemie an einen Bauern verpachtet, dessen Magd auch die paar im Garten verbliebenen Hühner fütterte, deren legfrische Eier die von Weiterslebens zum Frühstück verzehrten.

Die einzigen Tiere, deren Betreuung Euphemie um keinen Preis aus der Hand gegeben hätte, waren ihre Hunde, kleine Langhaardackel, mit denen sie züchtete und die sich ihres schönen Felles und ihrer überdurchschnittlichen Intelligenz wegen bereits in weitem Umkreis großer Beliebtheit erfreuten. Auch Amaryllis Sternwieser war beim Anblick einer Dackelhündin, die ihre sechs Welpen säugte, so angetan, daß Euphemie sie bat, sich einen davon auszusuchen und mitzunehmen. So war Amaryllis Sternwieser zu ihrem ersten Max Ferdinand gekommen.

Nachdem sie Euphemie nochmals ihres Beistandes versichert und ihr einige tröstende Worte gesagt hatte, machte sich Amaryllis Sternwieser, es begann schon leise zu dämmern, auf den Heimweg. Max Ferdinand hatte sie in ihren Bortenbeutel gesetzt und in ihren Arm gebettet, und obwohl er noch von Zeit zu Zeit wimmerte, schien ihn die Trennung weniger zu schmerzen als bei jungen Hunden üblich, was Amaryllis Sternwieser als erste Sympathiebekundung deutete. Während sie nun, die Abendluft genießend, mit beschwingten Schritten zum Dorf hinunterstieg, dachte sie über den Elfenstamm und eine Möglichkeit, ihm beizukommen, nach. Sie überlegte auch, wen sie am besten um Hilfe bitten konnte. Alpinox kam ihr in den Sinn, über dessen Macht sie sich noch nicht im klaren war, der ihr aber gewogen schien. Sie ließ sich noch einmal durch den Kopf gehen, was sie von den Elfen bisher alles erfahren oder wahrgenommen hatte, was nicht viel mehr war, aber je mehr sie es hin und her wendete, desto deutlicher trat ein Faktum hervor, nämlich daß der Elfenstamm das Wasser den Bergen vorzog, was sie schließen ließ, daß Alpinox vielleicht doch nicht der richtige Beistand war.

Während sie so in Gedanken vor sich hinschritt, hatte sie sich unwillkürlich für den Heimweg, der ein Stück am See entlangführte, entschlossen und nicht für den anderen auf der Rückseite des Kogels. Als sie sich dessen bewußt wurde, befand sie sich bereits bei der Seeklause, wo sie anhielt, sich über das Geländer beugte und mit forschendem Blick die Strömung absuchte. Mit einemmal spürte sie ein Kitzeln an ihrem linken Fuß, das sie so sehr erschreckte, daß sie beinahe den Beutel mit Max Ferdinand hätte fallen lassen. Gleich darauf ertönte ein silbernes Lachen, das von unter der Brücke herzukommen schien, und Amaryllis Sternwieser, die sich noch ein wenig nach vor gebeugt hatte, erblickte eine der kleinen Nixen aus dem Haushalt von Wasserthals, des ortsansässigen Wassermanns. Sie schluckte also Schreck und Ärger über den ihr gespielten Streich, packte die Gelegenheit in Form der kleinen Nixe beim Schopf und zog sie unter dem Brückengeländer hervor.

Du hast scheints nichts anderes zu tun, als ehrbare Leute zu erschrecken, sagte Amaryllis Sternwieser mit mildem Groll zu der triefenden Nixe, die sie vor sich aufs Brückengeländer gesetzt hatte. Die Nixe, nicht sicher, an wen sie da geraten war, verzog den Mund in weinerlicher Zerknirschung, hinter der aber schon wieder Lachen hervordrängte, sintemal das Gesicht von Amaryllis Sternwieser, vom Licht des aufgehenden Mondes beschienen, eher freundlich aussah.

Dem kann abgeholfen werden, fuhr Amaryllis Sternwieser in ihrer Ansprache fort, ich möchte, daß du Herrn von Wasserthal bittest, mich zu empfangen. Wann, bleibt natürlich ihm überlassen, nur sollte er es nicht zu lange überschlafen, die Angelegenheit eilt, wenn sie auch wohlüberlegt sein sollte. Ja, das will ich gern, säuselte die kleine Nixe und wollte gerade übers Geländer zurück in die Strömung rutschen, als Amaryllis Sternwieser den Arm nach ihr ausstreckte und sie gerade noch bei dem dünnen Algengewebe, aus dem ihr Kleid gemacht war, erwischte.

Weißt du denn, wer ich bin? fragte sie. Wen Herr von Wasserthal überhaupt empfangen soll? Da machte die Nixe große runde Froschaugen und sah nicht besonders intelligent drein. Amaryllis Sternwieser seufzte leise, und die Befürchtung stieg in ihr auf, daß die kleine Nixe sich womöglich nicht einmal ihren Namen merken würde, also sagte sie einfach, ich bin die Narzissenfee, wiederhol das. Ich bin die Narzissenfee, sagte die kleine Nixe mit gesenktem Kopf, und Amaryllis Sternwieser seufzte ein zweites Mal. Hör zu, sagte sie langsam und mit übergroßer Deutlichkeit, nicht du bist die Narzissenfee, sondern ich bin es. Du sagst zu Herrn Wasserthal, er möge so freundlich sein und die Narzissenfee empfangen, ist das klar? Klar, sagte die kleine Nixe und entwischte diesmal wirklich, und während sie mit leisem Plätschern davonschwamm, wiederholte sie mehrmals das Wort Narzissenfee. Amaryllis Sternwieser schüttelte lächelnd den Kopf und seufzte ein drittes Mal, genau in dem Augenblick, als sie es feucht durch den Beutel kommen spürte. Desungeachtet drückte sie Max Ferdinand liebevoll an sich und beeilte sich, nach Hause zu kommen.

Es war bereits Nacht, und Amaryllis Sternwieser schwebte mehr, denn sie ging, den Weg zum Sattel hinauf. Bevor sie zu ihrem Haus kam, sah sie einen seltsamen Lichtschein über der Narzissenwiese auf und nieder huschen, der ihre Aufmerksamkeit erregte. Zu Hause angelangt, befreite sie den zappelnden Max Ferdinand aus ihrem Beutel, gab ihm etwas warme Milch zu trinken und ließ ihn dann einmal an der Amaryllium-Verdünnung riechen, worauf er sich gähnend in ein Körbchen betten ließ und sofort einschlief. Amaryllis Sternwieser löschte die Lichter und glitt lautlos zur Tür hinaus und hinüber zur Narzissenwiese, um zu sehen, was dort vorging. Sie verbarg sich hinter einem ausladenden Hollerstrauch, an einer Stelle, die sie die ganze Wiese überblicken ließ. Ihre Vermutung erwies sich als richtig. Die Elfen waren wiederum gekommen und tanzten nach einer wunderschönen, wenn auch eintönigen Melodie, deren Verlockung selbst Amaryllis Sternwieser sich kaum erwehren konnte. Und auch die Gestalt, in der die Elfen sich Schritt für Schritt in die Luft erhoben, dünkte sie so lieblich, daß ihr Herz weich zu werden drohte und sie beinah vergessen hätte, wessen man die Elfen beschuldigte. Nach einer Weile kamen zwei der grün gekleideten kleinen Leute bis dicht an den Hollerstrauch, vor dem sie im Gespräch auf und ab gingen, ohne Amaryllis Sternwieser zu bemerken.

Diese Blumen, sagte der eine, während er an einem Tautropfen nippte, den er in einem Blattkelch mit sich trug. Sie müssen in jemandes Besitz sein. Weil sie sich vor uns verschließen? fragte der andere und wickelte sich, als wäre das eine alte Gewohnheit von ihm, eine Pflanzenfaser um den Finger, die er gleich darauf wieder entrollte.

Außer uns gibt es hier keine Elfen. Und wem sollten Blumen sonst gehören als den Elfen.

Amaryllis Sternwieser zog, als sie dies hörte, die Mundwinkel verächtlich herab und schüttelte leise den Kopf.

Da steckt ein böser Zauber dahinter, fuhr der andere fort, gegen den wir scheints machtlos sind.

Wenn ich ehrlich sein soll, sagte nun wieder der mit dem Tautropfenkelch, bin ich sie langsam leid. Ihr betäubender Duft verursacht mir tags darauf immer Kopfschmerzen. Wenn die Königin nicht so darauf versessen wäre, einen Gegenzauber zu finden ... Ich für meine Person würde lieber mit der Flotte auf den großen See hinausfahren.

Wenn wir die Erlaubnis dazu hätten ... sagte der andere in schwärmerischem Ton. Ach was Erlaubnis, wir sollten es wenigstens versuchen. Der hiesige Wassermann soll ein läppischer melancholischer Träumer sein, der seine eigenen Feste feiert, ohne sich um uns zu kümmern. Und wer außer ihm sollte es uns verwehren?

Es wäre herrlich, auf der weiten mondlichtblanken Fläche dahinzufahren, ohne darauf achten zu müssen, ob die Ruder sich in Schilf und Wasserpflanzen verfangen. Und die Segel würden nicht mehr so schlaff herabhängen. Wir sollten die Königin zu überreden versuchen.

Das ist nicht schwierig. Bei ihrer Veranlagung zur Tollkühnheit wird es ein Abenteuer nach ihrem Geschmack sein.

Vor allem beim nächsten Vollmond. Ich bin sicher, daß sie nicht widerstehen kann.

Da näherte sich eine dritte kleine Gestalt, und Amaryllis Sternwieser hörte sie fragen: Habt ihr nach dem Kind gesehen?

Wir gehen schon, erwiderten die anderen. Ein wenig Ruhe wird uns wohl gegönnt sein. Das Kind ist an sicherem Ort ...

Es ist eure Aufgabe, immer wieder nach dem Kind zu sehen, erwiderte die dritte Gestalt etwas ungehalten.

Wir gehen ja schon ... und die beiden sprangen in kuriosen Figuren mitten durch die Tanzenden hindurch, wo Amaryllis Sternwieser sie bald aus den Augen verlor. Am liebsten wäre sie ihnen nachgehuscht, war sie doch sicher, daß es sich bei dem Kind nur um Titine handeln konnte, doch schien ihr das angesichts all dieser Elfen zu riskant. Es hätte ihr auch nichts geholfen, sich unsichtbar zu machen. Die Elfen hätten ihre Anwesenheit schon durch die Bewegung der Luft, die ihre Schritte auch als unsichtbare verursachen würden, gemerkt. So warf sie einen letzten Blick auf all die mondhelle Lieblichkeit und schlich dann, den Kopf voller Gedanken, zu ihrem Haus zurück, in dem Max Ferdinand noch immer friedlich schlief.

Als sie am nächsten Morgen aus dem Fenster sah, fand sie einen taufeuchten Brief davor liegen, in dem mit grüner Perlmuttinte zu lesen stand, daß von Wasserthal ihrem Besuch mit Freude entgegensähe. Wenn ihr das passe, erwarte er sie gleich heute zum Dejeuner. Sie solle kurz vor zwölf Uhr mittags bei der Fischerhütte am Kaltenbrunn sein, von wo Laquina, eine vertrauenswürdigere Nixe als die Kleine von der Klause, sie abholen würde.

Amaryllis Sternwieser verbrachte den Vormittag damit, sich Max Ferdinand zu widmen, der zuerst im Haus, später im Garten kleine Erkundungsmärsche unternahm, um seine neue Umgebung kennenzulernen. Als er dann gegen Mittag hundemüde und freiwillig in sein Körbchen stieg, ließ sie ihn zur Vorsicht noch einmal an der Amaryllis-Verdünnung riechen, damit er nicht vorzeitig erwachte und sich allein und verlassen vorkam.

Amaryllis Sternwieser setzte sich dann eine Weile vor ihren Spiegel mit dem holzgeschnitzten Rahmen und begann sich zurechtzuwünschen, bis sie sicher war, von Wasserthal würde zwar nicht gerade in Anbetung vor ihr niedersinken, aber immerhin angetan sein.

Es war strahlend schönes Wetter, viel zu warm für die Jahreszeit, als sie über den Sattel bis zum See hinunterstieg und sich dort in der Nähe der Klause ihr kleines Boot aus der Bootshütte des Tischlers, bei dem sie es eingestellt hatte, holte. Der breite Strohhut mit dem Bortenband schirmte ihr Gesicht gegen die Mittagssonne, und von der Oberfläche des Sees stieg trotz der Hitze ein kühler Hauch auf, der ihr wohltat. Sie ruderte geradewegs über den See, bis sie zu der Fischerhütte am Kaltenbrunn kam, wo sie ihr Boot festmachte, ausstieg und sich ans Ufer des kalten Gebirgsbaches setzte, der dem Ort seinen Namen gab. Ein paar Fichten, behäbige Büsche und Sträucher spendeten gerade so viel Schatten, daß sie bequem darin sitzen konnte, doch hatte sie das Schauen in die mittägliche Helligkeit und den wolkenlosen Himmel so müde gemacht, daß sie sich mit einem Arm an den überkragenden Boden der Schifferhütte stützte, damit der Kopf ihr nicht zu schwer wurde. Es herrschte eine große sonnenheiße Stille, so als verharrte nicht nur die Sonne im Zenit, sondern jedes Ding und jedes Lebewesen in der ihm angemessenen Lage. Sie versuchte sich noch einmal zu überlegen, was sie von Wasserthal sagen wollte, aber ihre Gedanken schienen genau so träge zu verharren wie ihr Arm, auf dem eine Fliege saß, reglos und wie gebannt, ohne auch nur ihre Flügel zu putzen. Von fern hörte sie den ersten Glockenschlag, der die Mittagszeit ankündigte, aber selbst dieser schien ohne Nachfolger zu verhallen, so als wäre auch die bewegliche Zeit unbeweglich geworden.

Amaryllis Sternwieser konnte sich nicht mehr darauf besinnen, wie es gekommen war, daß sie nun an der Hand der schönen hochgewachsenen Nixe Laquina durch einen grünen Laubengang schritt, dessen hin und her schwingende Blätter von der noch einfallenden Sonne wie mit Gold beschichtet waren. Je weiter sie kamen, desto mehr verschwamm das Grün in ein Blau, so als führte der Gang durch einen entgegengesetzten Himmel. Am meisten beeindruckte sie, daß sie sich ebenso ungehindert bewegen konnte wie auf der Erde, daß sie das Wasser aber dennoch mit all ihren Sinnen spüren konnte, ohne dadurch in der Atmung behindert zu sein. Es kam ihr ganz wunderbar vor, so auf dem Grunde des Sees dahinzuschreiten, gestreichelt und liebkost von etwas weichem Blauen, das genauso durchsichtig war wie die Luft, durch die sie auf so mancher Wolke gesegelt war. Auch hatte sie sich den Seegrund viel kühler, ja beinah kalt vorgestellt, doch schien das Wasser dieselbe Temperatur wie ihr Körper zu haben, was sie als angenehm empfand. Nachdem sie die neben ihr herschwimmende Laquina, die sich nur mit kleinen Stößen ihrer Schwanzflosse weiterbewegte, nämlich so, daß sie den Eindruck erweckte, zu gehen, eine Weile beobachtet hatte, versuchte auch sie, sich vom Boden abzustoßen und mit kurzen Beinbewegungen vorwärts zu kommen. Laquina nahm es gerne an, daß auch Amaryllis Sternwieser zu schwimmen vorzog, auf diese Weise kamen sie schneller von der Stelle, und Amaryllis Sternwieser fühlte sich bei dieser Art von Bewegung so wohl, daß sie sie nur mit Bedauern aufgab, als sie bereits vor dem Eingang zum von Wasserthalschen Palast standen.

Ihre Augen mußten sich erst darauf einstellen, die Dinge unter Wasser richtig zu sehen, denn alles war auf irgendeine Weise durchsichtig und mehrschichtig, und so geschah es ihr, daß sie gleichzeitig den Palast in seiner äußeren Gestalt, aber auch all seine inneren Räume zu sehen vermeinte, was sie sehr verwirrte.

Laquina merkte Amaryllis Sternwiesers Verwirrung und riet ihr, mit dem Schauen unter Wasser vorsichtig zu sein. Sie müsse sich auf das konzentrieren, was sie sehen wolle, das Äußere, die Erscheinungsform, oder das, was dazwischen und dahinter sei. Sie müsse freiwillig eine Auswahl für ihre Augen treffen. Wenn sie sich erst daran gewöhnt habe, gehe es schon. Wenn sie das nicht tue, werde sie, als nicht ständig im Wasser lebendes Wesen, bald den Verstand verlieren.

Amaryllis Sternwieser versuchte den Rat der Laquina, so gut es ging, zu befolgen. Sie konzentrierte sich also auf die äußere Erscheinungsform des von Wasserthalschen Palastes, und wirklich, nach wenigen Augenblicken nahm sie seine Umrisse wahr, die einerseits an ein Zelt gemahnten, aber in ihrer leichten maschenförmigen Bauweise auch an eine bestimmte Art von Fischernetz, nämlich an eine umgedrehte Sommersegge erinnerten. Auch schien ihr, als würden die Umrisse des Palastes, sie als Mauern zu bezeichnen kam ihr gar nicht erst in den Sinn, nicht feststehen, sondern von der leisen Strömung hin und her gewiegt werden. Der Palast wirkte, trotz der konischen Anordnung, sehr geräumig, und kleinblättrige, zart rankende Wasserpflanzen wucherten an ihm empor. Und nun, sagte Laquina, die Amaryllis Sternwieser noch immer an der Hand hielt, richten Sie bitte Ihr Augenmerk auf die Halle, in der Herr von Wasserthal Sie erwartet. Amaryllis Sternwieser verengte gehorsam den Blick und sah nun eine weite perlmuttschimmernde Halle, die wie das Innere einer großen Muschel aussah, in der von Wasserthal, vor einer gedeckten Tafel stehend, sie erwartete. Er lächelte und machte mit der Hand eine einladende Geste. Wir sind da, sagte Laquina, und so war es auch. Amaryllis Sternwieser staunte über die Leichtigkeit, mit der sie von draußen nach drinnen gekommen waren, ohne daß sie wissentlich eine Schwelle überschritten hatte oder durch eine Wand gegangen war.

Verehrte Narzissenfee, sagte von Wasserthal, als er Amaryllis Sternwieser zur Begrüßung die Hand küßte, ich freue mich sehr, Sie in meiner ureigensten Umgebung empfangen zu dürfen. Er trug im Gegensatz zu den paar Gelegenheiten, bei denen sie ihn auf der Erde oben gesehen hatte, einen weiten fließenden Umhang aus grünem Algengespinst, der die Arme frei ließ und bis zu den Fußsohlen reichte. Ein schlichtes Gewand, das aber besser zu seinen schulterlangen schwarzen Haaren paßte als der Anzug, den er an Land anhatte. Als einzigen Schmuck trug er einen Armreifen und einen Ring aus goldbraunem Schildpatt.

Ich danke Ihnen für Ihre prompte Einladung, sagte Amaryllis Sternwieser, die von der ungewohnten Art des Schauens etwas benommen war.

Ich hoffe, Sie können sich mit den Speisen in meinem Haushalt anfreunden, fuhr von Wasserthal fort, während er Amaryllis Sternwieser an die gedeckte Tafel führte, die aus einem mächtigen, oben abgeflachten Korallenstamm bestand, der in einem der Weltmeere gewachsen sein mußte. Von Wasserthal machte sie mit Pescina bekannt, einer schönen rothaarigen Nixe, die mit zierlicher Hand die Gedecke zurechtrückte. Sie steht in meiner besonderen Gunst, sagte von Wasserthal, so als erwiese er Pescina damit eine noch größere. Pescina schloß dabei die Augen, und Amaryllis Sternwieser beobachtete, wie ihre Hand ein wenig zitterte. Auch Pescina trug das lange fließende Gewand aus Algengespinst, das hier offensichtlich alle kleidete, sehr gut kleidete, und auch sie trug beinahe keinen Schmuck, bis auf eine übergroße ungefaßte Perle, die sie an einer dünnen goldenen Schnur um den Hals hängen hatte. Nehmen Sie doch bitte Platz, bat Pescina, und von Wasserthal führte Amaryllis Sternwieser an die Korallentafel und bot ihr einen aus Schilf geflochtenen Korb zum Sitzen an, der keine Stuhlbeine hatte, sondern von der Decke zu hängen schien. Sie nahm zwischen von Wasserthal und Pescina, für die ähnliche Körbe bereithingen, Platz und freute sich über die leichte Manövrierfähigkeit dieser Art von Sitzgelegenheit.

Sie trinken doch als Aperitif ein Gläschen Kalmus mit uns? fragte von Wasserthal, und als Amaryllis Sternwieser nickte, brauchte Pescina nur den Arm zu heben, und schon eilte eine Nixe mit einem silbernen Tablett herbei, auf dem aus Mondstein geschnittene, bis auf eine Trinköffnung geschlossene kleine Kelche standen. Ein Geschenk Drachensteins, bemerkte von Wasserthal lächelnd, er meint, dieser Stein würde besonders gut zu meinem Haushalt passen.

Amaryllis Sternwieser nickte bewundernd, und während sie ihr Glas an die Lippen führte, wagte sie es, ihre Blickrichtung anders einzustellen, um zu sehen, wo die Nixe mit dem Tablett hergekommen war. Sogleich hatte sie die weitläufige Küche des von Wasserthalschen Haushalts vor sich, in der eine Reihe von kleineren und größeren Nixen am Werk waren, indem sie in Töpfen rührten, Fischstücke in mannigfaltige Marinaden und Saucen tauchten und verschiedene Gemüse- und Obstsorten zurechtschnitten, worauf sie sie nach künstlerisch zu nennenden Gesichtspunkten auf den verschiedensten Platten anrichteten. Es fiel ihr auf, daß es in dieser Küche keinen Herd gab, und beinahe hätte sie sich dazu hinreißen lassen, eine voreilige und dumme Frage zu stellen, als von Wasserthal, der die Veränderung ihres Blickes bemerkt hatte, meinte: Unsere Speisen sind dennoch sehr bekömmlich, verehrte Narzissenfee, Sie brauchen sich dessentwegen keine Sorgen zu machen. Amaryllis Sternwieser errötete ein wenig, und ihr schien, als verfüge sie seit dem Eintritt ins andere Element über keine ihrer Feenkräfte mehr noch über ihren sonst so kundigen Blick. Und sie konnte nur hoffen, daß von Wasserthal ihr wirklich gut gesinnt war, sie hätte nicht gewußt, wie sie sich andernfalls hier unten zur Wehr hätte setzen sollen.

Apropos Geschenk, fiel ihr plötzlich ein, vielleicht läßt sich diese Kleinigkeit ebenfalls in Ihrem Haushalt unterbringen. Und sie zog ein kunstvoll geschnitztes elfenbeinernes Kästchen aus ihrem Beutel, das sie von Wasserthal überreichte. Dieser öffnete es mit staunendem Blick, der sich noch verstärkte, als er darin nur achtlos zusammengeknülltes Papier vorfand. Als er jedoch einen dieser Knäuel höflicherweise in die Hand nahm, wuchsen aus ihm die herrlichsten Blumengebilde hervor, die sich im Wasser zu ihrer ganzen narzissenähnlichen Pracht entfalteten und frei im Raum schwebten. Bei diesem Anblick stieß Pescina mehrere Rufe des Entzückens aus, und von Wasserthals staunender Blick ging in einen solchen der Bewunderung über.

Amaryllis Sternwieser war nach dem Erfolg ihres Geschenks wesentlich zuversichtlicher, was ihre Mission betraf, und gab sich nun mit all ihren Sinnen dem folgenden kunstvollen Mahl hin, das aus kleinsten Portionen bestand, jedoch in unendlich vielen Gängen aufgetragen wurde. Die großen Platten, die ihr Blick in der Küche entdeckt hatte, schienen nur dazu zu dienen, den einen oder anderen Happen oder auch nur ein Stück Gemüse oder ein Blatt von einem besonderen Salat zu offerieren, und die meisten von ihnen gingen beinah so voll in die Küche zurück, wie sie hereingekommen waren. Ein heimlicher zweiter Blick in die Küche überzeugte Amaryllis Sternwieser davon, daß die Platten sich dort großen Zuspruchs erfreuten. Denn sobald sie in der Küche angelangt waren, bemächtigten sich ihrer eine Reihe von Nixenkindern, von denen ein jedes trotz der Eile seinen Bissen sorgfältig aus dem Muster der aufgelegten wählte, eine Ästhetik des Essens, die Amaryllis Sternwieser sehr verwunderte.

Es gab so gut wie von allem etwas, und obwohl Amaryllis Sternwieser die zu sich genommenen Gänge nicht mehr zählte, hatte sie weder ein Gefühl der Völle noch der extremen Sättigung. Muscheln waren so plaziert, daß sie der aufgehenden Sonne glichen, winzige Krebse mit dem Tierkreiszeichen garniert, Fischstücke, die wie der Fisch, aus dem sie stammten, zugeschnitten waren, und selbst die Gemüse- und Obststücke hatten jeweils eine Form, die auf etwas anderes hinwies. Ein Mahl, das gleicherweise den Gaumen, das Auge und den Verstand unterhielt. Amaryllis Sternwieser hätte gerne gewußt, auf welchem Weg von Wasserthal all diese Köstlichkeiten herbeischaffen ließ, ihrer Kenntnis nach mußten viele davon weither kommen, ja aus den Meeren stammen. Einer dahingehenden Frage wich von Wasserthal jedoch auf höfliche und geschickte Weise aus, es sei eines der Geheimnisse seines Haushalts, das er, weil für sie ohnehin nicht von Nutzen, gern für sich behalten wolle.

Als sie dann endlich mit dem Essen fertig waren und die Nixen die Teller und Platten alle fortgenommen hatten, wurde anstelle von Kaffee ein süßes, stark aromatisches Getränk serviert, das an einen schweren Dessertwein erinnerte, aber dennoch nicht als Wein bezeichnet werden konnte. Amaryllis Sternwieser hielt nun die Zeit für gekommen, den Grund ihres Besuches zu nennen.

Sie sind sicher, daß die Elfen läppischer melancholischer Träumer sagten, als von mir die Rede war? fragte von Wasserthal, nachdem Amaryllis Sternwieser ihm alles erzählt hatte, beginnend bei Euphemie von Weitersleben und ihrer geraubten Tochter Titine bis zu ihrer nächtlichen Beobachtung der Elfen auf der Narzissenwiese, nicht einmal das Feenblut in den Adern derer von Weitersleben hatte sie verschwiegen.

So habe ich es jedenfalls gehört, bestätigte sie, und dabei hatte sie den Verdacht, daß diese Worte von Wasserthal mehr kränkten als die Absicht der Elfen, wider das Verbot zu handeln und mit der Flotte auf seinen See hinauszufahren.

Gut, fuhr von Wasserthal fort, ohne sich von der Kränkung auch nur zu einem heftigeren Tonfall hinreißen zu lassen, wir werden ihnen die Lustfahrt auch ohne Meerwasser versalzen. Beim nächsten Vollmond, sagen Sie? Der ist in einigen Tagen.

Amaryllis Sternwieser nickte. Und die Befreiung von Titine?

Wenn sie sie nicht freiwillig herausgeben, hole ich mir die kleine Königin und halte sie so lange hier unten fest, bis der Stamm das kleine Mädchen herausgibt.

Wenn man bloß wüßte, wie es um ihre geheimen Kräfte bestellt ist, gab Amaryllis Sternwieser zu bedenken, und auch Pescina machte ein besorgtes Gesicht.

Darüber mache ich mir keine Sorgen, denn im Wasser werden sie ihnen nichts helfen. Ich werde die Netze auslegen lassen. Man sah von Wasserthal an, daß er dabei war, einen genauen Plan auszuarbeiten. Sie liegen im Ostersee vor Anker, fuhr er nachdenklich fort, der See hat nicht mehr allzuviel Wasser, sie werden die Flotte mit Stöcken durch den schmalen Verbindungskanal driften müssen. Sie werden beobachtet, damit wir Bescheid wissen. Dann lassen wir sie ungefährdet tieferes Wasser gewinnen, damit sie keinen Verdacht schöpfen. Je weiter sie auf den See hinausfahren, desto leichteres Spiel haben wir. Und Sie, verehrte Narzissenfee, möchte ich bitten, in Ihrem Boot bei der Lechthütte zu warten und auf ein Zeichen hin, das Ihnen Laquina geben wird, ebenfalls auf den See hinauszurudern, damit Sie das Kind gleich in Empfang nehmen können. Es soll nachts nicht zu lange im Wasser bleiben, sonst kann es noch geschehen, daß eine der Nixen der Versuchung nicht widerstehen kann. Und von Wasserthal schmunzelte, während Pescina den Kopf senkte. Ich werde bereit sein, sagte Amaryllis Sternwieser und lächelte versöhnlich. Es sah nun so aus, als hätte von Wasserthal keine Lust mehr, weiter über die Angelegenheit zu sprechen. Er schenkte ihr nochmals das Glas voll, und als sie ausgetrunken hatte, fühlte Amaryllis Sternwieser sich so müde, daß sie von Zeit zu Zeit und immer länger die Augen schließen mußte.

Als sie wieder zu sich kam, war es später Nachmittag, und die Sonne beschien sie mild und angenehm, obwohl die Schatten der Bäume und Sträucher schon ziemlich lang geworden waren. Sie lag auf dem Grunde ihres Bootes und hörte die leichten kleinen Wellen am Holz lecken. Und während sie dieser Melodie lauschte, fühlte sie alle ihre geheimen Kräfte wiederkehren. Ihre Kleider fühlten sich fest und trocken an, und sie freute sich, wieder in dem ihr vertrauten Element zu sein. Je länger sie über ihren Aufenthalt im See nachdachte, desto mehr beeindruckte er sie, und von Wasserthal schien ihr der bestaussehende Mann zu sein, dem sie je begegnet war. Jeder Gedanke an ihn stach sie ein wenig, und sie sollte dieses Gefühl auch späterhin nie mehr ganz verlieren, doch verstand sie es, diese Regung so in ihrem Innersten zu verbergen, daß nie jemand davon erfuhr, schon gar nicht von Wasserthal selbst. Und wann immer sie ihm später begegnete, trat sie ihm auf so unbefangene Weise gegenüber, daß nicht einmal Rosalia, die Salige, die ein besonders gutes Gespür für verborgene Gefühlsregungen hatte, auch nur den Schimmer eines Verdachtes haben konnte.

Nachdem sie ihr Boot losgemacht hatte, ließ sie sich eine Weile von den Wellen treiben, dann aber, als sie schon ziemlich weit draußen war, setzte sie sich auf, und bevor sie die Ruder zur Hand nahm, versuchte sie auf den Grund des Sees zu schauen, hoffend, noch einmal den von Wasserthalschen Palast zu sehen. Aber da war nichts als dunkles schwarzes Wasser, und sie dachte, mit Bedauern über deren Verlust, an ihre besondere Fähigkeit zu schauen, solange sie in von Wasserthals Reich war.

Zwei Tage später war dann Vollmond. Amaryllis Sternwieser hatte sich, wie vereinbart, zu Beginn der Nacht mit ihrem Boot bei der Lechhütte eingefunden und wartete auf Laquina. Sie bedauerte es sehr, daß ihr sonst so kundiger Blick im anderen Element versagte. Zu gern hätte sie die Vorbereitungen, die von Wasserthal für die Überrumpelung der Elfen traf, genau verfolgt. So konnte sie gerade nur den leisen Lichtschimmer der Flotte verfolgen, die die Durchfahrt zum großen See passierte und sich nun mit ihr als unendlich erscheinender Langsamkeit auf das offene Wasser zu bewegte. Sie wurde des Schauens rasch überdrüssig, und so saß sie denn in der milden Abendluft, die durch die Nähe des Wassers angenehm erfrischte, und versuchte, nur an die Sache und nicht an von Wasserthal zu denken.

Beinahe wären Amaryllis Sternwiesers Wachträume bereits in Schlafträume übergegangen, als sie plötzlich aufschreckte und über sich den Elfenstamm davonfliegen sah, in Richtung auf die Narzissenwiese. Kurz darauf schlugen ein paar heftige Wellen gegen ihr Boot, die von der Kaperung der Flotte stammen mußten und auf langem Weg bis zu ihr her ausgelaufen waren. Sie wußte nicht, was sie davon halten sollte, und während sie sich noch Gedanken darüber machte, sah sie einen Kopf aus dem Wasser tauchen und spürte eine nasse Hand, die sich auf die ihre, mit der sie sich der Wellen wegen am Bootsrand festhielt, legte. Es war nicht Laquina, die nun zur Gänze aus dem Wasser auftauchte, sondern von Wasserthal selbst.

Wo ist das Kind? fragte Amaryllis Sternwieser, die ihren Herzschlag noch rechtzeitig unter Kontrolle hatte bringen können.

Wir haben die Königin, antwortete von Wasserthal noch ein wenig außer Atem, das Kind hatten sie nicht bei sich.

Zu dumm, sagte Amaryllis Sternwieser, aber ich habe den Stamm gesehen. Sie müssen zur Narzissenwiese geflogen sein.

Kommen Sie. Von Wasserthal stand nun bereits am Ufer. Wir müssen sofort verhandeln. Sie gestatten, daß ich so bleibe? und er deutete auf sein grünes Gewand.

Amaryllis Sternwieser war aus ihrem Boot gestiegen, wobei er ihr hilfreich die Hand bot, die sie nun noch einmal berührte.

Aber ja, sagte sie, es kleidet Sie ausgezeichnet. Sie standen nun beide am Ufer. Amaryllis Sternwieser machte von ihrer Feenkraft Gebrauch und wünschte sich einen robusten kleinen Wagen herbei, der gut gefedert war und von einem leichten, aber trittsicheren Schimmel gezogen wurde.

Sie verzeihen, sagte sie wie nebenbei, es ist sonst nicht meine Art, für nächtliche Spaziergänge solchen Aufwand zu treiben, aber ich glaube, es ist im Interesse der Sache, daß wir so rasch wie möglich zur Narzissenwiese kommen. Von Wasserthal lächelte erfreut und ein wenig bewundernd. Ich bin Ihnen sehr dankbar, meinte er, während sie einstiegen, an Land bin ich Ihnen für jede Hilfe dankbar. Es dauerte kaum ein paar Atemzüge lang, und schon hieß Amaryllis Sternwieser den Schimmel wieder halten. Es waren noch ein paar Schritte bis zur Narzissenwiese, doch sollten die Elfen nicht auf ihr Kommen aufmerksam gemacht werden.

Kommen Sie, sagte sie zu von Wasserthal, der noch immer aus seinen Kleidern troff, ich weiß einen Hollerbusch, hinter dem wir ihnen eine Weile lauschen können, ohne bemerkt zu werden.

Kurz nachdem sie in ihrem Versteck Platz genommen hatten, ließen sich nun auch die Elfen, die noch ganz durcheinander waren, im Kreise nieder und begannen zu beratschlagen. Ihre Reden waren konfus, und meist sprachen mehrere gleichzeitig, so als wären sie es nicht gewöhnt, vor allen anderen zu sprechen, was sonst nur ihre Königin tat. Sie haben die Königin, tönte es immer wieder aus verschiedenen Mündern, was sollen wir bloß tun?

Und wir haben das Kind, sagte einer, der noch am ehesten seine Sinne beisammen zu haben schien. Sie sind an dem Kind interessiert und nicht an der Königin. Und unsere Flotte, unsere schöne, stolze kleine Flotte? tönte es wieder durcheinander.

Wir werden beides zurückbekommen, wenn wir es geschickt anstellen. Solange wir das Kind so sicher versteckt halten, werden sie zu allem bereit sein.

Oder auch nicht, sagte von Wasserthal, und er und Amaryllis Sternwieser traten in den Kreis der aufgescheuchten Elfen.

Wir sind an dem Kind interessiert, fuhr von Wasserthal fort, und ihr an eurer Königin. Soweit stimmt es. Nur seid ihr auch noch an eurer Flotte interessiert und ich daran, daß ihr euch an das Verbot haltet, nicht auf den großen See hinauszufahren. Wo bleibt da das Gleichgewicht zwischen euren und unseren Interessen? Es ist, wie ihr seht, nicht von einem einfachen Tauschhandel die Rede, bei dem ihr noch mehr herausholen könnt, wenn ihr es geschickt anstellt. Aber ich will euch ein faires Angebot machen. Ihr gebt das Kind gegen eure Königin heraus ...

Und unsere Flotte? fragte der eine der Elfen, der sich zum Wortführer gemacht hatte.

Das muß ich mir überlegen, sagte von Wasserthal. Da ich eure Fahrten auf dem großen See jederzeit und ohne Anstrengung verhindern kann, wüßte ich nicht, gegen welches Versprechen ich sie eintauschen sollte. Die Elfen schwiegen eine Weile, dann begannen sie wieder kopflos durcheinanderzureden, bis ihr Wortführer sie zum Schweigen brachte.

Hinzu kommt, schaltete sich Amaryllis Sternwieser ins Gespräch ein, daß es in meiner Macht steht, euch nicht nur die Kelche der Narzissen zu verschließen, sondern euch den Aufenthalt auf der Wiese überhaupt zu verbieten.

Sie sind es also, fuhr der Wortführer auf, die uns sogar dieses kleine Vergnügen unserer Verbannung mißgönnt ... er brach ab. Offensichtlich merkte er, daß er sich im Ton vergriffen hatte.

Ruhig und ungerührt erwiderte Amaryllis Sternwieser: Wie auch immer ihr es zu nennen beliebt, Mißgunst, Gehässigkeit oder Besitzgier ... ihr hättet euch die Mühe machen können, zuerst zu fragen, wenn ihr anderer Wesen Wiese zum Tanzplatz wählt.

Woher hätten wir denn wissen sollen, daß ausgerechnet diese Wiese und ihre Blumen einer Fee gehören? Als solche hatte der Wortführer Amaryllis Sternwieser nun erkannt, und seine Rede war etwas kleinlauter geworden, so als schäme er sich.

Ihr hättet es leicht in Erfahrung bringen können, wenn es euch in den Sinn gekommen wäre zu fragen ...

Wiederum begannen die Elfen durcheinanderzureden, diesmal im Flüsterton. Auch aus dem Wortführer schien nichts Gescheites mehr herauszukommen. Und so machte Amaryllis Sternwieser den Vorschlag, die Elfen sollten unter sich beraten. In einer Stunde würden von Wasserthal und sie wiederkommen, dann müßten die Elfen wissen, was sie zu tun gedächten. Der Wortführer der Elfen warf ihr einen beinah dankbaren Blick zu, und von Wasserthal bot Amaryllis Sternwieser den Arm, der sich nun schon ganz trocken anfühlte.

Als sie sich ein Stück von der Narzissenwiese entfernt hatten, lud Amaryllis Sternwieser von Wasserthal ein, die Stunde bei ihr zu verbringen, was von Wasserthal gerne annahm. Schon an der Tür hörten sie Max Ferdinand winseln, und als Amaryllis Sternwieser öffnete, sprang er, so gut er es schon konnte, an ihr hoch, machte eine kleine Lache im Vorhaus und knurrte von Wasserthal, der ihn streicheln wollte, mit dünner Stimme an. Sie hob ihn hoch, streichelte und beruhigte ihn so weit, daß er sich wieder in sein Körbchen setzte, ohne von Wasserthal, der inzwischen auf ihre Aufforderung hin in einem der lederbezogenen Lehnstühle Platz genommen hatte, weiter zu beachten. In diesem Augenblick tat es Amaryllis Sternwieser beinah leid, daß sie keines der Wolkenschlösser besaß, in denen Feen sonst gerne wohnten. Sie hatte sich seit vielen Jahren jeden Prunks enthalten und war sehr zufrieden dabei gewesen, und mit einemmal bezweifelte sie, ob sie von Wasserthal mit einem Wolkenschloß überhaupt hätte imponieren können, gewußt hätte sie es allerdings schon ganz gerne. Aber in der kurzen Zeit war da nichts zu machen.

Trinken Sie eine Tasse Kaffee mit mir? fragte sie, schon auf dem Weg zur Küche. Wie Sie sehen, geht es bei mir sehr bescheiden zu.

Ich bitte Sie, von Wasserthal machte im Sitzen zuvorkommend eine Verbeugung. Ihr Haus ist allerliebst, ich würde an Land nicht anders wohnen wollen. Und was Ihren Kaffee angeht, so habe ich ihn schon rühmen hören. Ich bedauere es sehr, daß er zu den Getränken gehört, die in meinem Haushalt nicht zubereitet werden.

Während Amaryllis Sternwieser das Wasser aufsetzte, in einer kupfernen Tschezwa, die ihr eine türkische Fee, die auf der Durchreise war, dagelassen hatte, spähte sie durch die angelehnte Küchentür zu von Wasserthal hinaus, der sich in seinem Stuhl zurückgelehnt hatte und nun ganz trocken zu sein schien, was seiner Kleidung ein wenig Abbruch tat. Sie hatte die schilfgrüne Färbung verloren und wirkte stellenweise schrundig und beinah grau, doch schien ihr von Wasserthal schöner als je, und sie mußte ihr Herz sehr im Zaum halten, daß es nicht wild drauflosschlug. Als sie ihm dann den Kaffee eingoß und sich ihm gegenüber setzte, erhob er sich und küßte ihr die Hand, aber sie spürte, daß dies eher aus einer angeborenen Galanterie heraus geschah als aus dem echten Wunsch, mit den Lippen ihre Haut zu berühren.

Sie sind bezaubernd, verehrte Narzissenfee, fügte er hinzu und sah sie aus großen Augen an, aber auch dieser tiefe Blick hielt vor ihren geheimsten Wünschen nicht stand, und ein Gedanke an all die ihm in seinem Haushalt zur Verfügung stehenden Nixen, derer er sich abwechselnd zu seinem Wohlergehen bediente, erstickte in ihr das Verlangen, es auch nur auf einen kleinen Flirt ankommen zu lassen.

Danach tranken sie noch gemeinsam ein Glas Ribiselwein, und von Wasserthal erzählte ihr einige Anekdoten über die in der Gegend ansässigen lang existierenden Wesen. Dabei kam er auch auf Alpinox, der förmlich für sie schwärme und es nicht einmal zu verbergen suche. Und Amaryllis Sternwieser ging gutgelaunt darauf ein, indem sie errötete und »ach gehen Sie ...«

sagte. Aber auch sie konnte es sich nicht verkneifen, eine Bemerkung über seinen, nämlich von Wasserthals, Harem zu machen, worauf er nur weise lächelte und meinte, in einem anderen Element herrschten eben andere Gesetze, was auf zweierlei Weise zu deuten war.

Die Stunde war viel zu schnell herumgegangen, und wenn auch Amaryllis Sternwieser sich jeden Wunsch in bezug auf von Wasserthal versagt hatte, so versetzte sie seine Nähe doch in eine so freudige Erregung, daß es ihr leid tat, ihn schon wieder aus dieser freundlichen Zweisamkeit entlassen zu müssen. Und so nahm sie denn mit einem leisen Gefühl der Traurigkeit noch einmal seinen Arm, als sie zurück zur Narzissenwiese gingen.

Der Wortführer der Elfen kam ihnen bereits entgegen, und es schien, als hätten sie nun allesamt einigermaßen Vernunft angenommen.

Wir geben das Kind heraus, sagte ihr Wortführer ohne jede Einleitung, wenn wir dafür die Königin und die Flotte zurückbekommen.

Von Wasserthal wollte ihn schon zurechtweisen und ihm sagen, daß er nicht in der Lage sei, etwas zu fordern, doch nach der so angenehm verbrachten Stunde war er milde gesinnt und daran interessiert, die Angelegenheit so rasch wie möglich hinter sich zu bringen.

Die Übergabe kann sogleich erfolgen, sagte er. Bringt das Kind zur Lechthütte, wir werden mit der Königin ebenfalls hinkommen.

Und die Flotte? fragte der Wortführer hartnäckig.

Von Wasserthal seufzte. Ihr sollt sie wiederhaben, obwohl sie euch nicht zusteht.

Der Wortführer der Elfen verbeugte sich mit triumphierendem Lächeln und schwirrte gleich darauf mit den anderen Elfen durch die Luft davon.

Amaryllis Sternwieser hatte mittlerweile den Wagen mit dem

Schimmel wieder herbeigewünscht, und als sie bei der Lechthütte ankamen, setzte sie sich wieder in ihr Boot, während von Wasserthal davonschwamm, Königin und Flotte der Elfen zu holen.

Es dauerte nicht lange, und sie sah von Wasserthal wiederkommen, die Flotte der Elfen mit dem kleinen Finger hinter sich herziehend. Auf dem prächtigsten Schiff aber saß die Königin, ein leiser Hauch von Morgendämmerung ermöglichte es Amaryllis Sternwieser, sie deutlich auszunehmen, und klagte wie ein gekränktes Kind vor sich hin. Sie war mit allerfeinsten Wasserranken an ihren samtenen kleinen Flottenthron gebunden, damit sie nicht vorzeitig entwischte. Von Wasserthal versuchte sie zu trösten, indem er ihr immer wieder versicherte, ihre Leute würden gleich zur Stelle sein. Und da kamen die Elfen auch schon über den Sattel herabgeflogen, in großer Eile, da sie vor nichts so sehr Angst hatten als vor dem Morgenlicht. Sie warfen Amaryllis Sternwieser die kleine Titine recht unsanft in den Schoß, wovon diese dennoch nicht erwachte, so fest schlief sie noch. Ohne ein weiteres Wort zu verlieren, ließen sich die Elfen auf ihrer Flotte nieder, hißten die Segel und setzten sich an die Ruder. Der Wortführer von vorhin befreite die Königin von ihren Fesseln, und mit jeder Wasserranke, die von ihr abfiel, nahm das Gezeter, in das sie beim Anblick des Stammes ausgebrochen war, an Lautstärke zu. Von Wasserthal, der immer nur lächelte, mußte mit einemmal herzlich lachen, als er die überstürzte Eile des Stillen Volkes, geschürt von den immer schrilleren Tönen der Königin, sah, und zum Abschied blies er ihnen so stark gegen die Segel, daß die ganze Flotte wie ein Pfeil davonschoß.

Von Wasserthal legte noch einmal seine Hand auf die von Amaryllis Sternwieser. Ich hoffe, Sie sind zufrieden mit mir, sagte er. Amaryllis Sternwieser nickte, sagte aber nichts, um Titine nicht zu wecken.

Ich bringe Sie bis zur Klause, flüsterte von Wasserthal, der das Boot bereits losgebunden hatte. Er zog sie schwimmend über den See, während die Tropfen auf seinem Haar in der aufgehenden Morgensonne glitzerten.

Amaryllis Sternwieser wiegte Titine in ihrem Schoß und dachte über das andere Element nach. Sie fühlte sich von Wasserthal sehr verpflichtet und war froh, daß ihre Gefühle für ihn nun den Ausweg der Dankbarkeit gefunden hatten. Als sie bei der Klause angelangt waren, schob er das Boot behutsam an Land.

Wir sehen uns doch wieder? fragte er noch, bevor er winkend und endgültig im Wasser verschwand. Gewiß, sagte Amaryllis Sternwieser vor sich hin, das läßt sich in dieser Gegend doch gar nicht vermeiden. Dann aber machte sie sich auf den Weg zu Euphemie von Weitersleben, in Gedanken bereits die Freude auskostend, die sie ihr mit der Rückkunft ihrer Tochter machen würde.

※

Sophie kam von so weit her zurück, daß sie schon eine Weile in das Gesicht dieses Herrn Alpinox, oder wie er sonst heißen mochte, gestarrt haben mußte, ohne ihn wirklich wahrzunehmen.

Verzeihen Sie, flüsterte sie und versuchte, ihren Blick mit unverbindlicher Freundlichkeit auszustatten, während sie mit den Fingern ihre Serviette glattstrich.

O nein, sagte der Herr, Sie müssen mir verzeihen. Gewiß habe ich Sie beim Nachdenken gestört, womöglich in einer Erinnerung …

Sophie hatte nicht die Kraft zu widersprechen. Sie lächelte nur, und da der Herr noch immer vor ihr stand, bot sie ihm auf dem Stuhl neben sich Platz an.

Ich möchte mich gerne vorstellen, Alpinox … Und er beugte sich über Sophies Hand, während er sich setzte.

Ich freue mich, sagte Sophie. Sie kennen mich?

Sozusagen. Herr Alpinox hatte sich ihr schräg gegenüber gesetzt und ein Bein übers andere geschlagen. Ich glaube, ich habe Sie noch gesehen, als Sie hier lebten. Hinzu kommen die vielen Erzählungen unserer guten Amaryllis ...

Sie kennen Frau Sternwieser? Sophie begann sich für die Zusammenhänge zu interessieren.

Seit einer Ewigkeit, lachte er. In unserem Alter darf man das ja schon sagen, fügte er jovial hinzu.

Seltsam, erwiderte Sophie. Auch ich muß sie schon lange kennen. Ich erinnere mich nur so schlecht.

Menschen vergessen so leicht. Sie gestatten? Und als Sophie nickte, zündete sich Herr Alpinox eine Zigarre an. Auch Sophie griff nach ihren ägyptischen Zigaretten und ließ sich von Herrn Alpinox Feuer geben.

Aber das hat auch sein Gutes, meinte Herr Alpinox. Es ist entsetzlich, wenn man sich immer und an alles erinnern muß. Es gibt Zeiten, in denen die Erinnerung jedem leisesten Ruf gehorcht, während man sie zu anderen mit lauter Stimme rufen kann, ohne auch nur eine Spur von ihr zu sehen.

Ich glaube, für mich kommt jetzt eine Zeit, in der ich die Erinnerung nicht einmal rufen muß, weder laut noch leise, sie ist einfach da.

Auch das hat sein Gutes, sagte Herr Alpinox. Es ist ebenso entsetzlich, wenn man sich nie und an nichts erinnern kann.

Sophie blickte um sich. Sie war so sehr in der Erwartung versunken gewesen, daß sie weder das Kommen der Damen, die bereits aßen, noch den Umstand bemerkt hatte, daß sie selbst bereits mit dem Essen fertig war. Sie schüttelte über sich den Kopf, und Herr Alpinox, der zu wissen schien, was in ihr vorging, meinte, von Zeit zu Zeit ist die Erinnerung so notwendig wie ein Teller mit Speise und ein Glas mit Wein.

Übrigens, Herr Alpinox blickte sich suchend um, dürfte ich mir erlauben, Sie auf ein kleines Schnäpschen einzuladen? Nach solch einem Essen ist es einfach das Beste.

Sophie nickte, noch immer etwas traumverloren, und Herr Alpinox bestellte zweimal Himbeergeist, die Spezialität des Hauses, wie er es nannte. Wir haben uns gestattet, Sie, liebe Sophie Silber, ich darf Sie doch so nennen, da ich Herrn Silber noch gekannt habe, einzuladen ... er machte, ihr zuprostend, einen Schluck aus dem beschlagenen kleinen Glas, und Sophie folgte wie gebannt dieser seiner Bewegung, indem auch sie ihr Glas an die Lippen setzte ... weil ... um es kurz zu machen ... weil wir, nach all dem, was die gute Amaryllis uns erzählt hat, überzeugt sind, daß Sie ein echter Gewinn für uns sind.

Sophie, die das Leben, das die ständigen Tourneen mit sich brachten, schon mit manchem konfrontiert hatte, traute ihren Ohren nicht. Da gab es Leute, die sie aus Erzählungen kannten, Erzählungen jemandes, an den sie selbst sich kaum erinnern konnte, und die daraufhin beschlossen hatten, sie in ein keineswegs billiges Hotel einzuladen, einfach weil sie ihre Anwesenheit für einen Gewinn hielten. Nun, sie würde schon dahinterkommen, was es damit auf sich hatte. Sie spielte die Geschmeichelte, verbeugte sich leicht mit dem Kopf und lächelte, wie sie es von vielen Auftritten her gewohnt war.

Und, fragte sie dann, womit kann ich mich der freundlichen Einladung wert erweisen? Meine bloße Anwesenheit wird den Gewinn ja nicht ausmachen. Doch, sagte Herr Alpinox. Sind Sie denn immer noch mißtrauisch?

Sophie senkte den Blick, und ihr war für einen Augenblick, als säße sie Silber gegenüber, denn nur an ihm hatte sie bedingungslose Großzügigkeit kennengelernt.

Ich meine, fuhr Herr Alpinox fort, wir möchten Sie natürlich gerne näher kennenlernen und Ihre Gesellschaft genießen. Gewiß können Sie uns manches erzählen. Sie sind herumgekommen und haben viele Menschen kennengelernt. Die anwesenden Damen, er holte zu einer weiten Geste aus, die die Tische der Damen umfaßte, meine Freunde – Sophie hatte die beiden Herren vom Vorabend schon vermißt – und ich lechzen geradezu nach Geschichten aus dem menschlichen Leben. Wir sind alle ein wenig aus der Zeit, ganz zu schweigen von der Mode, und würden gerne von jemandem, der so jung ist wie Sie – Sophie verwirrte diese Redeweise, denn die Gesichter der Damen wirkten alles andere eher denn alt – erfahren, wie es sich heutzutage in der Welt draußen lebt.

Welt, dachte Sophie, wenn er wüßte, in welchen Provinznestern sich für mich die Welt abgespielt hat. Ich fürchte, ich werde Sie enttäuschen, sagte sie. Ich bin weder so jung noch so reich an Erfahrung, als daß ich damit eine große Gesellschaft unterhalten könnte.

Verstehen Sie mich nicht falsch, erwiderte Herr Alpinox, Sie sollen nicht das Gefühl haben, daß Sie etwas zum besten geben müssen. In jedem Menschen spiegelt sich all das, was er erlebt hat, und oft genug auch das, woran er denkt. Wir möchten Sie gerne bei uns haben, und wir werden, Herr Alpinox lachte scherzhaft, in Ihren Gedanken und in Ihrem Leben lesen und Sie keineswegs damit belästigen, daß Sie uns etwas erzählen müssen.

Sophie führte es nicht allein auf das kleine Glas Himbeergeist zurück, daß ihr leise schwindelte. So bei Tageslicht schien ihr das alles ungeheuerlich, was dieser Herr Alpinox ihr mit größter Liebenswürdigkeit kundtat. Man würde in ihren Gedanken lesen. Sie schüttelte sich innerlich ob der Dinge, die da zum Vorschein kommen würden.

Sie müssen keine Angst haben, liebe Sophie Silber, sagte nun wiederum Herr Alpinox und griff beruhigend nach ihrer Hand. Das, woran wir interessiert sind, wird Ihre Privatsphäre gewiß nicht verletzen. Wir wollen nur die heutigen Menschen etwas besser kennenlernen.

Sophie fand das unbegreiflich. Wer waren dieser Herr Alpinox, seine Freunde und die vielen Damen, daß sie taten, als wüßten sie nichts von der Welt?

Wir leben alle sehr zurückgezogen und haben es schon lange als Mangel empfunden, daß wir uns um die Gegenwart so wenig bekümmern. Deshalb sind wir auch zusammengekommen. Einmal, um unsere eigenen Erfahrungen austauschen zu können, zum anderen, um Ihre Meinung zu hören. Aber lassen wir dieses Thema, das Ihnen offensichtlich Kopfzerbrechen macht. Ich möchte Sie gerne mit den Damen bekannt machen. Wie es ältere Menschen so an sich haben, Herr Alpinox lächelte etwas sonderbar, können wir nachts schlecht schlafen. Unser eigentliches Leben fängt daher erst gegen Abend an. Wenn Sie Lust haben, möchte ich Sie bitten, heute abend an einem unserer Tische zu speisen und uns dann beim Wein noch Gesellschaft zu leisten.

Herr Alpinox hatte sich erhoben und führte Sophie zu den Tischen der Damen hinüber. Es klang in den Ohren Sophies wie ein Singsang, der nun plötzlich unterbrochen wurde, als Herr Alpinox mit ihr an den Tischen entlangging, der aber jedesmal hinter ihrem Rücken wieder anhob. Immer wieder glaubte sie einzelne Wörter aus der Unterhaltung der Damen herauszuhören, doch drang nichts an ihr Ohr, was einen Sinn ergeben hätte. Sie schüttelte Dutzende von Händen, sagte ihren Namen, lächelte, antwortete mit kurzen freundlichen Worten auf kurze freundliche Fragen, und als sie die Runde gemacht hatten, schwirrte ihr der Kopf. Sie konnte sich an eine Reihe von Gesichtern, aber kaum an einen der vielen Namen erinnern. Das mochte heiter werden, wenn sie am Abend unter all den fremden, etwas sonderbaren Leuten saß, die sich offenbar von ihr eine bestimmte Art von Unterhaltung versprachen. Und ich muß ihnen gar nichts erzählen, dachte sie, sie lachen womöglich schon, wenn ich an eine Anekdote auch nur denke.

Herr Alpinox bot ihr den Arm an. Verlieren Sie nur nicht den Mut, sagte er. Die Damen finden Sie reizend und freuen sich auf Ihre Gesellschaft. Natürlich auch meine Freunde. Sie brennen darauf, Ihnen heute abend vorgestellt zu werden. Ich hoffe, Sie fühlen sich in unserem Kreise wohl oder langweilen sich zumindest nicht.

Gewiß nicht, erwiderte Sophie die vielen Höflichkeiten. Ich fürchte nur, ich bin gar nicht so interessant, wie Sie alle anzunehmen scheinen.

Liebes Kind, Alpinox führte sie inzwischen wieder von den Damen, die wie am Vorabend in die Tracht gekleidet waren, fort, was wissen Sie schon, was alles interessant ist für uns.

Sophie dachte an die großen Geschichten und kleinen Histörchen, die ihr Leben seit dem Tode Silbers gewürzt hatten. Nicht daß sie sich ihrer schämte, aber die meisten hätte sie doch gerne für sich behalten. Und was sonst interessierte wohl die Damen? Was das Theater anging? So sahen die Leute hier nicht aus, als würden sie sich für die Lichtblicke und Nöte eines Lebens auf Wanderbühnen interessieren.

Sie tun uns unrecht, liebe Sophie Silber, sagte Herr Alpinox, der sie bis zum Treppenaufgang begleitet hatte, wenn Sie uns kein Interesse für die Kunst der Darstellung zutrauen. Wir sind sehr interessiert an dieser Kunst, und wir hoffen, Sie an einem der nächsten Abende dazu überreden zu können, uns eine kleine Kostprobe Ihrer stimmlichen Ausbildung zu geben. Vielleicht können Sie uns das eine oder andere aus Ihrem Repertoire vortragen. Soviel ich gehört habe, sollen Sie eine ausgezeichnete Couplet-Sängerin sein.

Sophie stockte der Atem. Die Genauigkeit, mit der dieser Herr Alpinox ihren Gedanken gefolgt war, verblüffte sie. Und nun hatte er auch noch den wundesten Punkt ihrer Eitelkeit, nämlich das Couplet-Singen, getroffen. Sie selbst war davon überzeugt, eine ausgezeichnete Couplet-Sängerin zu sein, nur hatte sie in all den Jahren viel zu selten Gelegenheit gehabt, dies unter Beweis zu stellen.

Sie übertreiben, sagte sie lächelnd, ich würde Sie nur enttäuschen. Das gewiß nicht. Herr Alpinox küßte ihre Hand und sah ihr nach, was sie, ohne sich umzudrehen, spürte, während sie die Treppe hinaufging. Sie würde sich hinlegen, nicht schlafen, aber hinlegen, und dieses ganze Gespräch überdenken.

Diese Leute scheinen Gedanken lesen zu können, ging es ihr durch den Kopf, während sie sich auszog und in einen seidenen Kimono schlüpfte, den sie von einem japanischen Weltreisenden, der sie eine Woche lang sehr geliebt hatte, bekommen hatte. Sie würde auf der Hut sein und zusehen, daß sie ihre Gedanken unter Kontrolle hatte. Sowenig wie möglich von dem Wein trinken, von dem die Rede gewesen war, und vor allem die anderen reden lassen. Sie hatte, bevor sie hierhergekommen war, ein paar Bücher aus Silbers Wohnung, die ja nun schon lang die ihre war, mitgenommen und holte sich nun eines davon ins Bett, um auf andere Gedanken zu kommen. Als sie es aufschlug, es war der Band mit den Erzählungen der Serapionsbrüder, fiel eine Karte heraus, die einmal ihre Mutter an Silber geschrieben hatte. Es war eine Ansichtskarte des Ortes, dieses Ortes, in dem sie gelebt hatten und in dem sie sich nun wieder befand. Eine etwas vergilbte Ansicht des Sees mit dem Gletscher, im Vordergrund eine Bank und daneben ein kahler Baum, dessen Äste bizarr gen Himmel stachen.

Sie zögerte eine Weile zu lesen, was da geschrieben stand. Sie hatte heute schon genug an Vergangenheit im Kopf gehabt. Dann tat sie es doch. Lieber Silber! stand da in der steilen, großzügigen Handschrift ihrer Mutter, Sie werden es nicht glauben, aber ich denke sehr oft an Sie. Wenn Sie sich frei machen können, dann kommen Sie. Der Blütenstaub der Wälder liegt auf dem Seespiegel, und alle Zugvögel sind wieder da, außer Ihnen. Das Kind fragt täglich, wann Sie denn endlich kämen. Ihren baldigen Besuch erwartend, grüße ich Sie in zärtlicher Zuneigung, Ihre Amelie von Weitersleben.

Soweit Sophie sich erinnern konnte, hatten Silber und ihre Mutter immer per Sie miteinander gesprochen. Und auch sie hatte Silber nie geduzt, obwohl er ihr später das Du angeboten hatte, duzte er sie doch von Kindheit an. Selbst in jener Nacht seines Todes war es nicht anders gewesen, als sie aneinandergepreßt dalagen und Sophie in ihrer Wildheit die absonderlichsten Worte stammelte.

Sie hatte den Schock lange nicht überwinden können, und was ihr erspart geblieben war, indem sie sein Sterben im Taumel ihrer Gefühle gar nicht wahrgenommen hatte, durchlitt sie bei den Verhören durch die Polizei, den Bedrängungen durch ein paar Journalisten, denen der »süße Tod des Saul Silber in den Armen der achtzehnjährigen Sophie von Weitersleben« sehr gelegen gekommen war.

Damals hatte Sophie ihr Studium am Schauspielseminar abgebrochen. Es war nicht nur ihr eigener Entschluß gewesen, man hatte es ihr nahegelegt. So war sie als unscheinbare Sophie Silber mit einer kleinen Wanderbühne, die im großen und ganzen eher einer Schaustellertruppe glich, in die Provinz gezogen, wo man den Fall Silber – von Weitersleben gewiß nicht mit konkreten Lebewesen in Verbindung brachte, selbst wenn man darüber gelesen und sich dabei bestens unterhalten hatte.

Silber hatte zum Zeitpunkt seines Todes keine Verwandten mehr. Die nicht schon vor dem Krieg eines natürlichen Todes gestorben waren, hatten das Leben in den Konzentrationslagern oder auf der Flucht davor verloren. Es gab niemanden, der das Testament angefochten hätte. Die Wohnung gehörte Sophie, mit der Auflage, daß die alte Haushälterin bis zu ihrem Ableben in dem auch bisher von ihr bewohnten Zimmer, das einen eigenen Eingang hatte, verbleiben konnte, was sie auch noch einige Jahre lang tat, bis sie einem Schlaganfall erlag. Was an Geld und Wertgegenständen vorhanden war, es war erschreckend wenig, gemessen an dem, was Silber einst besessen haben mußte, wurde ebenfalls zwischen Sophie und der Haushälterin geteilt. Es reichte gerade dazu, Silber und später die Haushälterin anständig begraben zu lassen.

Sie hatte beim Tode ihrer eigenen Mutter, da hatte Silber ihr noch zur Seite gestanden, genügend praktische Erfahrung gesammelt, was nach dem Ableben eines Menschen zu tun war. So stand sie den Amtsweg durch und verschickte, als die einzige Hinterbliebene, die Todesanzeigen an die richtigen Adressen, erhielt auch eine Reihe von Kondolenzschreiben, allerdings aus dem Ausland, vor allem aus England, wo Silber in der Emigration gelebt hatte.

Wie lange das alles her war, mehr als zwanzig Jahre, und doch schien es ihr mit einemmal wieder so wirklich und so tatsächlich, daß sie das Gefühl hatte, alles inzwischen Erlebte wäre gar nicht so bedeutend gewesen. Sie versuchte, sich vorzustellen, wie es wäre, wenn Silber noch lebte. Er wäre nun an die achtzig, vielleicht noch immer geistig rege und nur ein wenig schwerhörig. Dann verwarf sie alle Gedanken an einen dermaßen gealterten Silber. Man muß die Toten ruhen lassen, sagte sie halblaut vor sich hin und legte das Buch aufs Nachtkästchen, ohne darin gelesen zu haben. Sie war müde und hätte gerne ein wenig geschlafen, um ihren Gedanken Rast zu verschaffen. Gerade als sie eine bequeme Stellung gefunden hatte, ohne ihre Frisur zu zerdrücken, klopfte es an der Tür.

Es würde doch wohl nicht jener Herr Alpinox sein. Sie war nicht in der Stimmung, mit jemandem Konversation zu machen, den sie ohnehin am Abend sehen würde. Dann aber war ihr klar, daß dieser Mann es gewiß nicht wagen würde, sie in ihrer Mittagsruhe zu stören. Oder vielleicht doch? Es war bereits nach drei und deshalb nicht so abwegig.

Ich komme. Sagte sie laut zur Tür hin. Stand auf, überzeugte sich durch einen Blick in den Spiegel, daß alles in Ordnung war, und öffnete.

Es war ein Lehrlingsmädchen aus der Schneiderei, das ihre Dirndlkleider überm Arm hatte.

Verzeihung, sagte das junge Mädchen. Aber der Portier hat gemeint, Sie seien ohnehin da, und da habe ich die Sachen gleich heraufgebracht. Sonst verdrücken sie sich noch. Die Meisterin hat gesagt, ich soll ja aufpassen, daß sie sich nicht verdrücken.

Sophie suchte, nachdem sie die Kleider unter Dankesworten in Empfang genommen und vorsichtig über Stühle gelegt hatte, nach ihrer Tasche, um dem Mädchen ein Trinkgeld zu geben, worauf es sich, ebenfalls unter Dankesworten, verabschiedete und die Treppe hinunterlief.

Sophies Müdigkeit war wie weggeblasen. Sie probierte, sich lange im Spiegel betrachtend, die Dirndlkleider, zupfte da an einer Kräuselung und dort am Saum, war aber alles in allem sehr zufrieden mit sich und ihrem neuen Aussehen.

*

Als Sophie Silber am nächsten Morgen spät erwachte, wußte sie nicht einmal mehr, wie sie ins Bett gekommen war. Ihr Kopf lag schwer in den Kissen, sie spürte alle Anzeichen eines beginnenden Katers, und gerade als sie darüber zu grübeln begann, woher dieser Kater rühren mochte, klopfte es an der Tür. Mechanisch sagte sie herein und wunderte sich, als wirklich eine junge Kellnerin mit einem Tablett eintrat, pflegte sie doch für gewöhnlich bei versperrter Türe zu schlafen.

Guten Morgen, sagte das Mädchen freundlich und stellte das Tablett mit einem Frühstück, das Sophie nie bestellt hatte, auf dem Nachtkästchen ab. Soll ich die Vorhänge öffnen? fragte das Mädchen mit einem Gesicht, in dem die Sonne längst aufgegangen war. Sophie beschattete die Augen mit den Händen. Einen Spalt nur, bitte, ein kleiner Spalt genügt … und sie hörte selbst, wie mitgenommen ihre Stimme klang.

Als das Mädchen gegangen war, inspizierte Sophie das Tablett mit lustlosen Blicken. Ein Lichtstrahl, der durch den spaltbreit geöffneten Vorhang drang, fiel geradewegs auf ein schönes, geschliffenes Glas, das offensichtlich nicht zum Hotelgeschirr gehörte, und eine dunkelrote Flüssigkeit schimmerte hindurch, daß Sophie nicht widerstehen konnte und das Glas in die Hand nahm. Das Schimmern verlor sich auch nicht, als sie das Glas aus dem Lichtstrahl nahm und probeweise an die Lippen setzte. Schon der Geruch, der von dem Glas ausging, verursachte ein angenehmes Gefühl, das sich bis zum Wohlbehagen steigerte, nachdem Sophie die paar Schlucke, mehr war es nicht, getrunken hatte.

Sie schmeckte mit der Zunge eine Weile dem Geschmack nach und versuchte, irgendeine Ähnlichkeit festzustellen, was ihr aber nicht gelang. Wer wohl das Glas aufs Tablett gestellt hatte? Die Kaffeeköchin gewiß nicht, es sei denn, das ganze Hotel wäre verzaubert.

Derart gestärkt und mit neuer Lebensfreude erfüllt, aß Sophie ihr Frühstücksei, trank mehrere Tassen des vorzüglich zubereiteten Kaffees und versuchte dabei, sich so heiter und gelöst wie möglich an das Vorangegangene zu erinnern.

Es war eine lange Nacht gewesen, voll von Gelächter und Klagen, von sonderbaren Gesprächen und Eindrücken. Sie erinnerte sich, auch Amaryllis Sternwieser gesehen zu haben, wenn sie auch nie neben ihr saß, doch hatte sie ihr manchmal von irgendwoher wohlwollende Blicke zugeworfen, während sie sich mit den verschiedenen Damen unterhielt.

Sophie konnte sich nur daran erinnern, daß sie vom ersten Schluck Wein an ein Gefühl der Unwirklichkeit befallen hatte, das aber weder unangenehm noch beängstigend war, so daß sie weitergetrunken hatte, ohne jeden Verdacht, daß der Wein ihr in irgendeiner Form schaden könnte. Sie erinnerte sich auch daran, daß die Damen und Herren zu ihren beiden Seiten wechselten, daß sie in gewissen Zeitabständen immer neue Gesichter um sich hatte, die mit ihr sprachen, daß sie dabei aber nie das Gefühl gehabt hatte, ausgehorcht zu werden, im Gegenteil, man erzählte ihr etwas. Auch all die anderen Gespräche, die an den Tischen geführt wurden, schienen sich nicht mit ihr und ihrer Person zu beschäftigen. Viele der Anwesenden mußten einander schon lange kennen, und Sophie spürte förmlich, wie sie einander mit Anspielungen und Zitaten aufzogen und zum Lachen brachten, ohne daß sie gewußt hätte, worum es ging.

Sophie war nie sehr gut in Geographie gewesen, aber die Ortsnamen, die allenthalben fielen, zeigten ihr bald, daß die Damen über die ganze Welt verstreut leben mußten. Um so sonderbarer mutete es sie an, daß sie dennoch weltfremd waren, besser gesagt zivilisationsfremd. Sie konnte sich nicht erinnern, auch nur einmal von all den üblichen Verkehrsmitteln, von denen doch alle Welt so gern sprach, wenn vom Reisen die Rede war, gehört zu haben. Das machte jene Erzählungen von exotischen Landstrichen auch so verblüffend, so als bediene man sich in dieser Gesellschaft ihr unbekannter Fortbewegungsmittel, die ebenso schnell und gewiß klagloser funktionierten, als die zur Zeit weltweit üblichen.

Sie hatte auch die beiden Herren, Drachenstein und von Wasserthal, wie sie sich nannten, kennengelernt und eine Weile mit ihnen geplaudert. Beide erweckten den Eindruck, als würden sie sie kennen, was ihres Wissens nicht gut möglich war. Drachenstein verwunderte sich darüber, wie gut sie sich bei Versteinerungen auskannte. Sie hatte ihr Wissen ausschließlich von Silber bezogen, und Drachenstein, der voraussetzte, daß sie sich auch heute noch dafür interessierte, lud sie ein, sich doch einmal seine Sammlung anzusehen, die er schweren Herzens, aber doch dem neu eröffneten Museum des Kurmittelhauses überlassen hatte. Sophie erinnerte sich daran, daß auch Silbers Sammlung noch irgendwo in der Wohnung existieren müsse. Da sie ohnehin nicht viel damit anfangen konnte, war es vielleicht keine schlechte Idee, die vielen Steine ebenfalls dem Museum zu schenken.

Eine hervorragende Lösung, meinte Drachenstein, wenn Sie imstande sind, sich davon zu trennen. Herr Silber konnte es seinerzeit nicht, er war ein wahrhaft Begeisterter.

Langsam gewöhnte sie sich daran, daß man die Zusammenhänge kannte. Und nach geraumer Zeit beruhigte es sie sogar, und sie genoß es, dazusitzen, sich wohlzufühlen und sich nicht, wie das sonst unter einanander Unbekannten nötig ist, um Verständigung bemühen zu müssen. Man verstand sie, zumindest was ihre Vergangenheit und ihre Lebensumstände anging, ohne daß sie etwas hätte erklären müssen. Und gerade dieses Nichterklärenmüssen verlieh all den Gesprächen und Unterhaltungen eine große Beschwingtheit. Man konnte Meinungen austauschen, ohne Vorgeschichten erzählen zu müssen. Die Damen hatten alle eine so reizvolle Art zu sprechen, daß es eine Freude war, ihnen zuzuhören. Obwohl viele von ihnen fremdländisch aussahen, war es, als sprächen sie, Sophie eingeschlossen, eine einzige Sprache, was den Vorteil hatte, daß es zu keinen Mißverständnissen kam. Es war alles so klar und einleuchtend, was sie hörte, und wenn sie selbst sprach, mußte sie nie nach den rechten Worten suchen, sie sagte sie einfach, noch bevor sie sich überlegt hatte, was sie eigentlich sagen wollte. Und auch das trug zu dem Eindruck von Unwirklichkeit bei, den Sophie von dieser Nacht hatte, dabei stand die Wirklichkeit all dieser Erlebnisse für sie keinen Augenblick lang in Zweifel.

Sie hatte, als sie zum Abendessen hinuntergegangen war, eines ihrer neuen Dirndlkleider angehabt, und schon am Blick des Kellners, der sie diesmal zu einem anderen Tisch, an dem bereits drei

Damen saßen, führte, konnte sie erkennen, daß sie richtig gewählt hatte. Und sobald sie diese ihr einst so gewohnte Kleidung wieder anhatte, fühlte sie eine Vertrautheit mit sich selbst, aber auch mit ihrer Umgebung, und eine Geborgenheit, als könne ihr hier und heute in ihrem Sosein die Welt nichts anhaben.

Schon während sie mit den drei Damen zu Abend aß, war ihr die Wandelbarkeit von deren Gesichtsausdrücken, ja den Gesichtern überhaupt, aufgefallen, die sich sowohl dem Alter nach als auch im Aussehen ständig ein wenig änderten, wenn auch nicht so stark, daß Sophie an etwas Übernatürliches hätte denken müssen. Als Schauspielerin erfüllte diese Fähigkeit der Damen sie mit Neid und Bewunderung. Vielleicht war aber gerade diese Veränderbarkeit schuld daran, daß sie nun, während sie das alles überdachte, Schwierigkeiten hatte, bestimmten Gesichtern bestimmte Namen zuzuordnen oder sich überhaupt an bestimmte Gesichter zu erinnern. So als wäre sie mit Leuten einer anderen Hautfarbe zusammengesessen, von denen einem zu Anfang immer vorkommt, sie sähen alle gleich aus, obwohl man im Augenblick des Betrachtens die Unterschiede sehr wohl ausnimmt.

Eine der Damen jedoch war ihr als einzelne besonders aufgefallen. Sie war erst im Lauf des Abends gekommen und trug das lange dunkelrote Haar offen, das ihr bis zu den Hüften reichte und sich in lockige Strähnen teilte, die zu beiden Seiten ihrer Schultern herabfielen. Im Gegensatz zu allen anderen Damen trug diese kein Dirndlkleid, sondern ein dunkelgraues Trachtenkostüm mit einem grün ausgenähten Gamslrock, wie ihn auch die Herren trugen. Als sie denselben jedoch nach einer Weile und einem Glas Wein auszog, sah man ein weißes Hemd, aus weichem, durchschimmerndem Stoff, der ihre nackten Brüste durchscheinen ließ. In diesem Augenblick konnten die anwesenden Damen kaum das Ach!, die Herren nicht das Oh! unterdrücken. Fräulein Rosalia vom Trisselberg, wie sie genannt wurde, war sich des Effekts wohlbewußt, den ihre Extravaganz hatte. Sophie mußte zugeben, daß diese junge Dame, sie war dem Augenschein nach jünger als die meisten Anwesenden, was aber nichts mit ihrem wirklichen Alter zu tun haben mußte, an diesem Abend den größten Auftritt hatte. Ein wenig neidvoll dachte Sophie daran, daß diese Idee eigentlich ihr zugestanden hätte. Von ihr hätte man doch am ehesten eine Vorstellung erwarten dürfen. Im übrigen aber war das Kostüm des Fräuleins vom Trisselberg sehr schön, und Sophie dachte daran, sich auch eines schneidern zu lassen, sie mußte es ja nicht gerade in dieser Gesellschaft tragen. Auch würde sie wohl ihrer Vollbusigkeit wegen auf die durchscheinende Bluse verzichten und sich mit einem Leinenhemd begnügen müssen.

Im Gegensatz zu dem Fräulein Rosalia vom Trisselberg, dessen jugendliche Frische an eine junge Baumknospe erinnerte, wirkte die gute Amaryllis Sternwieser, die in Begleitung ihres Dackels nun ebenfalls gekommen war, zwar auch jünger und schöner als an jenem ersten Nachmittag, als Sophie sie besucht hatte, doch lag in ihrer verhaltenen Schönheit etwas wie Güte und Weisheit, nichts Mütterliches in dem Sinne, eher eine Art Souveränität, die jeder Bitte um Hilfe gewachsen war, sei es auch die, die Rosalia vom Trisselberg unschuldig lächelnd aussprach, als sie Amaryllis Sternwieser bat, ihr die Schließe des silbernen Granatarmbandes zuzumachen. Sie selbst sei zu ungeschickt dazu, es baumle die ganze Zeit über an dem dünnen Sicherheitskettchen. Und Amaryllis Sternwieser war nicht angestanden, ihr das Armband zuzumachen und dabei den Arm so weit zu heben, daß man ihr eigenes silbernes Granatarmband sehen konnte, das dem der Rosalia aufs Haar glich. Diese so großzügige Geste ließ dem Fräulein die scheinheilige Frage: Sie haben auch ein Armband? auf den Lippen rosten, und Amaryllis Sternwieser lächelte ihr Lächeln darob auf so asketische Weise, daß man es kaum für ein solches halten konnte.

Dunkel nur erinnerte sich Sophie an eine Zeit, in der mit einemmal eine große Lamentation losgebrochen war, in der die Menschheit als solche apostrophiert wurde, in all ihrer Gehässigkeit und mit all ihren Tücken. Sophie selbst hatte plötzlich eine Einsicht in all die kaum wiedergutzumachenden Fehler, ja geradezu Verbrechen, die wider besseres Wissen überall und allenthalben verübt wurden. Angst und bang wurde ihr, als eine Vision zukünftiger Folgen dieses menschlichen Fehlverhaltens sich vor ihren Blick schob. Von allen guten und Schutzgeistern verlassen, fühlte sie sich und die ganze Menschheit einer Apokalypse preisgegeben, einer Zerstörung, die nicht nur die traf, die sie, befangen in einem Teufelskreis, begonnen hatten, sondern alle Lebewesen überhaupt. Es gab niemanden, der den nun selbsttätigen Mechanismus wieder hätte abstellen können.

Nachdem so gut wie alles zerstört worden war, sah sie, wie die Vegetation zu wuchern begann und die ganze Erde mit einem meterhohen Belag bedeckte, der so dicht war, daß kein anderes Wesen darin hätte existieren können. Ihr Blick folgte diesen neuartigen Gewächsen und Pflanzen bis auf den Grund, und da konnte sie eine ganze Schicht toter Leiber sehen, aus deren verwesenden Säften die Wurzeln der Pflanzen mit gurgelnden Lauten ihre Nahrung zogen, die sie in große fleischige Blätter und in krankhaft grellen Farben leuchtende Blüten umsetzten, bis nur mehr ihr seltsamer Duft an ihren Urstoff erinnerte, an die Umkehr des Stoffwechsels. Verwirrt und angewidert von dieser Schau zukünftiger Dinge, war sie nicht mehr sicher, ob die Gesichter der Damen und Herren, die sie zwischen den Blütenblättern vereinzelt hatte aufblitzen sehen, noch zu der Vision gehörten oder ob sich die Anwesenden durch ihre offenen Augen in dieses Bild der Verwüstung gedrängt hatten.

Gerade als sie unter der Last der Bilder beinah zusammengebrochen wäre, erklang ein helles, wenn auch nicht gerade freundliches Lachen, und sie sah, nun wieder mit dem Blick im

Speisesaal, einen schmächtigen, eher klein gewachsenen jungen Mann, mit dünn auf die Schulter fallenden blonden Locken, der in einen grünen, an den Rändern wie ein Blatt gezackten Anzug gekleidet war, auf dem Kopf aber einen spitzen grünen Hut trug, den abzunehmen Herr von Wasserthal ihm gerade empfahl, eine Geste, die wohl auch das klirrende Lachen ausgelöst hatte. Es kam nun auch eine seltsame Bewegung in den Raum. Vorhänge lüfteten sich, wie von unsichtbarer Hand gehoben, manch Glas fiel um, und einige der Damen rückten auf kuriose Weise etwas zur Seite, so als würde jemand sich zwischen sie drängen. Sophie traute ihrem Blick nicht mehr, und als sie merkte, daß jemand ein Fenster geöffnet hatte, beruhigte sie sich und dachte zum erstenmal ans Zubettgehen.

Der junge Mann, er wurde als Brian McStewart vorgestellt, nahm, nachdem er grüßend ein paarmal in die Runde genickt hatte, dabei Sophie mit interessiertem Blick messend, zwischen Herrn Alpinox und dem Fräulein Rosalia vom Trisselberg Platz. Er goß in das leere Glas, das man vor ihn gestellt hatte, aus einem mitgebrachten Fläschchen eine glasklare Flüssigkeit, die Schnaps, aber auch reines Wasser sein konnte.

Die große Lamentation war beim Kommen jenes Brian McStewart abgebrochen worden, und es machten wieder freundlichere Gespräche die Runde. Auch dem Neuankömmling wurde die eine oder andere Frage gestellt, die dieser mit heller Stimme und so kurz wie möglich beantwortete, so als fühle er sich im Kreise der Anwesenden gar nicht so wohl, und manchmal schien er dabei sogar jemanden anzuschauen, der eigentlich gar nicht da war, jedenfalls konnte Sophie den oder die Betreffende nicht sehen, sooft sie sich auch verstohlen umdrehen mochte.

Nach einigem Auffordern und Bitten gelang es dann dem Fräulein Rosalia vom Trisselberg, den jungen Mann dazu zu bringen, auf seinem Instrument, das ihm an einem bunten Band über den Rücken hing, einer kleinen Fiedel sozusagen, aufzuspielen. Die Melodien, die dabei erklangen, waren zuerst von schwermütiger Eintönigkeit, so daß Sophie beinah in Trance geriet, und ihr war, als hätte sie nie noch Musik gehört, die eine solche Faszination bewirkte. Da wurde die Tonabfolge mit einemmal rascher, und schon erhob man sich, um zu tanzen, beinah unfreiwillig, wie es schien. Herr Alpinox, der gerade in der Nähe stand, bot Sophie seinen Arm an und walzte dann mit ihr mitten unter die Tanzenden, die zumeist einzelne Tänzerinnen waren, befanden sich doch die Damen in solcher Überzahl, daß nur wenige in den Genuß eines Tänzers kamen.

Eine sonderbare Art von Ausgelassenheit hatte sich der meisten bemächtigt, manche schimpften auch lachend vor sich hin, doch verstellte die breite Schulter des Herrn Alpinox Sophie die Sicht, und da ihr die Musik dermaßen in die Beine ging, war sie es zufrieden, sich in den Armen des Herrn Alpinox, der ihr immer größer und mächtiger zu werden schien, im Kreise zu drehen.

Langsam begann sie müde zu werden und war beinah dankbar, als Herr Alpinox dem jungen Mann, der allein noch saß und spielte, ein dröhnendes »stop it, McStewart« zurief, dem der junge Mann nach einigen Takten auch gehorchte. Als die Musik verklungen war, taumelten die Tänzer und Tänzerinnen an ihre Plätze zurück, offensichtlich erschöpft, manche schienen sogar ungehalten, aber Sophie war viel zu müde, um auszumachen, worum der kleine Streit, der da ausgebrochen war, ging.

Sophie nahm gerade noch wahr, daß Amaryllis Sternwieser mit einem freundlichen Lächeln, das alle noch vorhandene Neugier in ihr auslöschte, auf sie zukam und ihren Arm mit beiden Händen umfaßte, als wolle sie sie irgendwohin führen. Von da an fehlte ihr jede zusammenhängende Erinnerung, und sie sah nur noch Bilder, einzelne der Anwesenden in halb ausgeführter Bewegung, als hätte jemand Standfotos von einigen Szenen gemacht und sie ihrem Bewußtsein unterschoben.

Demnach war es wohl Amaryllis Sternwieser gewesen, die sie zu Bett gebracht hatte. Sophie schämte sich dafür, daß dies notwendig gewesen war. Soviel hatte sie gar nicht getrunken. Woher aber war dann der beginnende Kater beim Erwachen gekommen? Man würde es ihr nachsehen müssen. Die angenehme Gesellschaft, die sonderbaren Situationen. Wer weiß, was das für Wein gewesen war.

Jetzt hingegen fühlte sie sich frisch und erholt, so als habe sie lang und ruhig geschlafen, und sie sehnte sich nach einem Bad und einem Spaziergang in der guten Luft dieser Gegend.

Es muß in einem siebenten Jahr gewesen sein. Oder in einem siebzigsten. Oder in einem siebenhundertsten. Der Sommer war heiß und lang, und es sah aus, als würde es keinen Herbst geben. Lange schon hatten die Sommerfrischler den Ort verlassen, die Hotels hatten ihre Restaurants geschlossen, und nur die Gaststuben, in denen abends bei offenen Fenstern Bier getrunken wurde, waren noch in Betrieb.

Wann immer es ging, holten die Einheimischen ihre schlanken, langschnäbeligen Holzplätten aus den Bootshütten, ruderten damit auf den See hinaus und sprangen mitunter auch hinein, um sich in dem kühlen, aber nicht wirklich kalten Wasser zu erfrischen.

So herrlich dieser spätsommrige Herbst auch war, es haftete ihm etwas Widernatürliches an, und Amaryllis Sternwieser konnte seiner nicht so recht froh werden. Einer ihrer Max Ferdinande (der VI., wie sie sich erinnerte) war in der Nacht zum dreiundzwanzigsten September gestorben. Nicht an Altersschwäche, sondern an einer rätselhaften Krankheit, gegen die all ihre Feenkraft nichts auszurichten vermochte. Da sie seinen Tod zwar vorausgeahnt, besänftigt durch das schöne Wetter aber nicht eigentlich damit gerechnet hatte, stand sie vor einer schwierigen Situation, da sie einerseits nicht lange ohne einen neuen Max Ferdinand bleiben wollte, andererseits aber im Hause derer von Weitersleben im Augenblick kein entsprechender Nachwuchs vorhanden war. Lulu, die Tochter von Titine, die inzwischen selbst schon schwanger ging, versprach zwar, dem Mangel, so rasch es gehen mochte, abzuhelfen, dennoch mußte Amaryllis Sternwieser geraume Zeit warten, bis sie dann, wider ihre sonstigen Gepflogenheiten, einen Welpen des Herbstwurfes nahm, der sich auf keine Weise mit seinen Vorgängern messen konnte.

Hinzu kam, daß sie plötzlich vor einem gänzlich leeren Amaryllium-Kästchen stand und sich nicht erklären konnte, wie sie ihre Vorräte so schnell hatte aufbrauchen können, ohne deren Zuendegehen gewahr zu werden. Streckenweise wurde sie den Verdacht nicht los, daß jemand ihr davon entwendet haben mußte. Da sie ihren Verdacht aber auf keine Weise begründen konnte und auch keinerlei Anhaltspunkte für einen in Frage kommenden Täter hatte, schämte sie sich des Verdachtes und traf alle Vorbereitungen, um neues Amaryllium herzustellen, wessen es einer langen und zeitraubenden Prozedur bedurfte und langer einsamer Nächte.

An diesen mangelte es ihr aber seit dem kalendermäßigen Sommerende nicht, denn eigenartigerweise schienen sich auch die anderen lang existierenden Wesen eine gewisse Zurückhaltung auferlegt zu haben, denn es gab weder Einladungen noch überraschende Besuche, an denen es sonst um diese Jahreszeit mehr denn genug gegeben hatte.

Und Amaryllis Sternwieser selbst konnte sich, sooft sie sich den Pflichtbesuch bei Rosalia, der Saligen, auch vorgenommen hatte, einfach nicht dazu aufraffen, diesen auch abzustatten. Auch von Alpinox hörte sie so gut wie nichts, dabei mußte die Jagdsaison schon begonnen haben, und in anderen Herbsten hatte sein Jagdhorn von den Felsen wider- und widergehallt. Von Wasserthal hatte sie einmal flüchtig und zu so ungewohnter Stunde am Seeufer sitzen sehen, daß sie ihren Augen kaum trauen mochte. Und als sie dann nah genug herangekommen war, um gewiß zu sein, daß er es auch war, brachte sie es nicht über sich, ihn anzusprechen, so versunken war er in sich. Die noch ungewöhnlich starke Sonne hatte sein Gewand spröd gemacht, so daß es die schöne grüne Färbung verloren hatte und graubraun und unansehnlich wirkte, wie Treibholz, das auf den Strandkieseln zurückbleibt, wenn der Seespiegel nach längerer Trockenheit sinkt und ansonsten von Wasser bedeckte Stellen freigibt. Diesem allem zum Trotz gab es ihr den bekannten Stich im Herzen, den sie einmal mehr als Warnung auffaßte, sich in dieser Richtung nie eine Blöße zu geben, wie unerwartet oder unverhofft sie von Wasserthal auch gegenüberstehen mochte. Sie hätte es nicht ertragen, wenn er ihre versteckten Gefühle für ihn erraten oder auch nur erahnt hätte.

Drachenstein war einmal vorbeigekommen und hatte ihr den längst versprochenen Mondstein gebracht, allerdings ungefaßt, da er sich nicht mehr daran erinnern konnte, welche Art der Ziselierung sie gewollt hatte. Sie mußte ihm alles noch einmal erklären, und als sie das getan hatte, fiel ihr ein, daß sie doch lieber eine schlichte Ringfassung gehabt hätte, und sie versuchte nun davon zu reden, Drachenstein zu einer Stellungnahme und zur Bestärkung in ihrem Wunsch nach Schlichtem zu bewegen, doch schien er ihr so zerstreut, daß sie meinte, er hätte ihr weder bei dem einen noch bei dem anderen richtig zugehört. So behielt sie den Mondstein vorderhand ungefaßt, und sie kamen überein, daß sie von sich hören lassen würde, wenn sie sicher war, was sie eigentlich wollte.

Es war insgesamt so, als würden sich alle, die sie zu ihresgleichen zählte, auf etwas Bestimmtes vorbereiten, auf etwas, das nun bald geschehen würde, das aber in Form eines Geheimnisses auf ihnen lastete, ohne daß sie es hätte lüften können, obwohl sie alle unter seinem Einfluß standen. Und Amaryllis Sternwieser versank in stundenlanges Nachdenken, wobei sie sich an vieles zu erinnern versuchte, das in ihrem so langen Leben vorgekommen war, aber das, wonach sie suchte, lag, von dichten Nebeln verdeckt, am Grunde ihres Gedächtnisses, und sie konnte und konnte es nicht bis in ihr Bewußtsein emporheben, so viele Hinweise sie auch durch nicht enden wollende Träume des Nachts erhielt, die sie mehr quälten, als daß sie Klarheit schufen.

Aber auch das, was ihr bei diesem Vorsichhinbrüten wieder zu Bewußtsein kam, schien aus längst vergessenen Zeiten, ja beinah aus anderen Leben zu ihr zu kommen, und zum erstenmal, seit sie sich in dieser bezaubernden Alpengegend niedergelassen hatte, fragte sie sich, ob sie denn hier auch richtig am Platz sei.

Nur der Waukerl Eusebius, der ihr manchmal den Sommer über frische Saiblinge gebracht hatte, schien seinem Wesen nach der alte geblieben zu sein. Er erzählte ihr, was im Dorf so vorfiel, gab auch eine Reihe lustiger Anekdoten zum besten, die dann im Februar auf dem Faschingbrief stehen würden, und unterhielt sie aufs trefflichste. Aber auch er war, wenn auch auf weniger Besorgnis erregende Weise, bei seinem letzten Besuch von den üblichen Themen abgewichen und hatte von den Chrysanthemen erzählt, die bis Allerheiligen hoffentlich in schönster Blüte stehen würden, denn ohne Chrysanthemen ginge es wohl nicht, und dabei hatte er sie von den Augenwinkeln her angesehen, als wäre er nicht sicher, ob sie auch wirklich wüßte, was er damit meinte. Sie hinwiederum hatte sich ganz und gar nicht zu fragen getraut, denn schließlich hatte sie so etwas wie die Gabe der Vorausschau, doch entweder war diese Gabe aus mangelnder Pflege und Übung oder aus sonst einem Grund verkümmert, jedenfalls tat sie ihr im Hinblick auf die kommenden Dinge, außer einigen eher unbestimmten Ahnungen, so gut wie gar nichts kund, sosehr sie es auch mit Hilfe von Meditationen anzugehen versuchte.

Es hätte eine geruhsame Zeit für Amaryllis Sternwieser werden können, eine, nach der sie sich, wie sie meinte, schon lange gesehnt hatte, aber die innere Unruhe wuchs und wuchs in ihr, und sie fühlte sich zwischen den verschiedensten Extremen hin und her gezogen.

Sie erinnerte sich längst vergangener Liebschaften und fühlte dabei ihr Herz klopfen, als sei sie im Augenblick darein verstrickt. Andererseits erinnerte sie sich längst vergessener Aufgaben, deren sie sich all die Jahre, die sie in dieser Gegend verbracht hatte, entbunden fühlte. Und erst der Verlust des Amarylliums ließ den Verdacht in ihr aufsteigen, daß vielleicht jemand anderer diese Aufgaben an ihrer Stelle heimlich ausführte.

Sie bekam wieder einen Sinn dafür, in welchen Häusern Menschen im Sterben lagen, und manchmal strich sie dann nachts um jene Häuser herum, und ihr fielen all die geflüsterten Worte und lindernden Zeichen ein, und sie wußte wieder, wozu ihr Amaryllium eigentlich gut war.

Glücklicherweise hatte sie im Frühsommer genügend Narzissenknollen ins Haus befohlen und fachgerecht gelagert, so daß sie an die Herstellung des neuen Amarylliums gehen konnte, ohne die nächste Narzissenblüte abwarten zu müssen.

Es bedurfte mannigfacher Vorbereitung, denn außer dieser Grundsubstanz war eine Menge von Kräutern, Mineralien und sonstigen Zutaten vonnöten, die sie auf langen und gezielten Wanderungen durch den Wald und an den steilen Hängen der Berge bis hinauf zur Baumgrenze sammelte. Und während sie sich anfangs schwertat und in ihrem Gedächtnis immer wieder nach den einzelnen Ingredienzien suchen mußte, fingen ihre Beine plötzlich von selber an, die verschiedenen Wege zu finden, Pfade emporzuklimmen, bis sie mit traumhafter Sicherheit vor einer bestimmten Pflanze haltmachten, einen Pilz gerade nicht zertraten oder einen Stein losstießen, an dessen Rückseite sich genau der pulvrige Belag befand, dessen zwei Stäubchen vonnöten waren, um eine ganz bestimmte Wirkung zu erzielen.

Sie nahm auch von dem wilden Schnittlauch, aus dem sich die Wilderer manchmal eine Suppe kochten, die ihre Sinne in einen eher freundlichen Rausch brachte. Sie hatte diese Suppe auf einer der Gebirgswanderungen, die sie viele Sommer hindurch im Kreise adliger und einheimischer Gebirgsliebhaber unternommen hatte, kennengelernt und als sehr schmackhaft und in ihrer Wirkung wohltuend empfunden. Was aber das Amaryllium betraf, so hatte sie nach einigen Wochen intensiver Suche alles Nötige beisammen und konnte mit dem Reiben und Mischen, dem Kochen und Eindicken beginnen. So sehr entwöhnt war sie trotz allen Zurechtfindens jener uralten und ihr eigentümlichen Tätigkeit, daß ihr, während sie sott und beschwor, manchmal selbst die Sinne zu schwinden drohten, und sie mußte sich in all die komplizierten Vorsichtsmaßnahmen wieder einüben, die sie zu ihrem Schutze nötig hatte, wohingegen der neue Max Ferdinand nicht bloß einmal mit verdrehten Augen unter dem Küchentisch lag und von einem totenähnlichen Schlaf in eine totenähnliche Ohnmacht kippte, aus der selbst Amaryllis Sternwieser ihn nur mit Mühe wieder zurückholen konnte. Aber Max Ferdinand, jener etwas schwächliche Welpe aus einem Herbstwurf, lernte nicht aus dem Schaden. Immer wieder gelang es ihm, sich in die Geheimniskrämerei der Fee einzuschleichen, und nachdem sich nämlicher Vorfall mehrere Male wiederholt hatte, stiegen in Amaryllis Sternwieser bestimmte Befürchtungen auf, die in der Annahme gipfelten, Max Ferdinand sei bereits süchtig geworden, und sie dachte mit Schrecken an seine und ihre Zukunft, wenn diese Annahme sich als gerechtfertigt erweisen sollte.

Als dann das Amaryllium in seiner flüssigen Gestalt vorerst fertiggestellt war, fühlte Amaryllis Sternwieser sich kurze Zeit erleichtert. Der Prozeß war zwar noch nicht abgeschlossen, es bedurfte noch des Trocknens und Abliegens bis hin zur Verwendbarkeit, aber dazu konnte sie nicht mehr viel tun, und so benutzte sie die strahlend schönen Tage, um weiterhin durch die Wälder zu streifen und nur mehr das zu sammeln, was sie gerade fand, was die Natur ihr vor die Füße legte, und manchmal kam sie, bepackt mit den seltsamsten Dingen, deren Gebrauchswert keinem Nichteingeweihten klar oder auch nur ersichtlich sein konnte, zu ihrem kleinen Haus herunter, das sie mit vielen geheimen Tricks innerlich so zu erweitern wußte, daß sie all ihre Schätze zum Trocknen auflegen konnte. Und es entströmten ihrem Haus so seltsame Gerüche und Düfte, daß selbst die Einheimischen, die es sonst nicht beachteten, kurz davor stehenblieben und ihre Nase schnuppernd in den Wind hielten. Doch war die Unruhe auch während all dieser sie voll in Anspruch nehmenden Tätigkeiten nicht von ihr gewichen.

Eines Morgens hatte kurz nach dem Erwachen bei ihr das Gefühl eingesetzt, daß sie irgendwo und von irgend jemandem erwartet wurde. Sehr vage im Anfang, und sie ertappte sich manchmal dabei, wie sie während der Morgenstunden nach irgendwelchen Briefen und Botschaften Ausschau hielt, wie sie den Himmel und die Bäume vor ihrem Fenster nach Vögeln absuchte, die ihr ein Zeichen geben sollten, oder nach anderen Hinweisen in eine bestimmte Richtung.

Als sich am frühen Nachmittag das Gefühl zwar verdichtete, aber noch immer keine konkreten Angaben eintrafen, nahm sie ihr übliches Kräutersammelrüstzeug an sich und brach in Richtung auf eine bekannte Alm hin auf, die in wenigen Wegstunden zu erreichen war und für ihren Reichtum an Kräutern und Beeren gerühmt wurde.

Ans Gehen gewöhnt, schritt sie kräftig aus, zog dabei kleinere Wiesenpfade entlang des Baches dem breiten geschotterten Gehweg vor, und beschwingt vom Rhythmus der eigenen Schritte, kam ihr auch vor, daß sie sich in der richtigen Richtung bewegte, nämlich in der, die ihr bestimmt war. Und nachdem sie schon längere Zeit unterwegs gewesen war, zog es sie mit einemmal immer weiter vom Bach weg und den waldbedeckten Hang empor, und sie stand nicht an, diesem Ziehen nachzugeben.

Immer unwegsamer wurde die Gegend, in der sie nun mehr zu klimmen als zu schreiten gezwungen war, und die Bäume webten ein immer dichteres Netz von Schatten über die häufiger werdenden Gesteinsbrocken, die den Pfad zu Gabelungen und halbkreisförmigen Umwegen zwangen. Und mit einemmal war ihr, als hörte sie nicht nur die Stimmen der Vögel und das Rauschen des Baches, sondern einen menschlichen Ton, der leise und fern noch, aber bereits ausnehmbar an ihr Ohr drang.

Ein Stöhnen, verhalten und in Wimmern übergehend, sagte ihr, daß sie bald am Ziel sein würde.

Und wirklich, an einer Stelle, an der vor kurzem noch Bäume gefällt worden waren, es roch wie betäubend nach frischem Harz, und wo die Äste der Fichten zwar abgeschlagen, aber noch nicht zu Haufen geschichtet worden waren, fand sie nach kurzem Umhergehen die Stelle, an der sie gebraucht, an der sie erwartet wurde.

Sie kannte den Mann, erkannte ihn auch gleich wieder, obwohl sie außer seinem Gesicht, das von Reisig umgeben auf dichtem Moos lag, nichts sehen konnte. Und auch dieses Gesicht war entstellt und in absoluter Wandlung begriffen, der Schmerz hatte seine Züge in einem Maße verändert, daß selbst Amaryllis Sternwieser vor Schreck zusammenfuhr. Doch sollte gerade ihr das Sterben nicht fremd sein.

Es war ein Mann aus dem Dorf, der da so lag, eingeklemmt zwischen Erde und Baum, unfähig, sich zu bewegen, und selbst wenn er nun von der schweren Last, die auf seinem Leib lag, befreit worden wäre, es hätte ihm nicht geholfen. Er konnte nicht mehr sprechen, nur leises Wimmern und Stöhnen löste sich von seinen geschwollenen Lippen, und Amaryllis Sternwieser, die nun ganz dicht neben ihm stand, war nicht sicher, ob er sie überhaupt noch ausnehmen konnte.

Sie hatte diesen Mann oft und oft gesehen, wie er rastlos in den Wäldern umherstreifte und deren Tiere beobachtete, wohl auch hin und wieder eins erlegte, es aber dann verschenkte, als hätte es mit seinem Leben auch jeden Wert für ihn verloren. Sie hatte ihn nachts bemerkt, wie er nackt (dabei war sein Körper so braun von der Sonne, daß selbst ihr kundiger Blick ihn kaum ausnehmen konnte) durch den Bach schritt und die Forellen mit der Hand unter den Steinen hervorzog, wobei seine Finger manchmal der Nachtkühle wegen schon so klamm waren, daß der Fisch ihnen wieder entschlüpfte, was ihm ein lautes triumphierendes Auflachen entlockte, so als sei er selbst und nicht seine Beute dem Tod entronnen. Dann war er eine Weile, mit den Armen rudernd und sich rasch bewegend, auf einem Stein gestanden, bis seine Hände und Arme sich wieder so weit erwärmt hatten, daß er unter den nächsten Stein greifen und nach den Kiemen der ruhig stehenden Forellen tasten konnte.

Wenn er dann seinen Rucksack mit Fischen vollgeladen hatte, schienen sie plötzlich eine große Last für ihn zu bedeuten, und er ging auf irgendein Haus zu, in dem noch Licht brannte, klopfte ans Fenster und warf in dem Augenblick, als das Fenster sich geöffnet hatte, einen oder mehrere Fische ins Innere. Meist war er so schnell wieder verschwunden, daß er nicht einmal mehr die Dankesworte hörte.

Sie hatte ihn mit eigens dazu präparierten Schuhen Felswände hinunterlaufen sehen, ohne den Schritt zu verhalten, jeder Trittmöglichkeit so sicher wie die Gemsen, die er so oft beobachtet und gejagt hatte.

Dieser Mann war ein sehr eigener, den die Frauen mochten, vielleicht gerade weil er sich so rar machte und nur selten in eins der Fenster einstieg, die ihm jederzeit offenstanden.

Amaryllis Sternwieser glaubte sich daran erinnern zu können, daß da einmal eine Geschichte zwischen Rosalia, der Saligen, und diesem Mann gewesen war. Doch hatte er dann eine Enterische geheiratet, ohne daß Rosalia, wie sie es sonst zu tun liebte, Hand an ihn gelegt hätte. Alpinox hatte die Sache damals erwähnt und sich darüber gewundert. Diese Geschichte schien zu den wenigen Geheimnissen der Rosalia zu gehören, die zu bewahren ihr der Mühe wert schienen. Denn man hatte auch von ihr nie erfahren können, auf welche Weise sie ihn unbeschadet freigegeben hatte. Amaryllis Sternwieser zweifelte insgeheim daran, daß die Geschichte, die diesen Mann zusammen mit Rosalia, der Saligen, in das übliche Liebesverhältnis zwängte, überhaupt stimmte.

Und während sie sich all dies in Erinnerung gerufen hatte, war sie neben dem Sterbenden niedergekniet und hatte versucht, seinen Kopf in ihren Schoß zu betten, was ihr auch gelang, ohne ihm weitere Schmerzen zu verursachen.

Und mit einemmal spürte sie, wie sie selbst sich veränderte und sie ihr schönes altes junges Gesicht wiederbekam, das Gesicht, das die Mutter, die Frau und die Tochter eines Mannes zugleich sein konnte, und sie tat all die Dinge, die trösten und erleichtern.

Ihre Hände waren kühl und trocken, und sie strich das Haar aus dem von Todesangst und Todessehnsucht erfüllten Gesicht. Und dann merkte sie, daß er sie erkannte, nicht sie, Amaryllis Sternwieser, sondern die Mutter, die schon tot war, seine Frau, die sich soviel um ihn hatte abhärmen müssen, vor allem aber seine Tochter, die ihm glich, ohne die Härte und die Wildheit, mit der Helligkeit der Mutter, aber dunklen Augen, die schon ganz früh die Spuren der Tiere zu erkennen wußten.

Nicht zu lange wollte Amaryllis Sternwieser ihn all die Bilder in ihrem Gesicht schauen lassen, denn sosehr sie auch anfangs sein Verlangen stillten, bald würden sie ihm das Sterben noch schwerer machen, und da sie kein Amaryllium mehr hatte, das neue aber noch zu frisch war, zog sie zumindest ihr Fläschchen hervor und hielt es dem Mann an die Nase, nicht daß er daran rieche, sondern daß der in dem Fläschchen verbliebene

Duft mit dem verbliebenen schwachen Atem sich verbinde und so die wenige Wirkung tat, die er noch zu tun hatte.

Und wirklich, das Stöhnen und Wimmern versank in einer immer weniger sich hebenden und senkenden Brust, und Amaryllis Sternwieser spürte, daß es nun nur mehr ganz kurze Zeit dauern würde, und unter all ihrer hilfreichen Überlegenheit befiel sie eine seltsame Bangnis, so als könne sie sich an ganz Wichtiges nicht mehr erinnern. Als gelte es, nun bald etwas zu tun, das mit Recht von ihr verlangt werden konnte, nur daß sie einfach nicht mehr wußte, was es war, was von ihr erwartet wurde.

Dann spürte sie, wie der Körper, soweit es seine Lage überhaupt zuließ, ein letztes Mal zu zucken und dann sich zu bäumen begann und langsam streckte, und sie erwartete etwas, das sie nun tun würde, aber anstatt dessen schwanden ihr die Sinne.

Es ging bereits dem Abend zu, und es war ziemlich kühl geworden, als Amaryllis Sternwieser aus der seltsamen Starre, die man keine Ohnmacht nennen konnte, erwachte. Sie saß genauso da wie zuvor, nur daß sie nun den Kopf eines Toten auf dem Schoß liegen hatte und sich nicht daran erinnern konnte, was in den letzten Stunden geschehen war.

Es fröstelte sie, und sie versuchte den Kopf des Toten von ihrem Schoß zu heben, um ihn an die ursprüngliche Stelle zu betten. Und während sie damit beschäftigt war, hörte sie von etwas weiter weg Stimmen, die so klangen, als würden sie etwas suchen, und ihr war klar, daß es der Tote war, den sie suchten.

Da sie nicht bei dem Toten gesehen werden wollte, erhob Amaryllis Sternwieser sich rasch und verbarg sich etwas im Dickicht. Es dauerte nicht lange, und schon hörte sie, wie die drei Männer näher kamen, den Boden absuchend, und als sie den Toten fanden und die momentane Sprachlosigkeit überwunden hatten, konnten sie ihre Verwunderung nicht laut genug zum Ausdruck bringen. Es schien ihnen ungeheuerlich, daß dieser Mann, den sie »den Toni« nannten, tot unter einem Baum lag, den er selbst gefällt haben mußte. Denn, wer sollte ihn sonst gefällt haben? Seit wann aber fällte der Toni Bäume, die ihm nicht gehörten? Wozu hatte er das Holz gebraucht? Oder waren ihm die Bäume ein ähnliches Gut wie das Wild, die Fische? Ein Gut, aber keine Habe, der sich einzelne in großer Menge bemächtigen konnten, obwohl es das Gut aller war?

Amaryllis Sternwieser hörte den Männern mit wachsendem Staunen zu. Wie war dieser Mann wirklich unter den Baum gekommen? Einen Augenblick lang dachte sie an Rosalia, die Salige. War es ihre späte Rache gewesen? Dann aber verwarf sie den Gedanken wieder. Nach all der Zeit? Und warum hier, an dieser Stelle, die vom unmittelbaren Gebiet der Wildfrauen doch etwas entfernt lag?

Mit dem Tod dieses Mannes hatte es eine seltsame Bewandtnis, und Amaryllis Sternwieser beschloß, den Umständen nachzuforschen, und sollte es Jahre dauern, einmal würde sie die Wahrheit wissen. Selbst wenn sie alle ihre Sinne aufs neue schärfen mußte, um das Vergangene und das Zukünftige wieder so klar zu sehen, wie sie es einst vermocht hatte.

Der letzte Oktobertag war noch so warm gewesen, daß Amaryllis Sternwieser vereinzelte Schwimmer im See bemerken konnte. Zum Staunen sämtlicher Wetterkundiger hatte das schöne Wetter angehalten, und die Tage waren von solcher Eindrücklichkeit, da man von einem jeden annehmen mußte, es wäre der letzte vor Einbruch des Winters. Die Optimisten unter den Einheimischen nützten die Zeit, so gut sie konnten, und ließen ihre Boote und Plätten am Ufer angebunden stehen, ohne sie winterfest zu machen. Und wann immer sie Zeit fanden, ruderten sie über den See, hinüber zur Seewiese, von wo aus man abends ihr Singen und Lustigsein weithin hören konnte.

Schon während der Lechtzeit war es recht lustig zugegangen,

und es sah so aus, als hätten die Enterischen kaum teil an all der Erwartung seltsamer Dinge, die die lang existierenden Wesen in solche Nachdenklichkeit versinken ließ. Im Gegenteil, bei ihnen schien eine Euphorie ausgebrochen zu sein, die alle Gedanken an mögliches Unheil hinwegschwemmte, sie auflöste in Bier und ebenso überschäumende Fröhlichkeit.

Selbst der Tod des Toni warf keine großen Schatten, obwohl er – schon allein weil die Menschen des schönen Wetters wegen geselliger lebten – eifrig beredet wurde und die Gerüchte um sein Sterben in kürzester Zeit zu Legenden anschwollen, so wie seine Art zu leben nach dem Muster tradierter Sagen wieder- und wiedererzählt wurde.

*

In der Nacht auf Allerheiligen hatte es dann ohne Vorherwarnung zu schneien begonnen, und es schneite und schneite auf all die Blumen herab, mit denen die Gräber geschmückt waren, eine des langen Sommers wegen in Farben explodierende Kraft, deren Fülle nun sanft auf die Erde gedrückt wurde.

Mit dem Erwachen am Allerheiligenmorgen kam auch ein Teil der Erinnerung an längst Zurückliegendes wieder. Amaryllis Sternwieser erhob sich, und als sie zum Fenster hinaussah, konnte sie mit einemmal die Zeichen lesen, die die Füße der Vögel in den frisch gefallenen Schnee geschrieben hatten. Und es bedurfte nicht einmal des stark gebrauten, von ihr so geliebten Frühstückskaffees, um ihren Sinnen jene morgendliche Überwachheit zu verleihen, mit der sie nun an die Vorbereitungen für die große nächtliche Zusammenkunft zwischen Allerheiligen und Allerseelen, wie man die Tage seit langem, wenn auch nicht seit immer nannte, ging.

Sie verbrachte den Tag, ohne etwas zu essen oder zu trinken, mit den Kräutern, Pilzen und Wurzeln, die sie den ganzen sommerlichen Herbst über gesammelt hatte, und füllte, was reif und verwendbar war, in Flaschen und Tiegel, mahlte Staub in kleine Döschen und setzte überall ein Zeichen darauf, ein für andere geheimes, obwohl nicht anzunehmen war, daß jemand echten Mißbrauch damit treiben würde.

Und schon vom Morgen an begann ihr Gesicht sich zu wandeln, bis es so alt und so jung, so schön und so häßlich war, daß all die Jahrtausende, in denen es schon in irgendeiner Form existiert hatte, darin Platz fanden. Es war nun nicht mehr das Gesicht für den winterlichen Hausgebrauch und auch nicht jenes, mit dem sie Alpinox zu imponieren und von Wasserthal zu gefallen suchte, sondern es ähnelte am ehesten dem, das der sterbende Toni über sich gesehen hatte, aber es war noch ausgeprägter, majestätisch beinahe, mit einem Schatten von Grausamkeit, der am längsten brauchte, um sich in die ihm zugehörigen, längst verwischten Züge dieses immer gütiger gewordenen Gesichts zu senken, das seiner lange nicht mehr bedurft hatte.

Bald konnte sie nicht mehr anders, als sich aus ihren Dirndlkleidern heraus in ein schlichtes uraltes Gewand zu wünschen, in dem sie sich wider Erwarten sogleich zurechtfand, obwohl es in allem von den ihr in letzter Zeit gewohnten abwich.

Die Unrast der letzten Wochen und Monate hatte nun ihren Höhepunkt erreicht und wich nur langsam der immer deutlicheren Gewißheit darüber, was die kommende Nacht bedeutete. Und je mehr es dem Abend zuging, desto veränderter und vertrauter zugleich kam sie sich vor.

Sogar Max Ferdinand hatte etwas davon gemerkt, doch ging sein anfängliches Befremden bald in eine eigene Veränderung über, die ihn, den Welpen, größer und mutiger, ja sogar schärfer erscheinen ließ, als es seinem Alter und seiner ohnehin nicht stattlichen Erscheinung zukam. Er erinnerte mehr an seine Vorgänger, besser gesagt an seine Vorfahren.

Bei Einbruch der Dunkelheit machte Amaryllis Sternwieser sich in Begleitung des beinah erwachsen scheinenden Max Ferdinand auf den Weg. Leichtfüßig schritt sie durch das Schneetreiben, und es war, als ginge von ihr selbst eine Art Leuchten aus, so daß sie genau wußte, wohin den Fuß setzen, und das, obwohl sie tief ins Gebirge zog.

Dann aber war es nicht mehr Max Ferdinand allein, der vor ihr herschnürte, einem Fuchse gleich, sondern eine ganze Anzahl von Hunden, einander ähnlich und doch als ganz bestimmte erkennbar, wie sie so eine Meute bildeten und immer hochbeiniger wirkten und dennoch den Eindruck machten, als wären es alle Max Ferdinande, die Amaryllis Sternwieser je besessen hatte.

Manchmal sah ihr Schreiten eher aus, als fege sie über die leichte Schneedecke, die seit dem Morgen stetig angewachsen war, mehr hinweg, als daß sie Fuß vor Fuß darauf setzte. Und so ging es sehr rasch, daß sie den Weg, der ihr bevorstand, hinter sich brachte.

Sie hatte sich ganz ihren Gedanken überlassen, doch als sie am Eingang zu einem Stollen haltmachte, in dem Bewußtsein, angekommen zu sein, war sie doch etwas verwundert und hielt einige Augenblicke an, um die Hunde zu versammeln. Dann betrat sie den Stollen, fühlend, daß eine Reihe von Wald- und Berggeistern, wenn auch unsichtbar, so doch vor ihr zurückwich, und sie sah, wie das Leuchten, das von ihr ausging, die Wände aus schwitzendem Gestein erhellte, so daß sie mühelos ihren Weg zu der fernen Lichtquelle hin fand, die erst nur wie ein kleiner Mond am Ende des tief in den Berg hineinführenden Ganges aufging und mit jedem ihrer Schritte größer und anziehender wurde.

Sie fühlte langsam, aber ohne Unterbrechung eine Macht in sich aufsteigen, die ihr Gewalt über die Dinge gab und, wie sie nun immer deutlicher wußte, nicht nur über die Dinge. Zur gleichen Zeit tauchte eine Ahnung in ihr auf, daß diese ihre wiedergewonnene Macht, sobald sie sich ihrer ganz bewußt war, einer großen Probe ausgesetzt, wenn nicht gar bezwungen werden sollte. Und all diese Gefühle, die sich in den letzten Wochen vorbereitet und angekündigt hatten, erzeugten eine solche Spannung in ihr, daß ihre Lippen leise zu zittern begannen und sie sie fest aufeinanderpressen mußte, als sie den Eingang der großen Höhle, den Ort der nächtlichen Zusammenkunft erreichte.

Und obwohl sie begonnen hatte, alles schon in einer bestimmten Weise vorherzuwissen, verschlug es ihr ein paar Augenblicke lang den Atem, als sie das mächtige Feuer gewahr wurde, das unter einem gewaltigen Kupferkessel brannte. Drachenstein stand davor und schürte es mit glühender Zange, während etwas weiter entfernt eine niedrige Tafel stand, um die herum die anderen lang existierenden Wesen auf schwere Felle gelagert waren.

Drachenstein bemerkte sie als erster, und obwohl sie wußte, daß es Drachenstein war, kam er ihr sonderbar und verändert vor. Dunkel und wie aus Erz, mit starrem, auf sie gerichtetem Blick, verbeugte er sich und kam dann, das eine Bein nachziehend – sie hatte nie so recht bemerkt, daß er hinkte –, auf sie zu, und anstatt ihren Arm zu nehmen, stützte er nur ihren Ellbogen, während er sie zu der Tafel und zu einem für sie vorbereiteten Fell führte. Auch die anderen kamen ihr verändert vor. Alpinox saß mit verschränkten Beinen neben ihr, ohne sie zu begrüßen, und selbst Rosalia, die Salige, strahlte in ihrer zunehmenden Baumgestalt eine Würde und Unnahbarkeit aus, die Amaryllis Sternwieser mit Staunen, aber auch mit nicht erwarteter Achtung erfüllte. Nur von Wasserthal schien sich äußerlich gleich geblieben zu sein. Sein langes dunkles Haar glänzte feucht im Schein des Feuers, und sein Gewand aus grünem Algengespinst war frisch und schmiegsam, als wäre er eben erst aus dem Wasser gestiegen. Sein Blick nahm sie wahr und doch wiederum nicht wahr, doch diesmal konnte ihr seine Schönheit nichts anhaben, so groß war das Gefühl der Macht in ihr geworden und das Bewußtsein, über alle hier anwesenden und ihre Kräfte hinausgewachsen zu sein. Denn ihre Kraft lag im Sterben, das sie leicht machen konnte, indem sie die Sterbenden durch den Tod führte, wie durch eine erstorbene Landschaft, in die nur eine Träne fallen mußte, um neues Leben erstehen zu lassen. Sie ist da, hörte sie Drachenstein sagen, und in diesem Augenblick richteten sich die abwesenden Blicke der drei anderen auf sie, und man verneigte sich voreinander, ohne zu sprechen.

Aus dem Kessel über dem Feuer war heißer Dunst aufgestiegen, der sich in der ganzen Höhle verbreitete. Amaryllis Sternwieser nahm eine Reihe von Fläschchen und anderen Behältern aus einer in den Falten ihres alten Gewandes verborgenen Tasche und stellte sie vor sich hin. Sie wußte nun ganz genau, was von ihr erwartet wurde, und als Drachenstein den Kessel abgenommen, seinen Inhalt in eine Schüssel geleert und dieselbe vor sie hingestellt hatte, begann sie das von ihr Mitgebrachte unter sorgfältigem Rühren mit der Flüssigkeit zu vermengen, bis der Duft, der daraus aufstieg, sie von der Richtigkeit der Mischung überzeugt hatte.

Auf daß wir uns erinnern mögen, sagte sie dann, während sie das bronzene Trinkgefäß, in das sie die Flüssigkeit gegossen hatte, mit beiden Händen emporhob ... und aller unserer Gestalten eingedenk sind, durch die Jahre und Zeiten, die uns verwandelt haben. Denn diese Nacht gilt dem Ursprung und allem daraus Entsprungenen, dem Gewesenen und der Veränderung, der Vielfalt der Formen und ihrer Einheit, in der wir uns als Wesen im Ablauf aller heiligen Zeiten wieder sammeln, auf daß wir von neuem auseinandergehen können, um, glücklich vor Vergessen, die vielen Leben zu leben, die der Wandel der Dinge und Gestalten mit sich bringt.

Sie trank einen Schluck und reichte das Gefäß Alpinox, der es, nachdem er getrunken hatte, an Rosalia weitergab. So machte die Trinkschale dreimal die Runde, und nachdem Amaryllis Sternwieser selbst ein viertes Mal daraus getrunken hatte, lehnte sie sich zurück, und mit einemmal begann die Höhle sich mit Gestalten zu füllen, deren Gesichter ihr bekannt waren als die Gesichter von Sterbenden, die alle einmal in ihrem Schoß geruht hatten. Am deutlichsten schien ihr das Gesicht jenes Mannes namens Toni, mit dem sie als letztem die schweren Schritte von hier nach dort getan hatte, Schritte, die sie selbst nur mehr voller Verzweiflung hatte tun können, so sehr hatte sie sich während ihrer Zeit als Narzissenfee vermenschlichen lassen. Und das Mitleid hatte ihr die Beine schwer gemacht, so daß sie in jenem erstorbenen Land selbst kaum vorankam. Da war ihr bewußt geworden, daß der Tod sich auch an ihr rächte, wenn sie ihn zu vergessen begann, um der Grausamkeit ledig zu sein, die der Kampf mit ihm forderte. Und die Schuld, die sie auf sich geladen hatte, indem sie als Amaryllis Sternwieser, beglückt über die mehrfache Spaltung ihrer einstigen Person, geglaubt hatte, als Narzissenfee über ihre große und erste Pflicht hinweggehen zu können, gestützt vom hilfreichen Vergessen, das die Jahrhunderte ihr gewährt hatten. Gleichzeitig wußte sie aber auch, daß sie immer wieder vergessen, daß die Schuld sie immer wieder einholen würde, am Tag der großen Erinnerung, alle sieben, alle siebzig, alle siebenhundert Jahre. Denn die große Grausamkeit würde sich immer wieder auflösen in viele kleine Grausamkeiten und Schaden anrichten, aber sie brauchte die große Grausamkeit, um die eine Träne zu erpressen, die das erstorbene Land wieder zum Leben erweckte. Doch auch die große Grausamkeit war nicht genug. Dazu gehörte die völlige Hingabe, eine solche Hingabe an den Tod, daß sie spürte, wie die Köpfe der Sterbenden in ihren Schoß eindrangen, und gewahr wurde, daß sie sie schwangeren Leibes vom einen Leben ins andere zu tragen hatte, und manchmal war ihr Schritt dabei so schwer, daß das Geröll des erstorbenen Landes nachgab und sie einzusinken drohte in den Tod, und all ihr Widerstand erlahmte. Aber gerade dann begannen die Sterbenden in ihrem Leib auf so unsägliche Weise zu schmerzen, daß sie an den Steinen emporklomm und wieder und wieder versuchte, mit streichelnden Gebärden ihren Leib zu besänftigen und die Mühsal auf sich zu nehmen, sie durch den Tod zu tragen. Der Tod aber war nichts als jenes erstorbene Land, dem sie mit all ihrer Qual diese einzige Träne erpreßte, die all das Leben neu erweckte, in das sie die Sterbenden wiedergebären konnte.

Und dann ging die Erinnerung weiter zurück, und irgendwo am Rande ihres Blickfelds sah sie Alpinox mit gekreuzten Beinen auf einer Waldlichtung sitzen, und auf dem Kopf trug er ein Geweih, das so schwer war, daß er den Kopf nur langsam wenden konnte. Von Wasserthal hingegen ritt auf weißem Wellenkammroß aus einem der südlichen Meere an einen weißen Strand, mitten hinein in eine Schar von Jungfrauen, die wie Schaum auseinanderstoben, doch dann ertrank die Vision in einem lüsternen Gekicher und Gelächter, und sie nahm Drachenstein wahr, der in einer unterirdischen Schmiede hinkenden Ganges vom Feuer zum Wasser schritt, doch sein Gesicht war durch das Zischen des glühenden Metalls im Wasser und den daraus hervorschießenden Dampf kaum zu erkennen.

Rosalia aber lebte als Nymphe in einem heiligen Hain und heiratete den Eichenkönig, und Amaryllis Sternwieser merkte, daß sie einander sehr ähnlich waren. Sie selbst aber war es nun, die den Tod brachte. Die sich hingab an die Lebenden, im Rausch und nach langen Tänzen, um sie dann zu töten, um mit ihrem Blut das erstorbene Land zu tränken. Und sie wiegte sich in der Erinnerung hin und her, und ihr Körper füllte sich mit Lust und Sehnsucht, wie sie sie schon seit langem nicht mehr empfunden hatte. Und sogar der Tod bereitete ihr Lust, den sie austeilte und der mit demselben Wunsch nach Befruchtung des erstorbenen Landes empfangen wurde, widerstandslos und zum Wohle aller. Sie selbst aber war unsterblich, und gerade diese große Macht und Herrlichkeit, deren sie voll war, ließ sie immer wieder die Unterwerfung herbeiwünschen, und schon in der Unterwerfung spürte sie wieder die Gewalt, die sie über alle und jedes hinausheben würde, indem sie dieselbe Unterwerfung zurückforderte und Hand anlegte an die ihr in Liebe Unterworfenen.

Und noch weiter zurück reichte mit einemmal ihre Erinnerung. Und sie sah niemanden mehr von ihresgleichen. Sie war nur mehr das Leben. Und sie spürte, wie Leben aus ihrem Leib drang, in ununterbrochener Reihenfolge, ob sie ging, saß oder lag, ihr Schoß verströmte Leben, und der Tod ging sie nichts an, denn für jeden erstorbenen Leib kam ein neuer Leib aus ihr, in ständigem Gebären. Ihre Fruchtbarkeit aber war so groß, daß all diese Tode nicht zählten.

Sie hatte aufgehört, Gesichter zu sehen, nur mehr Leiber und Köpfe waren es, ferne, verwischte Gestalten, die aus ihr kamen und von ihr gingen. Und sie verlor sich noch weiter zurück, aber da konnte ihr Bewußtsein keinen Unterschied mehr machen zwischen sich und anderen, und sie wurde müde ob der Tiefe, die sie nur mehr empfinden, nicht aber erfassen konnte, und fiel in einen traumdichten, verwirrenden Schlaf, voll mit Bildern, deren Vieldeutigkeit nur mehr ihre Sinne betraf, und sie spürte Tierisches und Pflanzliches, das keinen Namen mehr hatte und keinen Unterschied machte zwischen den einzelnen. Nichts war mehr abzugrenzen, und sie war sich selbst abhanden gekommen.

Verehrteste haben länger geschlafen als wir alle, hörte sie eine Stimme neben sich sagen, und als sie langsam und schwerfällig die Augen aufschlug und den Kopf anhob, sah sie Alpinox neben sich knien und in ihr Gesicht starren.

Wir dachten schon ... und er wandte sich lächelnd nach den

anderen um … Verehrteste hätten sich eigenhändig in einen Dauerschlaf versetzt. Amaryllis Sternwieser lächelte, fuhr aber gleich darauf mit der Hand zum Mund, um ein über sie hereinbrechendes Gähnen geschickt zu kaschieren. Sie befanden sich noch immer in der Höhle, und da von nirgendwo Tageslicht einfiel, war schwer zu sagen, wie spät es war, ob Nacht oder schon nächster Morgen, vielleicht auch Mittag.

Das Feuer, über dem Drachenstein den Kessel hängen gehabt hatte, gloste nur mehr, und neben der Tafel standen Grubenlichter, die die Höhle einigermaßen erhellten. Sie hatten bis auf gewisse Besonderheiten der Kleidung alle wieder ihre übliche Gestalt angenommen, und während ihr noch müder Blick von einem Gesicht zum anderen ging, bemerkte sie, daß mittlerweile auch Eusebius gekommen war, der gemahlenen Kaffee mitgebracht hatte, dessen Duft nun aufs angenehmste zu spüren war.

Das war eine Nacht, meinte Amaryllis Sternwieser und setzte sich auf. Da merkte sie, wie sie durch die ersten Worte, die sie sprach, schon einen Teil der Erinnerung zu verlieren begann.

Nun ja, fuhr sie fort, das Fest der Erinnerung … alle siebzig Jahre, und diesmal war ich die Priesterin. Und sie wußte, daß sie auch dies vergessen würde, in den nächsten siebzig Jahren.

Trösten Sie sich, werte Amaryllis, es geht uns allen gleich, ließ sich nun von Wasserthal vernehmen. Wenn die Notwendigkeit des Festes nicht so tief in uns verankert wäre und es uns nicht genau am richtigen Tag zueinandertriebe, würden wir alle darauf vergessen.

Die Unruhe, die uns ergriffen hat, schon lange vorher …, meinte Drachenstein. Sie sind doch auch erst am letzten Tag klug daraus geworden, meine Liebe. Amaryllis Sternwieser nickte bestätigend und sinnierte vor sich hin. Mir schwante schon länger, daß das Fest bevorstand, schaltete sich nun auch Rosalia, die Salige, ein. Soweit ich mich erinnere, war beim letztenmal, als unsere liebe Narzissenfee noch in den Wolken weilte, ich die Priesterin. Die drei Herren sahen einander verwundert an. Rosalia? meinte Alpinox mit hochgezogenen Brauen und dann: warum nicht? Es kommt mir aber seltsam vor, daß ausgerechnet Sie sich an das letzte Fest zu erinnern glauben.

Sie sagten doch selbst, fuhr Rosalia mit selbstsicherem Lächeln fort, warum nicht? Wer hätte sonst Priesterin sein sollen, wenn nicht ich? Es ist doch mehr als wahrscheinlich, daß ich es war, wenn auch meine Kräfte zugegebenermaßen bescheidener sein mögen als die unserer lieben Amaryllis.

Amaryllis Sternwieser war noch zu benommen, um Rosalia, der Saligen, über den Mund zu fahren. Sie wartete geduldig darauf, daß Eusebius mit dem Kaffee kam, dann erst wollte sie der Wildfrau den einen oder anderen Satz nach Hause mitgeben. Das seltsame Gewand, das sie noch immer trug, fing an sie zu stören, aber eine gewisse Diskretion unter ihresgleichen zwang sie dazu, sich noch zu gedulden und sich nicht auf der Stelle in das ihr so vertraut gewordene Dirndlkleid zurückzuwünschen.

Als sie dann wirklich eine Tasse mit herrlich starkem Kaffee in den Händen hielt, streifte sie nochmals eine konkrete Erinnerung, und das majestätische Bild von Alpinox mit dem Geweih stand sekundenlang vor ihr, doch ließ es sie nun nur mehr schmunzeln.

Woran denken Sie, fragte Alpinox in diesem Augenblick und versuchte, ihre Hand zu ergreifen, so als hätte auch ihn etwas an die Nacht erinnert. An nichts, heuchelte Amaryllis Sternwieser, und es fiel ihr schwer, dabei ernst zu bleiben. Wir sind eben alle mitsamt unseren Gedanken der Veränderung unterworfen, und ich weiß nicht, ob ich darüber lachen oder weinen soll. Lachen Sie nur, Verehrteste, meinte Alpinox gutmütig. Das Lachen hat unsereinem noch nie geschadet.

Als sie den Kaffee getrunken hatten, brachen sie alle miteinander auf. Max Ferdinand, nun wieder als einziger vorhanden, der aus einer finsteren Ecke der Höhle zum Vorschein gekommen war, rannte durch den Stollen voraus, und als ihnen das Tageslicht ins Gesicht schien, sahen sie, daß es ein fahler winterlicher Tag war, obwohl es zu schneien aufgehört hatte. Man verabschiedete sich freundlich voneinander und kehrte jeweils in seine Behausung zurück. Alpinox winkte noch lange. Man würde sich den Winter über oft genug sehen, wie man es auch all die Winter bisher gehalten hatte.

*

Es war spät am Vormittag, als sie sich bei leicht eingetrübtem, jedoch warmem Wetter zu einem Spaziergang durch den Ort aufmachte. Vielleicht würde sie diesmal zu dem Haus hinaufgehen, in dem einst sie und so viele Generationen derer von Weitersleben vor ihr gewohnt hatten.

Sie ging, verfolgt von langsam fahrenden Autos, die sich im Schrittempo an ihr vorüberzwängten, die schmale Staubstraße vom See zum Ort hinauf, fand die alten Villen renoviert, aber doch ziemlich unverändert vor, während die kleineren Häuser auf der Flußseite fast alle aufgestockt hatten und einige, früher leerstehende, Grundstücke verbaut worden waren.

Bei dem Kaffeehaus, das sich seit ihrer Jugend kaum verändert hatte, bog sie nach links in die Asphaltstraße, blieb eine Weile auf der Brücke stehen, um in den ihr plötzlich wieder so vertrauten großen Bach zu schauen, und ging dann weiter, vorbei an der Fürstenvilla, vor der die Straße aufgegraben war, in Richtung Post und Gemeindeamt. Der Ortskern war soweit unverändert, nur daß durch die Arbeiten zur Verbreiterung der Straße ein Teil der Zäune gefallen war. Das Gedränge der Sommerfrischler war größer als je, verlor sich aber, sobald man in einen Seitenweg einbog. Und während sie so beide Straßenseiten nach eventuellen Veränderungen absuchte, fiel ihr Blick zwischen Bäume, die hinter einem kleinen, der Straßenverbreiterung wegen abgerissenen Haus standen, und sie bemerkte eine Villa, die es sicher schon lange gab, die ihr aber nie aufgefallen war.

Ihre Erinnerung biß sich fest an jenem Haus, das sie ihres Wissens nie gesehen hatte, und sie fragte sich, wie es denn möglich war, eine ganze Kindheit und Jugend an einem Ort zu verbringen, der nicht größer war als dieser, und nicht einmal alle seine Häuser zu kennen. So hatte sie sich also jahrelang davon abhalten lassen, dieses Haus zu sehen. Die Tatsache bestürzte sie, und sie beschloß, nicht jetzt, aber an einem der nächsten Tage unter einem Vorwand ganz dicht an jenes Haus heranzugehen, vielleicht auch zu läuten oder zu klopfen, um zu sehen, wer darin wohnte. Vielleicht war es dann jemand, den sie und der sogar sie wiedererkannte, und sie würde sich: ach ja, sagen, der oder die wohnt darin, und würde zufrieden damit sein, mehr von diesem Ort wiedergefunden zu haben, als ihre Erinnerung barg.

Da es nun doch nach Regen aussah, beschloß sie, einen jener bunten Bauernschirme zu kaufen, die für den hierorts ziemlich ausladenden Regen gemacht waren. Und sie dachte daran, daß sie Amaryllis Sternwiesers Schirm doch endlich zurückbringen sollte.

Im Geschäft, früher hatte es hier nur Zigaretten, Zeitungen und ein paar Lebensmittel gegeben – die neue Prosperität war allenthalben spürbar –, ließ sie sich eine ganze Reihe von Schirmen zeigen. Es war wichtig, daß die Farbzusammenstellung stimmte und sich die Farben des Schirms nicht mit denen, die sie trug, schlugen. Während sie einen nach dem anderen aufspannte, bemerkte sie eine ältere Frau, erkannte sie auch sogleich, die sie lange und verstohlen von der Seite her anschaute, so als frage sie sich, wo sie sie hintun sollte. Sophie tat, als bemerke sie die Frau nicht, sprach auch, als sie den schließlich gewählten Schirm bezahlte, betont hochdeutsch und verließ so rasch wie möglich das Geschäft.

Ihr Herz klopfte. Sie wußte, daß man sie irgendwann erkennen würde, daß sie es auf die Dauer gar nicht würde verhindern können, von jemandem nicht nur für bekannt gehalten, sondern wiedererkannt und auch angesprochen zu werden. Wenn man sie aber daraufhin ansprach, würde sie es nicht leugnen können, die zu sein, als die sie lang genug hier gelebt hatte. Es würde sich wie ein Lauffeuer unter den Einheimischen verbreiten, daß sie zurückgekehrt war, nach mehr als zwanzig Jahren. Man würde sich auch wieder an Silbers Tod erinnern, der ja durch die Zeitungen gegangen war, und an den Tod ihrer Mutter. Sie würde die Geschichten ihrer Kindheit, soweit man sie wußte, wiederhören, aber auch all die Schicksale derer, die sie noch gekannt hatte. Sie wußte, daß sie, wenn sie sich erst einmal darauf eingelassen hatte, nicht genug davon bekommen würde können, daß sie immer mehr würde hören wollen. Daß Gesichter aus ihrer Erinnerung aufsteigen würden, die erst jetzt, im nachhinein, ein Schicksal bekamen.

So endgültig wollte sie noch nicht zurückgekommen sein. Zwanzig Jahre hindurch hatte sie jede Sehnsucht unterdrückt, hierher zurückzukommen und zu erfahren, was sich inzwischen ereignet hatte. Nur hier gab es Leute, die sie von Kindheit an kannten und die sie noch als Kind gekannt hatte, nicht nur flüchtig und von Besuchen her wie die Leute, die sie auf Reisen getroffen hatte, sondern von Tag zu Tag und von Jahr zu Jahr.

Sie hatte den Begriff Heimat, ja sogar Heimatort immer vermieden und höchstens von ihrem Geburtsort gesprochen. Doch wenn man ihr in diesem Augenblick eine Erklärung des Begriffes vom Heimatlichen abgenötigt hätte, würde sie gesagt haben, daß es mit diesem Einanderkennen zusammenhing. Daß man sich kannte, nicht wie Paare oder Familienangehörige einander kennen, sondern wie Leute, die einander immer wieder begegnen, unter ähnlichen Voraussetzungen und ähnlichen topographischen Bedingungen. Als hätte man leichter eine Kenntnis vom anderen, wenn man dieselbe Bergansicht mit ihm teilt.

Eine unsägliche Vertrautheit kam ihr nun Schritt für Schritt entgegen, während sie den schmalen Weg, auch hier verfolgt von Autos, die von Anrainern oder Sommergästen gelenkt wurden, die in Privatquartieren wohnten, zu ihrem ehemaligen Haus hinaufstieg. Manchmal war sie sogar versucht, nach einem bestimmten Loch im Zaun Ausschau zu halten, in das sie tagtäglich auf dem Schulweg geschaut hatte.

Je höher sie stieg, desto mehr bekam sie wieder eine ganz bestimmte Ansicht des Ortes in den Blick, genaugenommen die Ansicht, an die sie sich immer zuerst erinnerte, wenn sie von irgendwoher an den Ort dachte. Und während sie sich dem Haus mehr und mehr näherte, erlitt sie eine schreckliche Sinnestäuschung. Es war ihr, als hätte sie einen jener Schreie gehört, die ihre Mutter in den letzten Tagen der Krankheit ausstieß, heiser und verhalten, so als wolle sie sich angestrengt räuspern, für Sophies Ohren aber erkennbar als Schrei, und sie zuckte unter dem eingebildeten Geräusch zusammen, wie unter einem Schlag, der sie plötzlich über die Distanz von mehr als zwanzig Jahren erreichte.

Die Bank am oberen Rand des Grundstückes, auf dem das Haus stand, gab es noch immer. Sophie setzte sich mit einem Seufzer, der sowohl der Erleichterung als auch der schwerwiegenden Erinnerung galt, hängte den Schirmknauf über den Rand der Lehne und sah auf das Haus hinunter.

Sie hatte die Käufer nie persönlich kennengelernt. Silber war der Mittelsmann gewesen, und es war gar nicht sicher, ob das Haus die ganze Zeit über in denselben Händen geblieben war. Es hatte sich nach außen hin nicht sehr verändert. Das Dach war neu, einige schon damals schadhafte Balkonbretter waren ausgetauscht und der Holzteil dunkel nachgebeizt worden. Das

Haus kam ihr nun kleiner vor als damals, aber das hatte sie beinah erwartet. Im Erdgeschoß, und das tat ihren Augen weh, waren einige Fenster vergrößert worden, was die Konzeption des Ganzen störte, hatten doch die grünen Holzgitter, an denen sich Pflanzen emporrankten und die dem weißen, gemauerten Teil erst so etwas wie Stil verliehen hatten, entfernt werden müssen. Sie waren dann, etwas verschmälert, wieder angebracht worden, hingen aber noch frisch gestrichen und nackt da, anscheinend hatte man vergessen, an ihrem Fuß Rosen oder irgendwelche Ranken zu setzen, die schnell wachsen und die Blöße des Neuseins zudecken würden.

Wo früher eine blumenübersäte Wiese war, die von Ferne, durch das viele weiße Schaumkraut, den Bärenklau und die Bibernellen, wie gewirkter Batist ausgesehen hatte, dehnte sich nun ein teppichgleicher, bereits ziemlich dicht wachsender Rasen, der nur von kleinen Blumenrabatten durchbrochen war. Sophie war die Wiese lieber gewesen, aber natürlich war sie voreingenommen.

Das grün-weiß gestrichene Salettl mit den geschnitzten Giebelbrettern, die wie Stalaktiten vom Dach herunterkragten, und den Holzgittern anstatt der Fenster, in dem ihre Mutter nach dem Essen saß und las oder vor sich hindöste und in dem sie selbst gern ihre Schulaufgaben gemacht hatte, wenn die Witterung es zuließ, war nun zu einer Art Aufbewahrungsort für Blumenstöcke geworden, die nicht nur an den dafür vorgesehenen Stellen standen, sondern an Ketten von der Decke hingen, ja sogar an Nägeln, die man sich nicht gescheut hatte, in das Holz der Außenwand einzuschlagen. Was man selbst mit Blumen anrichten kann, empörte Sophie sich über den Überfluß an Farben, der nicht nur die schlanke Bauform des Salettls, sondern sich selbst zu übertrumpfen suchte. Sie stellte sich dazu eine wilde Hobbygärtnerin vor, die in den Wühlkisten der Kaufhäuser anstatt nach Kleidungsstücken nach Samenpäckchen stöberte.

Der Birnbaum stand noch. Auch der Tisch darunter und die Bank. Aber sie schienen nicht benützt zu werden. Ein paar Schritte weiter, unter den Apfelbäumen, waren geflochtene Gartenmöbel aufgestellt, die bis auf ihre grellrote Lackierung ganz gut aussahen.

Vielleicht tat sie den Leuten unrecht, die nun in dem Haus wohnten, aber ihr war nach Unrechttun zumute. Es linderte all die schmerzlichen Gefühle, mit denen sie zu kämpfen hatte, seit sie sich auf den Weg hierherauf gemacht hatte.

Silber hatte während der letzten Jahre schon ihrer Mutter den Verkauf des Hauses nahegelegt, doch war ihre Mutter nie dazu zu bewegen gewesen. Wo soll ich hin, hatte sie sie sagen gehört, wenn ich das Haus verkaufe? Ich reise gerne. Aber ich kann nicht ständig reisen. Und in einer Stadtwohnung leben? Ich möchte hier sterben. Es war zum erstenmal gewesen, daß ihre Mutter den eigenen Tod in Erwägung gezogen hatte. Sie mußte damals schon krank gewesen sein. Weder sie noch Silber hatten es bemerkt. Vielleicht deshalb nicht, weil sie schon auf diese seltsame Art des Wartens und Hinhaltens miteinander beschäftigt waren.

Sophie gelang es auch heute noch nicht, ihrer Mutter gegenüber wegen Silber ein Schuldgefühl aufzubringen. So sehr hatte Silber sie durch sein Übernehmen der Verantwortung davor bewahrt. Die große Souveränität ihrer Mutter, ihre Sicherheit im Umgang mit Menschen hätten ihr auch gar nicht erlaubt, an so etwas wie Konkurrenz zu glauben. Selbst wenn sie Silber und Sophie bei einer Umarmung ertappt hätte, sie würde großzügig darüber hinweggesehen haben, ohne über den Entgleiser, so hätte sie es formuliert, auch nur richtig nachzudenken. Ihre Mutter war es gewesen, die auf Reisen, sie war mit Sophie, sooft sie es sich leisten konnte, auch noch gereist, um ihr das Schicksal einer »Ländlichen« zu ersparen, ihre Mutter also war es gewesen, die ihr bekannte Männer, die sich zuweilen um sie scharten, dazu aufforderte, ihrer Tochter mehr Augenmerk zu widmen. Sie sei zwar noch nicht ganz sie selbst, aber über kurz oder lang würden dieselben Herren sich glücklich schätzen, Sophie noch als junges Mädchen gekannt zu haben.

Sophie war dem einen oder anderen auch später noch begegnet, hatte aber all ihre Höflichkeiten zurückgewiesen und die Kontakte nicht mehr gepflegt. Sie wollte niemanden mehr um sich haben, den auch ihre Mutter gut gekannt hatte.

Wer wohl ihr Vater gewesen war? Es gehörte zu den Traditionen derer von Weitersleben, seit sie sich in weiblicher Linie vererbten, daß sie ihre Väter nicht kannten. An sich hatte Sophie sich auch nie besonders dafür interessiert, bis auf eine kurze Zeit während ihrer Pubertät, in der sie manchmal mit dem Gedanken spielte, Silber könnte es sein.

Sie war, wie sie sich damals einbildete, auch schon nahe daran gewesen, es herauszufinden. Sie hatte die alte Haushälterin, die schon vor der Geburt Sophies im Haus gewesen war, lange und geduldig, über Wochen hindurch, bearbeitet, jede Minute, in der sie mit ihr allein im Haus war, dazu benutzt, um vorsichtig in sie zu dringen, und es auch so weit gebracht zu erfahren, daß Silber mit Sicherheit nicht ihr Vater war. Er hatte sich zum fraglichen Zeitpunkt ganz woanders befunden, obwohl er ihre Mutter damals schon kannte, wie gut, konnte aber selbst die Haushälterin nicht sagen. Und sie hatte auch schon von anderen Männern, die sie nur von Fotos kannte, erfahren, daß sie nicht ihre Väter waren. Aber als sie anfing, nach all den negativen Antworten eine positive zu verlangen, machte die Haushälterin Schwierigkeiten, sagte ihr, sie solle sie in Ruhe lassen und ihre Mutter selber fragen. Sie allein könne ihr die richtige Antwort geben.

Sophie hatte sich durch den barschen Ton der Haushälterin irritieren lassen und legte eine Ruhepause in ihren Nachforschungen ein, und als sie wieder damit anfangen wollte, war die bereits vorhandene Schwerhörigkeit der Alten so stark geworden, daß sie auf Fragen nur mehr schreiend antwortete oder zumindest so tat, als müsse sie schreien, so daß Sophie den Mut verlor, dieses einzige, aber echte Tabu der Familiengeschichte zu brechen.

Die Hänseleien hingegen, denen sie manchmal in der Schule ihrer Vaterlosigkeit wegen ausgesetzt war, tat sie mit großer Bravour und Selbstsicherheit ab, so daß man sie bald in Ruhe ließ und es hinnahm, wie man es bei allen von Weitersleben vor ihr hingenommen hatte. Sie war sogar den anderen ledigen Kindern gegenüber im Vorteil; es gab eine ganze Reihe davon, da ihr Vater wirklich unbekannt war und sich so die eine oder andere Legende um seine Figur ranken konnte. Eine ihrer besten Freundinnen verstieg sich sogar einmal zu der Annahme, es müsse wohl ein Fürst gewesen sein, denn sie hatte gesehen, wie Sophie ihr Jausenbrot aus einer weißen Serviette nahm, in die eine kleine Krone eingestickt war. Sie hatten damals in der Schule ein Märchen gelesen, in dem ein Findelkind in königlichen Windeln aufgefunden worden war. Sophie amüsierte sich derart über die Naivität ihrer Schulfreundin, daß sie sogar ihrer Mutter davon erzählte und mit ihr gemeinsam herzlich darüber lachte. Dabei hatte ihre Mutter es aber auch bewenden lassen und keine, aber auch nicht die leiseste Andeutung über die Profession ihres leiblichen Vaters gemacht.

Es war Sophie gewesen, die Silber zurückholte, als ihre Mutter im Sterben lag.

Er soll mich so nicht sehen, hatte ihre Mutter geschrien, als sie ihm von dem Brief erzählte, den sie ihm geschrieben hatte. Wochenlang war es ihrer Mutter gelungen, die Krankheit vor ihnen beiden mit eiserner Disziplin zu verbergen, nun aber hatte sie sie bettlägrig gemacht. Selbst Sophie merkte, daß es bald mit ihr zu Ende gehen würde.

Der Arzt, dem Sophies Mutter so lange ausgewichen war,

kam nun täglich. Von einem Krankenhaus wollte Sophies Mutter nichts wissen, und der Arzt erklärte Sophie in ihre Verstörtheit hinein, daß das auch nicht mehr viel Sinn hätte. Man könne noch von Glück reden, stand er nicht an, Sophie mitzuteilen, daß die Krankheit einen so schnellen Verlauf nähme, das verkürze die Leiden.

Und als Sophie in ihren Gedanken so weit gekommen war, erinnerte sie sich mit einemmal auch an Amaryllis Sternwieser. Sie war eines Tages vor der Tür gestanden, hatte Sophie, als würde sie sie schon lange kennen, mit ein paar freundlichen Worten zur Seite geschoben und war geradewegs in das Schlafzimmer der Amelie von Weitersleben gegangen. Sie hatte nicht erlaubt, daß Sophie mit ihr kam, doch war es jedesmal so – Amaryllis Sternwieser kam von diesem Tag an öfter –, als würde ihre Mutter viel ruhiger, wenn Amaryllis Sternwieser im Haus war. Diese Ruhe und Gefaßtheit hielt auch noch an, zumindest ein paar Stunden, wenn Amaryllis Sternwieser bereits gegangen war.

Sophie begann sich beinah überflüssig zu fühlen, wenn Amaryllis Sternwieser kam, und selbst Silber, der nun wieder die Wohnung im oberen Stock bezogen hatte, irrte verloren durchs Haus. So geschah es dann öfter, daß sie beide sich in der Küche trafen und zusammen mit der alten Haushälterin, der Kathrin, Kaffee tranken, während sie das Feuer im Herd beobachteten und mit Brotkrumen spielten. Die alte Kathrin erzählte dann all die Geschichten aus der Kindheit der Amelie von Weitersleben, deren sie sich noch entsann, wobei sie sich immer wieder eine Träne aus dem Augenwinkel wischte, bis Silber und Sophie es nicht mehr aushielten und ins Salettl hinausgingen, von wo aus sie sehen konnten, wann Amaryllis Sternwieser das Haus verließ. Dort befanden sie sich auch, als Kathrin ihnen laut weinend die Nachricht vom Tod der Amelie von Weitersleben brachte.

Amaryllis Sternwieser mußte in diesem Augenblick aus dem

Haus gegangen sein, denn sie sahen sie nicht mehr. Angeblich war sie aus dem Zimmer in die Küche gekommen und hatte gesagt: Hol die Tochter und den Mann. Da hatte die alte Kathrin gewußt, daß es soweit war.

Als sie dann alle drei ins Sterbezimmer traten, lag Amelie von Weitersleben wie eine Schlafende da, mit bereits geschlossenen Augen. Und Sophie konnte endlich weinen. Amaryllis Sternwieser allerdings hatte sie weder vorher noch nachher je gesehen und vor zwei Tagen nicht einmal wiedererkannt.

Ein leiser, aber deutlicher Schreck durchfuhr sie. Ihre Mutter war zu dem Zeitpunkt, als sie an der schweren Krankheit gestorben war, kaum älter gewesen, als sie es jetzt war. Eine junge Frau also, was sie über die Jahre hinweg beinah vergessen hatte.

Sie war lange Zeit so sehr mit dem Vergessen beschäftigt gewesen, daß sie sich nun deshalb schämte. Vielleicht trug auch sie die Krankheit schon in sich. Sie griff in ihre Tasche, holte eine Zigarette heraus und zündete sie an. Oft genug hatte sie schon aufhören wollen zu rauchen, sich aber, wenn sie nach einigen Tagen wieder damit anfing, gesagt, es sei ohnehin egal. An irgend etwas würde man ohnehin zugrunde gehen. Niemand kann in sich hineinschauen. Jetzt aber schienen ihr ein paar Jahre auf oder ab etwas auszumachen. Hieß das, daß sie alt wurde?

Sie warf die angerauchte Zigarette weg und trat sie aus. Die Erinnerung war nun wieder ein Bestandteil ihrer selbst und würde sich nicht mehr so schnell in einen stilliegenden Teil ihres Gedächtnisses verbannen lassen. Sie mußte lernen, von neuem mit ihrer Mutter und mit Silber zu leben. Einen Augenblick lang spielte sie mit dem Gedanken, zum Haus hinunterzugehen, anzuläuten und zu bitten, man möge sie durch die Räume, in denen sie groß geworden war, gehen lassen. Vielleicht konnte der Eindruck, den die neue Einrichtung auf sie machte, den der alten verblassen lassen. Dann verwarf sie den Gedanken wieder. Man würde ihr Fragen stellen, sie am Ende sogar nötigen, Kaffee zu trinken, und sie würde sich vorkommen wie ein Gast in einer fremden Wohnung. Vor allem aber die Fragen würden ihr zu schaffen machen. Und sie hatte Angst vor der endgültigen Gewißheit, daß das Haus nun wirklich ein anderes geworden war und keine Spuren mehr trug von ihrem und ihrer Mutter Leben.

Es hatte zu nieseln begonnen. Sophie stand auf und öffnete den neuen Schirm. Es war spät geworden. Heute würden die Damen wohl schon beim Essen sitzen, wenn sie in den Speisesaal kam.

Sie war hin und her gerissen zwischen zwei Welten, der der Erinnerung, die ihr schon beinah entglitten war, und der einer seltsamen Gegenwart, die aus geheimnisvollen Situationen bestand, die vielleicht auf eine Zukunft anspielten, von der sie noch keine Ahnung hatte. Gab es überhaupt eine Zukunft? Was wollte man von ihr? Jetzt, wo sie endlich ein festes Engagement in der Hauptstadt hatte und ein wenig zur Ruhe kommen würde. Jetzt, wo sie sich zum erstenmal Gedanken darüber gemacht hatte, wie sie aus Saul Silbers Wohnung die Wohnung der Sophie Silber machen würde. Warum hatten diese Leute sie nicht früher eingeladen? Dann aber erwachte die Neugier wieder so stark in ihr, und mit jedem Schritt, den sie dem Hotel näher kam, wuchs aufs neue die Faszination, die die Damen und Herren auf sie ausübten. Das alles mußte eine Bedeutung haben, vielleicht eine große Bedeutung. Sie fühlte, wie es an ihr zerrte und zog, wie etwas sie rief, und sie kam sich wieder ganz jung vor. Natürlich hatte es eine Bedeutung, eine ganz bestimmte Bedeutung, vor allem für sie, für Sophie Silber, geborene von Weitersleben. Es war ja auch in diesem Jahr gewesen, daß man sie in der Hauptstadt engagiert hatte. Endlich würde sie Freunde haben, die sie zu sich einladen konnte, Freunde, von denen sie sich nicht ein paar Tage später wieder trennen mußte, weil das Theater anderswo gastierte. Sie würde einem ständigen Publikum zeigen können, was in ihr steckte. Sie würde gefordert werden, in immer neuen Rollen dieselben Leute beeindrucken, nicht in einer viele verschiedene, die für einmal leicht zu beeindrucken waren. Vielleicht hing die Einladung hierher damit zusammen, daß man endlich zu wissen begann, wer Sophie Silber war.

Während sie so im Regen dahinschritt, sah sie ihr ganzes bisheriges Leben als Vorbereitung an, als Vorbereitung auf das, was nun kommen würde. Gut Ding braucht Weile ... flüsterte sie vor sich hin. Natürlich hing es damit zusammen, die Erinnerung, die Unwirklichkeit des Gegenwärtigen und die Erfüllung verheißende Zukunft, die sie nun langsam und von den Bildrändern her vor sich auftauchen sah.

Plötzlich war sie froh, unendlich froh darüber, daß sie lebte, daß sie hierhergekommen war, daß sie in die Hauptstadt gehen würde. Und all die vielen Sinnlosigkeiten der vergangenen Jahre würden mit einemmal einen Sinn ergeben, und sie würde zum erstenmal so leben, wie sie es wollte, wie es ihr gemäß war, mit dem vollen Einsatz ihrer Person und all ihren Kräften.

Als sie ins Hotel kam, empfing sie ungewöhnliche Stille. Weder aus der Küche noch aus dem Speisesaal waren Laute zu hören. Sie stellte ihren Schirm ab, wusch sich in einer Toilette die Hände und steckte ihr Haar zurecht. Als sie dann zum Essen ging, fand sie für sich allein an ihrem alten Tisch gedeckt. Der Kellner, der sie zuvor schon bemerkt hatte, brachte ihr auch sogleich die Suppe. Die Damen und Herren lassen sich entschuldigen, sagte er, sie sind einer privaten Einladung gefolgt, werden aber am Abend wieder hier essen.

Sophie schluckte ihre Enttäuschung mit der Suppe hinunter. Damit hatte sie nicht gerechnet. Bis zum Abend würde die Zeit schon vergehen. Sie würde die Gelegenheit ergreifen und Amaryllis Sternwieser den Schirm zurückbringen. Sie hatte recht, die Gute. Sophies Mutter war wirklich in ihren Armen gestorben. So muß es wohl gewesen sein.

※

Der Regen hatte nicht abgekühlt. Trübes und schwüles Wetter war die Folge. Der feuchte Atem der Wälder war überall spürbar, und im diffusen Licht sahen die Villen, die Gasthöfe und die Häuser der Einheimischen seltsam unwirklich aus.

Nach einem kurzen Mittagsschlaf hatte Sophie den Schirm der Amaryllis Sternwieser sowie ihren eigenen genommen und sich auf den Weg gemacht, hoffend, daß zumindest Amaryllis Sternwieser der privaten Einladung nicht gefolgt war und sie sich ein wenig mit ihr unterhalten konnte, um dabei das eine oder andere zu erfahren, das ihre Neugier beschäftigte.

Während sie so den Kogel emporstieg, mußte sie häufig stehenbleiben und tief durchatmen. Die Luft war schwer und ohne Bewegung, und manchmal war ihr, als würde der Atem, den sie eben ausgestoßen, unvertauscht in ihren Mund zurückgepreßt.

Bei ihrem letzten Besuch hatte sie den kleinen Garten gar nicht wahrgenommen. Wahrscheinlich deshalb, weil er ein wenig hinter dem Haus der Amaryllis Sternwieser versteckt lag. Jedenfalls hatte sie das Gefühl, daß es ihn damals gar nicht gegeben hatte. Gefühle hatten sie jedoch schon oft getrogen, und so dachte sie nicht weiter darüber nach.

Amaryllis Sternwieser saß auf einer Bank unter einem Nußbaum, dessen Früchte noch klein und grün waren, und winkte ihr schon von weitem zu, so als hätte sie sie erwartet. Max Ferdinand kam ihr, noch bellend, aber bereits mit dem Schweif wedelnd, entgegen, legte dann sogar seinen Kopf auf ihren Fuß, als sie sich auf einen der hölzernen Stühle, die um den kleinen Tisch herumstanden, gesetzt und die Schirme auf einen anderen Stuhl gelegt hatte.

Dieses Wetter, sagte sie, obwohl an sich nicht wetterleidig, und sie breitete die Arme aus, um ihre Brust freier zu machen, und ließ sie dann, weit von ihrem Körper entfernt, sinken.

149

Aber da war Amaryllis Sternwieser bereits im Haus verschwunden, um kurz darauf mit einem kleinen Ebenholztablett zu erscheinen, auf dem eine Teekanne aus Böttger-Steinzeug in Form eines Aststumpfes mit einem Reliefdekor aus Blütenzweigen und vergoldeter Montierung und mit einem Hahn als Schnabelverschluß stand, aus dem herber Kräuterduft in kleinen Rauchfahnen dampfte. Daneben standen zwei weiße Schalen aus dünnstem Porzellan mit Blattornamenten und eine ebensolche Zuckerdose. Die kleinen Löffel waren wie die Griffe des Tabletts und das Kettchen der Teekanne vergoldet.

Sophie Silber erinnerte sich daran, ein ähnliches Kännchen als besonderes Ausstellungsstück im Museum für angewandte Kunst gesehen zu haben. Woher Amaryllis Sternwieser es wohl haben mochte, dieses schöne, seltene Kännchen?

Einer der wenigen Gegenstände, die mir wirklich lieb sind, sagte Amaryllis Sternwieser, auf das Kännchen deutend. Eine Freundin hat es mir seinerzeit aus Meißen gebracht. Aber das ist schon lange her.

Dann schenkte sie beide Schalen voll, und allein der Duft, der ihnen entströmte, war so wundersam, daß Sophie fragen mußte, woraus dieser Tee denn gebraut sei.

Aus vielerlei, was gut und nützlich, antwortete Amaryllis Sternwieser lächelnd. Es würde dich nur ermüden, wenn ich dir alles herzählen wollte. Dann aber fuhr sie ohne Übergang fort: Ich habe gewußt, daß du kommen würdest. Die anderen sind mit Alpinox ins Gebirge. Ich kenne das alles, zu gut und zu lange. So zog ich es vor, auf dich zu warten.

Ich schäme mich ein wenig, wegen heute nacht, versuchte Sophie beim Thema zu bleiben. Ich weiß nicht einmal, wie ich zu Bett gekommen bin.

Liebes Kind, Amaryllis Sternwieser streichelte freundlich ihren Arm. Du warst müde, sehr müde. Du bist diese langen Nächte nicht gewohnt. Vergiß nicht, es sind die ersten Tage hier.

Du hast dich von all den anstrengenden Reisen noch gar nicht richtig erholt.

Und dann der Wein ... Sophie hatte die Augen niedergeschlagen. Aber soviel habe ich doch gar nicht getrunken ...

Amaryllis Sternwieser lachte. Da war nichts, wofür du dich zu schämen brauchtest. Man ist im allgemeinen sehr entzückt von dir und hat meine Wahl gutgeheißen.

Sophie wußte nicht, ob sie sich geschmeichelt fühlen sollte, weil man entzückt von ihr war, oder empört, weil man sie über ihren Kopf hinweg ausgewählt hatte für etwas, von dem sie noch immer nicht wußte, was es war. Aber warum ist deine Wahl gerade auf mich gefallen? fragte sie, ohne recht zu wissen, was für eine Antwort sie eigentlich erwartete.

Amaryllis Sternwieser sah ruhig und interessiert zu, wie ein Weberknecht auf ungelenken, vibrierenden Beinen ihren nackten Arm emporkletterte, über den gezogenen Blusenärmel stelzte und eine Weile an ihrem Ohr verharrte, um dann über ihren Rücken den Abstieg zu wagen. Sie meinte, indem sie Sophie mit einem von anderswoher kommenden Blick sozusagen bannte: Es gibt eine gewisse Ähnlichkeit zwischen dir und uns. Eine entfernte, aber sie kann von Nutzen sein.

Eine Ähnlichkeit? Sophie stand unter dem Bann des Blickes und flüsterte beinahe.

Du bist viel gereist, fuhr Amaryllis Sternwieser fort. Ich weiß, sie winkte den Einspruch Sophies ab, daß es nicht die ganze Welt war, was du gesehen hast. Du hast einiges erlebt und das meiste vergessen. Du bist eine Meisterin im Vergessen. Aber so, wie wir nicht darum herumkommen, uns alles Gewesenen zu erinnern, wenn auch nur von Zeit zu Zeit, wirst auch du dich erinnern müssen.

Alles ändert sich, aber kann man es so gehen lassen, wie es geht? Wir sind dabei, uns zu besinnen. Auch du besinnst dich. Bei dir heißt das, dich niederlassen, dich auf einen Ort beschränken und die Probe darauf machen, was deine Kunst wert ist. Auch unsere Künste bedürfen der Überprüfung. Sollen wir sie oder uns selbst verändern? Sollen wir emporsteigen zu den Wolken? (Und in diesem Augenblick kam es Sophie vor, als würde sich Amaryllis Sternwieser ein ganzes Stück von ihrem Platz erheben, ohne daß sie sich dabei bewegte.) Oder auf der Erde bleiben? (Und sie saß wieder fest auf ihrem Stuhl, so wie zuvor.) Sollen wir uns zurückziehen und nicht einmal Spuren hinterlassen, oder sollen wir einen neuen Weg gehen? Sollen wir helfen oder uns selbst genügen? Was ist die vordringlichste Aufgabe deiner und unserer Künste? Erleichterung zu schaffen oder vor dem Übel zu mahnen? Zur Schönheit hinzuführen, Schönheit darzustellen oder Schönheit zu sein? Oder die jeweils von der Zeit bevorzugte Tugend als etwas, das erreichbar, erwerbbar und ausübbar ist, in den Mittelpunkt zu stellen?

Wie ist das Verhältnis zwischen der Freude, die wir an unseren Künsten haben, und der Freude, die andere daran haben? Welches ist die bessere Freude, kann eine ohne die andere sein, rechtfertigt die eine die andere? Bedarf es einer solchen Rechtfertigung? Können, müssen wir selbst uns rechtfertigen? Genügt es, wenn wir die bleiben, die wir sind, oder dürfen wir nie damit aufhören, andere zu werden? Inwieweit aber können wir andere werden, ohne treulos gegen uns selbst zu sein? Und wenn wir uns selbst treu sind, inwieweit können wir andere werden?

Sophie wurde bei all den Fragen immer unheimlicher, Fragen, die sie sich selbst nun mit großer Deutlichkeit würde stellen müssen. Gebannt noch immer, blickte sie Amaryllis Sternwieser gerade ins Gesicht, aus dem alle Schatten, die der Strohhut sonst über die Augen legte, verschwunden waren, so als ginge von den Augen selbst eine Klarheit und Helligkeit aus, die jeden Schatten in sich aufsog.

Es ist nicht jede Zeit in gleicher Weise auf Veränderung aus, und manche Arten von Wesen können sich lange vor der Zeit drücken. Aber können sie es immer? Selbst ich, die ich Erfahrung mit der Zeit habe, weiß nicht, was immer ist. Die Sage geht, daß es Wesen und Dinge gibt, die nicht der Zeit unterworfen sind. Aber auf welche Art von Zeit beruft sich die Sage? Ist sie nicht selbst erst in der Zeit entstanden?

Was mich erschreckt, ist, daß die Zeit zu rasen begonnen hat, daß sie auch uns Entscheidungen abnötigt, so oder so zu sein, wo wir es gewohnt waren, uns als Gewordene zu empfinden. Noch mißtraue ich im Herzen der Zeit und ihren so rasch gestellten Forderungen, aber während ich ihr noch mißtraue, straft sie mich schon mit Vergessenheit. Selbst du hattest mich vergessen, liebe Sophie. Es geschieht so viel, daß vieles vergessen werden muß. Man vergißt uns alle, wenn wir uns der Zeit nicht stellen. Ist der glücklich, der vergißt, und der unglücklich, der vergessen wird?

Bei diesen Worten gab es Sophie einen Stich im Herzen, und heiße Röte stieg ihr von der Brust den Nacken herauf in die Wangen.

Oder sollte es nicht eher umgekehrt sein? fuhr Amaryllis Sternwieser fort. Der, der vergißt, bringt sich um einen Teil seines eigenen Lebens, der Vergessene nur um den eines anderen Lebens.

So müßte man es sehen lernen, flüsterte Sophie betroffen.

Amaryllis Sternwiesers Blick kehrte vom Unbestimmten ins Bestimmte zurück. Du mußt dich nicht schuldig fühlen. Oder, besser gesagt, nicht mehr und nicht weniger als wir alle. Die Zeit hat uns überholt, und wir haben alle in irgendeiner Form daran Schaden genommen.

Ich habe geboren und bin nie Mutter gewesen, sagte Sophie. Ich habe mir so vieles entgehen lassen, um mir nichts entgehen zu lassen.

Man soll nicht ungerecht sein, sagte Amaryllis Sternwieser und streichelte wieder Sophies Arm. Auch nicht sich selbst gegenüber. Erinnere dich, wie es damals war.

Aber wer, wer gibt mir die Jahre wieder?

Niemand. Amaryllis Sternwieser trank einen letzten Schluck Tee aus ihrer durchscheinenden Tasse. Du hast andere gehabt statt dessen, Jahre, die weder sehr gut noch sehr schlecht waren. Jahre deines Lebens, eines deiner möglichen Leben. Vielleicht würde deine Frage nicht anders lauten, wenn du dein Leben als Mutter gelebt hättest. Auch ich kann dir das nicht sagen. Du hast angefangen, dich zu besinnen, und damit kommt die Erinnerung. Die Erinnerung aber ist wie ein zweites Leben, das das gelebte in Frage stellt, mit all den versäumten Möglichkeiten, die sie wieder aufwirft. Laß dich nicht unterkriegen, auch wenn das Leben mit der unerwartet wieder einsetzenden Erinnerung ein anderes ist als das mit dem Vergessen. Auch die Erinnerung verliert mit der Zeit wieder an Kraft, und du wirst von neuem vergessen, ein anderes mögliches Leben vergessen und nicht irritiert werden, solange die Erinnerung schläft. Nur, wähle gut. Nicht alles oder nichts, sondern vieles und nicht zuviel.

Sophie saß noch immer da, ohne sich zu rühren, den Blick auf Unbestimmtes gerichtet. Der Tee in ihrer Tasse, den Amaryllis Sternwieser nachgeschenkt hatte, war kalt geworden, und ihr Fuß, auf den Max Ferdinand noch immer den Kopf gebettet hatte, war eingeschlafen und fing, als sie sich schließlich erhob, zu kribbeln an.

Du verzeihst, sagte sie zu Amaryllis Sternwieser, wenn ich nicht länger bleibe. Aber ich muß gehen, gehen und mich dabei erinnern. Im Sitzen verliere ich mich noch ganz.

Amaryllis Sternwieser küßte sie auf die Wangen. Wie immer du dich entscheidest, es ist deine Entscheidung, diesmal ist es deine Entscheidung. Die Erinnerung hilft dir, dich kennenzulernen. Laß nicht zu, daß sie dich quält, auch sie ist nur ein Teil deiner selbst. Du sollst die Teile zu einem Ganzen zusammenbringen.

Sie waren Arm in Arm bis an den Weg hinausgegangen, und Sophie schlug die Richtung nach Obertressen ein, ihren Schirm als Spazierstock benützend. Und während sie so den holprigen Fußweg entlangging, verdichtete sich das Klopfen der Schirmspitze auf den Steinen des Weges zu einem einzigen Wort, das rhythmisch durch ihren Schädel dröhnte. Der Bub, der Bub, der Bub ...

Es war kurz nach Silbers Tod gewesen. Sie hatte bei einer kleinen Wanderbühne ein Engagement erhalten, und oft war es ihr so vorgekommen, als würde sie nicht Theater spielen, sondern in einem Zirkus auftreten. Die Rollen, die sie erhielt, waren winzig, dafür zahlreich. Oft mußte sie in ein und demselben Stück, meist wurde aus dem Stegreif gespielt, bis zu fünf Rollen übernehmen und so gut wie alles machen, was man auch nur als Beiwerk auf der Bühne brauchen konnte. Auch sprang sie gelegentlich für blaumachende Kollegen ein, in zu weiten Anzügen und mit aufgeklebten Bärten. Sie tanzte, schlug Purzelbäume, ging auf dem Seil, stellte einen Bären oder ein Pferd, wenn es sein mußte auch eine Elfe, die im Traum eines der Protagonisten, ein einziges Mal, über die Bühne huschte, oder einen Kobold dar. Als Rumpelstilzchen hatte sie Erfolg, als Genoveva wurde sie ausgepfiffen, bis sie dann mit den Jahren aus den Rumpelstilzchen-Rollen ohne besondere Schwierigkeiten in die Genoveva-Rollen hineinwuchs, bis daß man sie dann sogar als Fee sehen wollte.

Sooft sie aber auch am Anfang die kurzen Rollen der Spaßmacher in den meist langen pathetischen Stücken spielen mußte, ihr Herz war schwer in dem Bewußtsein, nun niemanden mehr zu haben. Ihr Trotz gegen die Welt der Unbescholtenen, aus der sie kam, hatte sich seit dem Skandal um Silbers Tod so sehr verhärtet, daß all die Widernisse des Lebens der Fahrenden sie nicht dazu hätten bewegen können, in die Hauptstadt oder gar an eine Schauspielschule zurückzugehen.

Im Gegenteil, sie war es, die sich damit hervortat, ein kleines Luder zu sein, es an keinem Ort und bei keinem Mann länger als ein paar Tage auszuhalten, und tat ihr einer der Fahrenden, denen als Ganzes und allein sie sich nun zugehörig fühlte, etwas Liebes, vergalt sie es mit mehr Entgegenkommen, als der Liebesdienst wert gewesen war. Und sie kroch nachts unter so manche einladend gelüpfte Bettdecke, wo immer sie das Lager aufgeschlagen hatten. Wenn sie es auch nicht immer zum Spaß tat, sondern weil sie einfach allein in ihrem Bett vor lauter Gedanken nicht schlafen konnte, so machte es ihr doch oft genug Vergnügen, so als nehme sie eine unerwartet wohlschmeckende Medizin gegen ein bitteres chronisches Leiden.

Da sie von Natur aus heiter war, mochte man sie, und es war beinah so, als hätte die ganze Truppe ihr, der jüngsten, gegenüber Mutter- und Vaterrolle übernommen. Selbst Carola, die tragische Heldin, nahm es ihr nicht weiter übel, wenn sie zu Isack, dem großen tragischen Schurken, ins Bett stieg.

Natürlich wußten sie alle die Geschichte von ihr und Silber, aber sie redeten nicht darüber, machten höchstens einmal einen Witz, der aber so war, daß er nicht schmerzte. Sie nannten sie ihre »kleine Komtesse« und honorierten es mit verschiedenen Hilfeleistungen, wenn Sophie nicht anstand, beim Aufbau der Bühne mit Hand anzulegen. Diese Art von Honorierung aber veranlaßte Sophie dazu, sich nur noch mehr als eine der Ihren zu geben. Ihr Repertoire an Flüchen konnte sich demgemäß hören lassen.

Sophie hatte es lang nicht wahrhaben wollen, aber als ihre Schwangerschaft nicht mehr zu verbergen war, gab es weder den von ihr insgeheim befürchteten Rausschmiß noch böse Worte. Da alle männlichen Kollegen als Väter in Frage kamen und Sophie es bei bestem Willen selbst nicht sagen konnte, wer der Vater ihres Kindes war, stand die ganze Truppe in seltener Einmütigkeit zu ihr. Jeder machte einen anderen Vorschlag. Man beriet und diskutierte, bis der Direktor, der noch als einziger funktionierende Beziehungen zur Welt der Wohlbestallten hatte, sich anbot, dem Kind Eltern zu suchen, bei denen es so aufwachsen konnte, daß es sich später einmal freiwillig für die Welt der Fahrenden entscheiden konnte, ohne geradewegs in sie hineingeboren zu werden. Der Vorschlag wurde von allen für vernünftig gehalten und angenommen, und Sophie, die selbst noch eine Art Kind war, fügte sich wie im Traum dem Beschluß der Truppe, im Herzen froh darüber, daß sie nicht wieder aus einer Welt ausgeschlossen wurde, in der zu leben, der sich zugehörig zu fühlen, sie gerade erst begonnen hatte.

Wenn sie es nun überlegte, hatte man ihr auch kaum Zeit gelassen, etwas zu bedenken. So lang es ging, und ihrer Jugend und Schlankheit wegen ging es sehr lang, spielte und arbeitete sie weiter, und selbst in den letzten Monaten war sie kaum davon abzuhalten gewesen, noch in der ein oder anderen Rolle, die es zuließ, auf der Bühne zu erscheinen.

Nur in den letzten Wochen, als sie gezwungenermaßen allein lag, begann sie mit dem Gedanken zu spielen, das Kind bei sich zu behalten, es selbst großzuziehen. Aber wann immer sie einen Weg suchte, diese lockende Vorstellung zu verwirklichen, scheiterte ihre Phantasie, und sie mußte kapitulieren.

Der Direktor, selbst aus bürgerlichen Verhältnissen, hatte wirklich jemanden gefunden, einen seiner Brüder und dessen Frau, die selbst kinderlos waren und sich bereit fanden, das Kind anzunehmen, wenn Sophie hinwiederum bereit wäre, es gleich nach der Geburt von sich zu lassen. So würden sie alle am wenigsten zu leiden haben. Und nachdem die Truppe lang und überzeugend genug auf Sophie eingeredet hatte, gab sie ihre Zustimmung.

Die Geburt war so rasch und plötzlich vor sich gegangen, daß nicht einmal ein Arzt zugezogen werden konnte. Eine alte Hebamme, in der Eile aus einem Dorf in der Nähe des Nachtquartiers herbeigerufen, half, soviel zu helfen war. Es vergingen kaum zwei Tage, und schon waren der Lehrer und seine Frau angereist gekommen, um das Kind zu holen. Man einigte sich auf den Namen Klemens und beruhigte Sophie mit den Worten, sie könne später, wenn sie eine gefestigte Existenz habe, das Kind ja einmal zu sich nehmen. Doch sollte dies, zugunsten des Kindes und seiner ungefährdeten Entwicklung, nicht vor dessen vierzehntem Lebensjahr sein, also erst, wenn es selbst schon Entscheidungen treffen könne.

Sophie hatte tränenlosen Auges zugesehen, wie die Frau des Lehrers den Buben in die fürsorglich mitgebrachten Wollsachen und Decken wickelte, ihn an ihre große Brust drückte und mit all den nichtssagenden Lauten tröstete, deren Ammen, die sich die Gunst des Kindes erst erwerben müssen, fähig sind. Zum Abschied hatte die Frau des Lehrers auch sie geküßt und ihr unter Tränen versprochen, es dem Kind an nichts, aber auch gar nichts fehlen zu lassen. Dann waren sie abgereist, und nur der Direktor wußte ihre Adresse.

Einige Tage danach war Sophie langsam aus ihrer Apathie erwacht, umhegt und unterhalten von der ganzen Truppe, die ihr erstes Lächeln mit einem kleinen Fest quittierte. Nach außen hin war sie bald wieder die alte, die »kleine Komtesse«, die sie alle mochten, und auch in ihrem Innern fand keine Tragödie statt. Von Zeit zu Zeit nur empfand sie eine merkwürdige Leere, die sie sich kaum anders zu erklären wußte als mit dem Verlust des Kindes, und ihre Naivität formte den Wunsch nach ihrem leiblichen Kind zur Sehnsucht nach dem verlorenen Bauch um, so daß es manchmal über sie kam und sie ihr Kreuz wölbte, als ginge sie noch immer schwanger.

Während der letzten Wochen vor der Entbindung hatte sie

wieder gelernt, allein zu schlafen, und wenn sie das auch nicht mehr tat, als die sechs Wochen um waren, war sie doch vorsichtiger geworden, und auch ihre Kollegen wurden es, mit dem Erfolg, daß es bei dieser ersten und einzigen Schwangerschaft blieb.

Man hatte alles getan, um sie das Kind vergessen zu lassen. Niemand sprach von ihm, auch der Direktor nicht. Sophies Scheu, danach zu fragen, wurde immer größer. Es schien ihr bereits so unwirklich, daß sie sich manchmal fragte, ob sie es tatsächlich geboren oder ob sie das Ganze geträumt hatte und nun dem Traum von Zeit zu Zeit aufsaß. Als sie dann einmal allen Mut zusammennahm und den Direktor fragte, wie es dem kleinen Klemens gehe – selbst da wagte sie nicht, von »ihrem Kind« zu reden –, drehte er nur den Kopf zur Seite, als hätte etwas anderes seinen Blick gefesselt, und sagte: Wie soll es ihm schon gehen, gut natürlich. Aber das Fragen hilft dir auch nicht weiter.

Von da an hatte sie es ganz unterlassen, sich mit dem Gedanken tröstend, er würde es hundertmal besser haben, dort, wo er nun war, als bei ihr, die ihm gegenüber nur aus Hilf- und Ratlosigkeit bestand.

Gewiß, sie würde ihm später, wenn sie eine große Schauspielerin und er alt genug war, um sie zu verstehen, eine gute Ausbildung zuteil werden lassen, ihn, wenn er das wollte, auch zu sich nehmen. Ihn aber vor allem gegen die betuliche Autorität seiner Zieheltern in Schutz nehmen, wenn er zum Beispiel einen anderen als den vorgesehenen Beruf ergreifen wollte, denn sie konnte sich Zieheltern nur betulich und autoritär vorstellen. Sie konnte ihm, wie sie sich immer wieder sagte, später gewiß mehr von Nutzen sein, wenn es darauf ankam, eine verständnisvolle Mitstreiterin, Fürsprecherin oder was auch immer zu finden. Sie würde alles tun, um ihm zu helfen, wenn er sie und ihre Hilfe einmal wirklich brauchen sollte, wann immer das sein mochte.

Zwei Jahre später löste sich die Truppe gezwungenermaßen auf. Die Mischung aus pathetischem Theater, Zirkus und Schaustellerei – sie hatten stets eine Bude mitgeführt, in der man auf Papierrosen schießen konnte, wobei Sophie oft die Betreuung übernommen hatte – zog in den Zeiten beginnenden Wohlstands nicht mehr so recht. Die Leute wollten von der billigen Pracht, die sie zu sehr an all das erinnerte, womit sie sich selbst in den schlechten Jahren beholfen hatten, nichts mehr wissen und zogen Solideres vor.

Der Direktor verfügte nicht über die Mittel, sein kleines Unternehmen, dem neuen Geschmack entsprechend, zu solidisieren. Lange genug hatte er die endgültige Auflösung hinausgezogen, aber als dann nichts anderes mehr übrigblieb, gab es zwar Tränen und beteuernde Worte des Nie-und-nimmer-vergessen-Könnens bei den vielen einzelnen Abschieden, doch waren die meisten recht froh gewesen, wenn sie irgendwo, bei einem anderen Theater, bei einem größeren Zirkus oder im Vergnügungspark einer großen Stadt, unterkamen, wieder regelmäßig bezahlt wurden und ausreichend zu essen hatten.

Sophie, Carola, die tragische Heldin, und Isack, der edle Schurke, die einzigen der Truppe, die künstlerische Ambitionen hatten, wurden – das konnte der Direktor noch für sie tun – von einer jener Wanderbühnen übernommen, die, sogar vom Staat in gewisser Weise gefördert, den Auftrag hatten, Kultur in die Landgemeinden zu bringen.

Wiederum fing Sophie mit dem Rumpelstilzchen an und arbeitete sich dann langsam bis zum Dornröschen oder gar Schneewittchen empor. Und als sie ihre Vielseitigkeit sowohl als Rotkäppchen als auch als Schneeweißchen unter Beweis gestellt hatte, erklomm sie die nächste Stufe und durfte sich nun auch vor größeren Schülern oder gar Erwachsenen zeigen.

In einer Weise behagte ihr dieses Leben. Sie war nun schon gefestigt und erwachsen genug, um sehr wohl allein in einem Bett schlafen zu können, ohne von Alpträumen heimgesucht zu werden. Nur war es jetzt eher so, daß sie der vielen kleinen Reisen wegen, an deren Ende jeweils eine Vorstellung stattfand, todmüde ins Bett fiel, gerade noch dazu imstande, den letzten Applaus in ihren Ohren nochmals ertönen zu lassen, um zu prüfen, wieviel davon ihr selbst gegolten hatte.

Im Gegensatz zu ihren Kollegen und Kolleginnen lernte sie ihre Rollen nicht im Bus, während sie über Land fuhren. Sie sicherte sich einen Fensterplatz und betrachtete die Landschaft, sog sie, besser gesagt, in sich ein und versuchte, was immer sie davon erhaschen konnte, in sich aufzunehmen, sich zu merken, so daß sie bald ein besseres Gedächtnis für Kirchturmspitzen, Obstgärten, Flüsse und Seen hatte, ohne sich Namen zu merken, als für die Dinge, die in ihrem Leben geschehen waren.

Sie war meistens gesund, doch als sie einmal in dem Ort, wo sie geboren und aufgewachsen war, spielen sollte, bekam sie eine schwere Halsentzündung und mußte sich nicht einmal die Mühe machen, sich etwas auszudenken, warum sie auf keinen Fall spielen wollte.

Es war nicht so, daß sie nie an den Buben gedacht hätte. Besonders wenn sie in Märchenvorstellungen vor kleinen Kindern auftrat, dachte sie oft daran, daß der kleine Klemens wohl unter diesen Kindern sein konnte. Da sie nicht wußte, in welcher oder welchem der kleinen Städte und Märkte er wohnte, konnte er überall sein. Daran mochte es auch liegen, daß sie sich, im Gegensatz zu den anderen, immer große Mühe gab, wenn sie vor Kindern spielte, was die Kinder ihr mit begeisterten Rufen dankten.

Sie hatte die Adresse ihres ehemaligen Direktors, der sich als Schausteller im Vergnügungsviertel der Hauptstadt niedergelassen hatte, und sie schrieb ihm immer wieder einmal, um zu sehen, ob die Adresse noch stimmte. Er wußte als einziger, wo und bei wem Klemens aufwuchs.

Vielleicht gerade weil sie bei den Kindern so gut ankam, drängte man sie immer häufiger ins Märchen-Fach. So war sie auch zu den Rollen der Feen gekommen oder feenhafter Gestalten, die meist auch noch klein waren, dabei hatte sie sich schon längst nach der Rolle einer Couplets singenden komischen Person oder der einer ränkeschmiedenden Columbine gesehnt.

Es ging ihr nicht schlecht. Mit den Jahren gab es kleine Fortschritte in ihrer Karriere. Manchmal wurde sie an ständig bespielte Theater verliehen, und es wäre ihr nicht schwergefallen, an einem dieser Theater ein Engagement zu bekommen, wenn sie es darauf angelegt hätte. Doch sie hatte keine große Lust auf die Seßhaftigkeit gehabt. Fahrender Weise vergaß es sich besser. Da hätte schon das Burgtheater kommen müssen, damit sie es sich damals überlegt hätte. Das Burgtheater kam aber nicht, wahrscheinlich weil es gar nichts von der Existenz einer Sophie Silber wußte, was sie ihm lange schmollend nachgetragen hatte.

Sophie war überzeugt davon, daß sie den kleinen Klemens längst schon ausfindig gemacht und zu sich genommen hätte, wenn das Burgtheater sich ihrer rechtzeitig angenommen hätte, wenn sie ein Star geworden wäre, der auch manchmal im Kino oder im Fernsehen zu sehen war. So aber schämte sie sich des Versprechens, das sie sich und ihm damals gegeben hatte, an dessen Erfüllung aber vorderhand nicht zu denken war, und tingelte weiter, wobei sie oft lange nicht an den Buben dachte.

Es gab immer Männer, die ihr gefielen, mit denen ganz gut auszukommen war, die ihr sogar eine Zeitlang nachreisten, um den Ernst ihrer Absichten unter Beweis zu stellen. Doch war keiner darunter, dem sie nachgereist wäre. So blieb sie ledig und ihrem Beruf ergeben, wie sie es dieser Art von Männern gegenüber ausdrückte.

Eines Tages, sie hatte bereits öfter Tournee-Theater gespielt, fiel ihr ein, daß Klemens schon vor einer Woche vierzehn Jahre alt geworden war. Zu ihrer Bestürzung fand sie nicht einmal mehr die Adresse des Direktors und mußte sich beschämt eingestehen, daß sie ihm schon eine ganze Weile nicht mehr geschrieben hatte und daher gar nicht wußte, ob und wo es ihn überhaupt noch gab.

Im ersten Ansturm der Schuldgefühle wollte sie Klemens durch das Rote Kreuz suchen und ihn im Rundfunk ausrufen lassen. Dann aber besann sie sich. Was sollte sie denn mit ihm anfangen? Ihn zu sich zu nehmen, war auf Reisen nicht möglich. Er mußte in die Schule. Und einfach hingehen, ihn sich ansehen und sagen: Hallo, du, ich bin deine Mutter. Leider muß ich mit dem Nachmittagszug wieder fort, damit ich rechtzeitig in die Vorstellung komme.

Hatte sie sich früher nur geschämt, wenn sie an ihren Sohn und die Rolle, die sie in seinem Leben spielte, dachte, so hatte sie nun auch Angst. Angst davor, daß er den Blick auf sie richten und seine Ziehmutter fragen könnte: Mama, wer ist das? Und seine Ziehmutter würde den Arm um seine Schultern legen und versuchen, ihm zu erklären, in welcher Beziehung sie, Sophie, zu ihm stand.

Sie erinnerte sich daran, wie sie selbst mit vierzehn gewesen war, was sie damals schon alles begriffen und nicht begriffen hatte. O Gott, er würde sie mit den kritischsten Augen der Welt sehen, verstehen aber würde er nichts. Sie hatte so lange darauf gewartet, ihn kennenzulernen, ihn zu sehen, daß sie nun auch noch ein, zwei Jahre länger warten konnte. Bis er verstand oder zumindest besser verstand, wie alles gekommen und geschehen war.

Diese Angst vor dem Nichtverstehen und davor, daß nun alles noch einmal geklärt und erklärt werden mußte, hinderte sie auch in den nächsten Jahren daran, Klemens ausfindig zu machen. Dabei näherte sie sich langsam und Stück für Stück der

Hauptstadt, wo Silbers Wohnung, die sie nur selten benützte, auf sie wartete. Schon spielte sie gelegentlich in den Vororten, wurde in das Ensemble eines Theaters aufgenommen, das die Außenbezirke bespielte, wußte wohl auch schon selbst, daß ihr Wanderleben bald ein Ende finden würde. Und als ihr das längst erwartete Angebot, nämlich fest an einem Theater in der Hauptstadt engagiert zu werden, gemacht wurde, nahm sie an.

Da war aber noch eine Angst gewesen, eine kleinere, unscheinbarere, aber dennoch vorhandene. Die Angst, beim Anblick ihres Sohnes zu wissen, wer sein Vater war. Sie hatte nie herausbekommen, wer ihr eigener Vater gewesen war, und wollte auch nicht wissen, wer der Vater ihres Kindes war. Ein Mann, den sie längst hinter sich gelassen hatte, begraben, tiefer als jede Erinnerung, würde, wenn einer seiner Gesichtszüge sich in dem Buben verriet, wieder auftauchen aus all den Jahren. Sie würde ihm vielleicht sogar begegnen, und das Wissen darum, daß er der Vater ihres Kindes war, würde ihn ihr anders erscheinen lassen, auch sie würde anders sein zu ihm, ohne etwas ändern zu können.

Es kam ihr banal vor, unter all den Liebhabern, den zum Teil väterlichen Liebhabern der Truppe, einen Vater für ihr Kind zu finden. Sie wollte nicht, daß einer dieser Männer heraustreten und sich zu einer Bedeutung aufblähen sollte, die ihm gar nicht zukam. Was hatte er schon mit ihr gemacht, was nicht die anderen auch gemacht hatten? Hatte sie ihn mehr geliebt? War er, der Vater, ihr angenehmer gewesen? Sie würde es erst wissen, wenn sie wußte, welcher von ihnen es war. Sie schätzte den Gedanken überhaupt nicht, daß sich die Vergangenheit noch rückwirkend verändern sollte. Daß ein Licht auf jemand ganz Bestimmten fiel, der so gut in einem alles mildernden Dunkel aufgehoben war.

Würde sie es denn unterlassen können, im Gesicht des Buben nach Zügen zu suchen, die nicht die ihren waren? Auch wenn diese kleinere, unscheinbarere Angst nicht den Ausschlag gab, war sie doch noch ein Grund mehr, warum Sophies Scheu, ihr Kind kennenzulernen, mit den Jahren noch wuchs, anstatt abzunehmen, wie sie es erwartet hatte.

Es war in der Pause während einer Vorstellung im großen Haus gewesen, bei der sie probeweise mitwirkte, ihr späteres Engagement vorwegnehmend, als plötzlich eine ältere, etwas korpulente Frau in der Garderobe stand und sie unbedingt sprechen wollte. Sophie erkannte sie, obwohl an die achtzehn Jahre dazwischen lagen, sofort. Die Frau war in Trauerkleidung, und Sophie hatte richtig angenommen, daß ihr Mann, der Lehrer, vor kurzem gestorben war. Gerade jetzt, sagte die Witwe, wo der Bub zu studieren anfängt ...

Und wo ist der Bub? hatte Sophie gefragt.

Auch da. Die Frau schneuzte sich und fuhr dann fort. Rennt ständig ins Theater, der Kerl, wenns nur einäugl geht. Und da mußte sie selbst lachen, über ihr Taschentuch und über den Rand ihrer Brille hinweg. Er kann halt auch nicht aus seiner Haut, der Bub ...

Und da wußte Sophie, daß sie ihm eine gute Mutter gewesen war, diese Frau eines Lehrers, der er soviel bedeuten mußte und die dennoch überhaupt keine Eifersucht kannte.

Die beiden Frauen hatten vereinbart, sich anderntags zu treffen. Die Frau des Lehrers war mit dem Buben nur für ein paar Tage in die Hauptstadt gekommen, um einen Kostplatz für ihn zu suchen, da er doch im Herbst mit dem Studium beginnen sollte. Sie wohnte bei einer älteren Schwester ihres verstorbenen Mannes, aber da würde sie den Buben nicht unterbringen können. Und der Zirkusdirektor sei inzwischen nach Australien gegangen. Als Sophie wieder auf der Bühne stand, versuchte sie, den Zuschauerraum nach dem einen bekannten Gesicht abzusuchen, um daneben ein anderes, unbekanntes und doch gewiß so bekanntes zu entdecken. Aber es gelang ihr nicht, und sie mußte ihr Vorhaben aufgeben. Dann begann sie zu spielen, wie sie noch nie in diesem Haus gespielt hatte, vergleichbar nur mit ihrem Spiel in den Märchenstücken. Sie wollte ihm imponieren, dem Buben. Wenn er schon sonst nichts von seiner Mutter hatte, sollte er sich wenigstens begeistern können für sie. Es war, als wollte sie ihm beweisen, was für eine große Künstlerin sie geworden war, in der Zeit, in der sie ihn nicht bei sich gehabt hatte. Als sie dann völlig erschöpft nach Hause kam, schlief sie lange nicht ein und versuchte immer wieder, sich sein Gesicht vorzustellen.

Sie hatte besonders sorgfältig Toilette gemacht, als sie am nächsten Tag in das Kaffeehaus ging, in dem sie die Frau des Lehrers treffen wollte. Gewiß würde sie allein mit ihr über alles sprechen wollen. Sie aber würde den Buben wieder nicht sehen. Dabei wünschte sie es sich so sehr, und ihr war, als könne sie nun, nach all den achtzehn Jahren, nicht einen Tag länger mehr warten. Sie würde die Frau des Lehrers bitten, sie anschließend mit dem Buben zu besuchen, damit sie ihn endlich, endlich richtig ansehen konnte.

Als sie ihn dann da sitzen sah, neben der Frau des Lehrers, war ihr wiederum, als müsse sie auf der Stelle, vom Schlag gerührt, zu Boden sinken. Ihre Verwirrung war so groß, daß es ihr minutenlang nicht gelang, ihn anzusehen.

Er weiß es eh, sagte die Frau des Lehrers, als wolle sie keine unnötigen Komplikationen in der Sache.

Ja, sagte der Bub, ich weiß es eh. Aber wie Sie gestern abend gespielt haben ... wie du gespielt hast ... sagte er, sich verbessernd, als wolle er ihr einen Gefallen tun, in dem er sie, als seine Mutter, duzte. Doch wurde er rot dabei.

Sophie wußte nicht, wo sie mit sich hin sollte. Ein Glück, daß sie gelernt hatte, eine Souveränität zu zeigen, in Situationen, wo ihr zum Weinen zumute war.

Jetzt wollen wir es uns erst einmal gutgehen lassen, sagte sie forsch und winkte dem Kellner.

Der Bub, Klemens, sah ihr ähnlich, nur daß er viel größer war. Gerade diese Ähnlichkeit war es wohl, die sie ihn auch kritisch ansehen ließ. Sie bemerkte das dichte dunkle Haar ebenso wie die zwei kleinen Hautrötungen am Nasenflügel. Wimmerl? Oder waren es Insektenstiche? Sie kamen mit Hilfe der Frau des Lehrers ins Reden, stockend zu Anfang noch, und das Seltsame war, daß ihr Sohn ihr älter vorkam als sie selbst. Seine Gelassenheit, die Art, wie er sie gelten ließ, um ihr nicht weh zu tun, ohne sie in ihrer neuen Situation zu bestärken. Er wirkte so sicher, während sie sich unsicherer fühlte denn je.

Sie hatte sich immer darauf vorbereitet, ihm etwas, ja alles erklären zu müssen oder zumindest Zeugin von Erklärungsversuchen zu sein. Nun gab es nichts zu erklären oder zumindest lange nichts mehr zu erklären. Irgendwann, wenn sie einander schon sehr gut kannten, würde sie einmal mit ihm über alles reden müssen, können. Bis dahin mußte sie hinnehmen, daß er es so recht und schlecht akzeptiert hatte, ohne daß es so aussah, als hätte es großen Eindruck auf ihn gemacht. Oder war er der größere Schauspieler von ihnen beiden?

Die Frau des Lehrers kam bald zur Sache. Der Bub wolle studieren. Noch dazu ganz was Ausgefallenes, die Frau des Lehrers lächelte entschuldigend, besann sich dann aber und meinte, es würde schon was dran sein, an all der Gelehrtheit vom Theater. Und da der Lehrer außer der Pension nicht viel hinterlassen hatte, wäre sie, die Frau des Lehrers, der Meinung gewesen, man könne von der Frau Silber am ehesten Verständnis und finanzielle Unterstützung erwarten, schließlich würde sie ja wohl auch selbst ein wenig stolz auf den Buben sein, der trotz aller Wildheit als Kind eine richtige G'scheithosen geworden wär.

Aber ja, sagte Sophie, froh darüber, daß nun über konkrete Wünsche und Bedürfnisse gesprochen wurde. Sie verdiene zwar nicht wie ein Star, sei auch beileibe keiner, aber wann immer sie helfen könne, würde sie es gerne tun.

Ob der Bub schon ein Quartier hätte, fragte sie dann, und dabei mußte sie unwillkürlich an die Zeit zurückdenken, als Silber ihr angeboten hatte, bei ihm zu wohnen.

Ich hab da eine Wohnung geerbt, sehr geräumig, wir würden uns gegenseitig nicht zu stören brauchen.

Klemens schien sich etwas überrumpelt vorzukommen, und gerade weil sie ihn verstand, versuchte sie es ihm leicht zu machen.

Komm doch morgen vorbei – sie vermied es absichtlich, »zu mir« zu sagen –, und schau dir die Wohnung an. Wenn du nicht willst, kannst du es dir immer noch überlegen. Und um ihm auch eine abschlägige Entscheidung leicht zu machen: Auch ich habe als junges Mädchen allein wohnen wollen. Aber da ging es auch noch um was anderes ...

Sie hatte für jeden ein Glas Sekt-Orange bestellt und dann noch eines, so daß die Frau des Lehrers einen roten Kopf bekam und Geschichten aus Klemens' Kindheit zu erzählen begann, lauter ulkige Kleinigkeiten, die aber alle von der Einmaligkeit seiner Person zeugen sollten, was Klemens selbst eher peinlich war, und so verabschiedete man sich bald, nachdem man noch den Zeitpunkt des nächsten Treffens fixiert hatte.

Anderntags, als dann der Bub, wie sie ihn noch immer bei sich nannte, zu ihr zur Jause kam, brachte er sogar Blumen mit. Wahrscheinlich hatte die Frau des Lehrers ihm das eingeschärft.

Sie goß ihm Kaffee ein, lud meherere Stück Kuchen auf seinen Teller, bot ihm auch ein Glas Cognac an, das er nicht ablehnte, aber auch ohne Begeisterung zu trinken schien, während sie selbst zuviel rauchte und auch mehr als üblich trank.

Ein richtiger kleiner Gelehrter, dachte sie, als sie sich einige Zeit übers Theater unterhalten hatten und sich herausstellte, daß er recht gut Bescheid wußte, ohne mit seinem Studium auch nur begonnen zu haben. Noch immer hatte sie das Gefühl, ihn in etwas einweihen zu müssen. Es war ihm zwar bekannt, daß seine Mutter Sophie Silber hieß, wußte er aber auch, daß sie eine von Weitersleben war? Nachdem sie eine Weile so dahingeredet hatten, fragte sie ihn, ob er nicht etwas aus ihrem Leben wissen wolle. Auch wenn sie sich noch kaum kannten, sie sei nun einmal seine Mutter, und er habe ein Recht darauf, etwas über sie zu erfahren.

Ja, sagte er nach einer Weile, in der er sich gut überlegt zu haben schien, welchen seiner Wünsche er sich erfüllen lassen sollte, er wüßte gerne, ob sie noch Fotos von den frühen Aufführungen, bei denen sie mitgewirkt hatte, aufgehoben hätte. Vor allem aus den fünfziger Jahren. Und wenn ja, ob er sich Abzüge davon machen lassen dürfe.

Ja, doch, sagte Sophie, erleichtert und enttäuscht zugleich. Sie werde nachsehen. Sie hätte alles in einem Schuhkarton aufbewahrt. Und als sie damit kam, fing Klemens darin zu wühlen an, zog mit größter Begeisterung die eine oder andere Aufnahme hervor, bis er zu den wenigen aus der ersten Zeit vorstieß, als sie noch bei der Truppe gearbeitet hatte, deren Direktor der Bruder seines Ziehvaters war.

Auch ich habe zu Hause ein paar Fotos, sagte er. Auf einem bist du sogar drauf. Der Onkel muß sie dem Vater geschickt haben. Gott sei Dank. Das ist der Grundstock von meiner Sammlung. Ist es wahr, daß ihr damals noch aus dem Stegreif gespielt habt?

Sophie wurde immer wunderlicher zumute. Hatte sie doch geglaubt, Klemens würde sich fürs große Theater und dessen Geschichte interessieren, und sie hatte insgeheim daran gedacht, ihre Anfänge ein wenig zu retouchieren, sich gerade über die Stegreifzeit hinwegzumogeln. Um dem Sohn ein wenig Glanz auftischen zu können, war sie entschlossen gewesen, ihre Biographie zu polieren, und nun das. Seine Augen fingen an zu glänzen, wenn er von den ursprünglichen und eigentlichen Aufgaben des Theaters zu sprechen begann. Nicht das große, hehre

Theater interessiere ihn, sondern die Seitenlinien und -stränge, die »abgesunkenen Formen«. Aus dem Mund eines jeden anderen hätte sie eine Bezeichnung wie die »abgesunkenen Formen« für ihre frühe Zeit beim Theater denn doch als Beleidigung empfunden, er aber sprach mit solchem Enthusiasmus davon, daß sie kaum wußte, wie ihr geschah.

Und die ganze Zeit über nicht eine Frage, nicht einmal der Versuch einer Frage nach seinem Vater. Nach seinem leiblichen Vater, der möglicherweise auf einem der Fotos zugegen war, ihn von der Aufnahme herunter anlächelte – sie lächelten fast immer, wenn ein Fotograf vor ihnen stand –, ohne daß sie, die Mutter, oder er, der Sohn, ihn erkannten oder auch nur erkennen wollten. In diesem Punkt hätte die Linie der Damen von Weitersleben ihre Freude an ihm gehabt.

Als er dann die Aufnahmen alle und einzeln durchgesehen hatte, mehrmals durchgesehen hatte, und sie nun schon müde war von all den Erläuterungen und Erklärungen, die er immer wieder forderte, schlug sie ihm vor, ihn durch die Wohnung zu führen, ihm zu zeigen, welche der Zimmer für ihn in Frage kämen, er könne sich aber immer noch frei entscheiden.

Seit Silbers Tod hatte sie nur zwei Räume bewohnt, wenn sie in der Hauptstadt zu Besuch war. Und als sie nun so durch die kaum gepflegten Zimmer gingen, in denen alles so geblieben war wie zu Silbers Zeiten, befiel nicht nur den kleinen Gelehrten an ihrer Seite, sondern auch sie selbst ein starkes Gefühl der Kuriosität, das sie sogleich zu bekämpfen suchte, indem sie erklärte, sie wolle zuerst zwar noch Ferien machen, dann aber die Wohnung hier einmal so richtig auf den Kopf stellen, neu ausmalen lassen und all den alten Krempel auf den Boden räumen.

Noch hatte sie den Satz nicht zu Ende gesprochen, als Klemens sie entsetzt ansah und meinte, er würde sie sehr bitten, doch nichts zu überstürzen. Es stünden so schöne Dinge hier herum, um die es einfach schade wäre. Er würde ihr gern beim Instandsetzen der Wohnung helfen, wenn sie nur versprechen wollte, doch ja nichts voreilig zu verkaufen. Als er dann das Angebot, bei ihr zu wohnen, annahm, hatte sie beinah das Gefühl, daß es geschah, um all die alten Dinge, die ihm soviel zu bedeuten schienen, gegen ihre raschen Entschlüsse in Schutz nehmen zu können.

Dann setzten sie sich zu einem letzten Schluck Cognac, und sie fragte ihn, was er in den Ferien vorhabe. Er würde, sagte er, einen Monat als Ferialpraktikant in einem Hotel arbeiten, dann aber wolle er, bis die Universität beginne, nach Griechenland trampen, vielleicht auch in die Türkei, und in der Sonne liegen.

Sophie war schon froh darüber, daß er nicht wieder von Theatern gesprochen hatte, die er sich dort ansehen wolle, obgleich sie überzeugt war, er könne an keiner dieser Steinruinen vorbei. Immerhin, er wollte in der Sonne liegen, das zeigte, daß auch er Sehnsucht nach Wärme, nach Nichtstun hatte.

Allein? fragte Sophie. Willst du allein nach Griechenland?

Nein. Klemens sah sie ein wenig verwundert an. Anna kommt mit. Später fahren wir dann auch noch auf eine Insel, wo ihr Bruder, der Maler, schon seit Jahren lebt. Dort wollen wir bleiben, so lange es geht.

Sophie hatte überhaupt nicht in Erwägung gezogen, daß Klemens bereits eine Freundin haben könnte. Ihre Frage hatte eher anderen Begleitpersonen, wie netten Freunden oder einer Studiengruppe, gegolten. Sie würde also Klemens, kaum gewonnen, schon wieder mit jemandem teilen müssen. Etwas wie Eifersucht stieg sekundenlang in ihr auf, bis sie gewahr wurde, was da als Gefühl auf sie zukam.

Wie alt ist sie denn, diese Anna? fragte sie mit resignierender Stimme. Klemens sah auf. Sechzehn. Sie ist völlig in Ordnung. In zwei Jahren, nach der Matura, kommt sie auch hierher. Sie will Ärztin werden. Ihr seid also mitsammen in die Schule gegangen? meinte Sophie. Klemens, der offensichtlich nicht begriff, warum sie das alles so interessierte, antwortete eher gelangweilt. Nicht zusammen, nur in dieselbe Schule, ich habe schon gesagt, daß sie noch zwei Jahre braucht, um mit der Schule fertig zu sein.

Sophie wagte nicht mehr, ihn zu fragen, ob Anna ihn besuchen und dann ebenfalls hier übernachten würde. Und schon sah sie sich in einer ihr völlig neuen, weil ungewohnten Rolle, Frühstück kochend für das junge Paar, das, nach erschöpfender Nacht, morgens nicht aus dem Bett kam. Als sie bei dieser Vorstellung angelangt war, mußte sie lachen.

Sie fragte Klemens, ob sie ihm und Anna etwas für die Reise zuschießen dürfe, was er dankbar annahm, ohne sich dabei etwas zu vergeben, indem er durch Überschwang andeutete, daß er insgeheim damit gerechnet habe.

Seither hatte sie ihn nicht mehr gesehen. Gewiß war er schon in Griechenland. Auch hatte sie nicht ständig an ihn gedacht, wie sie geglaubt, befürchtet und gehofft hatte.

Sie hatte einen Sohn und mußte sehen, was daraus wurde. Wenn er wirklich zu ihr zog und sie ihn kennenlernen konnte, vielleicht auch noch von einer anderen Seite als der, die er ihr bei seinem ersten Besuch zugekehrt hatte.

Es war die Zukunft, die, nach der Besinnung, auf sie wartete. Die Seßhaftigkeit und die neue Bezogenheit. Nur keinen Druck auf ihn ausüben wollen, sagte sie sich. Ihn nicht vertreiben durch das Verlangen, ihn zu besitzen. Freundlichkeit, ein wenig Fürsorge, dieselben Interessen, zumindest dasselbe Interesse fürs Theater, wenn auch aus verschiedenen Perspektiven. Eine Art von Interessensgemeinschaft also? Die Kälte des Wortes ließ sie frösteln. Sie spürte, daß sich all die Jahre hindurch so viel Liebe zu einem Unbekannten in ihr aufgespeichert hatte, daß jetzt, wo der Unbekannte langsam ein Gesicht bekam, sich zumindest ein Teil davon Luft machen und Gestalt annehmen mußte.

Klemens, der Bub, das war die Zukunft, und ihr Verhältnis zu ihm, eine neue Art zu leben. Die Wohnung, in der sie nie mit Silber hatte leben wollen, würde sie nun mit Klemens teilen, ja gewiß, teilen, obwohl er sie gebeten hatte, mit dem Extraraum der ehemaligen Haushälterin von Silber vorlieb nehmen zu dürfen. Er würde jederzeit seine Freunde mitbringen können ... Sie würde Kollegen und Kolleginnen zu sich einladen ... immer konkretere Vorstellungen von diesem neuen Leben drängten sich ihr auf, bis sie erstaunt und beinah lächelnd gewahr wurde, daß sie schon die längste Zeit auf einer wirklichen Wegkreuzung stand, unfähig, sich auch nur so weit aus ihren Erinnerungen zu reißen, daß sie automatisch den Weg über die Arzleite zum See gefunden hätte.

Sie stand vornübergebeugt da, die Schirmspitze immer tiefer in den Boden bohrend, auf den sie starrte, als gelte es, die Muster der Kieselsteine als Hieroglyphen zu lesen.

Aus Vergangenheit und Zukunft gleicherweise in die Gegenwart zurückkehrend, blickte sie, noch immer selbstvergessen, auf die kleine Uhr in ihrer Tasche, und es dauerte eine Weile, bis sie die Zeit auch richtig ablas. Bei allen guten Geistern ... es ging gegen sieben, und sie beschleunigte ihren Schritt, so daß sie mit einem feuchten Hauch von frischer Farbe im Hotel ankam, das von Gemurmel, Gelächter und heiteren Zurufen erfüllt war.

Es sah so aus, als sei die Gesellschaft der Damen und Herren soeben erst von ihrem Ausflug zurückgekehrt. Der Duft von feinstem Parfum mischte sich im Foyer mit dem Geruch nach nassen Lodenmänteln und dem Schuhfett, mit dem die festeren Haferl- und Bergschuhe eingeschmiert werden.

Teilweise stand man noch um die Zimmerschlüssel an, nestelte an den seidenen Halstüchern und Hirschhornknöpfen, während sich immer häufiger Schritte in den oberen Stockwerken verloren.

Sophie grüßte und wurde begrüßt, beteiligte sich am Schlagabtausch witziger bis bissiger Redensarten, und es schien selbstverständlich, daß man mit ihr bei der abendlichen Gesellschaft rechnete.

Der Ausrüstung nach zu schließen, mußte der Ausflug ziemlich hoch ins Gebirge geführt haben, auch mußte es inzwischen geregnet haben, zumindest in dem Teil des Gebirges, wo sie als Gäste geladen waren.

Als Sophie an die Reihe kam und ihr der Schlüssel zu ihrem Zimmer ausgehändigt wurde, warf sie im Umdrehen einen Blick zur Eingangstür, die von der Seeseite durch den Gastgarten in die Halle führte, und bemerkte eine der Damen, die sich ziemlich diskret, um nicht zu sagen verstohlen, hereingetastet hatte.

Es sah so aus, als habe sie nicht an dem Ausflug teilgenommen, dennoch hatten sich ein paar glitzernde Wassertropfen in ihrem tiefschwarzen Haar verfangen. Es war eine jener Orientalinnen, denen das Steirergewand trotzdem gut anstand, und Sophie bemerkte, wie sie von einer anderen, mit chinesischen Gesichtszügen, bereits erwartet und mit leiser, aber eindringlicher Stimme ausgefragt wurde. Sophie, die weder neugierig noch indiskret sein wollte, wandte den Blick auch wieder für kurze Zeit ab, konnte aber dann doch nicht umhin, die beiden Damen, die ihr in ihrer orientalischen Anmut, Fremdheit und erlesenen Schönheit außerordentlich gefielen, noch einmal kurz ins Auge zu fassen, während sie langsam zum Stiegenaufgang schritt. Sie sah, wie die schöne Perserin mit Händen, Armen und Schultern zugleich ein resigniertes Zeichen machte, was vieles bedeuten konnte, gleichzeitig aber eine dünne Goldkette, die um ihren Hals lag, in die Hand nahm und eine daran befestigte, selbst auf die Entfernung hin wunderschöne, in Gold gefaßte Koralle aus ihrem Busen hob, die die Chinesin fachmännisch betrachtete.

Sophie konnte sich keinen rechten Reim auf die Sache machen, und sie schämte sich ihres neugierigen Blicks, den sie nun beinah schuldbewußt senkte, wobei sie fast in die Arme von Herrn Alpinox gelaufen wäre, der eine Dame vor ihre Zimmertür begleitet haben mußte und nun die Treppe wieder herunterkam.

Ich hoffe, der Tee bei der guten Amaryllis war einigermaßen unterhaltsam, sagte Herr Alpinox lachend, nachdem er einen wirklichen Zusammenstoß verhindert hatte, indem er ihr fürsorglich die Hand auf die Schulter legte. Sophie hatte sich noch immer nicht daran gewöhnt, daß man so gut wie alles von ihr zu wissen schien, und schwieg etwas irritiert.

Sie braut herrlichen Kaffee, die Gute, von ihrem Tee ganz zu schweigen, nur neigt sie zeitweise etwas zum Tiefsinn. Ich hoffe, Sie sind sich nicht wie ein Opfer vorgekommen. Sie hat natürlich recht, die gute Amaryllis, mit dem, was sie so sagt. Nur manchmal gebricht es ihr an Einfühlungsvermögen, um die Dinge auf angenehme Art plausibel zu machen.

Damit waren sie vor Sophies Zimmer angelangt. Herr Alpinox küßte ihr höflich die Hand und verabschiedete sich mit den Worten, man werde sich ohnehin beim Essen sehen.

Sophie war müde und mitgenommen von all den Jahren, die sie in Gedanken wieder durchlebt hatte. Sie ließ sich aufs Bett fallen, sog den ihr nun schon bekannten Duft der in alter Frische prangenden Feuerlilien ein und versuchte, sich zu entspannen, damit sie zum Abendessen frisch war und ausgeruht aussah.

Und während sie so in der einsetzenden Dämmerung dalag, hörte sie ein Raunen und Wispern, das durch ihr Zimmer hindurchging wie die Wellen eines unsichtbaren Stroms. Sie konnte nichts davon verstehen, obwohl ihr all diese Leute und Geräusche bekannt vorkamen. So als sei sie diesmal nicht einbezogen, habe den Code nicht und könne daher die Botschaften nicht entziffern. Und doch war sie erfüllt von der Rhythmik und dem

Klang dieser seltsamen Art von Sprache, die nicht nur durch ihr Zimmer, sondern durch ihr ganzes Gehirn hindurchging. Und als dann in einem der benachbarten Zimmer auch noch eine Stimme zu singen begann, stieg ein Gefühl des Wohlseins in ihr auf, das sie alle Müdigkeit und Abgespanntheit vergessen ließ. Nicht daß sie sich sofort erhoben hätte, dazu war die Befreiung von allem Ungemach zu süß. Sie spürte nur, wie ihre Kräfte mit ihren Sinnen wieder ins Lot kamen, ohne daß sie zwischen Vergangenheit, Gegenwart und Zukunft hin und her gerissen worden wäre, wie kein Gedanke an das eine oder andere sie mehr schreckte und sie nur noch den einen Wunsch, den aber mit aller Deutlichkeit, verspürte, nämlich, sich schön zu machen und in angenehmer Gesellschaft zu Abend zu essen. Als der Gesang verklungen war und mit ihm auch das Raunen und Wispern, zog sie eine frische Dirndlbluse an und bürstete ihr Haar, bis es glänzte. Ihre Haut fühlte sich weich und glatt an wie schon lange nicht mehr, und hätte sie nicht von sich aus an die verjüngende Kraft der guten Luft und des vielen Spazierengehens geglaubt, hätte ein Blick in den Spiegel sie daran glauben machen müssen.

Der letzte Winter hatte, nach einem kurzen verregneten Herbst, sehr früh angefangen und war ungewöhnlich hart ausgefallen. Die vielen Seen des steirischen Salzkammergutes waren mit einer dicken Eisschicht bedeckt, über die an Wochentagen mit Baumstämmen beladene Pferdeschlitten fuhren, während an Sonn- und Feiertagen die Eisschützen ihre Eisstöcke über die blank geputzten Bahnen sausen ließen.

Im Januar, als dann die Sonne wieder stärker zu scheinen begann, trieb sich viel Volk auf der Eisfläche herum, alte und junge Leute, Spaziergänger, Eisschuhläufer und Kinder, die auf kleinen Rodeln saßen und sich mit Hilfe von Stöcken fortbewegten.

Von oben betrachtet, durchzogen die seltsamsten Spuren den Harsch, so daß man meinen konnte, es seien Zeichen, die außerirdischen Lebewesen Sitte und Brauchtum der Einheimischen kundtun sollten.

Diesmal hatte man auch Amaryllis Sternwieser eine Einladung zu dem berühmten Weibereisschießen gebracht, mit viel Mühe, des hohen Schnees wegen – hatten doch die Sternsinger, die sich in vielen Jahren bis zu ihr hinauf verirrt hatten, diesmal den Weg nicht geschafft –, und sie konnte daher gar nicht anders, als zuzusagen.

Gegenwärtige und einzige Vertreterin des Geschlechtes von Weitersleben war Sidonie, lustig, temperamentvoll und schon längere Zeit im mannbaren Alter, ohne sich für einen Kindsvater entscheiden zu können. Sidonie also und Amaryllis Sternwieser, die einander vorher getroffen hatten, machten sich nun, wie zu diesem Anlaß üblich in männlicher Kleidung, an einem schönen, wenn auch beißend kalten Winternachmittag auf den Weg zum See hinunter, wo das Treiben der Eisschützen schon voll im Gang war.

Amaryllis Sternwieser, die, um nicht zu sehr aufzufallen, ihr Licht etwas unter den Scheffel stellte und eher mäßige Schübe vollführte, benützte ihre geheimen Kräfte eher dazu, dem etwas bescheidenen natürlichen Talent der Sidonie fürs Eisschießen nachzuhelfen, und als die Dämmerung sich leise ankündigte, was um diese Jahreszeit früh zu geschehen pflegte, war es wirklich Sidonie, die als Schützenkönigin in das dafür bereite Wirtshaus einzog. Sie war, was ihre Person betraf, der Ehrung durchaus würdig, verfügte sie doch über ein Mundwerk, das sich mit dem der berüchtigtsten einheimischen Frauen messen konnte.

Man trank, nachdem man sich an den hölzernen Tischen und Bänken niedergelassen hatte, den berühmten Lupitscher, eine Mischung aus Tee und Rum, bei der, wie behauptet wurde, der Rum überwog, aß dazu Hasenöhrln, ein ebenso bekanntes Schmalzgebäck, und Rede und Gegenrede schossen über die Tische nur so hin und her, während sich die klammen Finger noch an den großen Teehäferln wärmten.

Amaryllis Sternwieser, der es darum ging, im Hintergrund zu bleiben, hatte ihre helle Freude an der schlagfertigen Sidonie, die, vom Lupitscher beflügelt, sich selbst übertraf und nun nicht mehr nur die einzelnen verbalen Schläge, die von allen Seiten auf sie niedergingen, zu parieren trachtete, sondern auch von sich aus zu Treffern ausholte, so daß der Gastraum vom kreischenden Lachen der zum Teil mit Schnurrbärten bemalten Frauengesichter nur so dröhnte und das Gesicht mehr als eines Mannes, an die Scheiben der Wirtshausfenster gedrückt, von der Gaudi etwas auszukundschaften versuchte, bis Sidonie den Befehl gab, die Vorhänge fest zuzuziehen und die besonders

Frechen, die sich hin und wieder an der Tür zeigten, handgreiflich zu vertreiben.

Sidonie war wohl die am wenigsten liebliche von Weitersleben, die es je gegeben hatte, doch bei weitem die unterhaltsamste. In welcher Gesellschaft auch immer sie sich befinden mochte, sie war bald deren Mittelpunkt, da es ihr weder an Ideen noch an Schlagfertigkeit mangelte. Sie war auch diejenige von Weitersleben, die den meisten Kontakt mit den Einheimischen hatte. Sie war die erste, die nicht von einer Hauslehrerin erzogen worden war, sondern bereits in den Ort zur Schule ging. Von daher kannte sie auch die meisten der Gleichaltrigen, deren Lebensumstände und Verhältnisse. Später war sie dann eine Zeitlang in einem Internat gewesen, aus dem man sie aber ihrer Aufmüpfigkeit und des Heimwehs wegen, an dem sie anfallsartig litt, bald wieder entlassen hatte.

Da Sidonie einen regen Geist und die Familie eine große Bibliothek besaß, hatte sie das an der Internatsschule versäumte Wissenswerte bald aus eigenem Antrieb nachgelernt, so daß sie sich auf den verschiedenen Reisen, die sie mit ihrer Mutter unternommen hatte, höchstens in puncto Etikette, nie aber bezüglich ihres Wissens eine Blöße gab, sondern eher damit glänzte, wenn auch auf clowneske Art und so, daß sich die von ihrer Mutter ausgesuchten möglichen Verehrer eher verwirrt zeigten, was Sidonie nicht kränkte, wich doch ihre Vorstellung von für sie in Frage kommenden Männern ziemlich stark von der ihrer Mutter ab.

Man hatte im Ort kurze Zeit von einer Liebschaft zwischen Sidonie und dem Oberbergrat des Salzbergwerkes gemunkelt, doch als dieser wieder versetzt worden war und keine neue von Weitersleben in Aussicht stand, erlosch das Gerede wie ein Allerheiligenlicht am Tag nach Allerseelen. Sidonie selbst antwortete, wenn bei Gelegenheiten wie dieser daraufhin angesprochen, mit großer Gelassenheit und auf eher komische

Weise, so daß die Einheimischen bald die Lust verloren, sie noch mit dem Oberbergrat aufzuziehen.

Amaryllis Sternwieser war sich trotz aller Gaben der Voraussicht nicht im klaren darüber, wie Sidonie von Weitersleben die seit einigen Generationen und nun auch auf ihr lastende Verpflichtung, eine Tochter zu empfangen und zu gebären, erfüllen würde. War doch Sidonie, und mit den Jahren immer mehr, eher Frauen zugetan als Männern, und nur ihre scharfe Zunge und ihr großer Mutterwitz hatten es verhindern können, daß man im Ort diesen Umstand erkannte und mit dem in solchen Fällen üblichen Gerede und Verhalten ahndete.

Sidonie war eine Frau, die sich zu helfen wußte, zumindest was die Verkleidung ihrer persönlichen Wünsche betraf, und wann immer es ihr gelang, unter dem Deckmantel eines komischen Auftritts ungeschoren und in aller Öffentlichkeit das zu tun, was an sich größter Heimlichkeit bedurft hätte, konnte Amaryllis Sternwieser ihr eine aufrichtige, wenn auch wertfreie Bewunderung nicht versagen. So auch jetzt, als sie mit großem Vergnügen, wie sie sich nicht verhehlen konnte, Zeugin des Spektakels wurde, das Sidonie unter dem brüllenden Gelächter der übrigen Frauen vollführte, indem sie die sonstigen männlichen Wirtshausbesucher zu imitieren vorgab und der Kellnerin, die als einzige Frauenkleider trug, erst auf den Hintern klopfte, dann nach ihren Brüsten, die aus dem straffen Leinenleib hervordrängten, faßte und das etwas verwirrte junge Mädchen schließlich neben sich auf die Bank zog, es zu halsen begann und ihm dabei mit gewollt tiefer Stimme ein obszönes Gstanzl ins Ohr sang.

Die Szene hatte den Charme der Vorführung auf einer Laienbühne, aber gerade diese Art von gewollter Unbeholfenheit zeugte von den großen schauspielerischen Qualitäten der Sidonie von Weitersleben, die nun wirklich dasaß wie ein sich volkstümlich gebärdender kleiner Landgraf, der es zu fortgeschrittener Stunde mit dem Servierpersonal hält und sich in seiner Gutmütigkeit sogar noch am nächsten Tag daraufhin anreden läßt.

Der Lupitscher und das viele Lachen hatte den Frauen so warm gemacht, daß sie begannen, ihre Lodenjanker auszuziehen und die Hüte von den Köpfen zu nehmen, daß die hochgesteckten Haare nur so darunter hervorquollen, und nicht genug damit, öffneten sie auch die Krägen und oberen Knöpfe der Hemden, die sie von ihren Männern oder Brüdern geliehen hatten, und man konnte förmlich sehen, wie es aus ihren Busen hervordampfte, so daß sie sich mit den großen Männersacktüchern Luft zufächeln mußten.

Sidonie hatte nun die kleine Kellnerin sogar auf den Mund geküßt, was diese so sehr verschreckte, daß sie sich ängstlich aus der Umarmung wand, worauf Sidonie auf gekonnte Weise in joviales Gelächter ausbrach und damit die Situation rettete.

Es muß etwas geschehen, dachte Amaryllis Sternwieser. Und ein Plan begann in ihr zu reifen, der sie schon jetzt mit prickelnder Vorfreude auf seine Durchführung erfüllte. Es war nicht das erstemal, daß sie die Geschicke derer von Weitersleben ein wenig zu lenken versuchte. Und gerade bei Sidonie, die ihr seit Euphemie, genannt Fifi, die liebste von Weitersleben war, würde es ihr die Anstrengung schon wert sein. In diesem Moment hätte sie beinah den Fehler gemacht, sich eine ihrer selbstgestopften Zigaretten anzuzünden, da man aber in diesen Jahren und an dem Ort, vor allem unter Damen, noch keine Zigaretten rauchte, hätte das wohl die Aufmerksamkeit aller auf sie gezogen, genau das war es aber, was sie auf keinen Fall wollte.

Es war nun schon spät am Abend, und jene Frauen, die sich trotz des Lupitschers noch etwas klaren Verstand behalten hatten, zogen ihre Jacken wieder an und dachten ans Heimgehen. Sidonie war in eine für sie typische Lethargie verfallen und saß nun, den Kopf in die Hände gestützt, vor sich hin brütend da, so daß Amaryllis Sternwieser den Augenblick für gekommen hielt, sich neben sie zu setzen und sie langsam dazu zu bringen, ebenfalls nach Hause zu gehen. Inzwischen waren immer mehr Männer in die Gaststube eingedrungen, die gekommen waren, ihre Frauen nach Hause zu holen, was zwar nicht ohne erneutes Gelächter und Gegröle abging, doch erreichte die Stimmung keinen Höhepunkt mehr. Sidonie erhob sich, auf Amaryllis Sternwiesers Aufforderung hin, bereitwillig, und sie gingen beide Arm in Arm in die froststarre Winternacht hinaus. Und während sie so zur von Weiterslebenschen Villa hinaufstieg, war Amaryllis Sternwieser immer wieder versucht, Sidonies Schultern, ja sogar ihre Wangen zu tätscheln, um das Lächeln, das nun wie eingefroren Sidonies Gesicht zur Maske werden ließ, wieder frisch und lebendig zu machen. Es war besser, Sidonie nun nicht allein zu lassen, sintemal ihre Gemütsverfassung vom einen ins andere Extrem verfallen zu sein schien. Und so nahm Amaryllis Sternwieser die wohl gar nicht so ernst gemeinte Einladung Sidonies an, noch mit ihr Kaffee zu trinken.

So saßen sie alsbald, nachdem sie wieder in ihre angestammten Kleider geschlüpft waren und sich die mit Kohle aufgemalten Bärte abgewaschen hatten, in der Nähe des kunstvoll gesetzten Kachelofens und ließen sich von der Wirtschafterin, die noch nicht zu Bett gegangen war – so neugierig war sie auf den Ausgang des Weibereisschießens gewesen –, Mokka in kleinen Porzellanschalen bringen und bissen hin und wieder von einer kandierten Frucht oder von einem Stück Nußgebäck ab, während sie der Wirtschafterin so kurz und so eindrucksvoll wie möglich den Hergang des Preisschießens und der darauffolgenden Zusammenkunft im Gasthaus »Zum Hirschen« erzählten, damit diese sich beruhigt schlafen legen konnte.

Sidonie, die der Kaffee wieder ein wenig aus ihrer Lethargie gerissen hatte, bot Amaryllis Sternwieser an, doch die Nacht in ihrem Haus zu verbringen, was diese aus mehr als einem Grund dankend annahm, hoffte sie doch in so unmittelbarer Umgebung von Sidonie auch die rechte Inspiration für die Durchführung ihres Planes zu bekommen, der bereits immer konkretere Formen annahm.

Liebe Sophie, sagte Amaryllis Sternwieser, und ihre Hand lag wohlwollend auf dem schlanken, aber doch kräftigen Arm der Sidonie. Ich wollte, ich könnte in die innerste Kammer deines Herzens sehen, um mir so ein besseres Bild von deiner Zukunft zu machen.

Sidonie lächelte etwas trüb, entspannte sich aber nach einem angedeuteten Seufzer und meinte, die Beine übereinanderschlagend, ich weiß, worauf du anspielst, und nachdem sie sich eine von Amaryllis Sternwiesers Zigaretten angezündet hatte (Amaryllis Sternwieser hatte sie schon längst in dieses Laster eingeweiht), aber ich selbst finde in dieser innersten Kammer nichts, was meinen Blick zufriedenstellen könnte. Ich bin jetzt siebenundzwanzig, sie sah an ihrem schmalen Leib hinunter und fuhr sich dann mit der Hand unter die Brust, so als taste sie nach einer möglichen Wölbung, die jedoch nicht vorhanden war. Wenn ich mir vorstelle, daß meine Mutter bereits mit neunzehn die Verpflichtung erfüllt hatte ...

Das soll dich nicht bedrücken, erwiderte Amaryllis Sternwieser. Vergiß nicht, es war Krieg. Es lag nicht allein an dir.

Sidonie schüttelte den Kopf. Es gibt nichts, was mir so sehr zu schaffen macht wie die Tradition, und das in steigendem Maße ...

Nun ja, sagte Amaryllis Sternwieser, niemand zwingt dich, die Tradition fortzuführen. Auch Traditionen dauern nicht ewig. Sie fangen einmal an, Traditionen zu werden, und hören einmal auf, es zu sein.

O nein, fuhr Sidonie auf, es zwingt mich niemand. Aber warum soll gerade ich den Schlußpunkt setzen? Angenommen, ich werde achtzig, neunzig Jahre alt und müßte mich immer von dem Gedanken quälen lassen, das Ende von etwas verursacht zu haben, ja es geradezu zu sein. Sie stampfte leicht mit dem Fuß auf. Nein, nein, das nehme ich nicht auf mich. Und dann, als nähme sie sich einen Anlauf: So schwierig kann es gar nicht sein. Ich werde mich etwas bemühen müssen, das ist alles ...

Amaryllis Sternwieser lächelte sanft vor sich hin. Wenn ich dir auf irgendeine Weise behilflich sein kann?

Sidonie schien sich wirklich Gedanken um ihre Zukunft zu machen.

Vielleicht komme ich darauf zurück, meinte sie. Es bedarf eines Anstoßes. Plötzlich lachte sie hellauf. Mein Leib ist ja kein Tempel, in den Andersgläubige nicht eindringen dürfen. Aber all diese Gesichter ... ich brauche andere Gesichter ...

Der Fasching, sagte Amaryllis Sternwieser, denk daran, daß der Fasching vor der Tür steht. Da sind die Gesichter alle anders.

Sidonie lachte. Ich soll einen Narren aus mir machen, um klug zu handeln? Es würde zu mir passen. Es würde echt und ehrlich zu mir passen.

In diesem Augenblick mochte Amaryllis Sternwieser Sidonie von Weitersleben mehr denn je, und wenn sie nicht hätte befürchten müssen, deren inneren Konflikt nur noch zu schüren, hätte sie ihr etwas Liebes getan. Sie beließ es jedoch dabei, zuversichtlich über Sidonies Handrücken zu streicheln. Dann zog sie sich auf das angebotene Lager zurück, mit dem Versprechen, sich so einiges durch den Kopf gehen zu lassen, wofür die Zeit vor dem Einschlafen am geeignetsten sei.

Amaryllis Sternwieser hatte nun schon viele Jahre im steirischen Salzkammergut verbracht und einige Generationen kommen und wieder gehen sehen, wobei die letzte, die, der Sidonie angehörte, sich als besonders kurzlebig erwiesen hatte. Der erste Weltkrieg hatte seinen Tribut gefordert.

Amaryllis Sternwieser hatte der Versuchung widerstanden,

ihren Zeitablauf anders einzustellen, wie das die meisten der Feen getan hatten, und war in abwartender Haltung, offenen Auges und wachen Sinnes anwesend geblieben. Die Enterischen, deren anfängliche Begeisterung sie in Angst und Schrekken versetzt hatte, dauerten sie so sehr, daß sie all ihre geheimen Kräfte zusammennahm und zu helfen versuchte, wo es ging, den Witwen unter die Arme griff, den Waisen Brot und den verlassenen Bräuten schöne Träume zukommen ließ. Mehr zu tun, war sie nicht imstande, und sie mußte mit großem Kummer erleben, daß ihre geheimen Kräfte in bestimmten Bereichen des enterischen Lebens so gut wie nichts ausrichten konnten. Es war ihr nicht gelungen, auch nur einen Einberufungsbefehl verschwinden zu lassen oder mit ihrem Schutz zu bewirken, daß der so Beschützte lebend aus dem Feld zurückkam. Und sie hatte an ihren geheimen Kräften, ja an ihrer ganzen Feenexistenz zu zweifeln begonnen und sich nach einer anderen, effektiveren Erscheinungsform gesehnt.

Es waren schreckliche Jahre gewesen, in denen sie immer wieder Hände aufgelegt und auf die große Reise geholfen hatte, die von hier nach dort geht. Sie war des vielen Sterbens so müde geworden, daß ihre Narzissen, so sie sie manchmal wachsen ließ, matt und glanzlos aus dem Boden sprossen.

Von Wasserthal hatte sich über all die Jahre in seinen See zurückgezogen, und es war nicht sicher, ob er nicht von Zeit zu Zeit auf Reisen gegangen war, die ihn durch die Flüsse zu den großen Meeren führten. Jedenfalls hatte sie ihn lange Zeit hindurch nicht gesehen, und wenn sie ehrlich war, schmerzte sie das ein wenig.

Drachenstein hingegen eilte seinen Schätzen nach und versuchte, sie nach Kräften vor dem Zugriff alles durchstöbernder Kriegführender zu schützen. Er war so beschäftigt damit, daß man ihn kaum zu Gesicht bekommen hatte.

Die Salige hinwiederum war in eine tiefe Depression versunken, gab es doch keine jungen Männer mehr im Ort, die ihr zuliebe Felswände emporgeklettert wären, und selbst die Wäsche, die von Zeit zu Zeit vor dem Trisselbergerloch zu sehen war, wirkte schal und schlaff, als wäre sie ein Teil des Gemüts ihrer Besitzerin. Nur die Elfen, die Berg- und Wassergeister trieben weiter ihren Schabernack und zeigten sich unbeeindruckt von dem Chaos, in das die Enterischen sich begeben hatten. Doch fühlte sich Amaryllis Sternwieser in ihrer Gesellschaft nicht so wohl, daß sie sich von deren guter Laune die bösen Gedanken hätte vertreiben lassen.

Alpinox allein war wie sie den Enterischen verbunden geblieben, aber auch seine Hilfe war vergeudete Mühe, und es traf ihn vielleicht am härtesten, daß er den Lauf der Dinge weder aufhalten noch verändern konnte.

Können wir überhaupt in ihre Geschicke eingreifen? fragte er laut und verbittert, als Amaryllis Sternwieser ihn einmal zu sich eingeladen hatte und sie von den schlimmen Ereignissen sprachen.

Wir haben lange genug geglaubt, daß wir es könnten, antwortete sie leise und resigniert.

Im einen oder anderen privaten Fall ... gab Alpinox zu. Aber Krieg? Was ist das nur für eine Einrichtung, daß wir so gar nichts gegen sie vermögen? Sie muß zutiefst enterisch sein, in einem solchen Maß enterisch, daß unsereiner sich nicht die Finger daran verbrennen könnte, selbst wenn er es wollte. Alpinox leerte ein Glas Hollerschnaps in einem Zug. Diese Dummheit, diese grenzenlose enterische Dummheit.

Benehmen wir uns nicht auch manchmal dumm? Amaryllis Sternwieser hatte in der letzten Zeit so viel über sich und ihresgleichen nachgedacht, daß gelegentliche Selbstbezichtigungen nicht zu vermeiden waren.

Verehrteste wissen das selbst am besten ... meinte Alpinox, und für einen Augenblick zog ein freundschaftliches, leicht anzügliches Lächeln über sein Gesicht, das auf die noch immer nicht stattgehabte Romanze zwischen ihnen beiden anspielte. Dann aber polemisierte er mit Angst und Wut weiter. Nur ist unsere Dummheit nicht addierbar. Unsereiner begeht eine Dummheit oder begeht sie nicht. Die Konsequenzen beschränken sich auf den persönlichen Bereich. Er verabsäumte es nicht, Amaryllis Sternwieser dabei tief in die Augen zu sehen. Die Dummheit der Enterischen aber wächst sich aus, und all die verschiedenen Dummheiten ergeben eine große, übermächtige Dummheit, die zur Katastrophe führt.

Amaryllis Sternwieser seufzte. Eine der wenigen Tatsachen, über die sie sich noch freuen konnte, war, daß die ihr besonders am Herzen liegenden Enterischen, nämlich die von Weitersleben, Frauen waren, die nicht-aktiv, sondern höchstens passiv an der großen Dummheit teilhatten, indem sie sie in Form von großem Mangel erlitten und ihrer pazifistischen Haltung wegen schief angesehen wurden. Doch da sie ihres Geschlechtes wegen weder Kriegsdienstverweigerer noch Deserteure werden konnten, blieb die Verachtung, die man ihnen entgegenbrachte, im Gefühlsmäßigen stecken und wurde auch gegen Kriegsende immer geringer, so daß bei Anfang des Friedens so gut wie nichts mehr davon vorhanden war.

Sowohl Alpinox als auch Amaryllis Sternwieser hatten den Ausgang und das Ende des Krieges auf ziemlich deutliche Art voraussehen können, doch war ihnen nichts anderes übriggeblieben, als, von einigen persönlichen Hilfeleistungen abgesehen, tatenlos zuzusehen. Beide dachten voll Verlangen an uralte, beinah verschwommene Zeiten, in denen sie über weit mehr zu bestimmen hatten, als es sich jetzt die Führer der Enterischen anmaßten. Als der Krieg dann zu Ende gegangen war, fanden sich die lang existierenden Wesen der Gegend wieder zusammen, versuchten auch da und dort äußerste Not zu lindern, so daß es schon aussah, als würden sie wieder an Einfluß auf die

Enterischen gewinnen, und so erhielt auch ihr Leben wieder diesen Anstrich von Zeitlosigkeit, der ihrem besonderen Verhältnis zur Zeit an sich besser entsprach als jene Jahre weltweiten enterischen Unglücks, dem sie sich doch nicht entziehen konnten und das so sehr in einem bestimmten Zeitablauf stattfand, daß es die lang existierenden Wesen an Tage und Nächte band, mit deren Aufeinanderfolge sie ansonsten manchmal willkürlich umsprangen.

Nun aber stand der Fasching des Winters vor der Tür, in dem Sidonie von Weitersleben Königin der Eisschützinnen geworden war, und sowohl die Enterischen als auch die lang existierenden Wesen hatten sich so weit von all dem Leid und den Widernissen erfangen, daß an ausgelassene Feste zu denken war.

Auf beiden Seiten war das gesellschaftliche Leben wieder in dem Maße in Gang gekommen, daß man einander besuchte und sich zu kleinen Nachmittags- und Abendunterhaltungen traf. Wobei zu bemerken bleibt, daß die Enterischen aufgrund des Mangels und des Ausgehungertseins sich wesentlich bereitwilliger in ihre Feste stürzten, als man das der noch anhaltenden Trauer wegen für möglich gehalten hätte.

Amaryllis Sternwieser, deren Plan nun ausgereift war, hatte die lang existierenden Wesen von Besuch zu Besuch neugieriger auf das enterische Faschingstreiben gemacht, so daß allgemein der Wunsch erwachte, an demselben teilzunehmen und sich unter dem Schutz der üblichen Masken unter die Leute zu mischen, als wäre man einer von ihnen. Dieser Wunsch hatte sich dank der Initiative von Amaryllis Sternwieser bis zu einer Art von Enthusiasmus gesteigert, so daß in den letzten Wochen vor den heiligen drei Faschingstagen, wie sie im steirischen Salzkammergut genannt wurden, sowohl bei den Enterischen als auch bei den lang existierenden Wesen von nichts anderem mehr die Rede war. Auf beiden Seiten war man damit beschäftigt, die Verkleidungen der Bleß und der Trommelweiber und die überaus kunstvollen Kostüme der Flinserln auszubessern oder sich zurechtzuwünschen. Manchmal verzweifelte Amaryllis Sternwieser beinah an den sogenannten Geistern, die sie ihres Planes wegen gerufen hatte, denn ihr tat schon der Kopf weh von all den Fragen, die sie von ihresgleichen über sich ergehen lassen mußte, so als wäre sie unter den lang Existierenden die einzig Fachkundige bezüglich der Faschingsbräuche dieser Gegend. Dabei hatte sie genug damit zu tun, ihre Angelegenheit unter den Enterischen einzufädeln. Sie hatte vor allem an einen jungen Mann gedacht, dessen Eltern eine Sommervilla am See besaßen, in der sie sich jährlich mehrere Monate hindurch aufhielten, wohingegen der Sohn nur sehr selten kam. Sie mußte ihre geheimen Kräfte strapazieren, sich sogar des Vandalismus bedienen, um die Sache richtig ablaufen zu lassen. Es war ihr nicht schwer gefallen, in Erfahrung zu bringen, daß die Eltern des jungen Mannes zum erstenmal seit dem Krieg wieder ins Ausland gefahren waren, während er selbst sich in der Hauptstadt befand, wo er seine Forschungen auf dem Gebiet der Medizin betrieb.

Von unbekannter Hand, wie es in dem Bericht an ihn hieß, war in der Villa einiges zu Schaden gekommen, so daß die Anwesenheit des jungen Mannes erforderlich war, damit der Schaden nicht noch größer wurde. Hinzu kam noch, daß der junge Mann plötzlich von einer ihm selbst unerklärlichen Sehnsucht nach den Bergen, nach Schnee und Landleben erfaßt wurde, der er auch nachgab, sintemal er seinen Eltern gerne einen Gefallen erwies, indem er den Schaden in der Villa beheben ließ.

Gerade zum rechten Zeitpunkt also fuhr er von der Bahnstation in einem gemieteten Pferdeschlitten in den Ort hinauf und stieg im »Hirschen« ab, einem der wenigen Gasthöfe, die auch den Winter über Gäste beherbergten. Er ließ sich von der allgemeinen fröhlich hektischen Stimmung so weit gefangennehmen, daß er beschloß, mehrere Tage zu bleiben, obwohl sich der Schaden in der Villa nicht als so groß erwies, daß seine Anwesenheit länger erforderlich gewesen wäre.

Er hatte sich nie so recht für den Ort interessiert, doch als er nun die ersten Vermummten umherlaufen sah und in der Gaststube, wo er seine Mahlzeiten einnahm, in so manch lustige Unterhaltung hineingezogen wurde, konnte auch er dem plötzlichen Drang, sich ein anderes Gesicht aufzusetzen, nicht widerstehen. Er ließ sich von den Wirtsleuten, die ihm gerne behilflich waren, all die Sachen beschaffen, die zu seiner sachgemäßen Verkleidung vonnöten waren und ihm jene Erscheinungsform ermöglichten, mit der er einst in seiner Kindheit geliebäugelt hatte.

Und es überkam ihn ein eigenartiges Gefühl der Befriedigung, als er probeweise vor dem Spiegel in sein neues Gesicht sah. Noch verursachte ihm die Perücke mit den langen schwarzen Locken eine ungewohnte Wärmeempfindung, aber bereits das Einhängen der großen silbernen Ohrringe geschah wie in einer Art Rückerinnerung an ein früheres Leben, in dem er als leidenschaftliche Zigeunerprinzessin seinen Körper nach der Musik gebogen hatte. Selbst die langen bunten Ober- und Untergewänder schienen ihm nun vertraut, und er verwunderte sich kaum mehr darüber, als er mit dem ersten Griff in eine der Kitteltaschen ein Päckchen Zigeunerwahrsagekarten zu 36 Blatt fand, die sich in seine Hand schmiegten, als hätte er sie schon oft und oft durch dieselbe gleiten lassen. Und obwohl er sich nicht erinnern konnte, schon einmal jemandem die Karten aufgeschlagen zu haben, legte er sie nun auf dem Tischchen vor dem Spiegel auf, und es war, als sprächen die Karten zu ihm auf die ihnen eigene, geheimnisvolle Art, er aber konnte sich einen Reim darauf machen.

Nur eine instinktive Abneigung gegen Frauen konnte ihn davon abhalten, sich augenblicklich in sich selbst zu verlieben, und während er so sein Spiegelbild mit den Augen verschlang, fuhr er sich mit der schmalen, gepflegten Hand, von der er den Siegelring genommen hatte, über den glatten, makellosen Halsansatz, über den nur angedeuteten Adamsapfel bis zum Kinn, wie um sich selbst zu überzeugen, daß er den im Spiegel nicht mehr sichtbaren Bartwuchs noch spürte.

Die perfekte Täuschung, sagte er zu seinem weiblichen Gegenüber, während er sich sorgfältig die Augen schminkte und auf seine Jochbeine mit zarten Fingern etwas Rouge tupfte. Er ging sparsam um mit den Farben in seinem Gesicht. Nichts an dieser Zigeunerprinzessin sollte vulgär wirken. Ein einzelnes natürliches Muttermal in der Nähe des linken Nasenflügels verstärkte er zu einem Schönheitspflästerchen, aber schon vom Lippenrot verwendete er nur mehr ganz wenig, gerade so viel, um das Weiche, Volle an ihnen deutlich zu machen, ohne es überzubetonen. Und während er so in vollendeter Erscheinung vor sich saß, fühlte er sich unsäglich befreit und von solcher Hingabebereitschaft ergriffen, daß ihm vor seiner eigenen Gemütsregung schwindelte.

Die Lust zu tanzen fuhr mit prickelnder Erregung durch all seine Glieder, und während er die Arme zögernd über den Kopf hob, stießen die silbernen Armreifen mit knisterndem Klirren aneinander, und er war so hingerissen von dem Ton, der all seinen Bewegungen folgte, daß seine Arme kaum mehr Ruhe fanden und seine Ohren sich begierig mit dem Klingen füllten, als lauschten sie der Sprache aus großer Tiefe emporgetauchter Wünsche, die ihre Erfüllung forderten.

Amaryllis Sternwieser, die sich auf diskrete Weise persönlich von der Ankunft des jungen Mannes überzeugt hatte, versuchte ihresgleichen dadurch zu umgehen, daß sie sich immer mehr unter die Einheimischen mischte, vor allem aber indem sie im Hause der Sidonie von Weitersleben ein und aus ging, Faschingsstimmung und die Lust auf Feste zu schüren suchte, ohne Sidonie durch zu große Geschäftigkeit mißtrauisch oder aufmüpfig zu machen. Im Gegenteil. Sidonie, die nun endgültig entschlossen war, ihr Schicksal in die Hand zu nehmen und dafür zu sorgen, daß die Tradition gewahrt blieb, ließ sich von Amaryllis Sternwieser nur mit Mühe dazu überreden, den Fasching erst einmal herankommen zu lassen und die anderen Gesichter abzuwarten.

Am liebsten hätte Sidonie ihre Wahl sofort getroffen, um ohne viele Umschweife zu erfüllen, was zu erfüllen war. Diese wilde Entschlossenheit hatte auf ihr ganzes Wesen abgefärbt. Sie gab sich forsch und eroberungslustig, und als es darum ging, ein Kostüm zu wählen, war sie durch nichts davon abzubringen, den alten, leger-eleganten Jagdanzug auszusuchen, der ihrem Urururgroßvater, dem letzten Herrn von Weitersleben, gehört haben mochte, obwohl dies, von außen betrachtet, so gar nicht den Intentionen der Sidonie von Weitersleben entsprach.

Um ihr Haar nicht zur Gänze unter einem Hut verstecken zu müssen, trug sie es gepudert und zu einem Zopf geflochten, wie man es wohl auch getragen hatte, als der Anzug als äußerst modisch galt. Und als Amaryllis Sternwieser, die bei der Verkleidung zugegen war, ihr den Spiegel vorhielt, zeigte sich Sidonie von Weitersleben dermaßen befriedigt über ihr Aussehen, daß sie zum Scherz eine Prise Schnupftabak nahm, was das Maß an Identifikation mit ihrem Äußeren vollmachte.

Bereits am ersten Tag, einem Sonntag, an dem das Faschingstreiben, anfangs noch etwas zögernd, seinen Anfang nahm, konnte Amaryllis Sternwieser, deren Blick Dinge dieser Art nicht verborgen blieben, den einen oder anderen der lang Existierenden hinter den noch spärlichen Masken ausnehmen, und sie mußte über die Begierigkeit schmunzeln, mit der die lang Existierenden die von ihr aufgebrachte Idee aufgenommen hatten. Es schien ihr ein leichtes, ihre Freunde zu erkennen, hatte sie ihnen doch während der Vorbereitungszeit mit Rat und Tat zur Seite gestanden. Sogar von Wasserthal, der nun wieder im Land, das heißt ohne größere Reisepläne in seinem See saß, hatte sich an sie gewendet, und sie hatte ihm mehrere Verkleidungen vorgeschlagen, die nicht einmal so sehr seiner Maskierung, als der Hervorhebung seines guten Äußeren dienen sollten.

Drachenstein war ein schwieriger Fall, auch war er nur mit Mühe dazu zu überreden gewesen, überhaupt am Fasching teilzunehmen. Noch immer war er damit beschäftigt, alle während der Kriegshandlungen zufällig angesprengten Erzadern und Edelsteinvorkommen wieder unkenntlich zu machen, gönnte er doch den Enterischen so gut wie nichts von dem, was sich unter der Erde befand. Schließlich hatte Amaryllis Sternwieser aber doch ein Kostüm gefunden, das, ohne ihn zu verraten, seinem Wesen entsprach und das zu tragen ihm keine Mühe machte.

Die Salige hatte zwar mehrmals mit Amaryllis Sternwieser über die Angelegenheit gesprochen, hatte aber dann gemeint, sie selbst wüßte wohl am besten, was ihr stehe, also würde es unschwer sein, sie zu erkennen, und Amaryllis Sternwieser hoffte nur, sie würde durch die ihr eigene Nachlässigkeit in der Kleidung nicht aller Blicke auf sich ziehen und so die Teilnahme der lang Existierenden verraten.

Alpinox jedoch hatte sich große Zurückhaltung auferlegt und ein Geheimnis aus seiner Verkleidung gemacht. Sie solle sich nur überraschen lassen, hatte er auf eine neugierige Frage der Amaryllis Sternwieser erwidert, sie würde ihn schon im rechten Augenblick erkennen. Im rechten, wohlgemerkt, und keine Minute früher. Und da in diesem Fall geheime Kräfte auf geheime Kräfte stießen, würde es für Amaryllis Sternwieser gar nicht leicht sein, den Alpenkönig frühzeitig zu erkennen. Dieses Spiel, das er sich da ausgedacht hatte, erfüllte sie mit Spannung und einer Vorfreude auf den Augenblick des Erkennens, daß sie sich immer wieder dabei ertappte, wie sie trotz des großen Planes, mit dessen Ausführung sie beschäftigt war, mehrmals nach Alpinox Ausschau hielt, ihn hinter dieser oder jener Maske vermutete, jedoch keinen Beweis dafür hatte, zum Schluß auch schon Drachenstein und von Wasserthal verkannte, so daß sie in ihrer Verwirrung beschloß, sich vor allem und in erster Linie um Sidonie zu kümmern, deren erster Ausgang in Maske erst am Sonntag, dem ersten der drei heiligen Tage, stattfinden sollte. Damit wollte Amaryllis Sternwieser verhindern, daß Sidonie, deren Talente als Unterhalterin bekannt waren, sich bereits zu Beginn unter den noch spärlichen Masken verausgabte und in einer Clique landete, die sie nicht mehr von sich lassen würde.

Der große Umzug aber sollte am Montag stattfinden, und Amaryllis Sternwieser hoffte, daß Sidonie unter den vielen Menschen, die daran teilnahmen, weniger herausstechen und selbst einen besseren Blick für die einzelnen haben würde. Daß es ihr leichter fiele, jemandes Bekanntschaft zu machen, wenn sie nicht so sehr beachtet wurde, wie das in kleinen Gruppen allemal der Fall war.

Es war Mitte Februar, und obwohl es vor kurzem noch heftig gestürmt und geschneit hatte, schien der Winter, gerade wegen der vorangegangenen Härte, bereits etwas angeschlagen zu sein. In den Mittagsstunden troff das Wasser, das noch vor kurzem zu Eiszapfen gefroren war, von den schrägen Dächern, von denen auch so manche kleine Lawine abging. An den sonnseitig gelegenen Hängen zeigten sich die ersten, wenn auch noch kleinen aperen Stellen, und in der Nacht machte sich ein brüllender Wind auf, der die Eisdecke des Sees zum Springen brachte. Dennoch konnte man nicht sagen, daß es schon wirklich taute, es war vielmehr nur ein Anklingen an das, was erst in den nächsten Wochen zum Ausdruck kommen würde. Aber es genügte, um bei den meisten Wesen die Erwartung des Frühlings zu entfachen und immer stärker werden zu lassen. So als lebte man von nun an nicht mehr ganz im Winter, sondern vom Winter weg auf den Frühling zu. So wie im benachbarten Markt, in dem das Faschingstreiben des ganzen steirischen Salzkammergutes seinen Höhepunkt hatte, am ersten der drei heiligen Tage noch die Bleß, die zerlumpten Geister des Winters, mit ihren auf den Kopf gesetzten Eimern sich mit den Schulbuben prügelten und so ihr Unwesen trieben, während am zweiten heiligen Tag die Trommelweiber mit Schnaps und Getöse dem Winter zuleibe rückten und am dritten und letzten der heiligen drei Tage die Flinserln in ihren venezianisch anmutenden, mit bunten Filzornamenten benähten und mit silbernen Pailletten bestickten Kostümen die Kinder mit Nüssen beschenkten. Nach all den Kriegsjahren war der Fasching in diesem Jahr mit solcher Heftigkeit ausgebrochen, daß das Faschingstreiben von Ortschaft und Markt ineinandergeriet, so als könnten die Enterischen, in gewissem Sinne aber auch die lang Existierenden, nicht genug von all der Narretei, der Lustbarkeit bekommen. Und nur in den Häusern, die Säuglinge oder Kranke beherbergten, waren Leute zurückgeblieben.

Alle anderen zirkulierten mit der Unermüdlichkeit eines Stroms durch die Straßen und Gassen von Wirtshaus zu Wirtshaus, und selbst die Wirte verließen von Zeit zu Zeit ihre Wirtsschank, die sie in der Obhut von irgend jemand verläßlich Erscheinendem zurückließen, um sich, eine Larve vorgebunden, unter die hin und her wogende Menge zu mischen.

Als rechte Begleitung für Sidonie von Weitersleben hatte Amaryllis Sternwieser sich in einen scheuen jungen Jäger und Hundeführer verwandelt, und so fiel auch ihr Dackel Max Ferdinand, den sie bei sich hatte, nicht weiter auf.

Es war während der Verlesung eines der ortsüblichen Faschingsbriefe, die sich ihrer Scharfzüngigkeit wegen großer Beliebtheit erfreuten – man nannte das: es jemandem recht schlecht sagen –, daß Sidonie die Zigeunerprinzessin zum erstenmal erblickte. Durch all den Lärm und Trubel hindurch hatte sie das feine Klirren der silbernen Armreifen gehört, und während zuerst nur ihr Ohr diesem zauberhaften Klang nachging, suchten bald auch ihre Augen das großäugige dunkle Gesicht, das vor Verwunderung und Staunen, ob der ungewohnten Bräuche, wie entrückt erschien.

Amaryllis Sternwieser, die ihren Plan bis ins Detail ausgeheckt hatte, bemerkte sogleich, daß Sidonie sich mehrmals suchenden Blicks in eine bestimmte Richtung wandte. Um das einmal entzündete Feuer auch fachgerecht zu schüren, verstand sie es, sich immer so neben Sidonie zu stellen, daß sie ihr zugleich den Blick verstellte.

Die Zigeunerprinzessin schien von Sidonie so gut wie nichts zu ahnen, und so war sie auch bald wieder aus deren Blickfeld verschwunden. Als die Darbietung unter wildem Klatschen und überschäumendem Gelächter ihr Ende gefunden hatte und die Darsteller dem Ausgang zudrängten, um in einem anderen Wirtshaus ihre Vorstellung zu wiederholen, schlossen sich auch Sidonie und Amaryllis Sternwieser dem sickernden Strom an.

Kurz vor dem Ausgang stolperte Amaryllis Sternwieser über den Fuß eines aus dem Markt hierher versprengten Bleß, an dessen Arm sie sich im Stürzen festklammerte, wobei sie ungewollt noch einmal den Blick auf die ebenfalls dem Ausgang zudrängende Zigeunerprinzessin freigab, was Sidonie dazu veranlaßte, Amaryllis Sternwiesers Sturz erst gar nicht zu bemerken, sondern an ihr vorbei ins Freie zu drängln, während Amaryllis Sternwieser plötzlich eine ihr hilfreich entgegengestreckte Hand ergriffen hatte, deren Druck ihr seltsam bekannt vorkam.

Bei allen Dingen und Gestalten, durchfuhr es sie mit freudiger Erschrockenheit, Alpinox! Aber schon war ihr die Hand wieder entzogen worden, und vor ihr stand ein mürrisch dreinblickender Mann in Knappentracht und mit einer Halbmaske vorm Gesicht, in dem sie Drachenstein erkannte. Enterisch kanns einem werden unter all den Enterischen, hörte sie ihn vor sich hinflüstern. Es gab aber keinen Hinweis darauf, daß er sie erkannt hatte.

Auch draußen gab es nicht die geringste Spur von Alpinox, dafür stand Sidonie, von einem Fuß auf den anderen tretend, im Schnee, offensichtlich enttäuscht darüber, daß außer dem einen Blick nichts mehr von der Zigeunerprinzessin zu erhaschen gewesen war.

Amaryllis Sternwieser band Max Ferdinand los, den sie vor dem Besuch des Gasthauses an einen Baum gebunden hatte, und trat dann zu Sidonie. Wir sollten uns stärken, sagte sie, laß uns in den »Hirschen« gehen, dort wird es jetzt ruhiger sein. Sidonie folgte ihr, ohne ein Wort zu sagen. Sie war nachdenklich und sah beinah bedrückt aus.

Würde ein Fremder erkennen, was ich bin? fragte sie, als sie sich an einen der kleinen, noch leeren Tische setzten, während sich an den großen bereits wieder Gesellschaften aus Maskierten und ein paar älteren Einheimischen zusammengefunden hatten. Nicht unbedingt, erwiderte Amaryllis Sternwieser, heimlich lächelnd. Bei dieser Antwort hellte sich Sidonies Gesicht auf, und sie konnte nicht umhin, einen der scherzhaften Zurufe vom Nachbartisch, wo man sie offenbar kannte und erkannt hatte, mit einer gepfefferten Antwort zu quittieren. In Kürze füllte sich auch hier die Gaststube mit hungrigen und durstigen Faschingsnarren, und Max Ferdinand mußte sich unter den Tisch setzen, um nicht getreten zu werden. Bald hatten sie noch brutzelnde Leberwürste mit Sauerkraut und Bratkartoffeln vor sich stehen, und das Bier hatte eine große Schaumkrone, die in kleinen Rinnsalen über den Rand troff, während die Seideln sich außen beschlagen hatten.

Ein hochgewachsener, kräftiger Mann in Matrosenkleidung,

aber ohne Gesichtsmaske kam herein, blickte sich im Gastzimmer um, und sein Blick ruhte eine Zeitlang auf Sidonie, die den Blick ruhig erwiderte, dann aber schaute sich der Mann erneut um, so als suche er jemand bestimmten.

Nun, fragte Amaryllis Sternwieser hinter vorgehaltener Hand, gefällt dir ein Mann wie dieser? Der Matrose? Sidonie sah noch einmal zu ihm hin, als müsse sie ihn sich genauer ansehen. Sportlich, flüsterte sie dann, das ist nicht zu leugnen. Ein ausgesprochen sportlicher Typ.

In diesem Augenblick mußte der Matrose entdeckt haben, was er suchte, denn er stand nun, den Blick auf den Ausgang gerichtet, der ein Stück der Treppe zum oberen Stockwerk freigab, da, setzte sich aber sofort in Bewegung, als ein buntes, faltenreiches Kleid die Treppe hinaufwirbelte, und nahm die Verfolgung auf.

Hast du sie gesehen? fragte Sidonie, die dem Blick des Matrosen gefolgt war, und ihre hastige Frage ließ großes Interesse erkennen.

Wen? fragte Amaryllis Sternwieser gedehnt.

Die Zigeunerin. Sie ist mir schon vorher aufgefallen.

Zigeunerin, sagst du? Ich habe keine gesehen, es sei denn, diese da. In diesem Moment betrat eine trotz der winterlichen Kälte draußen tief dekolletierte Zigeunerin, deren rotes Haar die Farbe junger Blutbuchenblätter hatte, die Gaststube. Auch sie trug klirrende Reifen an Armen und Ohren, und sehr im Gegensatz zu ihrem feurigen Aussehen ging so etwas wie ein kühler Hauch von ihr aus.

Amaryllis Sternwieser hatte gerade noch Zeit, ihre Maske, die sie beim Essen zur Seite geschoben hatte, unauffällig vors Gesicht zu ziehen, als auch schon der Blick des verführerischen Weibes auf die beiden Jäger fiel. Ausrufe der Bewunderung hingen im Raum, und einige der anwesenden Männer waren unwillkürlich auf ihren Bänken zur Seite gerutscht, so als wünschten sie sehr, daß die Zigeunerin sich zu ihnen setzen möge. Die Zigeunerin hatte ihre Wahl jedoch schon getroffen, und nachdem sie noch einige zögernde, tänzelnde Schritte in eine unbestimmte Richtung gemacht hatte, kam sie wie zufällig an den Tisch.

Zwei so schmucke Waidmänner, sagte sie in gewinnendem Ton, ziehen an. Was uns verbindet, ist der Wald, und sie nahm auf dem letzten noch freien Stuhl Platz, als hätte man sie in aller Höflichkeit darum gebeten.

Sidonie, die in der Überraschung darüber, daß es nun noch eine Zigeunerin gab, für eine Weile verstummt war, fühlte sich in der von ihr angenommenen Rolle gefordert, verneigte sich leicht mit dem Kopf und meinte: Schönes Kind, Sie sind uns so willkommen wie der Frühling, den wir alle sehnlichst erwarten.

Geschmeichelt ob der wohlgesetzten Anrede, brach die Zigeunerin in klingendes Lachen aus, sogar ihre Brüste lachten mit, und noch immer lachend, meinte sie: Ach, könnte ich doch nur wie der Frühling in das Herz von Euer Gnaden einziehen und die sorgenvollen Winterstürme in eine milde lustvoll streichelnde Brise verwandeln.

Jetzt war es an Sidonie, zu lachen, und sie ergriff die schmale, zart grindig wirkende Hand der schönen Zigeunerin, um sie gekonnt an die Lippen zu führen. Was die Stimme nicht vermocht hatte, bewirkte indes die Berührung. Das Weib erkannte die Frau in der männlichen Verkleidung, und die Zigeunerin zog ihre Hand geschwind aus der des fürstlichen Jägers.

Einer Zigeunerin die Hand küssen, meinte sie spöttisch, Euer Gnaden vergessen Stand und Herkunft.

Sidonie errötete leicht, setzte aber das Spiel mit Worten fort: Schönheit kennt keinen Stand, wer fünf Sinne hat, muß ihr huldigen.

Wer aber den sechsten hat, ist besser vorsichtig, schaltete sich Amaryllis Sternwieser mit verstellter Stimme ein, so daß Sidonie mit einem Seitenblick sich vergewissern mußte, daß wirklich sie es war, die sprach. Mit einem so klugen kleinen Jäger an der Seite könnt Ihr Euch auch noch einen siebenten zugute halten, sagte die Zigeunerin zu Sidonie, nämlich den der Umsicht. Und damit erhob sie sich wieder, indem sie den beiden Jägern noch eine Kußhand zuwarf. Sie setzte sich an einen anderen Tisch, an dem gleich mehrere Männer für sie Platz gemacht hatten.

Amaryllis Sternwieser war gar nicht überzeugt davon, daß die Salige sie nicht erkannt hatte, und so litt sie es auch nicht länger in der Gaststube. Denk daran, sagte sie leise zu Sidonie, daß es der erste Tag ist und wir noch zwei weitere vor uns haben. Wir sollten nun lieber nach Hause gehen. Sidonie nickte, und beide erhoben sich.

Es war schon dunkel draußen, doch herrschte alles andere als Stille. Gelächter und Gekreisch drang aus verschiedenen Richtungen, und in einer Reihe von anderen Gasthäusern spielte die Musik auf. Eine Weile standen sie noch unter der Frontseite des Gasthofes und warteten auf Max Ferdinand, der sich nach dem unbequemen Liegen unter dem Tisch strecken und mehrmals das Bein heben mußte.

Über ihnen öffnete sich ein matt erleuchtetes Fenster, und als Sidonie den Blick hob, sah sie die Zigeunerprinzessin, diesmal die richtige, die, aufs Fensterbrett gelehnt, die kühle Luft einatmete.

Das ist sie, sagte Sidonie vor sich hin, und ihr Blick hing wie gebannt an dem schönen Gesicht da droben.

Amaryllis Sternwieser beobachtete die beiden, und als Sidonie nur reglos dastand, winkte sie mit einem Halali hinauf. Erst jetzt bemerkte die Zigeunerin den bezopften fürstlichen Jäger, der in andächtiger Haltung und starren Blicks verharrte, und da ihr dieser Blick zu Herzen ging, zog sie einen ihrer Armreifen über die Hand, küßte ihn und warf ihn Sidonie geradewegs vor die Füße. Sidonie, die nicht wußte, wie ihr geschah, bückte sich langsam, hob staunend den Armreifen auf, küßte ihn ebenfalls und barg ihn an ihrer Brust. Als sie jedoch den Blick wieder hob, war das Fenster bereits dunkel und das Gesicht verschwunden.

Komm, sagte Amaryllis Sternwieser, morgen beim großen Umzug wirst du sie gewiß wiedersehen. Da kannst du ihr den Reifen zurückgeben. Sidonie sah sie erstaunt an. Er ist ihr doch nicht etwa entglitten?

Sidonie, Sidonie ... Sagte Amaryllis Sternwieser mit einem von der Dunkelheit verborgenen Lächeln ... und du wolltest die Tradition aufrechterhalten.

Ja, das wollte ich, sagte Sidonie leise, bei allen guten Geistern, das wollte ich. Und sie gingen schweigend in Richtung auf Sidonies Haus, wo sie eine erholsame Nacht verbringen wollten, um für die Anstrengungen und Lustbarkeiten des nächsten Tages aufs beste gerüstet zu sein.

Der große Faschingszug hatte sich kurz nach Mittag in Bewegung gesetzt. Gegen alle Gepflogenheit fing er diesmal beim See an, wo die Straße endete, und schob sich in Richtung auf den Markt hin, wo er nach nur ungenau beschreibbarer Zeit mit dem anderen großen Faschingszug zusammentreffen sollte, der vom Markt aus in Richtung auf das Dorf hin unterwegs war. Was allerdings beim Zusammentreffen der beiden Züge geschehen sollte, war auch den Veranstaltern und Urhebern der Idee nicht so ganz klar. Das Chaos lag in der Luft, man hoffte nur, es würde in der Nähe einer Reihe von Gasthäusern ausbrechen, so daß sich die beiden Züge möglichst rasch entknäuelten und an den Wirtshaustischen zur Ruhe kamen.

Sidonie von Weitersleben und Amaryllis Sternwieser hatten sich gerade rechtzeitig eingefunden, um sich bereits ein Bild von dem Umzug machen zu können, der auf dem Platz zwischen Kirche und Hotel am See zusammengestellt wurde. Auf mehreren, von geschmückten Ochsen gezogenen Wagen saßen Gruppen von Maskierten, die jeweils zueinanderpaßten.

So gab es einen Wagen voll mit Köchen, Köchinnen und Küchenpersonal, die aus alten Schuhen, Papierresten und anderem Abfall Speisen zubereiteten und sie dann in die lachende Menge warfen. Auch die Bergleute hatten einen Wagen für sich. Sie waren damit beschäftigt, aus einem Pappmachégebirge Erz zu gewinnen, doch was sie dabei gewannen, bestand aus den Metallteilen alter Geschosse, die sich während des Krieges ins Gestein gebohrt hatten. Dann aber traute Amaryllis Sternwieser ihren Augen kaum. Da war ein Wagen, der auf seine Kulissen den Seegrund aufgemalt hatte, und auf ihm thronte der Wassermann mit einer Reihe von Nixen, die auf zierlichen Instrumenten Musik machten, doch klang diese Musik, zum Gaudium des Publikums, wie das Quaken von Fröschen, unterbrochen vom Geklapper der Störche. Obgleich die Nixen und der Wassermann kleine Halbmasken trugen, war Amaryllis Sternwieser ihrer Sache sicher. Und sie war nun überzeugt, daß die lang Existierenden ihr mit dem ganzen Um-Rat-Fragen bezüglich der Kostüme nur schmeicheln hatten wollen. Sie wußten sich bestens selbst zu helfen. Auch mußten ihre Kontakte zu den Enterischen besser sein, als sie je verlauten ließen, und es kam ihr mit einemmal etwas schmerzlich zu Bewußtsein, daß die anderen lang Existierenden schon wesentlich länger hier ansässig waren als sie, die sich nun schon ebenfalls vor mehreren Generationen hier hatte herniederregnen lassen.

Dann kam ein Wagen mit Förstern und Waidmännern, und man winkte den beiden Jägern fröhlich und aufmunternd zu, lud sie mit Handbewegungen dazu ein, doch aufzusteigen, aber Sidonie, die beweglich bleiben wollte, lehnte ab. Sie ließen den ganzen Zug an sich vorüber, bewunderten da ein Kostüm, dort einen Einfall und tauschten, am Rand des Platzes stehend, Bemerkungen aus, während Sidonies Augen vor allem nach einer Maske Ausschau hielten, die jedoch nirgends zu sehen war.

Anstatt sich hinten dem Zug anzuschließen, gingen sie eine

Weile nebenher, und als die vordersten Wagen bereits den »Hirschen« passiert hatten, glaubte Sidonie die Zigeunerin heraushuschen und sich in den Zug einordnen gesehen zu haben.

Komm, sagte sie zu Amaryllis Sternwieser, die diesmal Max Ferdinand zu Hause gelassen hatte, ich habe sie gesehen. Und sie zog sie an der Hand hinter sich her; doch wurde die Straße nun schmaler, und es dauerte sehr lange, bis sie sich auch nur durch einige Reihen der dicht marschierenden Masken durchgedrängt hatten. Dabei wurden sie mehrmals von Wäschermädeln, Indianerinnen oder schönen Haremsdamen an den Rockschößen festgehalten, hinterrücks umarmt, langsam gewendet und zu Küssen genötigt, die sie bereitwillig gaben, um so rasch wie möglich wieder freizukommen.

Als sie bereits bis zur Mitte des Ortes gekommen waren, wo die Straße wieder breiter wurde, gelang es ihnen, sich bis zu den Wagen vorzuarbeiten, und gerade an der Stelle, wo der Weg zu Sidonies Haus abbog, gelang es ihr neuerdings, einen Blick auf die Zigeunerprinzessin zu werfen, die knapp hinter dem Wagen mit den Nixen und dem Wassermann ging und einige Scherzworte mit ihnen tauschte.

Gewitzigt durch die Erfahrung mit der Saligen, hielt Amaryllis Sternwieser sich nun absichtlich so weit zurück, daß sie zwar den Wagen noch sehen, selbst aber hinter einer beliebigen Reihe von Masken verschwinden konnte, falls von Wasserthal in ihre Richtung blicken sollte.

Sidonie war, nachdem sie die Zigeunerprinzessin erspäht hatte, nicht mehr zu halten gewesen. Reihe für Reihe hatte sie sich bis an die Zigeunerin herangedrängt, und Amaryllis Sternwieser konnte sehen, wie Sidonie, als sie nun neben ihr ging, den Armreifen aus der inneren Brusttasche zog und ihn der Zigeunerprinzessin zeigte. Sie sah auch noch, wie die Zigeunerprinzessin, zu Sidonie gewandt, verlegen lachte, ihren Arm hob, als müsse sie die vorhandenen Reifen zählen, um so festzustellen, daß einer fehlte. Dann aber, die Straße wurde wieder enger, und die Reihen schoben sich dichter zusammen, verlor sie die beiden eine Weile aus dem Blickfeld.

Sie ging nun, selbst in Rede und Gegenrede mit den anderen Masken verwickelt, eine Zeitlang ruhig mit, ließ es auch zu, daß sie an den Händen gefaßt wurde und in der Reihe eine Kette bilden mußte, in der sich bald darauf die Zigeunerprinzessin verfing, sie aber rasch durchbrach und zum Ende des Zuges hin entwischte, gefolgt von Sidonie, die so mit der Verfolgung beschäftigt war, daß sie Amaryllis Sternwieser gar nicht bemerkte. Diese kämpfte eine Zeitlang mit dem Wunsch, hinterherzueilen, um auch weiter ihre schützende Hand über das Paar zu halten, dann aber verzichtete sie lächelnd darauf. Sie war zur Einsicht gelangt, daß der Jäger und die Zigeunerprinzessin sich von nun an nur mehr selbst helfen konnten.

Der Zug bewegte sich wie ein bunter, schwerfälliger, musikspeiender Drachen dem Ende des Ortes zu, wo die Straße steil zum Ausfluß der Traun hin abfällt. Es kam allerorten zu Stauungen und Verwirrung, doch gelang es, diese bald zu überwinden, und nun ging es am Fluß entlang, dem Markt zu. Das Tempo beschleunigte sich, je kühler die Luft gegen Nachmittag zu wurde. Kleine, in der Rocktasche zu bergende Flaschen mit selbstgebranntem Obstler machten immer häufiger die Runde, und die Musikgruppen, die inzwischen abwechselnd pausiert hatten, spielten immer häufiger flotte Märsche auf, und man sehnte sich allgemein nach der milden Wärme an einem Wirtshaustisch sowie danach, nicht mehr so laut schreien zu müssen, wenn man jemandem etwas sagen wollte.

Die Sonne stand schon ziemlich tief im Westen, und der Himmel hatte sich mit dünnen Wolkenschleiern überzogen, als man plötzlich aufhorchte, denn zu all dem Lärm, der den Zug begleitete, erklang nun so etwas wie ein Echo. Ein großes Begrüßungsgeschrei hatte sich, von den vorderen Reihen herkommend, durch den ganzen Zug fortgesetzt, und die Erregung erreichte einen neuen Höhepunkt. Nun würde bald der Zusammenstoß der beiden Maskenzüge erfolgen, und von den hinteren Reihen, die sich voll neugieriger Erwartung immer dichter anschlossen, erfolgte ein Druck, dem sich die vorderen Reihen immer mehr zu widersetzen suchten, worauf der Zug in den mittleren Reihen aus den Fugen geriet und die Masken links und rechts von der Straße abgingen, um nicht zerdrückt zu werden.

Bald darauf setzte heilloses Durcheinander ein, in dessen Mittelpunkt die Ochsenwagen eingekeilt zum Stehen kamen, während sich die übrigen Masken beider Züge zu Schwärmen zusammenfanden, die jegliche Fortbewegung zu einer kreisförmigen werden ließen.

Amaryllis Sternwieser hätte ihre allergeheimsten Kräfte anwenden müssen, um sich in anderen als den gerade noch möglichen Bahnen zu bewegen, da sie aber den Fasching der Enterischen erleben wollte, wie er war, verzichtete sie darauf und ließ sich treiben, wohin die Menge sie mit sich führte. Und so geschah es auch, daß sie mit einemmal in einen Kreis von Trommelweibern geschoben wurde, der sich gleich darauf schloß, und da war sie nun, gefangen wie die Mücke im Bernstein, zu einem Stillstand gekommen.

Die Trommelweiber, Männer, soviel sie wußte, durch ganze Gesichtslarven und mit Pölstern ausgestopfte weiße Gewänder bis zur Unkenntlichkeit entstellt, brachen in einen wilden Trommelwirbel aus, als Amaryllis Sternwieser sich bei ihnen gefangen hatte, und setzten sich dann, sie nicht aus ihrem Kreis lassend, in Richtung auf ein entlegeneres Gasthaus, wo noch Platz sein würde, in Bewegung. Die Stimmen, die manchmal auf sie einredeten, hatten, bedingt durch die Gesichtslarven, die von weißen Spitzennachthauben eingerahmt waren, einen seltsam veränderten Klang, und Amaryllis Sternwieser, selbst neugierig auf das, was nun kommen würde, ließ sich weiterdrängen, ohne auch nur zu versuchen, sich aus dem Kreis zu befreien.

Es hatte eine Weile gedauert, bis sie, als zusammenbleibende Gruppe, die sich nur schwerfällig in der einmal angepeilten Richtung bewegen konnte, bis vor besagtes Gasthaus kamen, das sich am anderen Ufer der Traun, schon wieder in Richtung auf den Ort hin, befand.

Dem Winter trotzend, blühte der »Grüne Baum« und war voller Leben, was an den bereits aus erleuchteten Fenstern kommenden Stimmen deutlich wurde. Während die Trommelweiber sich den Schneematsch von den grobgenähten Schuhen kehrten, konnte Amaryllis Sternwieser gerade noch sehen, wie der fürstliche Jäger mit der Zigeunerprinzessin auf einem kleinen Fußpfad am diesseitigen Ufer, in Richtung auf den Ort zu, enteilte.

Ein befriedigtes Lächeln umspielte ihren von einem aufgeklebten Bärtchen verzierten Mund, und ehe sie noch in Gedanken versinken konnte, wurde sie gewahr, daß eines der Trommelweiber sie durch die Augenlöcher der Larve neugierig anstarrte, und so verschob sie ihr Sinnen auf einen späteren Zeitpunkt, an dem sie ungestört über ihren Plan und dessen, wie sie hoffte, glückliche Vollendung nachdenken konnte.

Nun aber wurde sie von freundlichen Armen in die Wirtsstube bugsiert, in der gerade ein Tisch frei geworden war, an dem sie sogleich Platz nahmen. Eine Gruppe anderer Trommelweiber hatte sich bereits eingefunden, und so gab es ein Fluktuieren zwischen den Tischen, daß Amaryllis Sternwieser bald nicht mehr wußte, wer mit ihr gekommen und wer schon dagewesen war. Man sang und jodelte, trieb derben Scherz miteinander, und an einem der Tische wurde ein Lied angestimmt, dessen Text sie, wie fast alles, was die Trommelweiber sagten, der Larven wegen kaum verstand, bis auf die eine Zeile, die wie eine versteckte Warnung klang: Lauf, Jäger, lauf, mein lieber Jäger, guter Jäger, lauf, lauf, lauf, mein lieber Jäger, lauf …

Und während Amaryllis Sternwieser noch darüber nachdachte, ob sie diese Warnung auf sich beziehen sollte, kam die Kellnerin mit den großen Schnapsgläsern, die bis zum Rand gefüllt waren.

Inzwischen hatten, wie es schien, all die anderen Masken die Wirtsstube verlassen, und es gab nur mehr Trommelweiber und ein paar betagte Einheimische, die an ihrem Stammtisch saßen, sich miteinander unterhielten und ungerührt ihre Kartenpartien weiterspielten.

Der Schnaps war bis auf wenige Gläser, die in der Mitte des Tisches abgestellt wurden, verteilt, und Amaryllis Sternwieser wurde Zeugin seltsamer Trinkrituale, Sprüche, die sie kaum verstand, und wiederholten Einanderzutrinkens, wobei ein Trommelweib nach dem anderen seine Larve ein wenig lüftete, um das Glas an die Lippen setzen zu können.

Nachdem alle getrunken hatten, wurden die Trommelweiber langsam ruhiger, und es sah so aus, als würde nun etwas geschehen, was alle mit Interesse erwarteten. Auch Amaryllis Sternwieser war gespannt darauf, was das alles bedeutete. Sie saß, wie sie meinte, im Hintergrund, beinah verdeckt von den beiden gewaltigen Trommelweibern zu ihrer Seite, und da sie mit ihrer Verkleidung bei weitem nicht so eins geworden war wie Sidonie von Weitersleben, dauerte es einige Augenblicke, bis sie den immer häufiger ertönenden Ruf nach dem »Jäger« auf sich bezog. Und als sie es dann doch tat, war es bereits zu spät. Sie spürte, wie sie hochgehoben und in die Mitte der Gaststube getragen wurde, wo man sie hinstellte, während wiederum ein dichter Kreis von Trommelweibern sich um sie schloß.

Zu spät hatte Amaryllis Sternwieser erfaßt, daß sie in die Geheimnisse der Trommelweiber eingeweiht und in deren Bund aufgenommen werden sollte. Ihr begann bereits zu schwindeln, als sie sehen mußte, wie eins der Trommelweiber mit einem Tablett, auf dem ein großes Schnapsglas stand, zu ihr in den Kreis trat. Es war auch zu spät für jede Gegenmaßnahme, und so ergriff sie, wie geheißen, das Glas mit der Hand, setzte es an die Lippen und trank es unter großem Ex-Geschrei in einem Zug hinunter. Bei allen Dingen und Gestalten, fuhr es ihr durch den Kopf, ich bin überlistet worden. Da sie aber um nichts in der Welt hätte zugeben wollen, wer sie eigentlich war, tat sie, was man von einem jungen Jäger auch erwarten konnte, und setzte noch ein zweites Glas an die Lippen, das ihr nachgereicht worden war.

Jedoch dem, was so manchen jungen Einheimischen zu Fall gebracht hatte, war selbst eine Narzissenfee in enterischer Erscheinung nicht gewachsen. Amaryllis Sternwieser sah noch, wie die Trommelweiber, eins nach dem anderen, ihre Larven vom Gesicht nahmen, bis auch das ranghöchste an die Reihe kam, das nun ebenfalls seine Larve abnahm, doch schien es Amaryllis Sternwieser, die bereits alles ein wenig verschwommen wahrnahm, als trüge dieses oberste Trommelweib unter der abgenommenen Larve eine andere Larve, die weniger als solche erkennbar, aber doch die wirklichen Gesichtszüge verdeckte.

Das Wiedererkennen, das sie nun eigentlich hätte durchzucken müssen, lief in einen sanften Schauer aus, der das Gefühl zu schweben nur noch verstärkte, und mit einemmal war ihr, als säße sie wieder auf einer der vielen Wolken, die sie früher so oft bestiegen hatte, und zöge über dem Markt, dann über dem Dorf dahin, bis hinauf ins Gebirge, wo die Wolke plötzlich aus Armen bestand, die sie mit sanftem Druck umfingen. Dann aber erblickte sie mit einemmal den fürstlichen Jäger und die Zigeunerprinzessin, die Arm in Arm durch die frühe Nacht wanderten, bis sie vor dem Hause derer von Weitersleben standen, wo sie dann auch nach einigem Zögern und der Erwägung anderer Möglichkeiten doch eintraten.

Es war niemand zu Hause, selbst die Wirtschafterin hatte sich den Fasching nicht nehmen lassen, und nachdem Sidonie der

Zigeunerprinzessin im Salon, wo das Feuer im Kachelofen noch brannte, Platz angeboten hatte, ging sie selbst in die Küche, um starken Tee zu brauen und Brot, Butter, Honig und ein paar Faschingskrapfen zu holen, die sie der Zigeunerprinzessin fürsorglich kredenzte.

Amaryllis Sternwieser war Zeugin des ersten Kusses, den die beiden über Tisch hinweg tauschten, und der großen Überraschung, als Sidonie, die aus dem Keller eine Flasche Wein geholt hatte, zurückkam und einen Mann in dem Stuhl sitzen sah, in dem zuvor noch die Zigeunerprinzessin gesessen war. Einen Mann, der die Perücke abgelegt und sich die zarte Schminke notdürftig vom Gesicht gewischt hatte, während er seinen Oberkörper in Sidonis fürstliches Jägerwams gekleidet hatte, um in dem Zigeunerinnenkleid nicht lächerlich zu wirken.

Amaryllis Sternwieser war aber auch Zeugin jener noch größeren Überraschung, als Sidonie, die sich für einen Augenblick entschuldigt hatte, um, wie sie verwirrt stammelte, dem Herren auch noch die rechten Beinkleider zu bringen, in einem ihrer hübschesten Kleider mit aufgekämmten Haaren zurückkam und mit den Hosen ihres früheren Jägerkleides vor den nun auch nur mehr verwirrt stammelnden jungen Mann hintrat, dem nichts Besseres, aber auch nichts Schlechteres dazu einfiel, als Sidonie mitsamt den Beinkleidern, die sie noch immer in Händen hielt, aufs heftigste und in neu erwachter, wenn auch umgestülpter Leidenschaft zu umarmen.

Dies alles hatte Amaryllis Sternwieser mit größter Deutlichkeit vor sich gesehen, es geradezu miterlebt, nur von dem, was mit ihr selbst geschehen war, hatte sie genauso wenig Ahnung wie von ihren Träumen während des Festes der Erinnerung.

Als sie anderntags erwachte, fand sie sich noch immer in ihrer Jägerkleidung (nur die Trommelweiberkleider, die man ihr anscheinend bei der Einweihung übergezogen hatte, hingen über einem Stuhl) auf einem grünen Moosbett liegen, das in einem grottenartigen Schlafzimmer stand, in das durch eisblumenbewachsene kleine Marienglasscheiben Tageslicht drang.

Und als sie sich, um besser sehen zu können, wo sie denn eigentlich war, mehrmals auf dem bequemen Lager herumgedreht hatte, öffnete sich die Tür, und Alpinox persönlich trat mit einem Tablett, beladen mit den herrlichsten Dingen, die geeignet waren, einem wieder auf die Beine zu helfen, ein. Scham- und zornerfüllt richtete sich Amaryllis Sternwieser auf und wollte gerade dem Alpenkönig ihre Meinung über den üblen Streich kundtun, als rund um das Bett Feuerlilien zu sprießen begannen, so daß sie auf einem Lager von Blumen lag.

Verehrteste haben lang genug drüber geschlafen, um auch die Ungehaltenheit zu vergessen, ließ Alpinox, der das Tablett neben dem Bett abgestellt hatte, sich vernehmen.

Wie können Sie es wagen ... begann sie, dann aber fand sie sich in ihrer Einstellung gegenüber Alpinox wie verändert. Das ist der Zauber ... dachte sie, in seinen eigenen vier Wänden. Ich werde ihm erst wieder auf neutralem Boden gewachsen sein, und sie ließ es ruhig zu, daß Alpinox ihre Hand küßte.

Es ist weiter nichts geschehen, sagte Alpinox, als daß der kleine Jäger sich übernommen hat und ich ihn vor den Enterischen retten mußte. Sie und mich retten? fragte Amaryllis Sternwieser ungläubig. Aber Sie waren doch der Anstifter, geben Sie das nur endlich zu.

Alpinox schmunzelte vor sich hin. Der Anstifter? Ja, seinerzeit, als ich den Orden der Trommelweiber gegründet habe. Und noch früher, als die Jäger mir jährlich Tribut entrichteten. Was sie nun schon seit geraumer Zeit nicht mehr tun. Und er blickte auf ihren Jagdanzug.

O Sie ... sagte Amaryllis Sternwieser und hielt sich den Kopf. Da kennt man einander seit Generationen, wie die Enterischen sagen würden, und dann das ...

Alpinox füllte liebevoll etwas Schnaps in ein kleines Gläschen. Das müssen Sie jetzt trinken, meinte er, es wird Ihnen guttun.

Ich und trinken, nach alldem, was mir gestern zugestoßen ist?

Verehrteste wissen scheinbar noch immer nicht, daß dies das einzig Richtige ist. Man darf den Ofen nicht ausgehen lassen, wenn man sich nicht elend fühlen will. Sogar die Enterischen kennen dieses uralte Hausmittel.

Sie meinen also ... fragte Amaryllis Sternwieser mit kleinlauter Stimme. Sie war gerade auf dem besten Wege, sich enterisch zu fühlen.

Ja, das meine ich, sagte Alpinox, und Amaryllis Sternwieser trank gehorsam ihr Gläschen in einem Zug leer.

Als sie nun auch noch gemeinsam das köstliche Frühstück verzehrt hatten, fühlte sich Amaryllis Sternwieser im großen und ganzen besänftigt, und dabei wurde sie sich zum erstenmal der großen Zuneigung bewußt, die sie schon lange für den Alpenkönig hegte, die sich einzugestehen sie aber bisher verabsäumt hatte.

Wie gedenken Verehrteste den heutigen Tag zu verbringen? fragte Alpinox, nachdem sie sich beide im Schnee draußen ein wenig die Füße vertreten hatten.

Es ist doch noch Fasching? versuchte Amaryllis Sternwieser sich mit einem zweifelnden Seitenblick auf Alpinox zu versichern, der die Frage mit Nicken quittierte. Dann wollen wir doch den Fasching würdig zu Ende begehen, meinte sie.

Sie sprechen mir aus der Seele, Verehrteste, sagte Alpinox und küßte zu wiederholtem Mal ihre Hand.

In diesem Kostüm möchte ich mich aber nicht mehr den rauhen Sitten ausliefern, sagte Amaryllis Sternwieser, noch immer lachend, und Alpinox führte sie wieder in seinen Palast, wo in einem Umkleideraum zwei bestickte Flinserlkostüme bereitlagen, ein männliches und ein weibliches. Und bald darauf gingen die beiden Flinserln durch den Markt, wo sie mit vollen Händen Nüsse unter die Kinder streuten.

Als sie dann gegen Abend zum Faschingeingraben in einem großen Gasthof einkehrten, konnte Amaryllis Sternwieser kaum an sich halten, als sie an einem der Tische den fürstlichen Jäger und die Zigeunerprinzessin sitzen sah, nur daß nun jeweils ein anderer hinter der Maske steckte.

Alpinox zuliebe verriet sie sich jedoch nicht. Im übrigen konnte ihre Mission auch als beendet gelten.

*

Der Großteil der Damen war schon da, als Sophie den Speisesaal betrat, und obwohl sie mit den Augen noch nach den beiden Orientalinnen suchte, stand sie bereits vor einem leeren Platz zwischen Rosalia, dem Fräulein vom Trisselberg, und jenem melancholisch dreinblickenden Herrn von Wasserthal, den einzunehmen sie das Fräulein auf so freundliche und unbefangene Art bat, daß Sophie sich gerne setzte, obwohl sie das Gefühl nicht los wurde, daß eigentlich jemand anderer hier sitzen sollte. Aber auch Herr von Wasserthal wandte sich ihr auf die freundlichste Weise zu, mit einem leise schäkernden Unterton beim Sprechen. Sophie zählte ihn auch sofort zu jener Art Männer, die im Gespräch mit einer Frau gar nicht anders können, ohne damit auch nur mehr als die allerallgemeinsten Absichten zu verbinden.

Entweder hatte jemand Geburtstag, oder gab es sonst irgend etwas zu feiern, jedenfalls fiel das Abendessen eher festlich aus. Es gab Saibling bleu mit würziger Kräuterbutter und heurigen Petersilkartoffeln, und als Nachtisch waren Salzburger Nokkerln angekündigt, vor deren gleichzeitiger Zubereitung für alle die Hotelküche anfangs zurückschreckte, bis einige der Damen, unter dem Vorwand, etwas Luft schnappen zu wollen, in die

Küche enteilten und mit zauberkundigen Händen die Sache so weit anheizten, daß die Nockerln, deren Oberfläche in den Farben gold bis mocca erbebte, wirklich und beinah gleichzeitig vor jedermann gestellt werden konnten.

Sophie versuchte es anfangs mit Einsparungen, indem sie daran dachte, auf die Erdäpfel zu verzichten und überhaupt den einen oder anderen Bissen auszulassen, doch blieben ihr guter Appetit und ihr genußfreudiger Gaumen siegreich, und sie aß ihren Teller jedesmal leer, mit dem stummen Versprechen sich selbst gegenüber, anderntags mindestens eine Mahlzeit auszulassen.

Sie brauchen keine Angst zu haben, meinte Herr von Wasserthal. Das Wetter wird schöner, und Sie werden häufig schwimmen. Bekanntlich zehrt das Wasser ja.

Meinen Sie? fragte Sophie und errötete leicht. Sie hatte soeben bemerkt, daß Herr von Wasserthal und die schöne Perserin einen schmachtenden Blick miteinander getauscht hatten. Am liebsten hätte sie sich woanders hingesetzt. Der schmachtende Blick aber schien Herrn von Wasserthal nicht davon abzuhalten, sich weiter mit ihr zu unterhalten. Auch zu ihr sprachen, wenn sie nicht alles täuschte, seine Augen, wenn auch auf diskretere, vorsichtigere Art. Er erzählte ihr von den verschiedenen Fischarten, die in den Seen und Gewässern des steirischen Salzkammergutes vorkamen, und sie war erstaunt, weil sie von den meisten gar nichts gewußt hatte, obwohl sie hier geboren und aufgewachsen war. Ebenso neu waren ihr auch die verschiedenen Arten des Fischfangs, die noch immer ausgeübt wurden. Für sie waren die Fischer die Fischer gewesen, und wenn sie abends in ihren Einbäumen hinausfuhren, war für sie klar gewesen, daß sie fischten, und das hatte ihr genügt.

Ja, sagte von Wasserthal, aber in Wirklichkeit ist es immer viel komplizierter, mehrschichtiger und unterschiedlicher. Selbst Menschen, die unmittelbar am Seeufer wohnen, sind imstande, eine Segge mit einem Käscher zu verwechseln, so lange sie selbst die Fische nur essen.

Wenn sie aber beginnen, sie zu fangen, schaltete sich das Fräulein vom Trisselberg ein, werden sie immer raffinierter in der Wahl ihrer Mittel und Wege ... Geben Sie bloß acht, fügte sie lachend zu Sophie gewandt hinzu, dieser Wasserhahn tropft ihnen süße Worte ins Ohr, und ehe sie sich noch in den Gehörgängen verteilt haben, ist es um Sie geschehen. Sophie lachte zu ihrer eigenen Bestürzung wie ein Schulmädchen, hatte sie sich doch gerade Gedanken über das gute Aussehen und die seltsam verhaltene Liebenswürdigkeit dieses Herrn von Wasserthal gemacht.

Werte Rosalia, sagte Herr von Wasserthal, Sie überschätzen meinen Einfluß gewaltig. Und um eine Frau vom Format dieser Frau von Weitersleben ist es nie geschehen, leider. Sie läßt höchstens zu, daß etwas geschieht.

Ach, der Schwall Ihrer wohlgesetzten Rede vermag mich beinah zu überzeugen, lieber von Wasserthal, versuchte das Fräulein vom Trisselberg die galante Rede zu imitieren. Fiel aber gleich darauf in ihre normale Sprechweise zurück und meinte: Gegen Sie gibt es doch nur ein Mittel, die Flucht.

Das Sie seit einer Ewigkeit erfolgreich anwenden, werte Rosalia, erwiderte von Wasserthal mit einer galanten Verbeugung.

Sie müssen wissen, er benützte die Gelegenheit, Sophie zart am Arm zu berühren, während er ihr das Folgende erklärte, daß wir uns in Gesprächen miteinander leider nicht der Abgeklärtheit eines gewesenen Liebespaares bedienen können, und das, obwohl wir uns schon so lange kennen. Ich selbst bin untröstlich darüber, aber es hat sich einfach in all den Sommern nie ergeben.

Sophie, die den scherzhaft offenen Ton genoß, blickte vom einen zur anderen und war froh darüber, daß sie in den Augen der schönen Perserin, die inzwischen wieder einen jener überwältigenden Blicke ausgesandt hatten, ohne daß er erwidert wurde, nicht allein schuld an der Irritation des Herrn von Wasserthal war.

Und nun sind wir darüber hinweg, sagte Rosalia vom Trisselberg mit der ihr eigenen Komik, und Sophie meinte lachend: Sagen Sie das nicht, oft ereilt es einen gerade dann, wenn man nicht mehr damit rechnet.

Darf ich auch bei Ihnen mit diesem Augenblick rechnen? flüsterte Herr von Wasserthal, durchaus hörbar, Sophie ins Ohr, und sie und Rosalia brachen erneut in Lachen aus.

Eine Art von Traulichkeit war zwischen ihnen entstanden, die Sophie wohltat. War sie sich doch in dieser großen Gesellschaft nicht gerade völlig fremd, aber auch nicht zugehörig vorgekommen. Und das seltsame Phänomen, daß sie plötzlich alle und alles verstehen konnte, hatte sich noch nicht wiederholt, und die Frage war, ob es nicht ausschließlich mit ihrem gestrigen Zustand zu tun gehabt hatte und sich vielleicht gar nicht wiederholen würde.

Als nun auch die Teller und Platten der Salzburger Nockerl abgeräumt wurden, wandte man sich dem Wein und den verschiedenen Wässern zu, und die Tische wurden wieder übersichtlicher.

Herr von Wasserthal hatte wieder einen jener begabten Blicke mit der Perserin getauscht, als Amaryllis Sternwieser eintrat, sich zu der Perserin setzte und freundlich zu Sophie und Herrn von Wasserthal herüberwinkte, worauf Herr von Wasserthal sich leicht verneigte und, zu Sophie gewandt, Amaryllis Sternwieser als eine der angenehmsten Erscheinungen unter den hier Ansässigen kommentierte. Worauf das Fräulein vom Trisselberg bestätigend hinter der vorgehaltenen Hand gähnte und sagte: Ein bißchen zu würdig für meinen Geschmack, aber mein Geschmack zählt nicht.

Sie müssen sich selbst als Ausnahme schätzen lernen, sagte

Herr von Wasserthal, auf, trotz aller Höflichkeit, beinah anzügliche Art.

Tu ich das etwa nicht? lachte das Fräulein vom Trisselberg und zog sich einen der blutbuchenfarbenen Strähne aus dem Busen, wohin er durch einen offenen Blusenknopf, für alle sichtbar, geraten war, und wickelte ihn um den eigenen Finger, an dem ein Grandlring steckte. Die Fassung der beiden geschliffenen und polierten Hirschzahntränen bestand aus filigranen silbernen Eichenblättern mit winzigen goldenen Eicheln, und um den Hals trug sie diesmal einen ebenfalls aus Hirschhorn gefertigten Säbelzahn, mit einer ähnlichen Fassung, an einer Silberkette. Das Granatarmband konnte Sophie heute nicht entdecken.

Werte Rosalia. Herr von Wasserthal beugte sich leicht über den Nacken Sophies. Ich bewundere Ihre Fähigkeit, sich immer wieder aufs neue der Welt und den Menschen zu stellen.

Wir wollen uns nicht in gegenseitiger Bewunderung erschöpfen, meinte das Fräulein, aber auch ich schätze diese Ihre Fähigkeit im Umgang mit anderen Wesen sehr.

Leise Musik erklang, und nachdem Herr von Wasserthal noch einen verständnisheischenden und -innigen Blick mit der schönen Perserin getauscht hatte, bat er Sophie um einen Tanz. Sophie erhob sich trotz des reichlichen Essens beschwingt, und wie sie so in den Armen von Wasserthals, der eigentlich gar nicht ihr Typ war, durch den frei gemachten kleineren Speisesaal dahinglitt, fing ihre Haut unter dem Wenigen an Berührung, das der Tanz erforderte, zu schauern an, eine Wirkung, die sie sich selbst kaum erklären konnte, doch gab sie sich dieser herrlichen kleinen Erregung in aller Unschuld hin, so als würde die Tatsache, daß es ein Tanz war, den sie tanzten, jede ihrer kleinen verlangenden Empfindungen in einen neutralen, ja geradezu unantastbaren Zusammenhang bringen, zu dessen Klärung es keinerlei Vorkehrung oder Vorsicht bedurfte. Sie ließ es zu, daß von Wasserthal sie an sich drückte, in einer sanften, aber doch sehr bestimmten Art, die man seinem melancholischen Gesichtsausdruck gar nicht zutraute. Ja sie war sogar dankbar für das kumpanenhafte Zwinkern des Fräuleins vom Trisselberg, das sie mit einem ebenso kumpanenhaften Blick erwiderte. Nur Amaryllis Sternwieser konnte sich kaum ein Lächeln abgewinnen, als ihr ihr Blick einmal über den Arm des Herrn von Wasserthal hinweg begegnete.

Als sie dann wieder auf ihren Platz zurückgebracht worden war, fühlte Sophie sich entspannt und befriedigt, ohne daß ihre Beziehung zu Herrn von Wasserthal sich in irgendeiner Weise geändert hätte, so als wäre er kein Mensch, keine wirkliche Person, in die man sich verlieben konnte, sondern irgendeine erotische Verkörperung. Es war nun wieder ruhiger geworden, obwohl die einzelnen Gespräche ununterbrochen weitergingen. Doch war Sophie mit einemmal wieder so, als hätte sie teil an einem Strom von Stimmen, die sie hören und verstehen konnte, ohne irgend etwas dazutun zu müssen, als spiele sich alles nur in ihrem Kopf ab, obwohl sie die anderen reden und gestikulieren sehen konnte.

Ihr fiel auf, daß von Wasserthals Fuß an dem ihren ruhte, eine Geste, die sie indifferent zärtlich und selbstverständlich wie Wasser umspielte und die ihr erst so recht bewußt wurde, als Herr von Wasserthal seinen Fuß einen Augenblick lang von dem ihren löste.

In Sophie war alles auf Empfang eingestellt, und die Sätze fielen über sie her, wie ein Schwarm von Vögeln, der sich nach längerem Kreisen auf ihr niederließ.

Es ist alles eine Frage der Zeit. Des lang genug Existierens. Den Ausgleich abwarten können, das Wiedereinpendeln in die richtigen Verhältnisse.

Nein, nein, nein. Es ist wieder soweit. Wir müssen uns entscheiden.

Die Geschwindigkeit der Bewegung hat zugenommen. Wenn

wir mit uns selbst identisch bleiben wollen, müssen wir uns entscheiden ...

Zugegeben, mir leuchtet die Spirale besser ein als der Kreis. Die Veränderung ist stetig ...

Ich will nicht wieder warten, bis es mich verändert. Wir sollen uns selbst in die Hand nehmen ...

Die verlockende Möglichkeit der Rückkehr ...

Metamorphose. Die Veränderung der Gestalt, der Bewußtseinslage, also auch des Bewußtseins ... Nicht mehr identisch. Sich höchstens und nur lückenhaft erinnern können ...

Zieht jemand den Tod in Erwägung?

Liebe Schwestern, liebe Verwandte ... eine weltweite Demokratisierung ... Wie denn? ... auch wir in Mitleidenschaft gezogen?

Aber doch ein ganz neuer Aspekt, mit der Möglichkeit identisch zu bleiben, unsere Beziehungen zu anderen Wesen einer Revision unterziehen.

Übervölkerung ... unseren Platz wieder finden ... unsere Kräfte ... formen, aufmerksam machen ... die Künste als Rückzugsgebiet ... nein doch, als Rettung ... nichts verkümmern lassen ... sie in dem kleinen irrationalen Bereich bestärken, an der Hand nehmen ... oder abtreten.

Elitär ... was soll das in diesem Zusammenhang ... sie wenigstens besser träumen lassen ...

Ziehe ich einen Stein, eine Blume vor ...

Es war Sophie unmöglich, alle Sätze zu erfassen. Ihr Gehirn war auf diese ungewöhnliche Art der Wahrnehmung nicht eingestellt, und etwas schien auszuklicken.

Sophie hörte, wie Herr von Wasserthal ihr freundlich zuredete, doch noch ein Glas Wein zu trinken, sie ginge so sparsam damit um, daß sie schon einen ganz trockenen Hals haben müsse. Ihres Zustands am Morgen eingedenk, versuchte Sophie, sich zurückzuhalten, so gut es ging, aber da sie nun den trockenen Hals, den Herr von Wasserthal ihr eingeredet hatte, tatsächlich spürte, ließ sie sich nachschenken, und die zärtlichen Bewegungen seines Beins stiegen wie sanfte Wellen bis an ihr Knie.

Amaryllis Sternwieser war in ein Gespräch mit Herrn Drachenstein vertieft, in dem es sehr ernst zugehen mochte, denn beide schüttelten mehrmals den Kopf, bis Amaryllis Sternwieser dann doch zu lächeln begann, ihre Hand begütigend auf die zur Faust geballte des Herrn Drachenstein legte, worauf er sich zu beruhigen schien.

Selbst das Fräulein vom Trisselberg hatte sich mit der neben ihr sitzenden Dame, einer zarten Blondine, die wahrscheinlich von den Britischen Inseln kam, in ein Gespräch eingelassen, aus dem Sophie nur das Wort »Nebelstreif« heraushörte, weil es mehrmals fiel.

Einzig Herr von Wasserthal schien unbeeindruckt von all den um ihn her stattfindenden Gesprächen zu sein. Im Gegenteil, er nützte die Gelegenheit, um seinen Flirt mit Sophie auszubauen, und fragte sie, ob sie nicht Lust zu einem kleinen Spaziergang beim See draußen habe.

Als aber Sophie, die sich in dieser Gesellschaft noch nicht sicher genug fühlte, ablehnte, meinte er, das sei schade, im übrigen würde es kaum jemandem auffallen, wenn sie für ein Stündchen verschwänden, so sehr seien alle mit dem Problem beschäftigt.

Mit welchem Problem? Sophie horchte auf.

Mit Gott und der Welt, sagte Herr von Wasserthal lächelnd. Ihn selbst betreffe und berühre das alles nicht so besonders. Er sei eher aus Loyalität, Freundschaft, Mitgefühl, oder wie immer man es nennen wolle, dabei, wenn sie das Problem besprächen. Wenn er ehrlich sei, würde ihn jedoch der gesellschaftliche Aspekt, zu dem so faszinierende Damen wie sie gehörten, mehr reizen, sei es doch das Jahr über eher langweilig unter den immer gleichen Leuten. Und er küßte auf ganz andere Weise als Herr Alpinox ihre Hand, die sie nicht zurückzog.

Sie hatte sich seit der Zeit mit Philipp nicht mehr so bereitwillig und aufmerksam den kleinen zärtlichen Gesten eines Mannes überlassen wie nun, doch ihr Instinkt ließ ihr keine Warnung zukommen, und so nahm sie das Gebotene mit Freude und ohne Bedenken an.

Wieder schrieb sie es der Wirkung des Weins zu, daß sie sich plötzlich so müde fühlte, besser gesagt, zu müde, um sich weiter mit Herrn von Wasserthal zu unterhalten. Sie war aber nur nach außen hin müde. In ihrem Kopf erwachten mit einemmal Fragen, von deren Vorhandensein sie kaum etwas geahnt hatte, und sie versank so sehr in Nachdenken, daß ihre Augen kaum wahrnahmen, was um sie herum vorging.

Ist wirklich alles eine Frage der Zeit? Auch für den, der nur wenig zur Verfügung hat? Ist für den alles leichter, der länger lebt? Wenn man nicht darauf warten kann, daß alles sich wieder einpendelt, muß man sich entscheiden? Wofür aber? Und wogegen?

Wenn da jemand wäre, der die Zeit länger kennt, der einem raten könnte. Was soll es heißen, das Leben zu nehmen, wie es ist? Ist es nicht vielmehr so, wie man es nimmt?

Wie soll man leben, wenn einen niemand fragt? Und wie, wenn man niemanden fragen kann?

Wenn ich spiele, bin ich dann ich selbst? Oder ist etwas in mir es selbst? Inwieweit geht das, was ich als Kunst betreibe, über mich hinaus? Um sich mit dem zu treffen, was andere als Kunst betreiben?

Sind wir alle Künstler? Oder üben wir nur unsere Künste aus?

Was für einen Sinn soll das Leben haben als den, mit sich identisch zu sein? Als der eine oder die eine, einzige, Unverwechselbare, die zu werden uns mit Mühe und unter Plagen gelungen ist?

Einzig, unverwechselbar, identisch?

Wird nicht immer dasselbe gespielt? Ahmen nicht alle alle nach? Ist nicht alles wiederholbar?

Worum geht es? Um Neues? Entdecken ja, aber erfinden? Zusammensetzen aus Vorhandenem, in immer neuen Konstellationen.

Aber die Befriedigung, die darin liegt, gut gespielt zu haben. Die Lust des Ausdrucks. Fähig zu sein, als einzige, Unverwechselbare, Identische auch noch wer anderer zu sein. Liegt nicht das Schöpferische in der Spannung zwischen diesem einen und dem anderen? Und der Trost im Vermögen, zu sich zurückkehren zu können? Aber wie sehr zu sich? Was bleibt vom Ich, wenn wir uns wandeln? Geheimnis der Metamorphose. Was bleibt gleich, wenn die Larve sich zur Puppe wandelt? Ist immer alles schon angelegt, von Anfang an in der Zelle beschlossen? Gibt es einen freieren Willen als den, mit dem wir zwischen einer Möglichkeit und einer Unmöglichkeit wählen?

Zieht jemand den Tod in Erwägung?

Welche Frage. Die Metamorphose, Verwandlung, ohne zu sterben. Von einem Zustand in den anderen leben, mit einem unendlich dehnbaren Bewußtsein. Und so, seiner Kunst gerecht werdend, sie hinübernehmend, selbst in andere Aggregatzustände.

Die Kunst als eine Art zu leben. Kein Produkt, ein Zustand, gesteigert durch eine Gestimmtheit. Eine Gestimmtheit, gesteigert durch Bewegung, Bewegung, gesteigert durch Verdichtung. Und der Zeitablauf ist anders eingestellt. Ist also nicht alles eine Frage der Zeit?

Sophie hatte die Augen eine Weile geschlossen gehabt, und als sie sie nun wieder öffnete, bot sich ihr beinahe dasselbe Bild wie zuvor, nur daß Herr von Wasserthal inzwischen aufgestanden war und am gegenüberliegenden Tisch zwischen Amaryllis Sternwieser und der schönen Perserin saß, von wo er, ihren Blick gewahr werdend, freundlich herübernickte.

Sophie hatte das Gefühl, von der Last all der Fragen, die durch den Raum gingen, sobald sie die Augen geschlossen hatte, wie betäubt zu sein. Sie sah auf die Uhr. Es war kurz nach Mitternacht, und sie erwog, bald aufzustehen und so unauffällig wie möglich in ihr Zimmer zu gehen.

Der Raum wirkte voller als zuvor, und sie sah Gesichter, an die sie sich nicht erinnern konnte. Auch waren nicht mehr alle Anwesenden in die Tracht gekleidet. Junge Mädchen in schlichten grünen Gewändern saßen in kleinen Gruppen im Hintergrund, von wo sie neugierig lauschten. Auch standen einige klein gewachsene Herren in Bergmannstracht und mit Schnapsgläsern in der Hand um Herrn Drachenstein herum und diskutierten. Sophies Augen waren zu müde, um sich über irgend etwas zu wundern, und so fielen ihr weder die käuzisch dreinblickenden Waldbewohner noch die durchsichtigen Bergwesen auf, die mit neugierigen Blicken soviel wie möglich von der Gesellschaft zu erhaschen versuchten.

*

Auch diesmal wußte sie nicht mehr so recht, wie sie ins Bett gekommen war, wenn auch ihr Kopf klarer und von einem Kater nichts zu merken war. Sie hatte, getragen von all dem Raunen und Flüstern, geschlafen, so wie man in einem Boot fährt. Und in all den vielfältigen Träumen, die wie die Bilder von beiden Ufern einer Flußlandschaft an ihr vorüberglitten, war irgendwann auch Philipp vorgekommen, winkend und mit traurigen Augen, aber ohne etwas Bestimmtes sagen zu wollen.

Philipp und Klemens, dachte sie. Ob sie einander verstehen könnten? Und während sie, noch im Bett, versonnen von ihrem Frühstücksgebäck biß, kam auch diese Erinnerung über sie, und sie war schmerzlich, aber bereits eine Erinnerung, was soviel bedeutete, wie daß dies alles und in seinem ganzen Umfang bereits stattgefunden hatte, daß keine neue Variante mehr möglich war.

Philipp war der erste gewesen, der jünger war als sie. Nicht um viel, aber ein paar Jahre mußten es schon gewesen sein.

Es war zu jener Zeit, als man begonnen hatte, auch nach den Vorstellungen zu diskutieren. Sie trat in einigen Stücken auf, die sozial engagiert waren und Diskussionen provozierten. Es war eine eher seriöse Truppe, der sie damals angehörte, die vor allem in Schul- und Universitätsstädten spielte, und es hatte sich so eingebürgert, daß auch die Schauspieler sich nach der Vorstellung zu den sich in kleinen Kreisen zusammenfindenden Diskutierfreudigen setzten und oft bis spät in die Nacht bei ihnen ausharrten.

Was Sophie an diesen zum Teil, und gemessen an ihr, noch sehr jungen Leuten frappierte, war deren augenscheinliches Sich-Kümmern um die Situation anderer, ja der ganzen Menschheit. Und es lag zeitweise ein so großer Enthusiasmus in ihren Worten und Gesten, daß Sophie sich nicht entziehen konnte.

Ihr selbst war es bis dahin fremd gewesen, sich ihre eigene physische und psychische Situation als bedingt von einem bestimmten System vorzustellen, überhaupt, eine andere Organisation als die ihrer privaten Verhältnisse für etwas in ihrem Leben verantwortlich zu machen. Nun aber schienen ihr manchmal, wie sie es selbst lachend nannte, die Augen aufzugehen, und ihre beinah kindliche Wißbegier und ihre naive Gläubigkeit an einleuchtende Modelle der Welt brachte ihr auch bei denen, die jünger waren als sie, Sympathien ein, so daß man nichts lieber tat, als sie aufzuklären, ihr Bücher und Abhandlungen zu nennen, die sie doch kaum las, weil es ihr oft genügte, einen Teil ihrer Erfahrungen bestätigt und für symptomatisch gehalten zu sehen.

Eine Zeitlang ließ sie sich dazu gebrauchen, als Modell für eine auf elende Weise verpatzte, von der Gesellschaft, aus der sie kam, verschuldete Jugend dazustehen, doch bald schämte sie sich deswegen und war nach wie vor davon überzeugt, daß ihr Schicksal sehr wohl und bewußt von ihrem eigenen Kopf und Körper dirigiert worden war, sofern es sich überhaupt hatte dirigieren lassen. Und daß sie sich freiwillig Dinge zugemutet hatte, die die Gesellschaft ihr schon abgenommen hätte.

Als sie Philipp zum erstenmal hatte reden hören, hatte sie ihn für einen Fanatiker gehalten, und seine Argumente waren ihr nicht gerade einleuchtend erschienen. Und doch, je länger sie ihm zuhörte, desto mehr gelang es ihm, sie auf seine Seite zu ziehen. Er trug schulterlanges, dunkles Haar, graue Hosen und graue Pullover, und das einzige Zugeständnis an die herrschende Mode und ihren Schmuck war ein Armreif aus Pferdehaar, mit dem er manchmal spielte. Seine Erscheinung wirkte diskret und zurückhaltend und bar jeden Aufwands. Nur der stets traurig wirkende Blick, bei dem man manchmal das Gefühl hatte, die Trauer sei nur ein Vorwand, um keine andere Regung zeigen zu müssen, ließ ihn von den Menschen seiner Umgebung abstechen.

Es schien Methode in seinen Auftritten zu liegen, indem er lange schweigsam sitzen blieb, rauchte und zuhörte, bis sich etwas wie ein allgemeiner Konsens – oft nur durch Müdigkeit oder Langeweile erreicht – zu bilden begann oder eine Meinung, der man höchstens noch etwas hinzufügen wollte, die aber nicht mehr in Frage gestellt wurde.

Zu diesem Zeitpunkt sprang dann etwas wie ein Funke von einem nicht vorhandenen Brand auf Philipp über, und er stellte eine Frage. Eine eher harmlose Frage, die den, an den sie gerichtet war, kaum warnte und die eher überdrüssig und ohne Anteilnahme beantwortet wurde, so als sei sie ein Überbleibsel aus einer formal bereits beendeten Diskussion, der Beachtung nicht wert und aus reiner Höflichkeit der Reaktion gewürdigt. An diese Frage schloß sich eine zweite, um weniges provozierendere, auch sie noch kaum ankündigend, welche Schlacht bald im Gange sein würde. Bis es Philipp meist schon mit der dritten Frage gelungen war, nicht nur zu provozieren, sondern zu überrumpeln.

Es war nicht immer dieselbe Position, die Philipp dabei einnahm, was Sophie erst mit der Zeit richtig wahrnahm. Es gab Leute, die ihn als Anarchisten, als extremen Linken, als Liberalen, aber auch als religiösen Menschen kannten. Er überzeugte fast immer. Und wahrscheinlich hätte er so etwas wie eine führende Rolle spielen können, wenn er sich zu einer dieser Ideenketten wirklich hätte entschließen können. Wenn er nicht im letzten Moment, gerade dann, wenn er alle Anwesenden von der Berechtigung, ja Richtigkeit seiner Behauptungen überzeugt hatte, wenn er alle so weit irritiert hatte, daß sie bereit waren, ihm allein zuzuhören, ja auch zu glauben, wenn er nicht gerade in diesem Moment sich selbst und den Standpunkt, den er gerade vertrat, mit offenkundigem Genuß wieder in Frage gestellt hätte.

Der Direktor der Truppe, bei der Sophie damals engagiert war, ein Mann, der sich gerne fortschrittlich gab, wurde bald auf Philipp aufmerksam. Die Faszination, die von ihm ausging – schon schien es, als gehörten die Diskussionen nach der Vorstellung so dazu, daß sie bereits Teil der Vorstellung waren –, sollte nach Meinung des Direktors nicht ungenutzt bleiben. Und da Philipp, obwohl Student, sich im Grund auf Wanderschaft befand, nahm er, in beinah selbstquälerischer Absicht, das Angebot des Direktors an, eine Zeitlang gegen geringes Entgelt, freie Kost und Logis mit der Truppe zu reisen, um als zusätzliche Attraktion das Interesse an den Aufführungen zu heben. Auf diese Weise war es auch zu einer engeren Beziehung zwischen Philipp und Sophie gekommen, die damit anfing, daß sie im Autobus nebeneinander saßen und Sophie die Landschaften, die sie fast alle auswendig kannte, erklärte und ansonsten zufrieden damit war, daß Philipp nicht versuchte, auch sie zu verunsichern, wie es ihm bei fast allen Leuten gelang, bei denen er es auch nur im geringsten darauf anlegte.

Andererseits war sie daran interessiert, von ihm zu lernen. Sie hätte es gerne gehabt, wenn er ihr etwas von Anfang an erklärt hätte. Etwas, woran auch er auf irgendeine Weise glaubte. Was er zumindest so ungefähr für richtig hielt. Sie hätte seine Klugheit und die Schärfe seines Verstandes gerne auf eine Weise bewundert, aus der sie Nutzen ziehen konnte. Es widerstrebte ihr, mit theoretischen Abhandlungen, von deren Möglichkeiten in der Praxis sie nichts wußte, allein gelassen zu werden. Sie wünschte sich klärende, aufmerksam machende Gespräche, die sie in ihrer Sicht der Welt und der Dinge weiter hätten bringen können. Nicht daß sie sich entscheidungslos in eine bestimmte Art zu denken hineingewünscht hätte, aber sie hätte gerne eine Menge erfahren, wofür oder wogegen sie sich dann guten Gewissens hätte entscheiden können. Es tat ihr weh, von Philipp scheints so verachtet zu werden, daß er sie solcher Lehrstunden nicht für würdig hielt.

Als er ihr dann eines Tages sagte, daß er sie begehre, begehre, begehre ... er hatte sie richtig angeschrien dabei, hatte sie den Kopf gesenkt und angenommen, daß er nun auch mit ihr dieses Spiel mit dem Verunsichern spielen wollte.

Sie hatte nicht damit gerechnet, daß er es ernst meinte, und erst recht nicht damit, daß er so sanft war und so voller Verlangen. Er bettelte um Zärtlichkeit, wie ein Hund im Regen, besessen von der Angst, sie könne ihn aus irgendeinem Grund nicht berühren wollen, und doch war sein Verlangen von besitzergreifender Art, jedoch stumm und ohne wilde Forderung. Und nie noch hatte sie in dem Ausmaß das Gefühl gehabt, etwas zu verschenken, und die Freude an diesem Schenken erweckte die Liebe in ihr. Sie hatten sich das erstemal im Freien umarmt, während eines gemeinsamen Ausflugs an einem vorstellungsfreien Tag, und waren viel zu lange in der Dunkelheit auf jener Wiese unterhalb des Waldes liegengeblieben. Andrntags hatte Sophie eine Halsentzündung, und Philipp war nicht mehr von ihrer Seite gewichen.

Nun, aus der Entfernung anderer, vergangener Jahre, kam ihr dieses Jahr mit Philipp beinah merkwürdig vor, und wenn sie sich in diesem Zusammenhang nach etwas zurücksehnte, dann nicht nach Philipp, der Person, sondern nach Philipp als Symbol für die Enge einer Beziehung, deren Zähigkeit und Ausdauer an ihr gezehrt hatten wie ein physisches Leiden.

Dieses eine Jahr lang aber hatte sie eine so vielschichtige und umfassende Rolle für Philipp gespielt, die nicht nur verschiedene Personen, sondern Welt und Gesellschaft in sich schloß.

Nach außen hin hatte Philipp sich als ihr Eigentümer gegeben. In Wirklichkeit war es ihm darum gegangen, von ihr besessen zu werden. Er konnte es nicht lassen, die Hand auf ihre Schulter zu legen, wenn sie mit anderen Leuten sprach, oder mit einer ähnlichen Geste kundzutun, welche seiner Rechte von jedermann respektiert werden sollten.

Wenn sie allein waren, wurde Sophie zum Schauplatz seiner Zweifel und Ängste, seiner Unfähigkeit, sich zu entscheiden. Information ... fragte er während seiner zahllosen Selbstgespräche, die er in Sophies Gegenwart führte. Wir glauben, Informationen zu haben, auf die wir uns verlassen können. Haben wir sie wirklich? Können wir uns denn auf das verlassen, was wir wissen können? Können wir überhaupt etwas wissen? Sind nicht so viele Details nötig, um ein Ganzes auszumachen? Details, die wir höchstens bei Dingen wissen können, die uns selbst betreffen? Und da ist die Zeit, die Zeit, die letzten Endes recht hat, die uns auslacht, nach einem Jahrhundert oder schon früher. Wie nimmt sich doch alles anders aus, in der Geschichte ... Wenn ich mir vorstelle, das, was heute geschieht, in einem Geschichtswerk der Zukunft zu lesen ... Welche Tendenzen,

Entscheidungen werden dann als die richtigen erscheinen? Wo wird man Gewalt als notwendig erachten, wo sie im nachhinein erst aufdecken und verdammen? Welche Art von Humanismus wird die ungewollt übleren Folgen haben? Und welche Art von Materialismus so die Macht davontragen, daß auch die Zukunft noch nicht unvoreingenommen richten kann? Welche Art von Progressivität wird uns in die totale Erstarrung geführt haben, und welcher Traditionalismus wird sich als der wahre, nicht erkannte Fortschritt herausgestellt haben? Welche Toten wird man ruhen lassen, als die notwendigen Opfer auf dem Weg in eine menschenwürdigere Zukunft,, und welche wird man, als Helden dekoriert, aus ihren Gräbern wieder- und wiedererstehen lassen? Und, wie immer wir uns entscheiden, wie immer wir handeln, mit wie gutem Gewissen auch immer wir uns in eine bestimmte Richtung wenden, wie werden wir uns entschieden haben, wie werden wir gehandelt haben, in welche falsche oder richtige Richtung werden wir uns gewendet haben, wenn die Zukunft auf uns zurückkommt? Wenn es nur jemanden gäbe, der durch die Zeiten geht, der durch das Netz des Todes fällt, immer und immer wieder, der uns zu raten wüßte. Der das Spiel und die Windungen der Zeit kennt, ihre Mechanismen und ihre trügerische Optik, der uns die Maßstäbe sagen könnte, an denen wir einst gemessen werden, ungeachtet unserer guten oder bösen Absicht.

Je länger Sophie und Philipp einander kannten, desto komplizierter wurde ihr Verhältnis zueinander. Sophies Liebesbereitschaft hatte ein alles Bisherige übersteigendes Ausmaß erreicht, und noch immer schien es Philipp nicht zu genügen. Und je mehr sich durch die Länge der Bekanntschaft die Erregung abnützte, beziehungsweise heftiger geschürt werden mußte, um so größere Gipfel an Zweifel und Verzweiflung erstieg Philipp, um sich von Mal zu Mal aus größerer, kälterer Höhe in die heiße Umarmung von Sophie fallen zu lassen, in der er zu vergehen hoffte und aus der er, enttäuscht über das nicht auch physische Vergangensein, über sein stetes Am-Leben-Bleiben, sich erst nach Stunden wieder löste.

Die Aufwendigkeit dieses Rituals wäre in Nüchternheit nicht zu ertragen gewesen. Sie hatten beide in diesen langen Nächten zu trinken begonnen, was die darauffolgenden Tage nicht besser machte, und es kostete Sophie enorme Anstrengungen, sich auf den Proben und bei den Vorstellungen so weit zu konzentrieren, daß sie überhaupt noch spielen konnte.

Die Kollegen hatten einzugreifen versucht, um Sophie zur Vernunft zu bringen, wie sie sagten. Sie kannten sie lange genug, um das Unübliche an ihrem Verhalten abschätzen zu können. Sophie wußte ihre Anteilnahme auch zu schätzen, ohne nur im geringsten Rücksicht darauf zu nehmen. Obwohl sie noch nie in ihrem Leben so gefordert worden war und obwohl die Anstrengung sie manchmal zu Boden zu drücken drohte, gelang es ihr, sich eine gewisse Souveränität zu bewahren, die sich in ihrem ganzen Wesen zeigte. Eine Art königlicher Bestimmtheit war über alle ihre eigenen Zweifel gewachsen, und wenn sie zu Anfang in diese Rolle nur gedrängt worden war, so wuchs sie ihr mit der Zeit immer mehr zu. Wenn sie Philipp zu raten und zu trösten suchte, dann mit ganz wenigen Worten und vielen Gesten der Beschwichtigung, die sie von niemandem gelernt hatte, die in bestimmten Situationen in ihr einfach da waren, die sie sich nur selbst abzulauschen und auszuführen brauchte.

Und manchmal hatte Philipp, vollgesogen mit ihrer Zärtlichkeit, sie in den bereits vor Müdigkeit erschlaffenden Armen gehalten und über ihren Kopf hinweg gesagt, wenn ich nur eine Frau wäre. Ich möchte du sein, stark und entschieden, ohne diese tödliche Unsicherheit, die mir die Freude an allem Lernen nimmt. Eine Einheit sein, so wie du, ungeteilt, ja unversehrt, und leben, allem zum Trotz, und es gut sein lassen. Wenn du auf der Bühne stehst, bist du viele, du selber aber bist immer nur eine, und keine Macht der Welt könnte dich mit dir uneins werden lassen.

Ich hingegen hasse mich in allen meinen Verkleidungen. Darum habe ich so einen guten Blick für die Verkleidungen der anderen, und ich ziehe sie aus, vor sich selbst und den anderen, und zeige ihnen, wie ihre Masken beschaffen sind. Es ist qualvoll, auch sich selbst immer wieder demaskieren zu müssen.

Vielleicht ist es dein eigenes Gesicht, das du dir Mal um Mal abreißt, um ein anderes, ein Wunschgesicht, zu bekommen, hatte Sophie geantwortet. Und dann kam das große Sichaufbäumen, die Selbstbezichtigung, die alles eingestand, nur eben dieses nicht, bis die Arme von Sophie über all den Versuchen der Selbstzerstörung zusammenschlugen und Beruhigung und Erschöpfung eintraten, die bis zum nächsten Tag vorhielten.

Als ihr gemeinsames Leben schon mehrere Monate gedauert hatte und in ihrer Intensität ausstrahlte auf all die anderen, mit denen sie täglich zusammen waren, sprach man nicht mehr von einem unglücklichen Verhältnis der Sophie Silber, sondern von einer tragischen Hörigkeit, wobei niemand sich im klaren darüber war, wer wem hörig sein sollte. Doch alle bangten sie um Sophie, die Jahre hindurch so bedingungslos eine der Ihren gewesen war.

Auch der Direktor schaltete sich, schweren Herzens, wie er betonte, ein und versuchte, mit Sophie »offen« und »von Mensch zu Mensch« zu reden, was ihm insofern gelang, als Sophie es nicht ablehnte, sich von ihm daraufhin ansprechen zu lassen, als Mission aber vollkommen an der naiven Ausdrucksweise von Sophie scheiterte, die auf alle Vorhaltungen nur mit dem einen Argument antwortete, daß sie Philipp liebe und schon damit zu Rande kommen werde.

Im Anschluß daran gab der Direktor es auch auf, Philipp, wie er vorgehabt hatte, hinauszuwerfen. Einmal geht alles zu Ende, hatte er sich den anderen gegenüber gerechtfertigt, und solange er weiterhin so gut diskutiert, kann er für die Truppe nur von Nutzen sein. Und einer von den Kollegen sagte, man müsse nur aufpassen, daß die Sophie nicht verlorengehe, wenn es einmal nichts mehr sei mit der Liebe.

Philipp, flüsterte Sophie, und versuchte sich vorzustellen, wie es wäre, wenn Philipp eines Tages oder jetzt, in diesem Augenblick, vor ihr stehen würde. Ihr Leib erinnerte sich an seinen Hunger nach Berührung, an seine Unersättlichkeit. Nie war sie einem anderen Menschen auf körperliche Weise so nahe gewesen, so in ihm aufgegangen und so von ihm erfüllt gewesen, und wenn sie die Augen schloß und nur ihre Haut denken ließ, wußte sie, was die Einmaligkeit dieser Beziehung ausgemacht hatte, was sie verloren hatte, seit Philipp nicht mehr bei ihr war. Aber jener Philipp, der Student, der wie ein Handwerksbursch auf Wanderschaft gegangen war, um sich selbst und einen Weg zu finden, der seine Zweifel so lange in eine Welt schrie, die Sophie für ihn dargestellt hatte, bis er an ihr von ihnen gesundete, existierte nicht mehr.

Er war zwangsläufig ein ganz anderer geworden. Und wenn sie manchmal sein Bild in der Zeitung sah und las, welche Stufe seiner Karriere er gerade erklommen hatte, fiel es ihr schwer, das Gesicht von damals an dem jetzigen abzulesen. Und es war eher Neugier als wiedererwachte Neigung, wenn sie daran dachte, ihn einmal, ein einziges Mal, zu besuchen und es darauf ankommen zu lassen, daß er noch einmal in ihre Arme fiel. Dann würde sie wissen, ob sich auch sein Leib, der ihr ein Jahr lang bedingungslos gehört hatte, in dem Maße verändert hatte.

Schon damals hatte sich die Veränderung angekündigt, als Philipp langsam begonnen hatte, zu sich zu kommen. Sie hatte es daran gemerkt, daß er auf den selbstgewählten Höhepunkten seiner Verzweiflung zu ermüden begann und sein Räsonnieren bis zu Formulierungen abkühlte, daß eine Gerechtigkeit innerhalb der Geschichte überhaupt nicht anzunehmen sei. Es gehe immer wieder darum, aus den Gegebenheiten das Beste zu machen. Nicht vorsätzlich Schuld auf sich zu laden, sich aber auch nicht bei jeder auch noch so unbedeutenden Tat danach zu fragen, ob nicht doch jemand dadurch zu Schaden kommen könne. Es spräche einfach zuviel für die Tat. Kläffende Hunde solle man kläffen lassen, aber es solle ihm nie mehr jemand mit historischer Vergeltung kommen, denn entweder alle oder keinen müsse sie treffen, die Vergeltung.

Erst viel später hatte Sophie erfahren, warum Philipp gerade diese Fragen so wichtig waren. Er war dahintergekommen, daß sein Vater Nationalsozialist gewesen war. Der Schock, der für ihn von der scheinbaren Diskrepanz zwischen der privaten und der politischen Person seines Vaters ausgelöst worden war, hatte ihn nicht nur von zu Hause fortgetrieben, sondern ihn an allem zweifeln und beinah verzweifeln lassen. Zu dem Zeitpunkt aber, als er eine Möglichkeit gefunden hatte, seine Erfahrungen wieder in einer bestimmten Wertigkeit zu sehen, die große Bewunderung, die er für seinen Vater empfunden hatte, durch eine distanzierende Toleranz, die keine Anklage mehr erhob, aber auch nicht vergaß, zu ersetzen, brach das väterliche Erbe in ihm wieder durch, und er besann sich der in ihm angelegten Tüchtigkeit, die ihn dazu zwang, etwas aus sich zu machen.

Die Trennung von Sophie vollzog sich langsam. Sie kündigte sich in Nebenbei-Sätzen und -Gesten an, die Sophie erstaunlicherweise sehr rasch und richtig zu deuten wußte. Und sie empfand sogar Erleichterung dabei. Einerseits hatte sie sich so sehr verausgabt in dieser Zeit mit Philipp, daß sie sich nach Ruhe sehnte, andererseits war ihr Gefühl für ihn so stark, daß sie Angst vor der Leere hatte, die Philipp hinterlassen würde.

Zurückblickend empfand sie diese letzten Monate als die schönsten. Dieses Gerade-noch-Beisammensein, das sie, im Gegensatz zu Philipp, dessen Trachten schon wieder ganz auf die

Zukunft ausgerichtet war, viel mehr genossen hatte als die nicht enden wollenden Umarmungen der ersten Zeit. Und es hatte sie mit Lust erfüllt, zuzusehen, wie er gegen sein Verlangen nach ihrem schützenden Leib ankämpfte, wie er, innerlich bereits entschlossen, nach Hause zurückzukehren, nach Worten und Sätzen suchte, die Sophie vorbereiten sollten.

Obwohl die Trennung unvermeidlich war und Sophie nichts dazu tat, sie vermeidlich zu machen, kam sie ihm auch in keiner Weise entgegen. Ihn so noch mehr in seine neu erworbene Selbständigkeit entlassend, indem sie ihm das Gefühl gab, es liege an ihm und er allein sei verantwortlich. Sie sah ihm ungerührt zu, wie er sich wand und quälte, und als einzige Belohnung für all den Aufwand bescherte sie ihm ein Lachen, als er endlich soweit war, sie zu bitten, daß sie ihn freigab. Und spätnachts, als sie aus dem Gasthaus, in dem sie ihre Trennung gefeiert hatten, zurückkamen, konnte auch Philipp lachen. Er versprach, ihr hin und wieder zu schreiben und sie zu besuchen, wenn sie in der Stadt, in der er lebte, Theater spielte.

Und dann waren wirklich insgesamt drei Briefe gekommen, mehrere Seiten lange Briefe sogar, aber die hatten nichts mehr mit ihnen beiden zu tun. Und Sophie konnte dazusehen, wie sie damit fertig wurde, ihren Leib der übermächtigen Rolle, die er ein Jahr lang gespielt hatte, zu entwöhnen.

Sophie hatte das Tablett mit dem Frühstücksgeschirr auf den Nachttisch gestellt und war gähnend ans Fenster getreten. Sie zog die Vorhänge auf, sah auf den leeren Gastgarten hinunter und beschloß, vorderhand nicht auszugehen.

Und wieder war jene Unruhe über die Enterischen gekommen, die die lang Existierenden mit dem Schauer schrecklicher Vorahnungen erfüllte. Sie, bei denen die Erinnerung wesentlich länger vorhielt, sahen hilflos und mit Abscheu in die unmittelbare Zukunft und beobachteten mit wachsender Verbitterung den Wandel, der mit den Enterischen vor sich ging. Nicht von einem auf den anderen Tag, aber von Jahr zu Monat und von Monat zu Woche. Als hätte ein böser Zauber, dessen die Enterischen allein mächtig waren, all das in den einzelnen schlummernde Unheil zum Leben erweckt und wie eine Krankheit zum Ausbruch gebracht, die von vielen für das Heil angesehen wurde.

Amaryllis Sternwieser und Alpinox brachten ihre Zeit immer seltener mit Festen im Kreise von ihresgleichen zu. Vor allem Alpinox, der den einheimischen Enterischen seit so langer Zeit verbunden war, konnte es immer weniger fassen, was sein Vorherwissen der Ereignisse ihm kundtat, und so suchte er immer häufiger, in unscheinbarer älpischer Kleidung, sich unter die Enterischen zu mischen.

Immer wieder geschah es, daß Alpinox plötzlich in seinem Gamslwagen bei Amaryllis Sternwieser vorgefahren kam und sie zu Wanderungen einlud, die sie in Wald- und Berggasthöfen unterbrachen, wo sie dann, so selbstverständlich, als wären auch sie müde gewanderte Naturliebhaber, eine Erfrischung zu sich nahmen, ja sich manchmal sogar an den Unterhaltungen beteiligten, als hätten sie keine andere Möglichkeit, alles über die neue Grundstimmung der Enterischen zu erfahren. Aber sie wußten genau, daß diese nicht auf die auch unter ihresgleichen vorzeiten und an anderen Orten noch üblichen Kämpfe hinauslief, sondern auf Krieg, diese enterischste aller enterischen Erfindungen.

Noch schienen die Enterischen selbst nichts davon zu wissen, aber ihr Gehabe wurde immer auftrumpfender und unduldsamer, auch wenn noch nicht alle auf gleich angriffslustige Weise reagierten. Doch hätte schon viel weniger an Augenschein genügt, um Amaryllis Sternwieser und Alpinox die erschreckenden Vorahnungen, die sich immer wieder schwer auf ihr Gemüt legten, zu bestätigen. Und ein jeder dieser Ausflüge, die sie in die Gesellschaft der Enterischen führte, war gleichzeitig ein Abschied von dem Ort, ja von dem Land, das sie bald zu verlassen gedachten.

Nicht noch einmal untätig zusehen müssen ... sagte Alpinox, wenn sie auf ihre bevorstehende Abreise zu sprechen kamen.

Und die Dummheit wieder hereinbrechen sehen ... erwiderte Amaryllis Sternwieser jedesmal. Zumindest in diesem Punkt waren sie sich wirklich einig.

Noch saßen die zukünftigen Opfer und die zukünftigen Schuldigen in denselben Gastgärten, wenn auch schon kaum mehr an denselben Tischen. Noch wirkten die Bande des jahrzehntelangen sommerlichen Sichkennens aufschiebend, zumindest was die Einheimischen und ihre Sommergäste betraf. Es war eben doch schwieriger, jemanden, den man sommerlang kannte, von einem Tag auf den anderen mit neuen Augen zu sehen als jemanden, der jenseits einer Grenze andere Lebensweisen entwickelt hatte.

Auf einer jener Wanderungen waren Amaryllis Sternwieser und Alpinox auch Saul Silber begegnet, der es nicht lassen konnte, im Geröll, das aus den Gebirgsfalten drang, nach Versteinerungen zu suchen. Der aber, um Amelie und jenes Kind, das nichts mit ihm zu tun hatte, nicht zu kompromittieren

– auch er verfügte über eine gewisse Voraussicht –, seine Spaziergänge bereits allein unternahm und bei Freunden wohnte.

Sie waren noch ein Stück gemeinsam gegangen und dann in einer etwas entlegenen Hütte eingekehrt, in der Saul Silber seit langem als der »Steinbrocker« bekannt war und die den Waukerln gehörte. So konnte man sich in aller Ruhe hinsetzen und bei Brot und Milch Gedanken äußern, die auszusprechen ansonsten schon kaum mehr gewagt wurde.

Amaryllis Sternwieser, die von allen Dingen, die das Haus Weitersleben betrafen, wohl unterrichtet war, wenn sie sich auch mit Amelie weit weniger verbunden fühlte als mit deren Mutter Sidonie, wußte um die tiefe Zuneigung zwischen Amelie und Saul Silber, die wohl auch der Grund dafür war, daß Sophie von einem anderen Mann gezeugt worden war, damit nicht ein Kind das Band noch verstärken sollte, das für eine von Weitersleben ohnehin schon sehr stark geknüpft war.

Sie wußte aber auch, daß Saul Silber insgeheim noch immer hoffte, Amelie würde ihm auf dem unvermeidlichen Weg in die Verbannung folgen, obwohl er sie andererseits schon viel zu gut kannte, um nicht zu wissen, daß Amelie es nie fertigbringen würde, einem Mann zu folgen. In dieser Situation war zu befürchten, daß Saul Silber Gefahr lief, den Zeitpunkt zu versäumen und durch die Schließung der Grenzen, die Amaryllis Sternwieser genau voraussah, im Land festgehalten zu werden. Und als Amaryllis Sternwieser nicht anstand, diese ihre Besorgnis zur Sprache zu bringen, nickte Saul Silber nur entscheidungslos und versank in Nachdenken, ohne daß dabei der konkrete Entschluß zur Abreise herausgekommen wäre.

Erst als Amaryllis Sternwieser und Alpinox davon zu sprechen begannen, daß auch sie dieses Land verlassen wollten, zeigte sich so etwas wie Interesse in Saul Silbers Blick.

Und wohin werden Sie gehen? fragte er, nicht gerade neugierig, aber immerhin so, als sähe er selbst eine Möglichkeit.

Wahrscheinlich westwärts ... meinte Amaryllis Sternwieser mit einer vieles umfassenden Gebärde, hatte sie sich doch selbst noch nicht entschieden, ja es war nicht einmal gewiß, ob Alpinox und sie denselben Weg nehmen würden. England? fragte Saul Silber, als hätte daran auch er schon gedacht.

Zuallererst einmal, meinte Amaryllis Sternwieser, aber von dort aus wahrscheinlich weiter, genau wissen wir es noch nicht.

Verehrteste haben also schon entschieden? fragte Alpinox lächelnd, wohin wir uns wenden werden?

An sich ja, aber vielleicht wollen Sie ganz woandershin, sagte sie, um ihre Voreiligkeit ein wenig zurückzunehmen.

Sie saßen an jenem Tag noch lange in der Hütte der Waukerln beisammen, und als sie dann bei Vollmond und einem funkelnden Sternenhimmel mit ausgeruhten Beinen den Heimweg antraten, hatten sie vereinbart, das Land gemeinsam zu verlassen. Saul Silber brauchte nichts zu tun, als bereit zu sein und auf ein Zeichen zu warten. Alles weitere konnte er dem freundlichen Paar, dessen Ausstrahlung ihn sehr beeindruckt hatte, überlassen. Auch war er noch zu tief in seine Gedanken an Amelie und die bevorstehende Trennung verstrickt, als daß seine Vernunft gegen die äußerst einfach anmutenden Vorschläge dieser liebenswürdigen Leute Mißtrauen hervorgebracht hätte. Er vertraute ihnen und ihren guten Absichten, und dies um so leichter, da er hoffte, noch möglichst lange in Amelies Nähe bleiben zu können, ohne sich um Wege und Mittel kümmern zu müssen, die seine Flucht ermöglichen würden, da er es haßte, sich mit diesem Gedanken immer wieder auseinandersetzen zu müssen.

Ein letztes Mal war es Alpinox gelungen, sämtliche in der Gegend ansässig gewordenen lang existierenden Wesen zu einem kleinen Umtrunk in seinen Palast zu bitten, und obwohl sich nach außen hin sehr bald die gewohnte Ausgelassenheit mit all ihren Spitzen und Anzüglichkeiten einstellte, war es doch nicht so wie sonst, und Mitternacht fand sie alle im Kreise beieinandersitzen, die Gläser in der Hand und den Ernst im Gesicht, und die Rede ging von den bevorstehenden Ereignissen.

Drachenstein zeigte sich verbitterter denn je, und sein Entschluß, sich in die Tiefe des Berges zurückzuziehen, stand fest. Er war den Enterischen höchst übel gesinnt und wollte sein Reich, so gut es ging, gegen sie absichern. Nicht das Quentchen eines Schatzes sollten sie ihm entreißen können, im Gegenteil, er würde sich ihrer Schätze bemächtigen, was ihm in einigen Fällen auch gelingen sollte, wenn auch Jahre später, nämlich als dieser Krieg schon zu Ende war und einige der dafür Verantwortlichen ihre eigene Zukunft sichern wollten, indem sie viele Kisten voll mit Gold hastig am Fuße des Berges vergruben. Die anderen Kisten aber, die sie in einem der Seen versenkt hatten, hatte von Wasserthal an sich genommen. Nur das Falschgeld hatte er an einer Stelle zurückgelassen, wo es sehr viel später von Tauchern gehoben wurde.

Von Wasserthal hatte eine Reise durch die Weltmeere vor, in deren Verlauf er alle versunkenen Länder besuchen wollte, von denen in den Märchen und Sagen der Enterischen manchmal, wenn auch in entstellter Weise, die Rede ist. Viel später erst sollte es einem der Enterischen gelingen, genau dreißig Jahre nach dem Ende jenes verhängnisvollen Krieges, in einem blauen Büchlein Richtiges darüber zu berichten. Es ist anzunehmen, daß von Wasserthal selbst ihm einige Hinweise dazu gegeben hat. Die Mitglieder seines Haushalts aber machten traurige Gesichter, wenn sie daran dachten, wie sie nun für Jahre auf dem Grund des Sees festgehalten sein würden, denn von Wasserthal hatte vor, seine Reise allein anzutreten. Solange er aber noch da war, ermöglichte er ebenfalls einigen Enterischen die Flucht, und bald kursierte eine wilde Geschichte unter den Enterischen, von einer Frau, die in einem Boot auf den See hinausgefahren und nicht mehr wiedergekommen war. Später war sie dann in

Südamerika gesehen worden, aber niemand hatte je die Umstände ihrer Flucht von ihr erfahren können.

Die Salige war in einer stark depressiven Phase und redete – damals schon – von der Rückkehr in eine andere Seinsform. Immer öfter spiele sie, wie sie sagte, mit dem Gedanken, dem Baumhaften in ihr den Vorzug zu geben. Sie fürchte nur, daß die allgemeine Zerstörung auch auf die Wälder übergreifen könne, daß diese von Bomben und Bränden bedroht sein mochten und daß sie ihre Baumwerdung dann nicht rasch genug würde rückgängig machen können, bedurfte es doch schon enormer Anstrengung, wieder zu etwas Pflanzlichem zu werden.

Und während sie so sprachen, wurden sie geradezu geschüttelt von der Ohnmacht, die ihnen – vielleicht hatten sie es im Lauf der Zeit wirklich selbst verschuldet – auferlegt war, eine Ohnmacht gegenüber dem Treiben der Enterischen, die sie ermessen ließ, wie sehr sie, andererseits, bereits zu Geschöpfen der Enterischen geworden waren. Sie, die es lange vor ihnen gegeben hatte und die des Glaubens waren, die Veränderung ihrer Erscheinungsform selbst in der Hand zu haben.

Wir haben uns viel zu sehr mit ihnen abgegeben, meinte Drachenstein mit tiefem Groll.

Und es zugelassen, daß die große Geschwindigkeit ihrer Entwicklung uns imponiert hat. Sie haben uns längst eingeholt, warf die Salige trübsinnig ein.

Wenn man sich ihnen auch so anheimstellt, wie Sie das immer wieder tun ... konnte sich Amaryllis Sternwieser einer spitzen Bemerkung nicht enthalten. Und da die Salige nicht reagierte, fuhr sie etwas freundlicher fort, aber das hilft uns jetzt alles nichts. Wir dürfen nicht in dieselbe Eile verfallen, wenn wir unsere zukünftige Erscheinungsform beschließen. Nichts wäre schädlicher für uns alle, als wenn wir unter dem Druck enterischer Katastrophen unsere eigene Entwicklung überstürzten.

Gewiß, wir sind zu Figuren einer mysteriösen alten Zeit geworden, aber auch das nur in den Augen der Enterischen. Sollen wir uns davon beeinflussen lassen?

Alpinox schüttelte den Kopf. Wir müssen uns selbst neu sehen lernen. Vielleicht wird die bevorstehende große Reise uns einiges erkennen lassen, was zu erkennen uns not tut.

Avalon ... aber natürlich, Avalon, rief Amaryllis Sternwieser mit einemmal aus. Und als die anderen sie etwas verständnislos ansahen, fuhr sie fort, die Toten-, nein, die Feeninsel Avalon. Ich werde nach Avalon gehen, und wenn Sie unbedingt wollen, sagte sie zu Alpinox, der sie erwartungsvoll ansah, können Sie mich dorthin begleiten.

Nun war es auch über die Salige gekommen. Die Dolomiten, flüsterte sie, eine tiefe weltvergessene Schlucht in den Dolomiten, wohin meine einstigen Gefährtinnen sich längst schon zurückgezogen haben.

Nur Eusebius wollte, ja mußte bleiben. Er konnte seine Waukerln, wie er sagte, nicht im Stich lassen. Er würde sich, so weit es ging, in die Berge zurückziehen und sich um das Vieh kümmern. Er würde es am schwersten haben, und die lang Existierenden versprachen, ihm alle übertragbare Magie zu überlassen, damit er wenigstens sich und die Seinen schützen konnte.

Amaryllis Sternwieser und Alpinox setzten in ihrem Abschiednehmen von der vertrauten Landschaft und ihren Dingen fort, auch noch als all die anderen den Ort schon verlassen hatten. Es war ihnen, als würden sie nie mehr hierher zurückkommen, und wenn, als wären sie dann nicht mehr dieselben. Sie vermieden es auch, sich einzugestehen, daß noch eine ganz andere Angst in ihnen mitschwang, die Angst vor dem Abschied von ihren ihnen so lieb gewordenen Erscheinungsformen. Die Angst vor der Wandlung, der sie sich, auch wenn sie noch einmal hierher zurückkamen, würden unterziehen müssen. Eine Wandlung, die nicht ausblieb, auch wenn ihnen noch einmal dreißig bis vierzig Jahre an enterischer Zeit Aufschub gewährt wurde.

Die Welt war nun einmal in den Händen der Enterischen, und wenn sie wieder darauf Einfluß gewinnen wollten, mußten sie andere werden, Wesen, die sich so sehr von den Enterischen unterschieden, daß sie sie wieder in tiefes Staunen versetzen konnten, in ein Staunen, aus dessen frei werdender Magie sie aufs neue Kräfte sammeln konnten. Kräfte, die sie zu gleichen Teilen zum Nutzen aller auf der Erde vorhandenen Wesen einsetzen konnten, Pflanze, Tier, Mensch, aber auch lang Existierende.

An einem frühherbstlichen Tag, spät im September, nachdem sie mit Max Ferdinand einen Spaziergang um den See gemacht hatte und in der Nähe des Friedhofs von einem der Enterischen mit dem neuen Gruß gegrüßt worden war, stand für Amaryllis Sternwieser fest, daß sie das Land in wenigen Stunden, nämlich bei Einbruch der Dunkelheit, verlassen würde.

Sie sandte ihre Wünsche als Boten aus, und bald hatten sich Eusebius und Alpinox, der bereits reisefertig war, bei ihr eingefunden. Eusebius wurde sogleich damit beauftragt, Saul Silber bis zum Abend hierherzubringen. Dieser sollte mitnehmen, was er unbedingt für nötig hielt, aber nicht mehr, da das Reisevehikel der Feen nicht zu viel an Erdenschwere vertragen würde. Und noch einmal wurde Eusebius darum gebeten, hin und wieder nach dem den Enterischen unsichtbar gewordenen Gebirgspalast zu sehen, aber auch nach Amaryllis Sternwiesers Häuschen, das weiterhin so unauffällig und unscheinbar in der Landschaft stehenbleiben sollte, daß niemand auch nur einen Blick darauf warf. Man sah einander nochmals traurig in die Augen, reichte sich die Hände, bis Eusebius die aufsteigenden Tränen in sein runzliges Waukerlgesicht drängen spürte – er konnte als einziger der lang Existierenden weinen, so enterisch war er geworden – und sich rasch auf den Weg machte.

Nun aber, da die Abreise auf die Stunde genau feststand, ging eine Veränderung in Amaryllis Sternwieser vor, die sie aus Trauer und Verletzlichkeit in rege Geschäftigkeit fallen ließ. Als hätte sie Flügel an den Schuhen, huschte sie in ihrem kleinen Haus hin und her, riß da Laden auf, verschloß dort Tiegel und Töpfe, trat sogar leichten Fußes auf Max Ferdinands Schwanz und ging immer wieder so knapp an Alpinox vorbei, daß dieser sich des Gefühls nicht erwehren konnte, im Wege zu sein, und anbot, einstweilen draußen im Garten zu warten.

Bloß das nicht, stieß Amaryllis Sternwieser gehetzt hervor, es gibt doch noch so vieles zu besprechen. Denken Sie lieber darüber nach, welche Kleidung man heutzutage in London trägt.

In London? fragte Alpinox etwas verwirrt. Seine Bereitschaft zur Abreise war bisher eine rein innere gewesen, und da ihn der Abschied von den Wald- und Berggeistern hart angekommen war, hatte er es damit genug sein lassen und war, gekleidet wie immer und ohne nennenswertes Gepäck, bei Amaryllis Sternwieser erschienen.

Natürlich London, sagte Amaryllis Sternwieser ungeduldig. Das haben wir Saul Silber doch versprochen. Und ich habe keine Lust, mich dort in einem Steirergewand zu zeigen.

Das nicht, gab Alpinox ruhig zu. Aber es wird doch genügen, in einem normalen Reiseanzug respektive in einem Reisekostüm zu erscheinen.

Ich habe auch keine Lust, ereiferte sich Amaryllis Sternwieser, allen erkennbar als Emigrantin herumzulaufen. Wir wollen doch keineswegs auffallen, sondern uns so in diesem Land bewegen, als hätten wir nie woanders gelebt. Nur so wird reisen zum Erlebnis.

Alpinox verfiel in Nachdenken, während Amaryllis Sternwieser weiter durch ihr Haus schoß.

Waren Sie schon einmal in London? fragte Alpinox, als sie wieder an ihm vorbeikam.

Selbstverständlich, sogar mehrmals, und das letztemal war ich geradezu begeistert von dieser Stadt. Wann war das nur ... Amaryllis Sternwieser hielt plötzlich inne. Bei allen Dingen und Gestalten, das muß noch zur Zeit der Königin Victoria gewesen sein, als ich eine meiner Freundinnen mit dem Namen Nordwind besuchte. Diese Zeit der Enterischen, man kann und kann sich nicht daran gewöhnen.

Inzwischen dürfte sich dort einiges verändert haben, meinte Alpinox, der sich selbst mit dem letzten Rest von Hollerschnaps bedient hatte, schließlich war es schade, den zurückzulassen.

Natürlich hat es das, doch überlassen Sie das nur mir, meinte Amaryllis Sternwieser, und es sah so aus, als sei ihr Selbstbewußtsein wieder zum Vorschein gekommen. Ich bin fast jahrhundertelang auf Reisen gewesen ... und Alpinox konnte sehen, wie sie ohne Heimlichkeit ein paar magische Gebärden über einer Schüssel mit Narzissenknollen machte.

Die Blumen werden das Haus besser bewachen, als selbst Eusebius es könnte, sagte sie, in ihren Interessen noch immer gespalten, denn es ging ihr der Abschied trotz aller Reiselust doch sehr nahe.

Lassen Sie das nur meine Sorge sein, fuhr sie, wieder auf das unmittelbar Bevorstehende gerichtet, fort. All meine Reisen ... es ist gar keine Frage, daß wir uns zurechtfinden, man hat schließlich auch Freunde.

Ich stelle mich Ihnen getrost anheim, Verehrteste, sagte Alpinox lächelnd und verbeugte sich, während er sein Glas auf ihr Wohl erhob. Abgesehen von dem wenigen, das auch mein Zauber in Situationen der Not vermag.

Wie finden Sie mich so? fragte Amaryllis Sternwieser im nächsten Moment. Sie war in ein der Mode der letzten ausländischen Sommergäste entsprechendes geblümtes Seidenkleid mit durch Pölsterchen betonten Achseln gekleidet, und auch ihr Strohhut hatte sich zu einem breitkrempigen, geschwungenen Sommerhut gewandelt.

Alpinox hob die Brauen, wiegte den Kopf begutachtend hin und her, beugte sich etwas vor, um die modischen Haferlschuhe zu betrachten, und meinte dann: Ihnen steht einfach alles, Verehrteste. Ich hätte nie gedacht, daß diese modischen Abirrungen jemanden so gut kleiden würden.

Amaryllis Sternwieser musterte ihn argwöhnisch. Was soll das heißen?

Was ich sage, genau das, was ich sage. Nur ...

Dachte ich es mir doch, daß Sie Einwände haben würden. Los, lassen Sie der Kritik nur ihren Lauf ... schließlich reisen wir zusammen. Aus diesem Grund, und nur aus diesem, räume ich Ihnen das Recht ein, bei meiner Bekleidung mitzureden.

Beruhigen Sie sich, Verehrteste, ich würde es nie wagen ... Alpinox lächelte, als ginge es um ein echtes Zugeständnis. Ich meine nur, daß dieses Kleid wohl etwas zu sommerlich sein dürfte für den berüchtigten englischen Nebel. Wie Sie wissen, haben wir Herbst. Ich bin zwar immer nur entlang der Gebirgshauptkämme gewandert und in fast alle Seitentäler, bis ins jeweilige Vorland, doch habe ich mir dabei einige Kenntnisse bezüglich der Großwetterlage angeeignet. Ich ziehe daher in Betracht ...

Gewiß, Sie sind diesmal im Recht, unterbrach ihn Amaryllis Sternwieser, zu dumm, daß ich daran nicht gedacht habe. Sie entwich in den anderen Raum, und nachdem Alpinox, der den letzten Schluck seines Hollerschnapses getrunken hatte, nun selbst daran ging, seine äußere Hülle zu modifizieren, bis er in einem dunkelgrauen Nadelstreif, wie der eleganteste Schneider von London ihn nicht gediegener hätte schneidern können, dasaß und der lange dunkle Mantel sowie der dazu passende weiche Filzhut bereits auf dem Stuhl neben ihm lagen, kam Amaryllis Sternwieser in einem ebenfalls gestreiften dunkelgrauen eleganten Reisekostüm zurück, mit einem ebenfalls weichen

Filzhut und einem dunklen Mantel überm Arm. Ein gegenseitiger Blick genügte, und beide brachen in Lachen aus.

Immer wieder falle ich auf Sie herein, rief Amaryllis Sternwieser gespielt schmollend, während sie sich eine Narzisse ins Revers steckte. Sie betrachtete Alpinox eingehend von Kopf bis Fuß. Sie haben mehr Welt, als Sie je zugeben würden, sagte sie anerkennend.

Dann aber fuhr sie erschrocken herum und rief mit lauter Stimme nach Max Ferdinand. Max Ferdinand, der zu Anfang von der Aufregung der Reisevorbereitungen derart angesteckt war, daß er zum Teil japsend und keuchend – er stand in hohem Alter – überall herumgewedelt war, hatte sich seit geraumer Zeit nicht mehr bemerkbar gemacht, und Amaryllis Sternwieser suchte und suchte, bis sie ihn leblos unter dem Tische liegend fand. Sie zog ihn behutsam hervor, bettete ihn in ihren Schoß und streichelte zärtlich sein Fell, das sich vor kurzem noch gesträubt haben mußte.

Das ist doch nicht möglich, sagte Amaryllis Sternwieser mehrmals zu sich selbst. Es wäre ihm noch ein Jahr zugestanden. Daß das Reisefieber ihm so zugesetzt hat ... Dann roch sie an seinem Kopf und sprang auf. Amaryllium, rief sie, er ist ans Amaryllium gekommen. Sie legte den toten Max Ferdinand auf ein Kissen und eilte in die Küche, wo sie den offenen Tiegel sofort verschloß und ihn in ihrer neuen ledernen Handtasche barg. Wie oft habe ich ihm verboten, auch nur daran zu riechen, sagte sie kummervoll und anklagend. Und jetzt das. Er hat es einfach nicht begriffen. Und da glaubt man, man vermag etwas über die Wesen.

Es tut mir leid, sagte Alpinox, daß Sie nun auch von dieser Ihnen so lieb gewordenen Begleitung Abschied nehmen müssen.

Amaryllis Sternwieser nahm den toten Körper noch einmal an sich und streichelte ihn. Dann kehrte sie Alpinox den Rücken, und auf eine ihrer magischen Gebärden hin öffnete sich der Boden vor ihren Füßen und nahm zurück, worauf er ein Recht hatte.

Die Reise hätte ihm sicher geschadet, meinte Alpinox, als Amaryllis Sternwieser sich wieder gedankenverloren ihm zuwandte. Sein Leben als Hund ging dem Ende zu, vielleicht wird ihm das Jahr einmal draufgeschlagen. Sie sollten sich keine Vorwürfe machen.

Ach ja, meinte Amaryllis Sternwieser, ich habe schon viele von ihnen ihr Leben leben gesehen. Ihre Zeit ist noch kürzer als die der Enterischen. Ich kann mich nur so schwer daran gewöhnen.

Sie saßen nun beide reisefertig da und sahen zum Fenster hinaus, die Ankunft Saul Silbers erwartend.

Schick ihn fort, Amelie, schick ihn fort, flüsterte Amaryllis Sternwieser, die den Abschied, den Saul Silber nahm, vor sich zu sehen schien. Es begann bereits zu dämmern, und die Zeit des Aufbruchs kam immer näher heran. Beim ersten Aufblinken des Abendsterns, den sie von ihrem Fenster aus im Blickfeld hatten, klopfte es leise an die Tür, und Eusebius trat mit Saul Silber ein. Saul Silber sah müde und erschöpft aus, so als hätte er den Kampf in seinem Inneren nun endlich ausgetragen. Seine Augenränder waren rot, vor Gedanken und Schlaflosigkeit, und der Arm, an dessen Hand er eine einfache Reisetasche trug, hing kraftlos herunter, so als würde er die Tasche jeden Augenblick fallen lassen.

Gut, daß Sie da sind, sagte Amaryllis Sternwieser, wir sind gleich soweit. Und sie bot Saul Silber Platz an, während Eusebius sich mit traurigen Blicken, jedoch wortlos, empfahl.

Da, sagte Amaryllis Sternwieser, nachdem sie kurz in die Küche gegangen war, essen Sie das, Sie sehen völlig entkräftet aus. Es wird Sie warmhalten während der Reise. Und sie reichte ihm einen Teller, auf dem kleine Kuchen lagen, die aus Nüssen gebacken schienen und von pistaziengrüner Farbe waren. Und als er sie gegessen hatte, reichte sie ihm auch noch eines ihrer einfach geschliffenen Gläser, in dem sich eine dunkelgrüne Flüssigkeit befand, die den Schein des Mondes, der voll am Himmel stand, widerspiegelte.

Saul Silber fühlte sich gestärkt und wie von großer Last befreit. Er lächelte sogar, als er Glas und Teller zurückgab, die noch zu spülen Amaryllis Sternwieser nicht umhinkonnte.

Nun, sagte er, gehe ich also doch fort. Aber ich werde wiederkommen, ob in einem oder in vielen Jahren. Ich werde eines Tages vor Amelies Tür stehen und sagen: Guten Morgen, meine Liebe, haben Sie schon bemerkt, daß die Feuerlilien in Ihrem Garten zu blühen begonnen haben?

Alpinox hatte bei diesen Worten erstaunt aufgeblickt, aber Amaryllis Sternwieser machte ihm ein Zeichen, er solle Saul Silber ruhig reden lassen. Nur so würde er über den Abschied hinwegkommen.

Dann aber war es endgültig soweit. Amaryllis Sternwieser verschloß ihr Haus, und sie gingen alle nach draußen, Saul Silber noch so sehr mit sich und seinem Abschied beschäftigt, daß er gar nicht merkte, was eigentlich vorging.

Amaryllis Sternwieser entfernte sich ein paar Schritte von den Männern und stellte sich auf einen kleinen Hügel. Es war eine sternklare Nacht und weit und breit keine Wolke zu sehen. Sie seufzte, steckte ihren Zeigefinger in den Mund und hielt ihn dann prüfend in die Luft, um zu sehen, aus welcher Richtung der leise Nachtwind wehte. Dann sprach sie Beschwörendes und machte lockende Gebärden mit den Händen, wobei sie starr in eine Richtung blickte. Und wirklich, binnen kurzer Zeit kam eine kleine Wolke herangezogen.

Hast du denn keine größere zur Verfügung? rief Amaryllis Sternwieser in die Nacht hinein, und es war, als schüttelte diese all ihre Sträucher und Bäume.

Nicht gerade bequem, meinte Amaryllis Sternwieser, aber es

muß gehen. Sie holte eine kleine Spule aus ihrer Tasche, warf einen Faden in die Luft, der sich bei seiner Entfaltung als zierliche Strickleiter entpuppte, die sich in der Wolke verankert hatte.

Sie können kommen, rief Amaryllis Sternwieser Alpinox und Saul Silber zu. Vielleicht Sie zuerst, meinte sie, an Alpinox gewendet. Ihnen traue ich doch Schwindelfreiheit zu. Und als Alpinox auf der Wolke verschwunden war, sagte sie zu Saul Silber: Seien Sie vorsichtig, und halten Sie gut Balance. Wenn Sie einmal oben sind, kann Ihnen nichts mehr geschehen. Sie führte Saul Silbers Hand an die Strickleiter: Halten Sie sich nur mit beiden Händen fest, die Tasche können Sie mir anvertrauen.

Wie romantisch, sagte Saul Silber versunken. Er schien sich über nichts zu wundern.

Und schauen Sie nie nach unten, solange Sie auf der Leiter sind, rief Amaryllis Sternwieser ihm nach, als er die ersten Sprossen erklommen hatte. Sie stützte ihn mit all ihren guten Wünschen bei dem für Laien nicht gerade ungefährlichen Aufstieg. Aber die Gleichmut, die die kleinen Kuchen in ihm bewirkt hatten, ließ ihn unverdrossen und ohne Angst emporklettern, ohne auch nur einen Blick zurückzuwerfen. Und als er glücklich auf der Wolke angelangt war, erzitterte die Strickleiter kurz und entschwebte dann mit Amaryllis Sternwieser langsam und beinah ungelenk nach oben. Nanu, meinte Amaryllis Sternwieser, ansonsten geht das aber anders. Habe ich denn schon die einfachsten Dinge verlernt? Dann aber spürte sie Saul Silbers Tasche, die schwer an ihrem Arm hing, und sie verzieh sich den etwas stümperhaften Aufstieg.

Da wären wir also, sagte sie, nachdem sie den beiden Männern gegenüber Platz genommen hatte. Ein bißchen eng das ganze Gefährt, aber es war nichts Besseres aufzutreiben. Schließlich befinden wir uns auf der Flucht, und sie versuchte zu lächeln. Saul Silber blickte sinnend auf den Ort hinunter, und so verpaßte er auch, wie Amaryllis Sternwieser der Wolke das Zeichen zur Abfahrt gab, was die Wolke allerdings nicht zur Kenntnis nahm.

Bei allen Dingen und Gestalten, rief Amaryllis Sternwieser, es ist, als läge ein Stein auf dieser Wolke. Sie gehorcht mir nicht.

Alpinox lächelte wissend und wandte sich an Saul Silber. Sie werden sich davon trennen müssen, sagte er, wenn Sie wollen, daß wir vom Fleck kommen. Saul Silber sah ihn verständnislos an. Auch wenn es ihre liebste Versteinerung ist, Sie sehen, die Wolke verträgt keinen Stein.

Ach so, sagte Saul Silber und griff in seine Brusttasche. Dabei ist sie wirklich klein, ich hätte nicht gedacht, daß selbst ihr Besitz Schwierigkeiten machen könnte.

Werfen Sie sie weg, bat Amaryllis Sternwieser, Sie werden neue, schönere finden, das verspreche ich Ihnen.

Gleichmütig sah Saul Silber noch einmal im Licht des Mondes auf die schöne pflanzliche Maserung des Steines, dann warf er ihn in hohem Bogen in Richtung auf den See hinunter. In diesem Augenblick fing die Wolke so rasch zu ziehen an, daß sie das Aufklatschen des Steines im Wasser gar nicht mehr hören konnten.

Mit geöffneten Nasenflügeln sog Amaryllis Sternwieser die kühle, bewegte Abendluft ein, die immer mehr zu einem Fahrtwind wurde, und etwas wie Freude aus früheren Tagen kam über sie. Sie breitete die Arme aus und rief: Unbegreiflich, daß ich es so lange missen konnte. Ist es nicht herrlich, so ohne Widerstand durch die Luft zu segeln? Und sie nahm sogar ihren Hut ab und überließ ihr Haar dem Wind. Auch Alpinox hatte den Hut abgenommen, und sein Haar fiel ihm in silbergrauen Strähnen ins Gesicht.

Ja, sagte er, es hat schon etwas für sich, auch wenn es nicht ganz meine Sphäre ist. Sehen Sie, rief er dann, die Alpen, und es war, als hätte seine Stimme einen leichten Sprung. Wir hätten auch einen meiner früheren Paläste beziehen können, meinte er zögernd. Ganz hoch oben, in Schnee und Eis.

Da hätten Sie besser getan, sich der Saligen anzuschließen, meinte Amaryllis Sternwieser, ohne daß es wirklich spitz klang.

Dazu ist es jetzt wohl zu spät, erwiderte Alpinox und lächelte schon wieder. Zu spät auch, mich von meiner langwährenden Anhänglichkeit an Sie zu befreien. (Es gab niemanden, der sich so sehr vor dem Gebrauch des Wortes immer hütete wie die lang existierenden Wesen.) Ich wollte ja nur sagen, daß auch ein Berggipfel eine Möglichkeit gewesen wäre, an die ich einfach, wer weiß, aus welchem Grunde, nicht mehr gedacht habe. Und, als Amaryllis Sternwieser nichts erwiderte, wie dem auch sei, diesmal haben Sie entschieden.

Diesmal? fragte Amaryllis Sternwieser. Ich fürchte, daß auf der langen Reise, für die Sie sich mir anheimgestellt haben, noch einige Male ich entscheiden werde. Es sei denn, unsere Wege trennen sich.

Verehrteste wissen nur zu gut, daß ich Sie nicht so leicht aus den Augen zu verlieren gedenke, schon gar nicht in der Fremde.

Fremde? O ja, meinte Amaryllis Sternwieser einlenkend, für Sie wird es wohl die Fremde sein, ich aber denke an Avalon.

Sie sprachen nun lange nicht mehr, und ein jeder von ihnen gab sich den eigenen Visionen von dem, was vor ihnen lag, hin. Die kleine Wolke stieg immer höher und war von der Erde aus wohl kaum mehr erkennbar. Da sie noch immer weit und breit ohne Gefährtin war, konnte sie ungehindert ihren Weg dahinsausen. Als hätte selbst sie eine Ahnung von den Dingen, die nun bald geschehen würden, hielt sie sich so südlich wie möglich und schwenkte erst über den Vogesen in den Kurs auf die Britischen Inseln ein.

Frankreich, flüsterte Amaryllis Sternwieser beinah verträumt, auch da war ich einmal so gut wie zu Hause.

Alpinox nickte nur, und als die letzten Ausläufer der Alpen

verschwunden waren, zuckte er zusammen, richtete sich aber gleich darauf wieder empor und sah von da an nur mehr in die Richtung, die die Wolke genommen hatte. Saul Silber schien mit offenen Augen zu schlafen, jedenfalls ließ nichts darauf schließen, daß er auch nur das geringste von der Reise wahrnahm. Später würde er sich dunkel an eine Bahnfahrt erinnern können, die letzte Gelegenheit, mit Hilfe von Freunden das Land zu verlassen.

Inzwischen waren mehrere Wolkenfelder am Horizont aufgetaucht, und je mehr sie sich der Bretagne näherten, um so dichter kamen Wolken heran, die wie Packeis aussahen, und sie mußten sich jeweils eine geeignete Fahrrinne suchen. Als sie dann ans Meer kamen, verhielt Amaryllis Sternwieser die Wolke für einen Augenblick und sah angestrengt auf die Wasserfläche hinunter, die vom Mond noch beleuchtet war.

Sehen Sie etwas? fragte sie Alpinox, indem sie auf seltsame Flecken im Wasser verwies, die eine ganz bestimmte Struktur hatten.

Ja, sagte Alpinox, ich sehe schon etwas, nur weiß ich nicht, was ich davon halten soll.

Das ist Ys, das versunkene Land Ys, das ein beliebter Aufenthaltsort einiger meiner Freundinnen war. Ob von Wasserthal wohl hier vorbeikommt, auf seiner Reise durch die Meere?

Warum nicht? sagte Alpinox. Sie hätten besser getan, sich mit ihm zu verabreden, fügte er leicht gekränkt hinzu.

Beinah sah es so aus, als sei die Wolke durch den kurzen Aufenthalt in ein Wolkenfeld geraten, aus dem sie nicht mehr herauskonnte, und Amaryllis Sternwieser hatte genug damit zu tun, einen Durchschlupf zu finden, um die Fahrt nicht zu verzögern. Sie gingen mit ihrer kleinen Wolke etwas tiefer, und obwohl die Luft über dem Kanal rauh und stürmisch war, gelang es ihnen dennoch, verhältnismäßig rasch nach Großbritannien überzusetzen.

Nun, da sie dem Ziel ihrer Reise bereits so nahe waren, konnten sie sich etwas Zeit lassen, und so segelten sie in aller Ruhe auf die Hauptstadt zu, die sich durch ihre Lichter schon von weitem ankündigte.

Die Wolke befand sich nun genau über der Victoria Station, und Amaryllis Sternwieser hielt nach einem möglichst unbeachteten Ort Ausschau, schließlich mußte sie an Saul Silber denken. Schon konnte sie Menschen sehen, die es natürlich auch um diese Zeit hier gab, doch schauten sie alle vor sich hin, sei es aus Müdigkeit oder Desinteresse an allem, was nicht vor ihren Füßen lag.

Amaryllis Sternwieser stieß Saul Silber an. Wir sind da, sagte sie. Saul Silber rieb sich wirklich die Augen und fragte nur: Was soll ich jetzt tun?

Warten, bis ich Ihnen von unten ein Zeichen gebe, und dann klettern Sie vorsichtig die Leiter hinunter.

Das Wolkenfeld hatte sich so dicht geschlossen, daß weder Mond noch Sterne mehr zu sehen waren. Und während Amaryllis Sternwieser mit Leiter und Tasche sanft dem Boden zuschwebte, spürte sie, daß es leicht zu nieseln begonnen hatte.

Kurz darauf stand Saul Silber auf jenem Bahnsteig, an dem der Zug von Dover ankommt. Sie konnten ihn bereits hören. Und als auch Alpinox den Boden erreicht hatte, war der Zug zum Stehen gekommen, aus dem sich ein Schwall von Menschen ergoß, in deren Gedränge sie Saul Silber bald verloren hatten, ohne daß er so weit zu sich gekommen wäre, um sich von ihnen zu verabschieden. Wahrscheinlich hatte er sie bereits in dem Augenblick vergessen, als seine Füße die Erde berührten.

Da wären wir also, sagte Amaryllis Sternwieser, zufrieden lächelnd, ich hoffe, Ihre Majestät haben eine angenehme Überfahrt gehabt.

Alpinox seufzte, und es war, als schiene ihm die Luft zu dick zum Atmen. Ich fürchte, sagte er, ich habe mich nun ganz und gar in Ihre Hand begeben. Er bot Amaryllis Sternwieser den Arm an, und sie gingen durch das Stationsgebäude in die bereits morgendlich fahl werdende Stadt hinaus.

Es war doch etwas eng gewesen auf der kleinen Wolke, und sie empfanden es als angenehm, ihren Beinen freien Lauf zu lassen, und gingen und gingen, als hätten sie ein ganz bestimmtes Ziel vor Augen.

Ihre verfeinerte Leiblichkeit paßte sich sehr rasch an die Gegebenheiten der Großstadt an, dennoch schien Alpinox noch etwas verwirrt, und sein Blick suchte nach einer Gelegenheit, sich zu sammeln. Amaryllis Sternwieser konnte sich, da sie seinen Wunsch nur zu gut verstand, ein Lächeln kaum verbeißen. Und als sie am ersten offenen Pub vorbeikamen, hielt sie an und dirigierte Alpinox in den kleinen verrauchten Raum, in dem erst ein paar Gäste, eher heruntergekommene Gestalten, saßen.

Zunächst einmal tranken sie beide einen kräftigenden Whisky, und da kein Frühstück serviert wurde, nahmen sie mit einem Toast vorlieb. Nach dem Whisky schien Alpinox wieder der Alte zu sein. Verehrteste werden mich nun also durch diese vielgerühmte Stadt führen, sagte er und trank mit Behagen einen zweiten Whisky, den er sich sogleich bestellt hatte.

Die Stadt, sagte sie, ist natürlich sehenswert, aber ich glaube nicht, daß es meiner Führung bedarf. So großartig sie auch ist, sie ist das Werk der Enterischen, Ihrem Blick bleibt also nichts verborgen. Aber ich möchte Sie mit einer der lang Existierenden bekannt machen, die hier ansässig ist, das heißt zum Teil hier ansässig. Jedenfalls habe ich meiner Freundin Nordwind von unserer Ankunft Nachricht gegeben. Wir werden ihr sicher bald begegnen. Nachdem Alpinox ausgetrunken hatte, machten sie sich erneut auf den Weg. Es hatte zu nieseln aufgehört, doch blieb das Wetter weiterhin trüb.

Sie bewegten sich nun wieder mehr in Richtung auf die City

zu, ergingen sich ein wenig im St. James Park, dann im Green Park, bis Alpinox seinen Orientierungssinn wiedergefunden hatte, und schlenderten dann den Piccadilly entlang bis zum Circus und auf der anderen Seite wieder zurück.

Plötzlich blieb Amaryllis Sternwieser vor einem chinesischen Restaurant stehen. Bei allen Dingen und Gestalten, flüsterte sie, wie lange ich solche Speisen schon nicht mehr gegessen habe. Wir müssen unbedingt chinesisch essen, und schon zog sie Alpinox in den spärlich erleuchteten, mit chinesischen Lampen und Paravents geschmückten Raum. Im Hain der beträchtlichen Stille, sagte Amaryllis Sternwieser, nachdem sie Alpinox bei der Auswahl der Speisen beraten hatte ... aber was soll es, der enterische Abglanz eines feenhaften Menus dient doch höchstens der Auffrischung der Erinnerung.

Alpinox erzählte von einer seiner Reisen in den Himalaya und von den erstaunlichen Pflanzen, die er dort auch noch in höchster Höhe angetroffen hatte. Und Amaryllis Sternwieser glaubte sich erinnern zu können, einmal einer Fee begegnet zu sein, die von dort stammte.

Sie hatten sich von der Stimmung dieser Stadt anstecken lassen und plauderten auf die freundschaftlichste Weise von den entferntesten Ländern, während sie gebratene Nudeln mit großen Krabben und Bohnensprossensalat aßen. Der Tee, der ihnen serviert wurde, fand ihrer beider Beifall, und ehe sie sich's versahen, war früher Nachmittag. Da es für ihre geheimen Kräfte ein leichtes war, sich diese höchst enterische Erfindung, die weltweit als Geld bezeichnet wird, in die Taschen zu zaubern, bedankten sie sich mit einem großen Trinkgeld für die aufmerksame Bewirtung und gingen nach Stunden, heiter und bereit für alles Kommende, auf die Straße hinaus.

Ich glaube, wir müssen nun zum Hydepark, meinte Amaryllis Sternwieser, wenn meine Sinne mich nicht trügen, erwartet uns Nordwind am runden Teich. Das heißt, wir müssen in den

Kensington Garden, warf Alpinox überlegen ein. Er hatte seine Orientierung endgültig wiedergewonnen.

Wie recht Sie haben, sagte Amaryllis Sternwieser lächelnd, ich muß mich davor hüten, Ihre Hilfe zu unterschätzen.

Sie schlenderten Arm in Arm durch den Hydepark, hörten im Vorübergehen einigen Rednern zu, deren Visionen von einem neuerlichen Weltenbrand zum Teil belächelt, zum Teil mit Unbehaglichkeit zur Kenntnis genommen wurden, und gingen dann in den weniger frequentierten Kensington Garden hinüber. Es hatte etwas aufgeklart, und die Sonne spiegelte sich in den Pfützen. Immer häufiger waren Mütter mit Kindern zu sehen, die das regenlose Wetter zu einem Spaziergang nützten, und Gouvernanten schoben ihre hohen Kinderwagen über die Parkwege und erzählten den größeren Kindern, die neben ihnen hergingen, von Mary Poppins und Peter Pan.

Schon von weitem war sie zu sehen. Eine hohe Gestalt, ganz in Weiß gekleidet, mit offenem Haar, das unter einem ebenfalls weißen Blumenhut hervorquoll. Wie eine Traumtänzerin bewegte sie sich zwischen all den sonntäglichen Spaziergängern, aber niemand schenkte ihr besondere Beachtung. Sie sah wie eine jener seltsamen alten Ladies aus, deren Schrullen man gerne zur Kenntnis nahm, ohne sich weiter darum zu kümmern, die aber, wenn sich je einer die Mühe des genaueren Hinsehens nahm, gar nicht so alt aussahen, wie ihr Gehaben anzudeuten schien.

O Nordwind, sagte Amaryllis Sternwieser, als sie endlich aneinander geraten waren, und die beiden fielen sich um den Hals. Ich habe den Alpenkönig mitgebracht, du wirst es zu schätzen wissen, fuhr sie fort und machte Alpinox mit Nordwind bekannt.

Ich bin tatsächlich sehr beeindruckt, sagte Nordwind mit etwas exaltierter Stimme, so als hätte sie schon lange nichts Interessantes mehr erlebt. Ich liebe die Gebirge mit ihren vereisten

Gipfeln, mit ihren Klüften und Zacken, wie ich überhaupt alles Bizarre liebe. Und sie knickste beinahe, als sie Alpinox die Hand gab.

Aber was ist mit dir, geliebte Amaryllis? Deine armen Kleinen ... und Nordwind strich zärtlich mit der Hand über die Narzisse, die Amaryllis Sternwieser angesteckt hatte.

Nicht ... bitte nicht, rief Amaryllis Sternwieser, aber da fiel die Narzisse bereits splitternd hinab und schmolz in der wärmenden Luft zu welken Blütenblättern in einer Pfütze.

Entschuldige, Nordwind war wirklich bestürzt über den Mißgriff. Ich wußte gar nicht, daß es noch funktioniert. Zu lange habe ich schon in dieser Stadt gelebt und meine Kräfte ungefordert gelassen, als daß ich sie noch angewendet hätte. Verzeih ...

Wie gut ich das verstehe, erwiderte Amaryllis Sternwieser, und eine neue Narzisse wuchs aus ihrem Revers. Auch wir haben uns immer mehr voneinander entfernt. Sie standen einfach da, als zwanglose Dreiergruppe, und die Passanten gingen an ihnen vorbei, ohne sie eines zweiten Blickes zu würdigen.

Ich freue mich so darüber, daß ihr gekommen seid, sagte Nordwind, und ihr Blick umfing Alpinox wie der Gletscher einen sommerlichen Berg. Jetzt wird vieles anders werden. Ich lebe schon zu lange unter den Enterischen, sie erschrecken nicht einmal mehr, wenn sie mich sehen.

Die Reise hierher hat mich wieder ein wenig zu mir selbst gebracht, sagte Amaryllis Sternwieser, obwohl die Wolke sehr klein war. Seit die Enterischen das Fliegen erlernt haben, ist uns nicht einmal mehr die Luft sicher. Glücklicherweise sind wir auf dem Weg hierher keinem dieser mechanischen Ungetüme begegnet, die da neuerdings den Himmel verunsichern.

Fliegen ... fing Nordwind zu schwärmen an, wie herrlich, zu fliegen mit dem Wind. Ich bin schon ganz krank von all den Straßen mit ihren Automobilen, auch wenn ich im vierundzwanzigsten Stock wohne. Man müßte wieder einmal über den Smog hinaus, hoch darüber hinaus ...

Es war ein Entschluß, der sie keine drei Sekunden gekostet hatte. Mit Nordwind bedurfte es nicht einmal einer Wolke, und schon erhoben sie sich im klaren Tageslicht, Arm in Arm und von dem Platz aus, an dem sie gerade standen, hoch über die Köpfe der Passanten hinweg. Einige von ihnen wurden sogar aufmerksam und sahen ihnen mit gebannten Blicken zu, wie sie durch die Wolkendecke entschwanden.

Anderntags standen Berichte in den Boulevard-Blättern, die einerseits von einer Elevation seltsamer Heiliger – die seriösen Blätter hatten sich der Berichte gar nicht erst angenommen –, andererseits von unbekannten Flugkörpern sprachen, die an einem, nämlich dem vergangenen, Sonntag über dem Hydepark gesichtet worden waren. Da die Nachrichten aus dem Hydepark kamen – auch die Presse sprach nicht vom Kensington Garden –, schien niemand sie besonders ernst zu nehmen, und die wenigen Wissenden, die sich ihren Reim auf die Sache machen konnten, waren weder um ihre Meinung gefragt worden, noch lag ihnen an der Publizität dieser Dinge. Die ganze Geschichte geriet daher rasch wieder in Vergessenheit, worüber niemand froher war als Nordwind, Amaryllis Sternwieser und Alpinox, die sich, was sie sonst immer zu vermeiden suchten, vor den Augen der Enterischen zu einer ihnen so natürlichen Handlung wie dem Fliegen hatten hinreißen lassen.

Nun aber flogen sie geraume Zeit über der Wolkendecke in nördlicher Richtung dahin und genossen die enorme Weite ihres Blickfelds, die nur von Wolkenformationen und Brechungen des Lichts begrenzt war.

Etwa in der Gegend von Huddersfield in Yorkshire lichtete sich die Wolkendecke stellenweise, und als sie gegen Schottland zu flogen, konnten sie es wagen, tiefer zu gehen, da sie mit dem stillschweigenden Einverständnis der dort ansässigen Enterischen rechnen konnten.

Sie hatten sich so formiert, daß sie von der Erde aus einem gewaltigen Vogel zu vergleichen waren, dessen enorme Flügelspannweite zwar überraschend, aber als solche noch irgendwie zu akzeptieren war, und von Zeit zu Zeit schwangen Amaryllis Sternwieser und Alpinox sich auf und nieder, als wollten sie damit den Flügelschlag jenes berühmten Vogels Greif andeuten, der in Schottland zwar Bewunderung, aber keine Pressekommentare hervorrufen würde.

Amaryllis Sternwieser und Alpinox erlagen rasch dem ästhetischen Reiz, den die Struktur der Steinmauern bildete, mit denen die Schafweiden gegeneinander abgegrenzt waren, den Mustern, die die Flüsse durch die noch immer grüne Landschaft zogen, und den Küstenformationen, die sich auf immer neue Art dem Anprall des Meeres stellten.

Es ist schon etwas dran an den Ansichten des Stillen Volkes, meinte Amaryllis Sternwieser. Langsam begreife ich, daß ihre Bestrafung mit Bedacht gewählt ist. Und als nun auch noch die Sonne ihr Licht auf jene karge, aber deshalb doch ungemein reizvolle Landschaft breitete, und sie sogar die Schafe zu erkennen glaubte, hatte sie den Wunsch, dem Stillen Volk zumindest in diesem Belang recht zu geben.

Das Stille Volk? fragte Nordwind, und ihr Ton ließ erkennen, daß sie nicht sehr begeistert von den kleinen Leuten war.

Amaryllis Sternwieser erzählte ihr von dem ins Steirische Salzkammergut verbannten Stamm, wobei sie auch die Geschichte mit Titine nicht verschwieg. Sie werden sich nie ändern, meinte Nordwind, und immer ein undiszipliniertes, selbstsüchtiges kleines Volk bleiben, so niedlich sie anzusehen sein mögen und so herrlich ihre Musik unseren Ohren auch klingen mag.

Alpinox hatte die ganze Zeit über geschwiegen und sich der

Betrachtung hingegeben. Nun aber meldete auch er sich zu Wort. Die Alpen, meinte er verträumt, es geht nichts über die Alpen ... Was gäbe ich darum, mit Ihrer Hilfe, geschätzte Nordwind, und er blickte sie an, so gut das aus seiner Flügelposition möglich war, das Panorama der Alpen zu sehen.

Auch ich liebe die Alpen, rief Nordwind mit Exaltation in der Stimme aus. Wir werden sie gemeinsam überfliegen, verlassen Sie sich darauf. Sobald der böse Spuk, den die Enterischen vorbereiten, vorbei ist, überfliegen wir gemeinsam die Alpen.

Ich bin Ihnen sehr ergeben, meinte Alpinox, wenn Sie mir die Freude machen wollen.

Schon konnten sie die Puzzle-Steine erkennen, die insgesamt die Orkney-Inseln ergaben, als Nordwind beinah im Sturzflug nach unten ging und dabei etwas von Fünfuhrtee murmelte.

Amaryllis Sternwieser und Alpinox, die an den sanften Abstieg von der Wolke gewöhnt waren, fühlten sich ordentlich durchgerüttelt, als sie auf einer Heidelandschaft angekommen waren, die Alpinox sehr überraschte, glich sie doch in vielem der alpinen Flora.

Los, kommt, sagte Nordwind freundschaftlich, ich kenne hier in der Gegend ein paar Fischer, die herrlichen Tee brauen, wir sollten ihn uns nicht entgehen lassen. Und während sie mit großen Schritten auf die Klippen zuhielten, erzählte Nordwind die Geschichte der Queen Morgause, einer Halbschwester von König Arthur, dem sie Mordred geboren hatte. Sie war, nach dem Tode von König Lot, der mit ihr Sir Gawein und andere herrliche Ritter gezeugt hatte, Königin auf Orkney gewesen und eine rechte Schwester zu Königin Elaine von Nord-Wales und Königin Morgan Le Fay, und alle drei hatten sie König Arthur in dem kristallenen Boot nach Avalon gebracht. Wie ein steinerner Bienenkorb sah die Kneipe der Fischer auf den Klippen aus, in die Amaryllis Sternwieser und Alpinox Nordwind folgten.

Hallo, sagte Tom, der Teebrauer, der hinter einem dampfenden Kessel stand, als sie eingetreten waren. Und auch die übrigen Fischer sagten hallo!, ohne auch nur den Kopf zu heben, so als hätte man sie erwartet wie tägliche Gäste, die auf die Minute pünktlich kamen, um ihren gewohnten Tee zu trinken.

Ein paar Kekse? fragte Tom, als er Tee, Milch und Zucker gebracht hatte. Die Luft macht hungrig, erwiderte Nordwind, bring nur, was du vorrätig hast. Und sie griffen alle drei tüchtig zu, so daß man das Knirschen der frisch gebackenen Kekse im ganzen Raum hören konnte.

Manchmal war freilich zu bemerken, wie der eine oder andere der Fischer verstohlen zu ihnen herübersah und unter dem Tisch kleine beschwörende Gesten machte, die offensichtlich Nordwind galten.

Der Fang ist wohl gut in diesem Jahr? meinte Nordwind wie beiläufig. Aber Tom schien bereits darauf gewartet zu haben. Gut, meinte er beinah redselig, was heißt schon gut. Wir arbeiten hart. Nur wenn die Flotten nicht vorzeitig aus dem Norden abgetrieben werden, ist eine Chance, daß der Fang gut wird. Aber Mylady wissen selbst Bescheid.

Ich werde sehen, was sich machen läßt, antwortete Nordwind lachend, an mir allein liegt es nicht mehr.

Danke, sagte Tom, wenn Sie ein Auge darauf haben wollen.

Wo sind nur die Zeiten hin, wandte sich Nordwind wiederum flüsternd an Amaryllis Sternwieser und Alpinox, als das alles noch in meiner Hand lag. Manchmal quält mich der Gedanke, daß ich mich vielleicht doch nicht genug darum kümmere. Ich fürchte, ich werde demnächst nach dem Rechten sehen müssen.

Bei den Booten, die ihr neuerdings verwendet, rief sie Tom noch über die Schulter zu, dürft ihr euch nicht wundern, wenn alles anders kommt.

Es verstand sich von selbst, daß Tom kein Geld nehmen

wollte, als Alpinox zu zahlen wünschte. Lassen Sie nur, sagte Nordwind zu ihm, sie würden es für ein böses Omen halten, wenn wir die Einladung nicht annehmen.

Mylady vergessen uns nicht, sagte Tom noch zu Nordwind, als er sie zur Tür begleitete. Auch die neuen Boote vermögen nichts gegen Sturm und Eis. Ich werde daran denken, sagte Nordwind, als er sie zur Tür begleitete, und dabei stieß sie so heftig den Atem aus, daß Tom zusammenfuhr und mit den Händen an seine Ohren griff, wie um sie vor Kälte zu schützen.

Ich verstehe gar nicht, warum du nicht hier lebst, sagte Amaryllis Sternwieser, als sie wieder auf der Heide standen.

Ich auch nicht, erwiderte Nordwind lächelnd. Hier könnte ich wieder ich sein, und dennoch. Seit jene Geschichte über mich und den Kutscherssohn von jenem Mr. McDonald in Umlauf gekommen ist, zieht es mich immer wieder in diese Stadt, in der die Geschichte begonnen hat. Ich bin sozusagen meiner eigenen Geschichte anheimgefallen.

Und wieder erhob sich der große Vogel, den sie gemeinsam bildeten, in die Lüfte, diesmal etwas gemächlicher, als wirke sich das Gewicht der genossenen enterischen Speisen auf die Schwungkraft aus.

Es begann gerade zu dämmern, als sie den Firth of Forth überquerten, aber da die Luft immer wärmer und angenehmer wurde, je weiter südlich sie kamen, ließen sie sich Zeit und folgten in aller Ruhe der Spur der immer dichter werdenden Lichter, die von den enterischen Siedlungen her freundlich zu ihnen herauf blinkten. Und alle drei empfanden sie leichtes Bedauern über das Ende des Fluges, als sie auf dem kleinen Dachgarten, der zu Nordwinds Wohnung im vierundzwanzigsten Stock gehörte, zur Landung ansetzten.

Krüppelföhren, seltsame Sträucher, Moose und Flechten überwucherten den nackten Steinboden der kleinen Terrasse, als hätten sie jedes durch die Luft fliegende Staubkörnchen eingefangen und zu Erde gemacht, aus der sie nun ihr Leben sogen, umhegt vom kühlen Atem Nordwinds und begossen mit Londoner Leitungswasser. Alpinox fühlte sich sehr an die Flora des Himalaya-Gebirges erinnert, und Nordwind gab zu, daß ihr der ein oder andere Same auf ihren weiten Reisen wohl aus jener Richtung zugeflogen sein mochte. Für wahrscheinlicher hielt sie es allerdings, daß die Samen aus einem jener künstlichen Gärten stammten, an denen die britischen Enterischen solche Freude hatten. Oder auch von den Orkney-Inseln, sagte sie lachend, und zupfte einen befiederten Flugsamen von ihrer Schulter, der während ihres Ausflugs auf ihr gelandet war. Sie ließ ihn sanft auf den bereits bewachsenen Boden fallen und sagte: Ich bin neugierig, ob er sich behaupten können wird.

Die Wohnung selbst war geräumig, aber etwas kühl, und sie wäre kaum als wohnlich zu bezeichnen gewesen, wenn nicht überall die Felle von Eisbären, Polarfüchsen und Elchen gelegen wären. Nordwind bat Alpinox und Amaryllis Sternwieser, es sich so bequem wie möglich zu machen, während sie kaltes Fleisch, Salate und Ginger-Ale kredenzte.

So saßen sie nun beim Lichte von dicken Kerzen, die auf aus Bein geschnitzten Kandelabern brannten, und lauschten dem Gesang eines jungen Iren, der einen Stock tiefer wohnte und der täglich um diese Zeit seine Stimme zu üben pflegte, indem er wie ein Barde lange Balladen sang. Nordwind hatte ein winziges Loch in den Boden gebohrt und es nur mit Flechten dem Blick verschlossen, um den Gesang besser hören zu können. Und auch Alpinox und Amaryllis Sternwieser fanden die Musik nach ihrem Geschmack. Je länger sie ihr lauschten, desto mehr versank vor allem Amaryllis Sternwieser in Nachdenken, und es war, als flögen Sehnsüchte über ihr Gesicht, die im Licht der Kerzen hin und her flackerten.

Hast du noch immer vor, nach Avalon zu reisen? fragte Nordwind, als der Gesang zu Ende war und sie eine Flasche tiefroten Weins geholt hatte, die von einem versunkenen Schiff stammte. Sie hatte die Flasche an der Nordseeküste, in der Gegend von Scarborough, gefunden.

Ich bin krank nach jenem Land, flüsterte Amaryllis Sternwieser, und Alpinox horchte auf. Er hatte die Narzissenfee noch nie so bewegt gesehen.

Dann mußt du wohl hin, sagte Nordwind. Wir könnten morgen nach Wales fliegen und in der Carmarthan Bai auf das kristallene Boot warten.

Warum fliegen wir nicht gleich bis dorthin? fragte Alpinox, dem der Ausflug auf die Orkney-Inseln überaus gut gefallen hatte.

Ich weiß auch nicht, warum das so ist, meinte Nordwind verträumt, aber nach Avalon kann man nur mit dem kristallenen Boot fahren.

Das kristallene Boot, sagte Amaryllis Sternwieser, ich weiß sogar den Satz wieder, mit dem man es rufen muß.

Ein Zeichen dafür, daß du wirklich hin mußt.

Ja, sagte Amaryllis Sternwieser, ich muß, ich muß, ich muß.

Sie schlugen, ein jeder in einem anderen Raum, ihr Nachtlager auf, und der tiefrote Wein von jenem versunkenen Schiff bewirkte, daß sie rasch einschliefen und bis zum nächsten Morgen nicht erwachten.

Nicht einmal der Lärm der Flugzeuge, der so hoch oben den Straßenlärm ersetzte, konnte sie stören, und als sie alle etwa zur gleichen Zeit in einen freundlichen Tag hinein erwachten, war Amaryllis Sternwieser die erste, die, von Reisefieber geschüttelt, in die Küche eilte, Kaffee und Tee zubereitete und dazu auch noch sang. So als hätte die Stimme jenes jungen Irländers in ihr selbst Weisen und Melodien geweckt, die längst in ihrem Gedächtnis versunken waren und die nun mit unwiderstehlicher Macht aus ihr hervordrängten.

Ich wußte gar nicht, daß Sie über eine so herrliche Stimme verfügen, meinte Alpinox anerkennend. Ich hatte schon geglaubt, daß Ihnen zumindest in diesem Punkt die Salige überlegen sei. Wie ich höre, ist dem nicht so, und er lächelte schalkhaft.

Und so weit hatte sich Amaryllis Sternwieser noch nicht von ihm entfernt, als daß sie diese Bemerkung kommentarlos hingenommen hätte. Nun, meinte sie, ich sitze eben nicht nächtens auf Bergspitzen und locke mit meiner Stimme tolldreiste Jünglinge an, weil es mir nicht liegt, mein Organ für derlei profane Zwecke zu mißbrauchen. Wenn ich singe, geht es mir um die Sache selbst und nicht um die Nebenwirkungen oder um irgendwelche Zweckgebundenheiten.

Nordwind hatte amüsiert zugehört und fing nun hellauf zu lachen an. Ich glaube, sagte sie zu Amaryllis Sternwieser, dir geht es mit dieser »Saligen« so wie mir mit den Nixen des Atlantiks. Sie können es nicht lassen, sich mit entblößtem Oberkörper zur Schau zu stellen, und was sie mit ihren Stimmen machen, könnte einen fast Mitleid mit den Enterischen empfinden lassen.

Nun war es an Alpinox, sich zu amüsieren, und er tat es wortlos, indem er sich den Rest des Weines, der vom Vortag übriggeblieben war, einschenkte und ihn bedächtig austrank, während Nordwind ihre Pflanzen versorgte, indem sie ein Becken mit Wasser so aufstellte, daß alle sich bequem daraus bedienen konnten. Die Luft schmeckte nach Abschied, als sie sich im Schutze einer vorüberziehenden Wolke erhoben und in Richtung Wales abflogen.

Da das Wetter schön war, mußten sie hoch emporsteigen, um von der Erde aus nicht gesehen zu werden. Und Nordwind erzählte ihnen von den Städten und Plätzen, von den Flüssen und Wäldern, die tief unter ihnen lagen und zum Teil von lichten Nebelschwaden bedeckt waren und deren Namen an die in den Sagen erinnerten.

Sie landeten an einer einsamen Stelle der Küste, die weit von jeder Siedlung der Enterischen entfernt war. Es war auch eine derjenigen, die eine besondere Art von Strömung, der die Enterischen auswichen, saubergehalten hatte, so daß weder Teer, Öl noch Küchenabfälle der großen Schiffe angeschwemmt wurden.

Ein wenig wärmten sie sich im Sonnenlicht, doch Amaryllis Sternwieser schien in Gedanken schon ganz woanders zu sein, und als Alpinox ihr die paar Schritte bis zum Wasser folgen wollte, hielt Nordwind ihn zurück. Sie sahen, wie Amaryllis Sternwieser die Arme hob und gegen den Wind sprach. Dann erst folgten sie ihr. Und da merkten sie auch schon, wie das kristallene Boot sich vom Horizont her näherte.

Kommst du mit? fragte Amaryllis Sternwieser Nordwind. Nordwind schüttelte den Kopf, daß ihr weißer Blumenhut zu tanzen anfing. Es ist noch nicht lange genug her, daß ich das letztemal in Avalon war. Und Sie, fuhr sie, an Alpinox gewendet, fort, sollten auch lieber darauf verzichten, unsere liebe Freundin zu begleiten.

Alpinox schaute vor sich hin und konnte sich zu keiner Antwort entschließen.

Sie können ruhig mitkommen, wenn Sie wirklich wollen, sagte Amaryllis Sternwieser, aber aus ihrem Ton ging hervor, daß sie kaum gewahr wurde, was sie sagte.

Wie lange wollen Sie denn bleiben? fragte Alpinox.

Oh, nicht lange, erwiderte Amaryllis Sternwieser rasch. Am Abend schon werde ich wieder hier sein ... und mit diesen Worten setzte sie ihren Fuß in das kristallene Boot, das genau vor ihr gehalten hatte. Eine herrliche Musik erklang und übertönte, ohne laut zu sein, die Abschiedsworte von Alpinox. Wir werden auf Sie warten ... rief er, aber da saß Amaryllis Sternwieser schon in der Barke und fuhr schnell, und ohne sich noch einmal umzudrehen, davon.

Alpinox seufzte. Glauben Sie wirklich, liebe Nordwind, daß sie nicht lange fortbleiben wird?

Lange? fragte Nordwind lächelnd. Was heißt schon lange, bei

unseren Jahren. Selbst wenn sie nur einen Nachmittag lang in Avalon bleibt, kann das für uns hier draußen Jahre an enterischer Zeit bedeuten.

Ich hätte sie also doch besser begleiten sollen?

Nordwind schüttelte den Kopf. Dorthin, und sie deutete in die Richtung, in der das kristallene Boot verschwunden war, geht man besser allein. Eine jede von uns erwartet etwas anderes in Avalon, und es ist immer ein Geheimnis, was uns erwartet, aber es betrifft nur uns selbst. Die Tage, in denen Avalon aus ewigem Frühling und Festen bestand, sind vorbei, so wie nichts beim alten geblieben ist. Ich fürchte, wir werden dem sehr bald Rechnung tragen müssen.

Alpinox nickte. Ich weiß, sagte er, ich weiß, wir alle sind vom Gesetz nicht ausgenommen, auch wenn unsere Zeit anders abläuft, sie läuft ab. Nur, wo werden wir sie wiedertreffen, wenn sie zurückkommt?

Lassen Sie das meine Sorge sein. Wir sind so weit miteinander verbunden, daß ich den Tag und die Stunde wissen werde.

Aber was tun wir in der Zwischenzeit? Alpinox machte ein ratloses Gesicht. Zusehr hatte er sich darauf eingestellt gehabt, Amaryllis Sternwieser zu begleiten.

Nun, meinte Nordwind lächelnd, eine schwierige Frage oder vielleicht doch nicht? Wie wäre es mit Grönland oder dem Pol? Ich habe in dieser Gegend zu tun, und wenn Sie Lust haben …?

Grönland, der Pol? … Alpinox' Gesicht begann sich aufzuheitern. Die Berge sind mir immer lieb, auch wenn es Eisberge sind.

Also dann kommen Sie, rief Nordwind und streckte Alpinox einladend die Hand hin. Wir nehmen den Weg übers Meer, da bleiben wir ungesehen, wenn wir den großen Schiffsrouten ausweichen. Und schon erhoben sie sich wieder, diesmal formiert wie ein Keil ziehender Wildgänse, an dem nur seltsam war, daß er um diese Jahreszeit gegen Norden flog.

Immer mehr genoß Alpinox den Flug durch die Lüfte, und

er spürte weder Kälte noch Wind, während er so mit Nordwind übers Meer zog. Sie hielten auch nicht an, bis sie die ersten schnee- und eisstarrenden Vorposten der Grünen Insel sahen und Cape Farewell in Sicht kam. Und bevor sie zur ersten Landung ihrer großen Nordlandreise ansetzten, wünschten beide sich in dicke Eskimo-Pelze, so daß sie kaum aufgefallen wären, hätte jemand sie dort getroffen.

Lachend und Arm in Arm vertraten sie sich die Beine, und Alpinox war voll des Lobes über Nordwinds Idee, der er immer mehr Geschmack abgewann.

Jetzt aber sollten wir uns auf enterische Weise kräftig stärken, meinte Nordwind, und schon hielten sie auf eine kleine Siedlung zu, die Nordwind zu kennen schien.

Schnell wie ein Gedanke flog die Barke dahin, in der Amaryllis Sternwieser stand. So sehr sehnte sie sich dem Land entgegen, daß sie sich nicht einmal setzte, und als das Licht immer stärker wurde, wurde auch ihr Herz immer weiter, und ehe sie sich's versah, lief die Musik in ein klirrendes Geräusch aus, und das kristallene Boot fuhr bis weit an den Strand hinauf.

Wie schön, rief Amaryllis Sternwieser, als sie der vielen Apfelbäume ansichtig wurde, die in voller Blüte standen und sich in einem leichten, zärtlichen Wind hin und her wiegten. Wiederum erklang Musik, aber diesmal war es so, als käme sie geradewegs aus den Blüten, und als sie genauer hinhörte, war es, als seien auch Worte darunter, die die Blüten einander zusangen. Und wie sie so Fuß vor Fuß setzte, schien ihr, als entstünde der Pfad vor ihren Füßen und sei nur für sie. Sie schritt so beschwingt und leicht aus, daß sie bald bis ins Innere der Insel vordrang, ohne jemandem zu begegnen, obwohl die Luft voller Summen und Tönen war. Es herrschte eine festliche Stimmung, und Amaryllis Sternwiesers Schritte wurden immer mehr zu einem Tanz, und ihre Kleidung löste sich auf in weiße seidene Tücher, die sich liebkosend um ihren Körper schmiegten.

Die Apfelbäume hatten sich gelichtet und machten einer satten grünen Wiese Platz, die von Blumen übersät war, die sich ebenfalls hin und her wiegten, und als ihr Pfad vor einem kleinen Bach endete, dessen dunklere Stimme ihr zu bleiben und zu trinken befahl, ließ sie sich nieder und schöpfte mit den Händen Wasser an ihren Mund. Und sie trank und trank, als könne sie nie genug von diesem herrlichen, süßen Wasser bekommen, und schon während sie trank, spürte sie die Veränderung, die mit ihr vorging. Und sie spürte das Wasser nicht mehr in sich hineinsinken, sondern in ihr emporsteigen, langsam und von den Wurzeln her. Sie fühlte, wie es in all ihre Zellen drang, bis sie satt waren und gezwungen, sich zu dehnen, zu wachsen. Sie spürte, wie ihr leichter Leib sich aufrichtete und der Sonne entgegenstrebte. Wie ihr Kopf sich zu sternförmigen Blättern entfaltete, und ihre eigene Kraft ließ sie erschaudern, während ihre Gliedmaßen weit unten und untätig blieben. Sie war wie betäubt von dem Duft, den sie wissentlich und mit solcher Sehnsucht verströmte, daß die Kraft ihres Gefühls sie überwältigte. Und obwohl sie keine Augen mehr hatte, sah sie, und obwohl sie keine Ohren mehr hatte, hörte sie und nahm wahr, mit einer Empfindlichkeit, an die sie sich durch all ihre Leben hindurch kaum mehr erinnern konnte.

Es ist schwer, in Worte zu fassen, was sie empfand, weil sie alles auf eine so andere Weise wahrnahm und es eine so andere Welt zu sein schien, und dennoch empfand sie, empfand mit solcher Heftigkeit, daß sie einer jeden ihrer Empfindungen vollkommen ausgeliefert schien. Auch sie begann leise hin und her zu schwingen, und wieder spürte sie, wie sie wuchs und sich streckte, wie sie sich dehnte und emporreckte, und auf einmal schien alles in ihr einer ganz bestimmten Berührung entgegenzuwachsen, einer Berührung, die sie wie nichts anderes ersehnte, und ihr Innerstes wölbte sich immer mehr nach außen in einem Vorgefühl der Lust, wie sie es rückhaltloser und ausgesetzter seit Urzeiten nicht mehr gekannt hatte. Sie war eins mit sich selbst, ungeteilt in Herz und Verstand, ungeteilt in Gefühle und Gedanken, ungeteilt in Geist und Fleisch. Und was sie wollte, wollte sie ohne Rückhalt und ohne Bedingung, ohne Vorher und Nachher, ohne Erwägung und ohne Rechtfertigung. Sie war eins und insgesamt, und ihr ganzes Sein stimmte in den großen Lockgesang ein, der aus Duft, Ton und Bewegung bestand. Und sie spürte jeden Hauch und wußte ihn zu deuten, jede Schwingung der Luft und jeden Atemzug, und dieses Vorgefühl der Lust ließ sie ahnen, wie die Lust selbst beschaffen sein mußte.

Es wurde heller und heller, und sie spürte, wie das Wasser in ihren Zellen sich erwärmte, wie der Prozeß der Umwandlung der Elemente sich verlangsamte und wie das Verlangen immer schwerer auf ihr lastete. Angst kam in ihr auf, daß sie vergehen könnte, ohne der Berührung teilhaftig geworden zu sein, und sie sammelte alle ihre Kräfte, um mehr zu werden, mehr trotz der beginnenden Lähmung durch den Mittag, und sie spürte, wie die Erde sich drehte. Immer öfter fühlte sie, daß die Berührung auf sie zukam, daß Schatten über sie hinwegflogen. Sie nahm die Schwingung der Laute wahr, mit der die Berührung an ihr vorüberzog, spürte den Lufthauch der Flügel, mit dem sie an ihr vorüberschwebte, spürte auch das wollüstige Erzittern anderer, die die Berührung getroffen hatte.

Aber noch war sie nicht, was sie sein konnte. Noch spürte sie, obwohl es sie immer mehr Kraft kostete, daß sie noch wachsen konnte, daß ihr Duft noch stärker sein mußte, und sie holte immer mehr von ihren Wurzeln empor, bis die Ränder ihres Kelchs orangerot erglühten, wetteifernd sogar mit der Sonne, deren Kraft sie zu der ihren machte. Die Anstrengung hatte sie erzittern lassen, und obwohl sie von weitem schon die Ermattung zu spüren glaubte, die ihr bevorstand, hob sie sich noch um ein weniges mehr dem Licht entgegen. Dann geschah es. Das Licht verdunkelte sich, und der Anprall ließ sie erbeben, daß sie wild zu schwanken begann, bis auch da ihre Kraft siegte und sie stillstand in der grenzenlosen Lust der Berührung, völlig hingegeben jenem Fremden, Anderen, das all ihrer Kraft den Sinn und die Vollendung gab.

Und als sie dann leicht unter der Berührung wieder wegtauchte, spürte sie die Ermattung über sich kommen, das plötzliche Ruhen der Kräfte, die Vollgesogenheit und die Stille, die Wahrnehmung, daß das Wachstum für kurze Zeit zum Stehen gekommen war. Und sie senkte ihren Kelch, um sich auszuruhen, um die Anstrengung, die ihr von neuem bevorstehen würde, zu vergessen, bis ein anderer Vorgang sie ihr bedingungslos abfordern würde.

Als Amaryllis Sternwieser erwachte, dauerte es eine Weile, bis sie sich in ihrem Feenleib wieder zurechtfand. Sie lag an jenem Bach, inmitten einer Wiese, und als sie sich aufrichtete, stand die Sonne bereits im Westen, obwohl es noch Nachmittag war. Sie fühlte sich erfrischt und verwandelt, obwohl alles an ihr wieder so war wie bei ihrer Ankunft. Das also war mein Geheimnis in Avalon, dachte sie, und während sie sich langsam erhob, ließ sie einen langen zärtlichen Blick über all die Blumen gleiten, die sich noch immer nach jener seltsamen Musik hin und her wiegten.

Ich muß zurück, dachte sie, Alpinox und Nordwind werden auf mich warten. Und tänzelnden Schritts ging sie durch all die Apfelbäume an die Küste zurück. Als sie am Ufer anlangte, stand das kristallene Boot schon bereit, und sie hatte wieder ihr dunkelgraues gestreiftes Reisekostüm an und den weichen Filzhut, und der dunkle Tuchmantel hing über ihrem Arm.

Diesmal fuhr der Kahn nicht so schnell wie bei der Reise nach Avalon, so als wolle man ihr Zeit lassen, sich wieder in der äußeren Welt zurechtzufinden. Und während sie so vor sich hinschaute, es war verboten, sich nach Avalon umzudrehen, wenn man es verließ, sah sie mit einemmal einen Kopf aus den Wellen tauchen, dessen an sich melancholisches Gesicht sich zu einem freudigen Lächeln verzog.

Von Wasserthal, rief Amaryllis Sternwieser ungläubig, wie kommen Sie in den Atlantik? Von Wasserthal lächelte und schwamm neben dem kristallenen Boot her. Sie wissen doch, meine Reise durch die Weltmeere ... Ich bin ziemlich weit herumgekommen, aber der Spuk ist nun vorüber, die Enterischen haben Frieden geschlossen und sind gerade dabei, ihre entsetzlichen Städte wieder aufzubauen.

Was sagen Sie da? Amaryllis Sternwieser runzelte die Stirn. Der Krieg ist vorbei? Als ich nach Avalon fuhr, hatte er noch gar nicht angefangen. Sie seufzte. O Nordwind ... o Alpinox ... und ich dachte, sie würden mich noch immer in der Carmarthan Bai erwarten.

Machen Sie sich keine Sorgen, sagte von Wasserthal. Ich komme gerade von Ys, wo die ganze Gesellschaft beisammen ist und Sie erwartet. Auch Isabel und Rosabel sind da, sie sind ebenfalls in Avalon gewesen.

Der arme Alpinox ... und ich hatte ihm versprochen, diese Jahre mit ihm zu verbringen.

Alpinox? ... von Wasserthal lachte lauthals. Der ist am meisten auf seine Rechnung gekommen. Seit ich ihn getroffen habe, redet er von nichts anderem mehr als von seiner Reise mit Nordwind. Er ist angeblich in Grönland und auf dem Pol gewesen, es scheint ihn sehr beeindruckt zu haben. Seine Sympathie für eisige Felsen muß aus einer der letzten Eiszeiten stammen. Jedenfalls ist er begeistert und erwägt, einen neuen Vereisungsprozeß der Alpen einzuleiten.

Er soll es nicht wagen, fauchte Amaryllis Sternwieser eher ungeläutert. Das werden wir auf alle Fälle zu verhindern wissen, glauben Sie nicht auch, lieber von Wasserthal, und sie blickte kampflustig auf ihn herab.

Von Wasserthal nickte lächelnd und meinte dann: Aber jetzt

kommen Sie mit mir, ich werde Sie so rasch wie möglich nach Ys bringen, wo Sie dann an Ort und Stelle mit Alpinox verhandeln können.

Wie soll ich bloß? fragte Amaryllis Sternwieser etwas unbeholfen.

Hier hinein … springen Sie, und als Amaryllis Sternwieser sprang, sprang sie geradewegs in eine ihrer Körpergröße angepaßte Luftblase hinein, die der Wassermann mit seinem Munde schloß und neben sich herzog. Eine Aufmerksamkeit, für die Amaryllis Sternwieser ihm sehr dankbar war, denn der Atlantik mochte um diese Jahreszeit auch nicht gerade wärmer und freundlicher als sonst sein. Sie hatte zwar ihren Besuch bei von Wasserthal in seinem Palast in bester Erinnerung, doch war der angenehm sonnendurchschienene und glasklare See mit all dem Tang und aufgewühlten Sand nicht zu vergleichen, der immer mehr wurde, je näher sie der Bretagne kamen. Manchmal war die Sicht sehr behindert, aber von Wasserthal fand seinen Weg sehr gut durch das Unterwassergestrüpp, seine Orientierung mußte auf etwas anderem als auf Sicht beruhen. Amaryllis Sternwieser war jedenfalls heilfroh, daß sie so bequem und von all den im Wasser umherschwimmenden Dingen unangefochten neben ihm hergleiten konnte. Sie war nun durch diese Luftblase so sehr in der Sphäre von Wasserthals, daß sie sich unter anderen Umständen wie eine Gefangene hätte vorkommen können. Sie aber genoß es und wandte ihren Blick kaum von ihm.

Nach geraumer Zeit, die von ihr aus ruhig noch hätte länger dauern können, begann sie unter all dem Tang riesige Gesteinsbrocken zu sehen, Menhire und Ganggräber, aber auch so etwas wie Stadtmauern und verfallene Gebäude glaubte sie zu erkennen, durch die die Fische ein und aus zogen.

Von Wasserthal näherte sich einem durch größere Fische vom Tang frei gehaltenen Steingebäude, das wie ein urtümlicher Palast aussah. Er öffnete mit Leichtigkeit das schwere Tor, und sie kamen in eine wohleingerichtete Halle, die aber jeden Prunkes entbehrte. Von Wasserthal sah sich suchend um, da sie aber niemanden sehen konnten, machte er ihr ein Zeichen, sie solle sich gedulden, und schwamm wiederum aus dem Palast hinaus und durch immer seichter werdendes Gewässer dem Ufer der kleinen Insel Er-Lannic im Golf von Morbihan zu. Noch bevor sie an Land kamen, sah Amaryllis Sternwieser, zu beiden Seiten und in einem Halbkreis errichtet, riesige Gesteinsbrocken liegen, die sich, sobald sie aus ihrer Luftblase und ans Ufer gestiegen war, als die andere Hälfte eines großen Cromlechs entpuppte, den sie von der Luft aus schon öfter gesehen hatte.

Ich habe mir den Palast von Ys als kleine Reisestation eingerichtet, sagte von Wasserthal, der das Wasser aus Haaren und Gewand schüttelte, die meine Freunde und ich gelegentlich auf Reisen benützen, und er deutete aufs Wasser zurück. Nicht gerade prunkvoll, aber für einen kurzen Aufenthalt bequem genug.

Die anderen scheinen einen Ausflug an Land gemacht zu haben, meinte er und hob die Hand, um seinen suchenden Blick zu beschatten. Lassen Sie mich nur ein Weilchen verschnaufen, dann werden wir sie bald finden.

Die Sonne schien warm, und ein nicht zu starker Wind wehte, der sein Haar fliegen ließ.

Amaryllis Sternwieser hielt das Gesicht witternd in die Luft. Es mußte ihrem Empfinden nach etwa Ende August sein, nur welches Jahr, das mußte sie noch herausfinden.

Der Krieg ist also zu Ende, meinte sie nachdenklich, und ein erster Gedanke streifte die Familie derer von Weitersleben. Und er war schrecklich, fügte sie, sich ihrer Vorahnungen erinnernd, hinzu.

Das kann man wohl sagen, meinte von Wasserthal, und selbst er, der sich sonst kaum viel aus den Nöten der Enterischen zu machen schien, sah ernst und gequält drein. Es war der schrecklichste, den es je gegeben hat.

Haben Sie irgendwelche Nachrichten von Ihrem See? fragte Amaryllis Sternwieser mit dem Hintergedanken, etwas über den Ort zu erfahren.

Die Landschaft ist unbeschädigt geblieben, sagte er, das ist alles, was ich weiß, auch der See soll in gutem Zustand sein.

Werden Sie bald zurückkehren? fragte Amaryllis Sternwieser.

Das werden wir wohl alle, meinte von Wasserthal, so als hätte er noch gar nicht an eine andere Möglichkeit gedacht.

Amaryllis Sternwieser überlegte. Ich weiß nicht so recht, wenn ich nicht noch Verpflichtungen dort hätte … ich weiß nicht, ob ich zurückkehren würde.

Sie werden es, meinte von Wasserthal bestimmt. Wir alle werden es, solange wir uns in dieser Gestalt befinden.

Ja, antwortete Amaryllis Sternwieser, in dieser Gestalt werde ich wohl zurückkehren.

Neuerdings hört man eine Menge solcher Reden unter den lang Existierenden, meinte von Wasserthal nachdenklich. Niemand scheint mit seiner Gestalt mehr zufrieden zu sein. Zum einen oder anderen Mal wird sogar der Vorschlag gemacht, in die Dinge zurückzukehren, sich so weit von den Enterischen zu entfernen, daß jede Ähnlichkeit im Staub ihrer Geschichte versinkt.

Amaryllis Sternwieser nickte. Man hört so manches, sagte sie, obwohl sie auf Avalon nichts dergleichen gehört, sondern nur empfunden hatte, und macht sich so seine Gedanken … wenn es den meisten von uns ähnlich ergeht, liegt eine große Veränderung in der Luft.

Was mich betrifft … von Wasserthal fuhr sich mit den Fingern durch sein im Wind trocknendes Haar, ich bin mit mir noch zufrieden. Und solange ich im See drunten ungestört bleibe …

Warten Sie nur, meinte Amaryllis Sternwieser lachend, man wird Sie schon noch belästigen. Warum sollten gerade Sie auf die

Dauer von den Enterischen verschont bleiben. Man wird Ihnen schon noch, wie soll ich sagen ... das Wasser heiß machen.

In diesem Augenblick waren Stimmen zu hören, und als Amaryllis Sternwieser in die Richtung schaute, aus der die Stimmen gekommen waren, gewahrte sie Alpinox, Nordwind, Rosabel und Isabel, die, vom Hügel herabkommend, zwischen den Steinen hindurch in den Cromlech traten, der sich erst unter Wasser zu einem Kreis schloß, und nun winkend und rufend auf sie zueilten.

Es gab eine große Begrüßung, mit Umarmungen, Handküssen und Erzählungen, aus der besonders Alpinox hervorstach, indem er einerseits genau wissen wollte, wie es Amaryllis Sternwieser ergangen war, andererseits nicht früh genug damit beginnen konnte, seine eigenen Nord- und Polerlebnisse zum besten zu geben.

Amaryllis Sternwieser zeigte sich ihm gegenüber ein wenig kühl, wohingegen sie Nordwind besonders freundlich begrüßte. Die beiden Feen lächelten einander wissend zu und hielten ihre Hüte im Wind, während Alpinox sich von nun an wieder lieber an von Wasserthal hielt.

Rosabel und Isabel, die beinah gleich aussahen, trugen anstelle von Hüten große seidene Kopftücher, die sie auf Zigeunerinnenart umgebunden hatten. Die beiden waren früher einmal als eine einzige Gestalt durch die Märchen gezogen. Eines Tages jedoch hatte diese es leid gehabt, immer die dreizehnte zu sein, und so teilte sie sich und das Unglück, das sie angeblich brachte, das aber, wie Rosabel glaubwürdig versicherte, nicht von ihr ausgehe, sondern von den Enterischen selber, die das nur nicht so recht überblicken und verstehen könnten. Wir, fuhr Isabel fort, machen die Enterischen höchstens darauf aufmerksam, daß etwas auf sie zukommt, was ihnen nicht angenehm sein wird.

Sie standen nun alle auf dem Strand und berieten, was sie tun sollten. Eigentlich waren sie vollzählig. Ys war eine vor allem für die Enterischen romantische Insel, die lang Existierenden wurden ihrer jedoch rasch leid, bis auf von Wasserthal, der sich als Hausherr fühlte.

Wie wäre es, wenn wir gleich ... meinte Alpinox, den es plötzlich heftig in Richtung Alpen zog.

Wir wollen uns doch erst noch in aller Ruhe setzen und etwas zu uns nehmen, rief Amaryllis Sternwieser. Sie hatte all die Zeit in Avalon hindurch keiner der Speisen zu sich genommen, an die sie gewohnt war, und das machte sich nun am Wasser und in der scharfen Luft bemerkbar.

Ich schließe mich dem Vorschlag an, rief von Wasserthal, die Reise durch den Atlantik hat auch mir Appetit gemacht, und er konnte es nicht unterlassen, Amaryllis Sternwieser unter halbgeschlossenen Lidern einen seltsam herausfordernden Blick zuzuwerfen. Ich hoffe, ich darf Sie alle noch einmal hier in Ys zu Gast haben, fuhr er, an die übrigen Anwesenden gewendet, fort. Dabei können wir uns in Ruhe überlegen, auf welche Weise wir gemeinsam ins Steirische Salzkammergut zurückkehren wollen. Ich hoffe, die Damen Nordwind, Rosabel und Isabel begleiten uns noch, bevor sie in ihre angestammten oder gewählten Orte zurückkehren.

Warum nicht? meinte Nordwind, ich habe auf dem Pol so viel über die Alpen gehört, daß ich sie unbedingt wiedersehen möchte.

Warum nicht? meinten auch Rosabel und Isabel. Und so stieg die ganze kleine Gesellschaft in eine der bequemen von Wasserthalschen Luftblasen und wurde in den Palast von Ys hinabgezogen, um vor der Reise einen letzten Imbiß zu nehmen und alle Details der Rückkehr zu besprechen.

Noch in der Luftblase war das Wort Kirtag gefallen, und von Wasserthal hatte von draußen erfreut hereingelächelt, während Alpinox sich vor geballter Erinnerung auf die Schenkel schlug.

Ach, meinte nun auch Amaryllis Sternwieser, der Kirtag. Und sie erklärte Nordwind, Rosabel und Isabel, was es damit an dem Ort, an den sie zurückkehren würden, für eine Bewandtnis hatte.

Einige Tage später, es war der erste Samstag im September, zog bei strahlendem Wetter eine kleine Karawane die Asphaltstraße in den Ort hinauf. Kleine bunte Holzwägelchen, vor die semmelbraune Pferde mit goldgelber Mähne gespannt waren, polterten mit ihrer Last, bestehend aus bunten Papierblumen, Lebkuchenherzen mit kleinen Spiegeln, türkischem Honig und anderem Flitterkram und Näschereien, dem Platz vor der Kirche am Ende der Straße zu, wo die Einheimischen zum erstenmal wieder Stände aus Holz zusammengenagelt und aufgestellt hatten, in der zaghaften Hoffnung, jemand von den Fahrenden, die sie während des unglückseligen Krieges beinah ausgerottet hatten, würde sich wieder nach alter Sitte und Brauch gerade rechtzeitig zum Kirtag hierherverirren. Der Jubel war groß, wenn er auch gedämpft klang. Man konnte es gar nicht so recht glauben, daß die Fahrenden diesmal nicht wieder ausbleiben würden, und einige der älteren Leute weinten sogar ein wenig, als sie die hübschen Pferde und Wagen sahen, die so gar nichts vom Krieg und der Nachkriegszeit an sich hatten. Von den Jüngeren schauten manche aber schon recht neidisch drein, wenn ihr Blick auf die wohlgenährten kleinen Gäule fiel, und Amaryllis Sternwieser, die ein feineres Gespür für die Enterischen hatte, war sich sehr bald im klaren darüber, daß weder Leid noch Elend sie wirklich verändert hatten.

Amaryllis Sternwieser, Nordwind, Rosabel und Isabel hatten sich in bunte Gewänder gekleidet und große Ohrringe angesteckt, und wie sie so neben Alpinox und von Wasserthal, in perfekter Maskerade, einhergingen, sahen sie aus wie die hübschesten Fahrenden, die man sich vorstellen kann. Als sich dann noch herausstellte, daß sie heimlich sogar den Kindern etwas zusteckten, geschah es zum erstenmal in der Geschichte des Ortes, daß man die Kinder dazu anhielt, sich an die Fahrenden zu halten, anstatt sie, wie sonst, mit ihnen zu schrecken, indem man ihnen drohte, die Fahrenden würden sie stehlen und mit sich nehmen, wenn sie nicht auf der Hut vor ihnen waren.

Es dauerte nicht lange, und schon hallte der Ort wider vom Pfeifen der Papierroller, in die die Kinder ihren ganzen Atem bliesen, und die jungen Mädchen hatten Herzen umhängen, auch wenn die meisten Burschen fehlten, weil sie tot oder gefangen waren. Es war nicht dieselbe Fröhlichkeit wie vor dem Krieg und in älteren Zeiten, aber es war eine, die endlich wieder aufatmen ließ, die die abgemagerten Enterischen zum erstenmal wieder hoffnungsvoll lachen und singen machte.

Amaryllis Sternwieser war voll der krausesten Gedanken. Ihrem vieles ergründenden Blick war nicht entgangen, daß sich noch manche in den Häusern verbargen, deren Schuld bereits geahndet wurde. Auch waren ihr die vielen wieder nach dem neuesten Wind hängenden Mäntel nicht entgangen, die vielen kleinen und großen Listen, die in den Köpfen der Enterischen zu keimen begonnen hatten, um ihre Schäfchen wieder ins trockene zu bringen. Aber sobald sie eines der Kinder erblickte, die während der Zeit ihrer Abwesenheit geboren worden waren und deren Kindheit sich im Schatten der Geschehnisse abgespielt hatte, zeigte sich ihre Verbundenheit mit den Enterischen, und sie griff nach einem Lebzelter oder einem Stück türkischen Honigs und streckte ihn den verlangend vorschnellenden Händen zu, um dann befriedigt zuzusehen, wie die kleine Köstlichkeit in einem weit aufgerissenen Kindermund verschwand. Und einmal kam auch jenes Kind vorbei, auf das sie mit immer brennenderer Neugier gewartet hatte und das mit ebenso verlangenden Augen nach all der Herrlichkeit Ausschau hielt, nur daß seine Hände auf dem Rücken verschränkt waren und es auch blieben.

Amelie von Weitersleben hatte Sophie durch das Gedränge vor sich hergeschoben und war dann vor Amaryllis Sternwieser stehengeblieben, ohne sie zu erkennen. Sie war sehr schmal geworden, aber schön geblieben, und selbst ihrer bescheidenen Kleidung haftete noch so etwas wie Eleganz an.

Gibt es etwas, das du unbedingt haben möchtest? fragte sie Sophie, deren Blick sich an einem Lebkuchenherz mit einem kleinen, daran befestigten Glöckchen festgebissen hatte. Schau dir die Dinge gut an, sagte sie, ich kann dir nur einen Wunsch erfüllen.

Dieses da, sagte Sophie, und deutete mit ihrem Blick auf das Herz, das Amaryllis Sternwieser ihr schon entgegengestreckt hatte.

Bist du sicher, daß es das und nichts anderes ist? Amelie hatte in ihrer Handtasche nach Geld zu suchen begonnen, und während sie ein paar Münzen hervorkramte, war Sophies Blick noch einmal über den ganzen Stand geglitten und neuerdings an dem Lebkuchenherz in Amaryllis Sternwiesers Hand hängengeblieben.

Ja, sagte Sophie, ich möchte dieses hier.

Darf ich es dem kleinen Fräulein umhängen? fragte Amaryllis Sternwieser, nachdem Amelie die paar Geldstücke auf den Stand gelegt hatte.

Tun Sie das nur, liebe Frau, sagte Amelie und sah die Hände an, die mit geschickten schmalen Fingern das rote Band mit dem Herzen um Sophies Hals legten, so als erinnerten sie sie an etwas.

Es sind alle guten Wünsche dabei, sagte Amaryllis Sternwieser und machte ein geheimes Zeichen zum Schutze der kleinen Sophie, die ihr gerade in die Augen sah.

Danke, sagte Sophie und streckte Amaryllis Sternwieser die Hand hin, eine Geste, über die Amelie und Amaryllis Sternwieser gleichzeitig lachen mußten.

Dann waren die beiden wieder in der Menge verschwunden, und Amaryllis Sternwiesers Entschluß stand nun endgültig fest, sich noch einmal hier niederzulassen, wenn auch nur, wie sie sich wiederholt sagte, für unbestimmte Zeit.

So bescheiden dieser Kirtag war, im Vergleich zu denen der späteren Jahre, es hatte auch noch kein Bierzelt gegeben, so war er doch so etwas wie ein Neuanfang, sowohl für die Enterischen als auch für die lang Existierenden. Und als tags darauf die kleine Karawane wieder aus dem Dorf abzog, folgten ihr die Kinder bis zur Mühle hinunter, wo sie dann winkend und immer noch rufend zurückblieben.

Bald darauf waren die Pferde und die Wägelchen nicht nur aus ihren Augen, sondern sozusagen vom Erdboden verschwunden, und ein kleines Grüppchen von Leuten, in die Tracht der Einheimischen gekleidet, näherte sich zu Fuß und über den Tressenweg einem kleinen Holzhäuschen, vor dessen Tür bereits der Waukerl Eusebius wartete.

Man trat ein und fand alles unverändert. Eusebius hatte ein Fläschchen mit selbstgebranntem Obstler mitgebracht, so daß die Rückkehr gebührend gefeiert werden konnte.

Spät am Abend brachen dann die Gäste auf. Nordwind, Rosabel und Isabel in ihre Richtungen, Alpinox kehrte in die Berge und von Wasserthal in seinen See zurück. Von Drachenstein fehlte noch jede Spur, doch Eusebius meinte, es werde gewiß nicht mehr lange dauern und er werde sein griesgrämiges Gesicht aus einem unterirdischen Gang strecken.

Bevor Amaryllis Sternwieser zu Bett ging, blickte sie noch einmal lange zum Fenster hinaus, wie um sich der wiedergewonnenen Aussicht zu versichern, und da war ihr, als könne sie im Mondlicht ein paar Wäschestücke vor dem Trisselberger Loch hängen sehen. Erst seufzte, dann lächelte sie, und sie beschloß, in den nächsten Tagen Amelie aufzusuchen und sie um einen jener Hunde zu bitten, die ihr in dieser Gegend so lieb geworden waren.

✻

Das Wetter war, wie man es sich vorstellt, wenn das Barometer auf veränderlich steht. Hell aufflammende Sonnenstrahlen wurden vom Schatten im Winde dahinfahrender Wolken erstickt, die die Kuppen der Berge in raschem Flug umzingelten, sie für Augenblicke freigaben, um sie dann wieder, von der Baumgrenze aufwärts, ganz dem Blick zu entziehen.

Die Luft, die durch das halbgeöffnete Fenster hereindrang, war nicht kalt, wurde aber von den verschiedensten Strömungen erwärmt und wieder abgekühlt.

Noch immer unentschlossen, zog Sophie sich an. Sie würde eine warme Jacke mitnehmen müssen, wenn sie hinunterging. Gewiß würde ihr um diese Zeit noch niemand begegnen. Bevor sie das Zimmer verließ, roch sie, nun schon aus Gewohnheit, an den noch immer unversehrten Feuerlilien, ging dann schnell und ausgeruht die Treppen hinunter und benützte den nicht auf der Seeseite des Hauses liegenden Ausgang, der in den Park hinausführte.

Ein kleiner Morgenspaziergang unter den recht verschiedenartigen Bäumen und Sträuchern würde ihr genügend Bewegung verschaffen, ohne daß sie vor das Problem gestellt war, einen Schirm oder keinen Schirm mitzunehmen.

Ihr war noch gar nicht aufgefallen, daß sich am Ende des Parks ein Nutzgarten befand, dem ein Blumengarten vor- und ein Treibhaus nachgelagert waren. Den Übergang zum Park bildete eine Wiese, auf der sie, in Richtung auf die Umzäunung hin, einen umgestürzten, mit den Wurzeln nach oben ragenden Baumstamm entdeckte, der, seinem Bewuchs nach zu schließen, schon mehrere Jahre da zu liegen schien. Sie sah ein paar soeben reif gewordene Erdbeeren auf dem der Sonne zugekehrten Erdreich wachsen, das zwischen den Wurzeln des Baumstumpfes festsaß, aber auch Steinbrech und Moosartiges. Die Schräge von unterhalb der Wurzeln zum Boden hin bildete eine Art Höhle, in der ein Kind bequem sitzen konnte, wenn es die herabhängenden Wurzelfasern und Ranken wie einen Vorhang zur Seite zog und sich vor Käfern, Schnecken und Spinnen nicht grauste, die ebenfalls das Paradiesische dieses umgestülpten Baumstumpfes entdeckt hatten.

Nicht weit davon, im Schatten einer Ribiselhecke, gab es einen Komposthaufen, der mit kräftigen grünen Gurkenranken überzogen war und, soweit er bereits zu Humus geworden war, die satte Farbe der Fruchtbarkeit hatte, die Sophie an ihre Rolle als assistierende Gärtnerin für all das, was ihre Mutter zum Wachsen und Blühen gebracht hatte, erinnerte.

Sie ließ es sich nicht nehmen, auch den Garten eingehend zu mustern, der – wie man sehen konnte – von einem alten Gärtner versorgt wurde, der selbstvergessen in ihm umstach. Ein breitkrempiger Strohhut schützte sein Gesicht vor der stechenden Sonne, und aus der großen Tasche seines blauen Schurzes hingen Bastfäden, mit denen er Blumen zu binden pflegte. Der Park selbst schien menschenleer zu sein. Als Kind war sie auf dem Weg zum See oft an ihm vorübergegangen, und ihre Mutter hatte ihr die Namen der Bäume gesagt, die in seltener Vielfalt und in besonders schönen Exemplaren darin wuchsen. Die Bäume waren inzwischen älter geworden, sie konnte nicht einmal sagen, ob sie auch größer geworden waren, und der Park schien sich ebenfalls kaum verändert zu haben. Es gab keinen Rasen zwischen den Bäumen, Büschen, Sträuchern und den halbkreisförmig angelegten Kieswegen, sondern Wiese, und während sie an der Innenseite des lebenden Zauns, der den Park von der Straße trennte, dahinging, stieg ihr der Duft des erblühten Jasmins in die Nase, und sie freute sich so darüber, daß sie einen Zweig voller weißer Blüten abbrach und ihn sich ans Gesicht hielt.

Der Park war in zwei Hälften geteilt. Die eine bestand aus heimischen Bäumen, mit einer gewaltigen Blutbuche in der Mitte und Rondeaus aus Fichten und Haselnußsträuchern, während die andere Hälfte einen Springbrunnen zum Mittelpunkt hatte und in kunstvoll angelegte kleine Wege unterteilt war, an deren Rändern Ziersträucher und in Töpfen ausgesetzte Palmen standen. Auch Rosen gab es und Thujabäume, und nachdem Sophie eine Zeitlang die Wege abgegangen war und sich so die nötige Bewegung gemacht hatte, kam sie wieder zum Hotel zurück, zu der Schmalseite, die vom Speisesaal begrenzt wurde und unter deren Fenstern mehrere halbkreisförmige Buchsbaumhecken vorgelagert waren, in denen hölzerne Tische und Bänke standen. Die Wände zwischen den Fenstern waren mit Fresken bemalt, die jeweils in einer Vignette Szenen eines Märchens darstellten.

Sophie setzte sich in eines der Rondeaus, das durch den überkragenden, durchlaufenden Balkon des ersten Stockes gegen Regen geschützt war, und begann in dem Buch zu lesen, das sie mitgenommen und bisher unter dem Arm getragen hatte. Sie blätterte eine Weile in dem dicken Band, der ebenfalls aus Silbers Bibliothek stammte, bis ihr Blick am Titel der Erzählung »Datura fastuosa« hängengeblieben war ... In dem Glashause des Professors Ignaz Helms stand der junge Student Eugenius und betrachtete die schönen hochroten Blüten, die die königliche Amaryllis (Amaryllis reginae) eben zur Morgenzeit entfaltete ... Es bedurfte erst der Gesprächsfetzen aus dem Nachbarrondeau, um Sophie klarzumachen, daß sie schon einige Zeit über und unterhalb der Zeilen des »schönen Stechapfels« an etwas anderes gedacht hatte, und so ließ sie das Buch aufgeschlagen auf dem Tisch liegen, beugte sich zurück und schloß die Augen, um Ordnung in ihre Gedanken zu bringen, doch gerade das sollte und wollte ihr nicht gelingen.

Ihr war, als würden nicht nur ihre eigenen, sondern eine Reihe von anderen Gedanken durch sie hindurchgehen, und bald wußte sie kaum mehr, was ihre eigenen und was die fremden waren. Doch versuchte sie kaum mehr, Widerstand zu leisten, und ihr ganzes Wesen öffnete sich den Worten und

Bildern, die aus einer ganz bestimmten Richtung auf sie eindrangen.

Ob es tröstlich ist, daß wir in ihnen sind? Daß sie uns wiederholt leben?

Wir, ihre Erfahrung, das Erlebte und Gewordene.

Und daß sie uns manchmal zu denken wagen?

Hängt von ihrer Personifikation die unsere ab? Kehren wir denn aus ihnen in die Dinge zurück, oder sind wir durch sie aus den Dingen hervorgekommen? Wenn wir ihrer als Medium für unsere Personifikation bedürfen, liegt dann die Entscheidung bei uns?

Wie wir ihnen helfen können, wenn sie sich weigern, uns zu denken?

Indem wir unsere Gestalt ändern und in immer neuen Metamorphosen ihre Gedanken kreuzen? Daß sie sich ihrer selbst nicht zu sicher werden, ihrer wirklichen Bedürfnisse nicht vergessen?

Wenn wir uns länger gleichbleiben als sie, ist es zu ihrem Nutzen oder zu unserem Frommen?

Oder waren wir wirklich vor ihnen, wie manche behaupten, eine ältere Art von Wesen, die sie als Erinnerung weitergetragen haben, uns so die Existenz verschaffend, der wir anheimgefallen sind?

Und wenn die Symbiose endgültig zerbricht, unsere geheimen Kräfte am Mangel ihrer Phantasie verkümmern und uns die Dinge jene namenlose Herberge geben, der nur unsere eigene Erinnerung widersteht? Während sie an ganz andere Wesen zu denken wagen, maßlose Übersteigerungen ihres immer mehr verstellten Blickes, nicht mehr heimisch in dieser der möglichen Welten, sondern in einer, die ihnen nicht begreifbar, nur erreichbar geworden ist?

Und uns nichts mehr bleibt als der Rücktritt, Schritt für Schritt, der Auszug aus ihrem Bewußtsein, rückwirkend noch und zuerst aus allem Geschriebenen bis zu den ältesten Quellen, bis kein Buchstabe mehr von uns erzählt und nur mehr Großmütter und Kinder eine Erinnerung an uns haben, die immer mehr verblaßt, bis selbst unsere Namen ihnen schwer und unaussprechbar auf der Zunge liegen und sie uns höchstens noch umschreiben können als kuriose Notwendigkeit zur Erklärung seltsamer Dinge für noch nicht Eingeweihte in die neuen Mysterien der nackten Verhältnisse von Zahl und Gegenstand? Unser Rückzug wird so vollkommen vor sich gehen, daß wir selbst ihre Träume nicht mehr betreten können. Dies wird am längsten dauern, denn selbst wenn wir keine Schatten mehr werfen, werden die Stellen, die wir verlassen haben, noch Schatten werfen und Ahnungen vermitteln von all dem Entschwundenen, bis selbst diese Dunkelheiten vernarben und sie es mit neuen Finsternissen zu tun haben werden, für die es noch keine Gleichnisse gibt.

Sophies Herz klopfte wild und erfüllt von einer bestimmten Angst, der sie kaum Herr werden konnte. Was soll das, dachte sie, warum kommen gerade mir diese ungereimten Gedanken in den Sinn, ich habe mich doch nie mit solch krausen Dingen abgegeben. Sie hatte nicht einmal an der einzigen Séance teilgenommen, zu der sie je eingeladen war, und auch Horoskope konnten sie nicht beeindrucken, unter Schauspielern eine Seltenheit. Nicht daß sie glaubte, alles, was mit ihr geschah und was um sie herum vorging, durchschauen zu können, aber sie hatte das Gefühl, daß es für alles, oder beinah für alles, hinlängliche Erklärungen gab, wenn einem daran gelegen war, sie zu suchen. Sie hatte vieles hingenommen, schon allein deswegen, weil sie glaubte, daß ihr eine Erklärung auch nicht viel geholfen hätte, wenn es nun einmal geschehen war. Nun aber war ihr, als gebe es nicht nur ihr unbekannte Erklärungen, sondern Zusammenhänge, die sie nie geahnt hatte und die etwas bewirkten, dem man, wenn man die Zusammenhänge kannte, vielleicht sogar entgegenwirken konnte. Sophie schauderte und öffnete die Augen, um zu sehen, ob nicht eine dicke, die Sonne verdeckende Wolke Ursache ihres Fröstelns wäre. Aber die Sonne war gerade wieder hervorgekommen, und als Sophie sich umblickte, gewahrte sie zwei der Damen, die sie vom Sehen kannte und die einander sehr ähnlich waren. Sie hatten sich gerade erhoben, um das Rondeau, in dem sie gesessen waren, zu verlassen. Auch sie bemerkten Sophie und kamen, freundlich lächelnd, zu ihr herüber, um sie zu begrüßen.

Stören wir Sie bei der Lektüre, oder dürfen wir ein wenig Platz nehmen? fragte die eine der beiden, während die andere sich bereits zu ihr setzte. Die anderen schlafen ja alle noch, aber so haben wir Sie wenigstens einmal für uns, liebe Sophie. Ihrer Aussprache nach konnten die beiden Damen keine Ausländerinnen sein, und auch ihre Gesichtszüge wirkten sehr mitteleuropäisch. Sophie glaubte beinah, sie schon früher irgendwo gesehen zu haben, wenn sie auch nicht wußte, wo. Sie sahen älter aus als am Abend, was mit dem grellen Tageslicht zu tun haben mochte, das ihre Gesichter unbarmherzig ausleuchtete. Sophie war selbst froh darüber, daß es in der Nähe keinen Spiegel gab, der ihr gezeigt hätte, daß auch ihrem Gesicht zuviel Licht nicht mehr bekam, wenn sie auch noch, wie sie zu wissen meinte, recht passabel aussah.

Die beiden Damen, die darum gebeten hatten, sie Rosabel und Isabel zu nennen, zeigten sich sehr interessiert an der Person Sophies, wobei sie ihr Interesse auf so freundliche Art bekundeten, daß Sophie sich eher geschmeichelt als ausgefragt vorkam.

Sie seien selbst musisch veranlagt, entschuldigten Isabel und Rosabel ihre Neugier und interessierten sich vorzüglich fürs Theater und für alles, was damit zusammenhing.

Ob sie denn nicht froh darüber sei, nun fest an einer der renommierten Bühnen der Hauptstadt engagiert zu sein, zeigte Isabel sich informiert.

Oder werde ihr das Wanderleben nicht doch fehlen, wandte Rosabel mit einem Seitenblick ein. Man werde sich doch auch an den ständigen Ortswechsel gewöhnen und ihn manchmal sogar als Wohltat empfinden. Natürlich nicht so sehr nach einem großen Erfolg, der einem die Menschen gewogener macht, als vielmehr nach einem Mißerfolg, einer Niederlage, die nicht vorauszusehen gewesen war. Derer man während des Spiels gewahr wird, die man aber nicht glauben will.

Und selbst wenn die ersten Leute den Saal verlassen, übernahm nun wieder Rosabel das Wort, ist man geneigt, anzunehmen, sie würden einen zu früh abgehenden Zug erreichen oder nach ihren unbeaufsichtigt zu Hause gebliebenen Kindern sehen müssen. Und selbst die immer größer werdende Unruhe nimmt man kaum wahr, denn wenn man auf sie achtet, verliert man seinen Text und fällt aus der Rolle, wo man sich doch so sehr bemüht, sich nun erst recht zu konzentrieren und zu retten, was noch zu retten ist. Und man versucht, die nun schon in alle Richtungen auseinanderströmenden Menschen in den Bannkreis zurückzuzwingen. Man geht mit der Stimme hinauf, bemüht sich um eine Lautstärke, die mit der Rolle nichts mehr zu tun hat, die die Leute erst recht verschreckt und bestätigt, in ihrem Wunsch, fortzugehen, oder wenn sie nicht fortgehen, ihre innere Abwehr zu verstärken.

Es ist, fuhr Isabel fort, als hinge das eigene Leben davon ab, ob man diese Menschen bannen kann oder nicht, als wären es lauter kleine Henker mit erhobenen Beilen, die da unten sitzen oder stehen, und als würden sie in dem Augenblick zuschlagen, in dem die Stimme es aufgibt, sie beherrschen zu wollen. Dann aber folgt eine große Stille. Man horcht und horcht in sich hinein, aber man hört nichts. Und es ist, als würde man bereits die Hände vors Gesicht schlagen, um all die vermeintlichen Schläge abzuwehren. Und anstatt einfach aufzuhören, um den Leuten und sich selbst wenigstens die Zeit zurückzugeben, spielt man weiter, bis zuletzt, bis das letzte Wort des Textes hoffnungslos verklungen und vertan ist.

Das sind die wahren Dramen, die Tragödien und Komödien, die sich auf der Bühne abspielen, meinte Rosabel und seufzte verzückt.

Ich liebe Vorstellungen dieser Art, meinte Isabel mit einem fast wehmütigen Lächeln. Sie sind so echt, so wahr und doch so künstlerisch. Jemand spielt weiter unter den härtesten Bedingungen, die er antreffen kann, verfemt, noch während er spricht, verachtet, belächelt, ausgescholten, und doch, die Vorstellung geht weiter, die Anstrengung steht in den Gesichtern, es gibt keine vorzeitige Beendigung.

In solchen, für den Betroffenen natürlich verheerenden – Rosabel nickte Sophie, um Entschuldigung bittend, zu – Situationen habe ich Leistungen von solch hohem Niveau gesehen, wie sie nur die Verzweiflung hervorbringt, gespeist von der seltsamen Kraft, die vor dem Zusammenbruch kommt. Leider haben die Menschen keinen Blick dafür. Es ist ihnen peinlich, einen echten Kampf auf der Bühne zu sehen. Sie wollen, daß alles mühelos scheint.

Und sie wollen sich erobern lassen. Isabel fächelte sich mit einem Spitzentaschentuch Luft zu. Sie erheben geradezu Anspruch darauf, sich erobern zu lassen. Sie sitzen da und lassen dich zappeln da oben und warten darauf, daß du andere aus ihnen machst, Eroberte, durch deine Leistung Gedemütigte, die sich nichts so sehr wünschen, als den Staub von deinen Schuhen küssen zu können, nur muß dieses Staub-von-den-Schuhen-Küssen vertretbar sein. Es genügt also nicht, wenn du einigen gefällst. Du mußt allen gefallen. Aber selbst dann bis du nicht gefeit.

Das Zusammentreffen von unglücklichen Umständen, ein Mangel an Konzentration, schlechte Strahlungen aus der Erde, wenn du willst, fuhr nun wiederum Isabel fort, und schon ist es geschehen. Die Faszination setzt aus. Die Anziehung zwischen dir und den Leuten verwandelt sich in eine Abstoßung. Und da stehst du nun, da steht ihr nun, die ihr aus der Verzweiflung heraus euer Bestes gegeben habt. Und ihr könnt nichts dagegen tun, daß sie euch hassen.

Es ist etwas so Rührendes um die totale Vereinsamung des Schauspielers, Rosabel räkelte sich, mit dem Rücken an die Holzbank gelehnt, während Sophie ihnen beiden atemlos lauschte, der keinen Erfolg gehabt hat. Niemand will mit ihm sprechen. Und er möchte auch nicht, daß man mit ihm spricht, da er das Gefühl hat, man würde es aus Mitleid tun. Und selbst wenn er sich keiner Schuld bewußt ist, schämt er sich.

O ja, sagte Sophie nun plötzlich, erfüllt von der Erinnerung an einen ihrer größten Mißerfolge, als sie und einer ihrer Kollegen einen Abend lang Gedichte vortragen sollten.

Es war im Spätherbst gewesen, und der ständig wechselnden Witterung wegen war ein Teil der Truppe an Grippe erkrankt. Bis zu dem Zeitpunkt, als es bereits zu spät gewesen war, die Vorstellung abzusagen, hatten die Kollegen gezögert. Dann aber mußte in Eile etwas anderes vorbereitet werden, eben jener bewußte Gedicht-Abend, den sie schon lange, für alle Fälle, einstudiert hatten. Sophie war mit Freude und Begeisterung darangegangen. Es geschah selten genug, daß sie allein auf der Bühne stand, und sie hatte geradezu danach gefiebert, diesen Abend zu einem großen Erfolg werden zu lassen.

Dann aber, als sie alleine auf der Bühne oben saß und versuchte, mit ihrer Stimme einen Raum zu füllen, der ganz anderes erwartet hatte, merkte sie viel zu lange nicht, daß alle ihre Bemühungen ohne Resonanz blieben. Und ihr war nur mehr darum zu tun gewesen, durchzuhalten.

Sie hatte durchgehalten, und als sie dann, wie erschlagen, den spärlichen Höflichkeitsapplaus entgegennahm, war ihr, als müsse sie ohnmächtig werden. Sie schloß die Augen, um die wie erlöst dem Ausgang Zuströmenden nicht auch noch sehen zu müssen. Später, in der Garderobe, fragten sie sich dann alle, wie es hatte kommen können, daß die Niederlage so groß war. Ihr Kollege hatte, angesichts der enttäuschten Erwartungen, auf seinen Auftritt verzichtet, und er war es vor allem, der sie zu trösten versuchte.

Später dann waren sie, die nicht erkrankten Kollegen und Sophie, zum Trost, wie der Direktor meinte, in ein gutes Restaurant in der Nähe gegangen, in dem sich auch ein Teil des Publikums verfangen hatte, was am Zusammenstecken der Köpfe zu sehen war, am Herabziehen der Mundwinkel und an der Barriere, die im Gegensatz zu sonst, wenn eine Vorstellung erfolgreich gewesen war, zwischen ihr und den Kollegen auf der einen und den Leuten auf der anderen Seite bestand.

Sophie hatte besonders darunter gelitten, weil sie sich in diesem Fall allein verantwortlich fühlte. Es war schon öfter vorgekommen, daß sie mit einer Vorstellung nicht angekommen waren und dann gemeinsam über ihren Mißerfolg gerätselt hatten, doch waren sie sich in der Gemeinschaft weniger beschämt vorgekommen.

Obwohl nun die paar Kollegen, die mitgekommen waren, auch diesmal versuchten, es als Gemeinschaftsunfall hinzustellen, änderte sich nichts an Sophies Niedergeschlagenheit.

Bis dann der Japaner, der sich zufällig in die Vorstellung verirrt hatte, ihr Blumen an den Tisch schicken ließ. Später kam er selbst nach, ihr versichernd, daß sie ihn sehr beeindruckt habe. Er sprach nur englisch, konnte daher ihren Vortrag auch gar nicht verstanden haben, was seiner Ovation eine gewisse Pikanterie verlieh, doch war seine Bewunderung so offensichtlich, daß sie ihr einfach wohltat und sie es unterließ, sich über die Kompetenz seines Urteils Gedanken zu machen.

Noch am selben Abend begann eine heftige Beziehung zwischen Sophie und dem Japaner, die genau zehn Tage dauerte. Er fuhr bis in die nächste Stadt mit, besuchte alle Vorstellungen, verbrachte den Tag und die Nacht mit ihr, bis zu dem Augenblick, als er in die Hauptstadt zurückmußte, um sein Charterflugzeug zu erreichen. Einige Wochen später erhielt sie dann ein kleines Paket, aus Okinawa, mit dem Kimono, den sie noch immer trug.

Dennoch, brach Isabel das Schweigen, sollte man Mißerfolge dieser Art nicht zu ernst nehmen. Sie geschehen, ohne daß man genau sagen könnte, warum.

Meist haben sie ihr Gutes. Rosabel zwinkerte Sophie auf diskrete Weise zu, so daß ihr die Röte aufstieg, als fühle sie sich bei etwas ertappt, obwohl da nichts war, was sie unbedingt hätte verbergen wollen. Auch wir, sagte Isabel, kennen solche Situationen, wenn auch nicht gerade von eigenen Auftritten her. Es ist wie ein Verhängnis, und es sieht so aus, als könne man nicht entrinnen. Und immer trifft es einen unvorbereitet. Man ist nie sicher davor. Wie weit unten oder wie weit oben man schon zu sein glaubt, plötzlich fällt es einem mit aller Wucht auf den Kopf, und man ist wie gelähmt.

Sophie nickte. Wie gelähmt, wiederholte sie. Und alle Geistesgegenwart, über die man zu verfügen glaubt, ist verschwunden, wie verschluckt von dem Verhängnis. Man ist nicht imstande, auch nur einen selbständigen Satz zu sagen, auch nur das Geringste zu tun, was man nicht einstudiert hat. Dabei könnte ein Satz, eine Geste die Situation vielleicht retten. Glauben Sie das wirklich, liebe Sophie? fragten Isabel und Rosabel wie aus einem Munde.

Was weiß ich. Sophie schüttelte den Kopf. Vielleicht auch nicht. Aber es kommt einem zumindest so vor.

Das kommt daher, Isabel lächelte geheimnisvoll, daß man glaubt, alles in der Hand haben zu können. Daß man im Moment zwar versagt hat, daß man es aber anders hätte machen können.

Ohne damit zu rechnen, Rosabel legte beide Handflächen auf den Tisch und betrachtete ihre Fingernägel, daß man selbst nicht die einzige Kraft ist, die eine Rolle spielt. Daß es viele Kräfte gibt, die manchmal zusammen und manchmal gegeneinander wirken. Die man manchmal unterwirft und von denen man manchmal unterworfen wird.

Es heißt, sich selbst viel zu wichtig nehmen, wenn man meint, an allem selbst schuld zu sein, sagte Isabel. Es liegt immer an so vielem.

Andererseits, meinte Rosabel, heißt das wiederum nicht, daß wir bar jeder Verantwortung sind. Es geht um das richtige Verhältnis zwischen uns und den Dingen. Es gibt Wesen verschiedenster Art, und wir neigen dazu, alle außer unseresgleichen zu übersehen. Und weil wir so vieles übersehen, trifft uns das meiste unvorbereitet. Was hinter den Dingen steht, ist nicht mehr als das, was vor ihnen steht. Man darf es nur nicht außer acht lassen.

Sophie hatte sich unwillkürlich an den Kopf gegriffen, als sei ihr all das, was sie in der letzten halben Stunde gehört hatte, zuviel.

Liebe Sophie, sagte in diesem Augenblick Isabel, die Rosabel ein Zeichen gemacht hatte. Wir reden da und reden, während Ihnen schon der Kopf weh tut. Ich hoffe, wir haben Sie nicht zu sehr belästigt.

Sie gestatten, daß wir uns verabschieden, sagte Rosabel und erhob sich zusammen mit Isabel. Und wann immer Sie unsere Hilfe brauchen sollten, wir wohnen auf Zimmer acht, der glücklichen Acht. Und schon waren die beiden, Arm in Arm, auf einem der Parkwege verschwunden.

Sophie brauchte eine Weile, bis die begonnene Erinnerung wieder einsetzte. Ach ja, der Japaner, sagte sie halblaut vor sich hin, wie um alles andere, was sie verwirrte und bedrückte, zum Schweigen zu bringen.

Sie hatten von Anfang an gewußt, daß sie nur zehn Tage Zeit hatten. Vielleicht hatte das ihre Gefühle füreinander so heftig gemacht. Und letztlich war es wie ein ganzes Leben gewesen, eines der möglichen Leben, das innerhalb von zehn Tagen gelebt werden mußte. Als sie sich dann trennten, war es, als hätten sie alles miteinander erlebt, was man miteinander erleben konnte. Es war Sophie unmöglich, sich vorzustellen, wie ihre Beziehung nach diesen zehn Tagen weitergegangen wäre, weitergehen hätte sollen, ganz abgesehen davon, daß die halbe Weltkugel zwischen ihnen lag.

Sie hatten die gegenseitige Fremdheit so rasch und so vollkommen überwunden und die kurze Vertrautheit so stark erlebt, daß auf diese so selten erlebte Vertrautheit nur wieder Fremdheit hätte folgen können.

Es war eine beinah wortlose Liebe gewesen, die sich der Sprache, in diesem Fall des Englischen, nur dann bediente, wenn es um ganz Alltägliches ging. Eine Liebe ohne Erzählungen.

Und wie sie so darüber nachdachte, wurde ihr klar, daß sie nichts von dem Japaner wußte, als daß er Ingenieur war. Kein Wort über seine Kindheit, seine Jugend, sein Leben. Sie wußte nicht einmal, ob er Familie hatte oder womit er seine Zeit hinbrachte, wenn er nicht arbeitete. Es war eine Liebe gewesen ohne Vergangenheit und ohne Zukunft. Eine Liebe, wie man sie sich vorstellt, wenn man dabei an einen Unbekannten, den es gar nicht gibt, denkt. Sophie aber liebte die Erinnerung an diese Liebe, die durch keinen Makel der Zeit entstellt war.

In diesem Augenblick begann es heftig zu regnen, so daß Sophie sogar bei den wenigen Schritten bis zum Eingang des Hotels so naß wurde, daß sie hinaufgehen und sich umziehen mußte, bevor sie, in Erwartung neuer Seltsamkeiten, zum Essen in den Speisesaal ging.

*

Es war ein ruhiges Mittagessen gewesen, ohne besondere Ereignisse, wenn auch die Damen und Herren zum Teil ein wenig unzufrieden waren. Sophie saß neben jener blassen britischen Dame, auf deren dunklem Strohhut weiße Blumen lagen, was ein wenig seltsam wirkte, aber gut zu der ungewöhnlichen Schwarzweißkombination ihres Steirergewandes paßte, das aus einem karierten Kittel und einer seidenen Schürze bestand.

Wie sich bald herausstellte, ging es ums Wetter. Während die britische und einige andere Damen nichts daran auszusetzen fanden, gab es von anderer Seite geradezu vehemente Kritik an den sich wiederholenden Regenschauern. Sophie hielt es für einen launigen Zeitvertreib, daß gerade die hier in der Gegend ansässigen Mitglieder der Tafelrunde mit Beschwerden überhäuft wurden, so als seien sie, als die Veranstalter, es ihnen, als den Gästen, schuldig, auch in dieser Hinsicht nach dem Rechten zu sehen. Rede und Gegenrede gingen zwar locker hin und her, doch wirkten die Späße, die dabei gemacht wurden, eher beabsichtigt, wie um einem Problem nach außen hin die Ernsthaftigkeit zu nehmen.

Als man beim Dessert angelangt war, schien es Herrn Alpinox ein für alle Male zuviel geworden zu sein. Er hob lachend und mit beschwichtigender Gebärde die Hände und versprach, indem er über die ganze Tafel hinweg Sophie schalkhaft in die Augen sah, mit dem Wettergotte reden zu wollen. Daraufhin beruhigte sich der Teil der Gesellschaft, der sommerliche Verhältnisse urgiert hatte, während die anderen, wie jene blasse britische Dame, nur mit den Achseln zuckten, als seien sie bereit, auch einmal andere Wünsche zum Zug kommen zu lassen.

Und tatsächlich, schon beim Kaffee klärte sich der Himmel auf, die Sonne schien mit aller, der Jahreszeit gemäßen, Kraft hernieder, und es war, als sende sie für jeden noch verbliebenen Regentropfen einen Strahl aus, der ihn in Sekundenschnelle verdampfen ließ.

Zufrieden? fragte Herr Alpinox, als er, während alle in den Park hinausströmten, an Sophie vorbeikam. Er mußte ihren geheimen Wunsch nach Badewetter erraten haben, aber das wunderte Sophie nach allem Vorangegangenen nicht mehr.

Die Damen inspizierten die neue Wetterlage sehr gründlich, und es schien, als würden sie mit ihren zum Himmel gerichteten Blicken auch noch die letzten kleinen Wolken vom Horizont vertreiben und sie weit über die Gipfel der Berge hinweg in andere Landstriche scheuchen.

Sophie stahl sich in ihr Zimmer hinauf und packte ihre Badesachen in eine große Leinentasche. Es ging ihr wie damals als jungem Mädchen, wenn der Wunsch, sich zu sonnen, sie so heftig überfiel, daß sie alles liegen- und stehengelassen und ans Seeufer geeilt war; um ihren Leib der Hitze auszusetzen, bis ihre Gedanken freischwebend ineinanderglitten und sie diesen Zustand zwischen Schlafen und Wachen erreichte, in dem so gut wie alles vorstellbar war.

Den ersten Badetag hatte sie noch in jedem Jahr allein verbracht. Und erst wenn ihre Haut leicht gebräunt war, duldete sie es, daß man sie sah.

Sobald sie alles, einschließlich Sonnenbrille und Sonnencreme, beisammen hatte, stahl sie sich die Treppen hinunter. Die Damen hatten sich, dem Knarren der Bretter und den Stimmen nach zu schließen, auf dem großen Balkon versammelt, der den ersten Stock von drei Seiten her einfaßte, und nahmen allem Anschein nach dort ihr erstes Sonnenbad.

Als Sophie den Weg, der an der Kirche vorbei um den See herumführte, eingeschlagen hatte, fanden ihre Füße von selbst zu ihrem einstigen Badeplatz an jenem Teil des Ufers, wo der Berg geradewegs und etwas vorgewölbt in den See abfällt. Der Platz hatte sich nicht verändert. Eine freie, von Kieselsteinen bedeckte Stelle, vor der, sie gegen den Weg hin abschirmend, felsiges Gestein lag. Es hatte immer wenig Leute gegeben, die diesen Teil des Ufers als Badeplatz schätzten, und diese waren Einheimische gewesen. Etwas weiter rechts lag eine sanfter abfallende Geröllschneise, die so aussah, als sei sie von einem Bergrutsch verursacht worden. Wenn man die Steine, die sich nur langsam in Schotter und Sand zu verwandeln begannen, nicht scheute, konnte man durch diese Schneise bequem ins Wasser gehen. Das heißt, man konnte zumindest ein paar Schritte zur langsamen Abkühlung tun, dann allerdings verlor man den Boden unter den Füßen und war auf seine Schwimmkünste angewiesen.

Sophie entkleidete sich hinter einem Wacholderbusch und breitete eine Decke über die Stelle, die sie immer als ihren Besitz angesehen hatte. Und als sie sich hinlegte und sich der lang ersehnten Sonne preisgab, war ihr, als sei sie nun wirklich zurückgekommen, auf eine Art, die nicht im geringsten schmerzte, die im Gegenteil unermeßlich wohltat. Der Blick, mit dem sie das ganze gegenüberliegende Seeufer erfaßte, bereitete ihr ein Glücksgefühl, wie sie es schon lange nicht mehr gehabt hatte. Von fernher drangen die Stimmen und das Gelächter bootfahrender Sommergäste, und sie spürte, wie ihre Haut sich erwärmte und ihr Körper die Wärme in sich einsog und auf angenehme Art träge zu werden begann. Ihre Glieder lockerten sich, und die Art, wie sie sie ausbreitete, glich einer Umarmung, deren Lust sich nur allmählich steigerte und immer wieder verharrte, um nicht plötzlich in eine andere Gefühlslage umzukippen.

Und wie in alten Zeiten begann es damit, daß sie sich herb schmeckende Getränke, serviert in beschlagenen Pokalen, vorstellte, an deren Außenseite Tropfen herabperlten, in denen sich das Licht brach, sich vorstellte, wie sie den Pokal langsam an die Lippen führte, ihre Lippen zuerst an seinem Rande kühlend, bevor sie es dem ersten Schluck gestattete, in ihren Mund einzudringen, wo sie ihn dann zuerst eine Weile auf ihrer Zunge spazierenführte, bis sie ihn weiter in ihr Inneres entließ. Um dann immer mehr von dem Getränk in sich aufzunehmen und es immer tiefer in sich einsickern zu lassen.

So vertraut war ihr dieses Ritual der Phantasie durch all die Jahre hindurch geblieben, daß ihr Herz in der Freude des Wiedererkennens für ein paar Schläge aussetzte und sie nicht umhinkonnte, mit den Händen den Weg des Getränks in ihr Inneres auf der Oberfläche ihres Leibes nachzuzeichnen.

Sie wußte auch sogleich, wann es Zeit war, der Vorstellung nachzugeben, um sie nicht unerträglich werden zu lassen. Sie erhob sich langsam und mit sich dehnenden Bewegungen, ertastete sich den Weg durch die Steine bis zur Geröllschneise und ließ sich dann sachte und ohne Geräusch in das grün schimmernde Wasser gleiten, einen Augenblick lang mit dem Gedanken spielend, sich nicht zu bewegen, bis sie auf Grund sank, sich im nächsten Augenblick aber doch für die Oberfläche entscheidend; dann schwamm sie.

Eine Zeitlang hatte sie das Wasser beinah als kalt empfunden, dann aber hatte die Bewegung die Zeit der Gewöhnung beschleunigt, und sie schwamm weit in den See hinaus, bei jedem Tempo ihr Gesicht netzend, ohne Rücksicht auf ihre Frisur, so wie sie es früher auch getan hatte.

Etwa hundert Meter vom Ufer entfernt hielt sie an, wendete und sah, wassertretend, zum Gipfel des Berges hinauf. Aus den Fugen des brüchigen Kalkgesteins zwängte sich die karge Vegetation bis zu den bewaldeten Stellen hinauf, die sich in dunklem Grün gegen das weißliche Grau der Felswände abhoben. Und dann erschien ihr alles wie ein Traum, so als flögen riesige bunte Schmetterlinge in langsamen Kreisen vom Gipfel des Berges herunter, verhielten genau über ihr, jedoch in großer Höhe, und sänken dann langsam zum Dorf hinab.

Es dauerte eine Weile, bis sie das Gesehene in ein Verhältnis zu glaubhafter Wirklichkeit bringen konnte, doch auch dann war ihre Neugier um nichts geringer. Sie konnte nun bereits den menschlichen Leib, hängend zwischen den gewaltigen, straff gespannten Flügeln, ausnehmen, und etwas vom Erlebnis des Durch-die-Luft-Gleitens teilte sich auch ihr mit. Atemlos verfolgte sie den Flug jener tollkühnen Drachenflieger, von denen gehört zu haben sie sich nun erinnerte, bis sie auf den großen Feldern zwischen Ort und See gelandet waren. Dann erst kam leiser Schauder über sie, und sie schwamm ans Ufer zurück, wo sie sich, an einen Stein geklammert, noch eine Weile im Wasser aufhielt, bis sie ans Ufer stieg und wieder zu ihrer Decke zurückging.

Was müssen das für Menschen sein? ging es ihr durch den Kopf, die ohne die Hilfe irgendeiner Maschine den Sprung durch die Luft wagen, mit diesem Nichts an Flügeln als einzigem Mittel. Und obwohl ihr bei dem Gedanken allein schon bang wurde, ein Gleiches zu tun, hatte sie doch eine Vision von dem Panorama, das sich den Drachenfliegern bieten mußte.

Sie sah alles vor sich, besser gesagt unter sich, die Berge, die den See und das Dorf einfaßten und hinter denen immer neue Berge neue Täler begrenzten, die Flüsse, die sich neben den Straßen durch ihre steinigen Betten zwängten, die Wiesen und Wälder, die sich in verschiedenen Grüntönen voneinander abhoben, die Zäune, die das Weideland einfaßten, und die weißen Staubwege, die die Landschaft in vielerlei Richtungen durchschnitten. Sie sah die Häuser und Kirchen, die von oben her viel dichter zusammengedrängt wirkten, als wenn man von unten zu ihren Giebeln und Türmen aufblicken mußte. Und sie sah mehr, noch viel mehr. Kein noch so hoher lebender Zaun konnte einen Garten vor ihrem Blick schützen, kein noch so massives Gebäude konnte seinen Innenhof gegen ihren Blick schirmen.

Wie übersichtlich plötzlich alles ist, sagte sie sich, aber das mußte bereits in einem Traum gewesen sein, in dem es dann noch ziemlich turbulent zuging, auch wenn sie sich an die Einzelheiten nicht mehr erinnern konnte.

Sie erwachte von einem Geräusch, das ihr zuerst noch zum Traum zu gehören schien, zu einer Explosion, deren mächtiger Rauchpilz ihr große Beklemmung verursacht hatte. Dann aber, als sie zu sich gekommen war und das Geräusch sich wiederholte, unterbrochen vom aufdringlichen Ton eines Helikopters, richtete sie sich auf und sah zum Berg hinauf.

Die sprengen wohl wieder für die Panorama-Straße, versuchte sie sich die Harmlosigkeit des Gehörten zu bestätigen.

Schon war wieder eine Detonation zu hören, und ihr war, als könne sie mit freiem Auge ein paar Rauchschwaden an der Stelle sehen, an der die Straße unter dem Gipfel des Berges weitergeführt werden sollte.

Dann glitt ihr noch immer etwas schlaftrunkener Blick die Felswände herab und war schon beinah wieder vor ihren Knien angelangt, als es sie plötzlich durchzuckte und sie den Blick wieder hob, etwa bis zur Hälfte der Felswand, bis dorthin nämlich, wo sie am unbegehbarsten schien. Gerade an jener Stelle aber glaubte sie das Gesicht jenes Herrn Drachenstein zu erkennen, mit dem sie sich so eingehend über Saul Silbers Sammlung von Versteinerungen unterhalten hatte. Und während sie sich noch einzureden versuchte, daß sie dem Spiel des Lichtes und der Schatten auf jener Felswand aufgesessen war, glaubte sie auch die Hand dieses Herrn Drachenstein zu sehen, die sich drohend in Richtung Gipfel zur Faust ballte und im Rhythmus einer neuen Detonation erzitterte.

Sophie rieb sich die Augen. Das kann doch nicht wahr sein, meinte sie verwundert, wie sollte der denn da hinaufkommen, und überhaupt, einerseits scheint er mit dem Felsen eins zu sein, andererseits ... und sie versuchte nun neuerdings die Stelle in den Blick zu bekommen, an der sie die seltsame Erscheinung wahrgenommen hatte. Doch da war nichts mehr als die nackte, von Flechten durchwachsene Wand, und Sophie war sicher, daß ein Hirngespinst sie genarrt hatte.

Irritiert blickte sie an sich hinab und spürte, wie ihre Haut zu spannen begann. Es war höchste Zeit, daß sie sich ankleidete, wenn sie keinen Sonnenbrand bekommen wollte. Sie konnte zwar nicht lange geschlafen haben, dennoch hatte das Wasser die Wirkung der Sonne so verstärkt, daß ihre Haut sich bereits gerötet hatte, was sie auf die alte, mädchenhafte Weise untersuchte, indem sie ihren Badeanzug ein wenig lüftete, um den Unterschied in der Hautfarbe deutlich zu sehen.

Als sie angezogen war und sich bereits zum Gehen wandte, sah sie ein Ruderboot auf sich zukommen. Amaryllis Sternwieser saß darin und winkte ihr zu. Sophie stieg durch die Geröllschneise zum Ufer hinab und wartete, bis Amaryllis Sternwieser angelegt hatte.

Komm, steig ein, sagte diese. Einer von den jungen Burschen ist im See ertrunken. Es waren Taucher in der Nähe, so konnten sie ihn wenigstens bergen.

Sophie blickte Amaryllis Sternwieser erschrocken an. Einer von ... einer von jenen Drachenfliegern?

Amaryllis Sternwieser nickte. Ein ganz junger Bursche, und gar nicht weit vom Ufer entfernt.

Sophie stieg ein und setzte sich ans Ruder, das Amaryllis Sternwieser ihr überlassen hatte. Sie fuhren bis zur Klause, wo Amaryllis Sternwieser das Boot in einer kleinen Hütte einstellte.

Als Sophie sich umgekleidet hatte und zum Essen hinunterging, sah sie Herrn Alpinox und einige der Damen noch in der Halle sitzen. Sie hatten sich der aufliegenden Tageszeitungen bemächtigt und lasen, ihre Lektüre immer wieder durch Ausrufe der Verwunderung oder des Entsetzens unterbrechend, auf eine so ungewohnte Weise, als seien ihnen Zeitungen etwas gänzlich Neues.

Herr Alpinox, der für einen Moment aufgeblickt hatte, bot Sophie auf dem leerstehenden Armstuhl neben sich Platz an. Doch noch bevor Sophie sich setzen konnte, zeigte er mit großer Verwunderung auf ein Bild in einer englischen Zeitung, das den Dalai Lama darstellte, wie er, im Gespräch, mit dem Finger an die Stirn tippte, wobei sogleich deutlich war, daß diese Geste etwas mit der tibetischen Sprache zu tun haben mußte und nicht mit einer Beleidigung, in welchem Sinne sie hierzulande gebraucht wurde.

Sehen Sie nur, sagte Alpinox, ohne von der Zeitung aufzublicken, ein alter Freund von mir. Und mir ist nicht einmal zu Ohren gekommen, daß er aus seinem Land vertrieben worden ist. Ich werde ihn so rasch wie möglich besuchen müssen.

Ach ja, meinte die Dame mit den Mandelaugen, die zufällig in der Nähe saß, ein bedauerlicher Zwischenfall, wirklich sehr bedauerlich und allem Anschein nach auch in der nächsten Zeit nicht rückgängig zu machen. Und sie errötete leicht.

Erst jetzt schien Herr Alpinox Sophies große Verwunderung zu bemerken. Ach, wissen Sie, meinte er mit einem verbindlichen Lächeln zu Sophie, ich übertreibe manchmal maßlos. Aber gesehen habe ich ihn wirklich schon, und er deutete wieder auf das Bild des Dalai Lama, das können Sie mir glauben. Ich war in meiner Jugend ein fanatischer Bergsteiger, und da habe ich mich natürlich auch am Himalaya-Gebirge versucht. Bei dieser Gelegenheit ... Herr Alpinox lachte überzeugend. Nur ist mir leider keine jener Erstbesteigungen geglückt, von denen dann später so sehr die Rede war.

Einige der Dame waren aufgestanden und gingen nun unter Gesprächen, in denen die Zeitungslektüre nachklang, in den Speisesaal. Herr Alpinox schien froh darüber zu sein, daß er sich erheben und Sophie den Arm bieten konnte.

Hat das Schwimmen Sie wenigstens hungrig gemacht? fragte er wohlwollend. Und als Sophie nickte, meinte er, dann wollen wir sehen, womit man heut abend unsere Gaumen verwöhnen will.

Das Essen verlief in etwas ernsterer Stimmung als sonst, so als hätten die Nachrichten aus aller Welt eine Art von Verstörung bewirkt, die sich nur langsam und zäh in eine Objektivität den Ereignissen gegenüber aufzulösen begann. Auch war man an diesem Abend bis auf das Fräulein vom Trisselberg, das, ohne daß Sophie es bemerkt hatte, plötzlich ihr gegenüber saß, unter sich geblieben, und jene seltsamen Besucher, die sich sonst erst nach dem Essen gezeigt hatten, waren ausgeblieben.

Nur Herr von Wasserthal schien trotz seines melancholischen Blicks vergnügt wie immer und versuchte bisweilen die Stimmung zu heben, indem er die eine oder andere Anekdote zum besten gab.

Das Wetter war so warm geworden, daß auch das Öffnen der Fenster kaum Kühlung verschaffte.

Zufrieden? fragte Herr Alpinox einige Damen, die sich zwischen den Gängen des Abendessens mit ihren Servietten Luft zufächelten.

Endlich ist es richtig Sommer, sagte die Dame Rosabel, und die Dame Isabel setzte fort: Schließlich sollen die Jahreszeiten auch bieten, was man von ihnen erwartet.

Ich bin ganz andere Temperaturen gewöhnt, sagte die dunkelhaarige Dame, mit der Herr von Wasserthal noch immer gelegentlich bedeutsame Blicke tauschte. Ich möchte sagen, daß ich mich erst so langsam richtig erwärme.

Diese Orientalinnen, meinte das Fräulein vom Trisselberg sarkastisch, wenn auch nicht sehr laut. Denen kann es wohl nirgends heiß genug hergehen. Und dabei streifte sie Herrn von Wasserthal mit einem spöttischen Blick.

Brände muß man löschen, erwiderte Herr von Wasserthal, eine Verpflichtung, an der es nichts zu rütteln gibt, meinen Sie nicht auch, liebe Rosalia? und er benützte die Gelegenheit, um

Sophie die Hand zu küssen, so als wolle er sich dafür entschuldigen, daß er über den Tisch hinweg gesprochen hatte. Die britische Dame sah etwas matt aus. Die Sonne hatte bewirkt, daß ihre Sommersprossen, die noch zu Mittag kaum zu bemerken gewesen waren, dunkel aus ihrem Gesicht leuchteten, und selbst der Schatten, den ihr Hut warf, konnte sie nicht überdecken. Der Übergang zu solcher Wärme sei ein bißchen plötzlich gekommen, meinte sie, sie sei an beständigeres Wetter gewöhnt, auch wenn sie an der Umstellung nicht gerade leide, und sie lächelte dem besorgt herüberblickenden Herrn Alpinox versöhnlich zu.

Nachdem einigemal Wein nachgeschenkt worden war, hob sich die Stimmung ein wenig, obwohl das Gespräch immer wieder in die Diskussion über die Zeitungsberichte zurückzufallen drohte.

Man müßte es diesen Menschen einmal zeigen, ließ sich Herr Drachenstein, der diesmal neben Amaryllis Sternwieser saß, vernehmen, und Sophie zuckte zusammen, als sie seiner gewahr wurde.

Einen Berg so zuzurichten, nur um bequemer von ihm herabsehen zu können, fuhr er grollend fort, aber es wollte sich niemand so recht auf ein Gespräch über die neue Straße einlassen, die bis unter den Gipfel des Hauptberges führen sollte.

Nur die Dame mit den Mandelaugen antwortete ihm, indem sie seiner Kritik recht gab, aber auch sie fügte hinzu, daß es sich dabei nur um das relativ harmlose Symptom einer weltweit verbreiteten Krankheit handle. Einer Krankheit, die zweifelsohne in Tod und Vernichtung allen Lebens münden würde. Wenn nicht ... und plötzlich schienen alle aufzuhorchen, ... wenn nicht rechtzeitig etwas dagegen unternommen wird, setzte die Dame schlicht und mit einem Lächeln hinzu.

Einige resignierende Seufzer waren zu hören. Es ist unglaublich, in welch kurzer Zeit der Mensch die Herrschaft über alle Wesen und Dinge hat an sich reißen können ... fuhr Herr Drachenstein fort. Er gebraucht, verbraucht und mißbraucht alles, was die Erde zu bieten hat. Bald werden die künstlichen Berge, die er errichtet, die natürlichen Berge, die er abträgt, ersetzen. Meine Damen und Herren, wenn Sie Ihrer Phantasie nur ein wenig freies Spiel lassen, werden Sie sich vorstellen können, in welcher Situation wir uns alsbald befinden werden.

Er unterdrückt nicht nur die anderen Wesen, sondern auch seinesgleichen, sagte das Fräulein vom Trisselberg. Alles, was die Natur zu bieten hat, selbst das Wild, wird von den einen in Besitz genommen, um es den anderen vorzuenthalten.

Auch das ist nur ein Teilproblem, sagte Amaryllis Sternwieser. Wenn wir uns schon den Kopf zerbrechen, sollten wir uns an bedeutendere Größenordnungen halten.

Um dies zu tun, meldete sich nun von Wasserthal zu Wort, bedarf es eines klaren Kopfes. Ich schlage daher vor, daß wir zuerst ein Bad im See nehmen. Nachts ist das Wasser angenehm warm, und wir würden den See für uns haben.

Jetzt ein Bad? fragte Herr Drachenstein. Wo wir endlich zur Sache kommen? Aber schon hatte der Vorschlag verführerisch um sich gegriffen, und da und dort bestätigten Ausrufe des Entzückens, wie recht er den Damen war.

Eine großartige Idee, lieber von Wasserthal, flüsterte das Fräulein vom Trisselberg. In dieser Hinsicht kann man sich wahrlich auf Sie verlassen. Auch die britische Dame atmete erleichtert auf. Ein wenig Abkühlung wird uns allen guttun, meinte sie. Es ist einfach zu rasch so heiß geworden. Das schadet dem Wohlbefinden.

Sophie war etwas verwirrt von dem Vorschlag, und während man die Gläser leerte und mit den Stühlen rückte, überlegte sie noch, ob sie mitkommen sollte.

Sie werden uns doch nicht im Stich lassen, Verehrteste, sagte Herr Alpinox, der sich inzwischen erhoben hatte und zu ihrem

Platz gekommen war, um Herrn von Wasserthal etwas zuzuraunen.

Sie meinen, ich sollte doch ... Sophie war noch immer unentschlossen. Aber natürlich. Sie sollten die Zeit nutzen. Wer weiß, wie lange es uns gelingt, das schöne Wetter festzuhalten, und er lachte laut, so als wäre die plötzliche Hitze sein alleiniges Verdienst.

Gut, meinte Sophie, dann hole ich meine Badesachen, und während sie sich erhob, konnte sie gerade noch sehen, wie die beiden Herren sich zuzwinkerten.

Sophie zog ihren Badeanzug, der inzwischen wieder trocken geworden war, an und darüber ein leichtes Leinenkleid.

Als sie wieder nach unten kam, war der Speisesaal bereits leer, und so ging auch sie hinaus und dem Ufer zu.

Es war eine warme, sternklare Hochsommernacht, und als sie zum Himmel aufschaute, sah sie eine Sternschnuppe durchs All sausen, und da mußte sie an Klemens denken, der jetzt wahrscheinlich auf einer griechischen Insel lebte und dieselbe Sternschnuppe sehen konnte. Auf daß wir gut miteinander leben können, sagte sie leise vor sich hin und verfolgte die Sternschnuppe mit den Augen, bis sie verlosch.

Sie stand nun auf dem weißen, geschotterten Weg vor dem Gastgarten und wollte gerade die Wiese betreten, die etwas tiefer als das sonstige Ufer gelegen war und geradewegs zum Strand führte. Allerdings war da, wie sie sich erinnerte, kein richtiger Strand, nur ein schmaler Kieselstreifen, und die einzige Stelle des Sees, die einen kleinen Schilfgürtel hatte. Aber anstatt auch nur einen Schritt zu tun, stand sie weiterhin da und starrte in das Dunkel vor ihr, das gerade noch die Umrisse einer großen Esche preisgab und sich erst auf der spiegelnden Fläche des Sees wieder aufhellte.

Sie stand da, ohne zu wissen, warum. Sie konnte die Stimmen der anderen hören, und sie wollte zu ihnen, aber es gelang ihr nicht, diesen einen Schritt auf die Wiese zu tun, so als stünde sie hinter einer gläsernen Wand. Nicht einmal mit ihren Händen konnte sie weiter vordringen. Andererseits gab es aber auch nichts, woran sie sich hätte stoßen können. Es war ihr nur einfach nicht möglich, die unsichtbare Barriere zu überschreiten. Leute, die einen Abendspaziergang unternahmen, kamen an ihr vorüber. Aber sie schienen nicht einmal die Stimmen zu bemerken, denn sie hörte eine Frau deutlich sagen: Wie still der See nun daliegt, kein Laut steigt von ihm auf.

Als die Passanten vorbeigegangen waren, sah sie plötzlich aus der Dunkelheit jemanden auf sich zukommen. Es war Amaryllis Sternwieser. Komm, sagte sie, und sie reichte ihr die Hand, um sie in einen anderen Bereich hinüberzuziehen. Und mühelos schritt Sophie aus, und sie gingen über die Wiese.

Was ... was soll das bedeuten? fragte Sophie, die sehr erstaunt war. Nichts Besonderes, meinte Amaryllis Sternwieser leichthin. Wir wollen heute unter uns bleiben. Sophie verstand nicht so recht, aber ... meinte sie. Hör zu, sagte Amaryllis Sternwieser in beinah strengem Ton. Für diese Nacht gehörst du zu uns. Wir haben, ohne daß du es ahnen kannst, vieles aus deinem Leben gelernt. Jetzt versuche du zu lernen. Schärfe deine Sinne, und stell keine Fragen. Du wirst alles vergessen, was du heut nacht sehen und hören kannst. Nur dein Wesen wird daraus Nutzen ziehen. Wir haben lange beraten, ob dir diese Gunst gewährt werden soll. Zu meiner großen Freude haben fast alle zugestimmt. Es ist dies das Letzte, was ich in dieser Gestalt für dich tun kann.

Sie waren nun zum Strand gekommen, und Sophie sah, daß einige der Damen und Herren bereits im Wasser waren, andere aber noch am Ufer standen und ihre nackten Leiber dem Mondlicht aussetzten.

Zieh dich aus, sagte Amaryllis Sternwieser. Für die meisten von uns ist es ein Abschied von ihrer gegenwärtigen Gestalt, und so wollen wir alle Kleidung ablegen.

Sophie gehorchte, und als sie sich völlig entkleidet hatte, sah sie, wie Amaryllis Sternwiesers Gewand sich ohne ihr Zutun in Nichts auflöste und eine Gestalt preisgab, daß Sophie vor Bewunderung die Augen aufriß und nur mit Mühe widerstehen konnte, diesen Leib zu berühren, um festzustellen, ob er noch irdisch war.

Denk daran, daß du unter meinem persönlichen Schutz stehst, sagte Amaryllis Sternwieser und nahm nun wieder Sophies Hand. Was immer du hörst und siehst, dir kann nichts geschehen. Du darfst keine Angst haben.

Mit diesen Worten führte sie Sophie ans Wasser. Bleib in meiner Nähe, riet sie, ich werde selbst auch darauf achten. Und als sie schon mit den Füßen im Wasser standen, schöpfte Amaryllis Sternwieser etwas davon mit der hohlen Hand und goß es Sophie über Kopf und Körper.

Das Wasser fühlte sich warm an, und Sophie hatte das beglückende Gefühl, mit einem Element in Berührung zu kommen, das ihr lieb und unentbehrlich war. Dann gingen sie schrittweise weiter, immer mehr umgeben und umringt von den anderen Damen, deren weiße Leiber wie der Mond selber glänzten. Die Herren aber schwammen schon im See draußen.

Leises Lachen aus vielen Kehlen glitt über die Seefläche dahin, und man trieb seinen Schabernack, indem man sich gegenseitig ins Wasser zog oder Schilfrohr abbrach und damit jemand anderen hinterm Ohr kitzelte. Amaryllis Sternwieser wirkte jünger und fröhlicher, als Sophie sie je gesehen hatte, und auch sie stimmte in das Lachen und Scherzen mit ein.

Dann wurde das Wasser, das an dieser Stelle des Ufers verhältnismäßig lange seicht blieb, doch so tief, daß Sophie mit den Füßen nicht mehr auf Grund kam und zu schwimmen begann. Das Wasser umfing sie mit einer Wärme, die nur wenig unter ihrer eigenen Körpertemperatur zu liegen schien, und sie schwamm so mühelos und beglückt dahin, daß sie sich wünschte, dieser Zustand möge so lang wie möglich anhalten. Wenn sie aufsah, konnte sie die Lichter von den Schutzhäusern der Berggipfel blinken sehen, und der Mond zeichnete eine silberne Linie über das Wasser. Trotz aller Neugier und seltsamen Erwartung fühlte sie sich geschützt und geborgen.

Nun machten auch vor ihr die hin und her fliegenden Scherzworte nicht halt, und sie erwies sich als würdige Enkelin ihrer Großmutter Sidonie, indem sie schlagfertig Antworten zurückwarf, was ihr manch anerkennenden Lacher von seiten der Damen und Herren eintrug. Sophie wunderte sich selbst über die Beweglichkeit ihres Geistes, über die Treffsicherheit ihrer Antworten. Und als man sie schließlich damit aufzog, daß sie selbst nackt noch angezogen wirke, habe ihr doch die Sonne den Badeanzug deutlich aufgezeichnet, konterte sie mit der Bemerkung, daß sie als Künstlerin es gewohnt sei, niemals auf bestimmte modische Accessoires zu verzichten.

Sie schwammen so rasch dahin, daß Sophie es kaum glauben konnte, den ganzen See in so kurzer Zeit durchschwommen zu haben. Ich muß es morgen noch einmal versuchen, sagte sie sich. Entweder ist der See kleiner geworden, oder ich habe eine neue Art zu schwimmen entdeckt.

Sie näherten sich nun bereits der Seewiese, deren Gaststätte in tiefem Dunkel dalag. Doch auf einmal hob Herr von Wasserthal, der allen vorangeschwommen war, den Arm und brachte dadurch die ganze Gesellschaft zum Halten. Das hier ist der geeignetste Ort, meinte er, und bei diesen seinen Worten faßte Amaryllis Sternwieser Sophie bei der Hand, gerade rechtzeitig, um sie vor der großen Woge zu retten, die sich plötzlich erhoben hatte und die sich gleich darauf zu einem kreisrunden Wall schloß, um in dieser Stellung zu verharren. Das Wasser innerhalb des Walles schwappte noch hin und her, aber schon war eine Reihe von Felsen zu sehen, die nur mehr von einer seichten Wasserschicht bedeckt waren und deren Moos- und Algenbärte die Bewegung des Wassers mitvollzogen. Es waren jene Steine, die, im Gegensatz zu den aus dem Wasser ragenden, bei anhaltender Trockenheit Gefahr für die kleinen Ruderboote bedeuteten.

Die Gesellschaft fand sich nun in Gruppen zusammen, die jeweils auf einem der Steine Platz nahm, doch standen diese so nahe beieinander, daß man die Stimme kaum anheben mußte, um sich gegenseitig zu verstehen. Wasser, Erde, Luft und Feuer, hörte Sophie Herrn Alpinox sagen, und mit einemmal schwammen kleine Behälter, in denen wohlriechende Öle brannten, zwischen den Steinen umher.

Sophie geriet nun wieder in jenen Zustand, den sie von den vergangenen Abenden her kannte, und doch war ihr, als könne sie diesmal alles von Anfang an viel deutlicher verstehen.

Wir sind übereingekommen, uns zu entschließen, erhob Amaryllis Sternwieser die Stimme. Jeder einzelne Entschluß ist freiwillig und muß von allen respektiert werden. Unser aller Erfahrungen haben ergeben, daß die große Veränderung nottut, um ein neues Verhältnis zwischen den Wesen und den Dingen herzustellen. Die Entwicklung, die die Enterischen genommen und allen Wesen und Dingen aufgezwungen haben, ist eine zerstörerische. Deshalb darf die Macht nicht in ihren Händen bleiben. Sie muß verteilt werden. Wir haben uns zu lange den Annehmlichkeiten der Machtlosigkeit hingegeben, also sind wir mitschuldig.

Eine Welle der wortlosen Zustimmung war die Antwort, und für einige Augenblicke schienen alle in Gedanken zu verharren. Dann aber brach ein Stimmengewirr los, so als wollten alle gleichzeitig Antwort geben. Und Sophie hatte wieder das Gefühl, als zögen verschiedene Ströme durch ihren Kopf, aus deren Geplätscher sie Satz um Satz begriff, ohne zu wissen, nach welchen Regeln und Gesetzen die Auswahl der Wörter, die sie verstehen konnte, erfolgte.

Kein anderes Wesen hat die Unersättlichkeit der Enterischen begriffen, bevor es ihr nicht zum Opfer fiel.

Sie haben aus der List die Tücke gemacht, aus dem Feuer die Hölle, aus dem Kampf den Krieg. Bei dem Wort Krieg begann sich das Wasser zu kräuseln, als sei es von einem starken Lufthauch bewegt worden.

Kein Wesen ist mit seinesgleichen grausamer umgegangen. Kein Wesen hat seinesgleichen heftiger verfolgt. Kein Wesen hat seinesgleichen häufiger gemordet. Nichts fürchten sie mehr als sich selber.

Sophie wurde bang bei all den Worten, die durch ihren Kopf zogen, aber Amaryllis Sternwieser berührte leicht ihren Arm.

Aus der Richtung des Herrn Drachenstein erklang Gemurmel, das eher alles andere denn Zustimmung verhieß. Und wir sollen das auf uns nehmen? Woraus immer sie für sich Nutzen ziehen, sie zerstören es.

Sie können sich nicht mehr selbst helfen, sagte Herr Alpinox. Ihre Maschinen haben von ihnen Besitz ergriffen. Sie sind auf ihrem Weg zu weit gekommen. Ihre Weisen haben versagt, die Weisheit hat nicht vorgehalten. Sie hat sich zu weit von ihnen entfernt. Die Lehren, die sie ihnen gaben, waren zu vieldeutig, um angewendet zu werden, zu eindeutig, um das Morden zu verhindern.

Ihre Stärke ist die Macht, die sie über die Dinge haben. Ihre Schwäche ist, daß sie einander lieben müssen, um nicht zu verzweifeln, sagte Herr von Wasserthal.

O ja, sie müssen lieben, meinte das Fräulein vom Trisselberg, und sie haben uns alle damit angesteckt.

Wir sollten ihnen dankbar für jede grundsätzliche Erfahrung sein, die sie uns übermitteln, ließ sich die persische Dame vernehmen.

Wir haben uns verführen lassen, sagte die britische Dame leise, und haben uns durch ihre Erzählungen bewegt, als seien wir ihresgleichen. Dann haben sie uns vertrieben, und wir waren froh, uns nicht mehr in ihre Angelegenheiten mischen zu müssen.

Wir sind nachlässig geworden und haben uns in der Gestalt, die sie uns gegeben haben, in unseren persönlichen Bereich zurückgezogen, sagte eine der Damen, die etwas sehr Französisches an sich hatte. Wir haben ihre Angelegenheiten nicht mehr betrieben und zugelassen, daß ihre Phantasie zur Neugier verkümmert ist. Daß sie sich nicht mehr vorstellen können, was aus ihren Erfindungen wird, sondern nur mehr neugierig darauf sind, was diese bewirken.

Sie gebrauchen die Wörter immer und nie und haben die Freude an allem verloren, was sie erreichen können, sagte nun wieder Herr Alpinox. Ihre Begriffe von der Welt sind völlig durcheinandergeraten. Nur was sie besitzen können, beruhigt sie. Am meisten aber wollen sie einander besitzen, und diese Art von Besitz nennen sie Glück.

Bisher hat noch keines der Wesen solchen Reichtum genossen. Dabei haben sie es verlernt, zu genießen. Ihre Leiber sind empfindlich geworden und anfällig. Der große Schmerz, dessen sie immer mehr Herr werden, kommt als tausend kleine Schmerzen wieder, und auch diese versuchen sie zu betäuben. So mißverstehen sie die Warnung, sie sind ihrem Tod nicht mehr gewachsen, sagte Amaryllis Sternwieser, und ihr Mund bebte leicht, während sie sprach. Sophie spürte, wie Angst in ihr aufstieg, und zum erstenmal dachte sie an Flucht. Aber wieder berührte Amaryllis Sternwieser ihren Arm.

Der Wasserwall war so hoch, daß man von den Bergen aus, aber nicht vom Weg, der um den See führte, hätte sehen können, was in ihm vorging. Das Wasser war immer noch sehr angenehm, und wenn Sophie manchmal leise fröstelte, rührte das von den Worten her, die sie hörte. Sie hielt nun die Augen geschlossen, und Stimmen drangen auf sie ein, wobei sie das Gefühl hatte, alle sprächen in ihre Richtung.

Sie ertragen ihre Leiden nur, wenn sie auch andere leiden sehen. Sie haben aus dem Leiden einen Kult gemacht, der Läuterung verheißt. Sie lieben es, sich ihn vorführen zu lassen.

Der Verschleiß von allem und jedem hat sie träge gemacht.

Auch wenn sie es wollten, sie könnten sich selbst nicht mehr helfen. Ihre Erfindungen haben sich gegen sie gewandt. Die Zeit drängt. Ihre Phantasie hat sie im Stich gelassen. Die Ordnungen, von denen sie manchmal träumen, sind ihnen unerreichbar geworden. Je weniger sie es verstehen, miteinander zu leben, desto strenger sind ihre Anforderungen an die Gemeinschaft. Sie verlangen voneinander, was keiner von ihnen kann. Ihre Herrschsucht ist ohne Grenzen, wie ihr Neid und ihre Gier. Immer durchsichtiger werden die Verkleidungen für ihr Streben nach Macht, aber sie glauben an die Verkleidung.

Sie haben den Krieg erfunden und ihn in ihre eigenen Häuser getragen. Sie haben einander unterdrückt, und ein jeder bebt vor der Rache des anderen. Je weniger sie einander verstehen, desto ähnlicher werden sie sich. Sie haben ganze Stämme und Völker ausgerottet, die glücklicher waren in der Wahl ihrer Lebensform.

Sie haben ihre Intelligenz für die Erfindung von Waffen vergeudet, als Gesellschaft sind sie dumm geblieben.

Die einfachsten Dinge sind ihnen so schwer geworden, daß jedes Tier sie an Anstand übertrifft. Sie sind verloren ...

Und wir mit ihnen, sagte Amaryllis Sternwieser. Wie wir alle wissen, ist unser Schicksal mit dem ihren aufs engste verbunden. Obwohl wir älter sind als sie, sind wir von Gestalt zu Gestalt ihrem Einfluß unterlegen. Obwohl unsere Kraft länger vorhält und unser Leben länger dauert, sind auch uns Grenzen gesetzt.

Kleine Wellen leckten an Sophies Körper, und sie öffnete die Augen.

Was sollen wir also tun? entfuhr es einer kleinen dunkelhäutigen Dame, die Sophie nur vom Sehen kannte.

Jeder das Seine, antwortete Amaryllis Sternwieser. Wir haben die Rückkehr in die Dinge erwogen und den Wandel der Gestalt. Wir können mit unserer Kraft den Dingen ein anderes Gepräge geben und sie den Enterischen widerstehen lassen. Wir können uns mit den anderen Wesen verbünden und die Herrschaft der Enterischen aufreiben. Wir können aber auch die Gestalt ihrer Frauen und Kinder annehmen und die Macht neu verteilen, so verteilen, daß sie keine Gefahr mehr für die Welt bedeutet.

Wir können versuchen, sie zu lehren, vor allem die Freundlichkeit, die Zuneigung und das Wohlgefallen an allen Wesen und Dingen. Die Einheit und die Vielfalt, das Füreinander und die Formen des Überlebens. Wir können ihre Lehren Lügen strafen, indem wir nicht töten, und ihnen die Angst nehmen, indem wir nicht unterdrücken. Wir können ihre Gier mildern, indem wir sie nicht besitzen, und ihren Neid auslöschen, indem wir ihnen zeigen, daß es ihr Leben ist, das sie leben. Wir können ihre Neugier so sehr befriedigen, daß ihre Phantasie wieder erwacht und sie sich eine bessere Art zu sein vorstellen können als die, der sie anheimgefallen sind.

Einspruch, ließ sich an dieser Stelle Herr von Wasserthal vernehmen. Verehrte Amaryllis, ich muß Sie der Einseitigkeit bezichtigen. Sie setzen bei uns allen die Bereitschaft voraus, den Enterischen in ihrer eigenen Gestalt bei der notwendig gewordenen Veränderung helfen zu wollen. Dem ist nicht so. Was mich betrifft, so werde ich mein Element nicht verlassen.

Auch ich nicht, rief Herr Drachenstein und hob eines der schwimmenden Lämpchen empor, so daß man sein Gesicht sehen konnte.

Amaryllis Sternwieser sah Herrn Alpinox an. Was mich betrifft, meinte dieser, so werde ich meine Gestalt verändern. Und dann war es, als zögere er einen Augenblick, bevor er fortfuhr, ich fürchte, diesmal werde ich mich Ihnen nicht anschließen können, geliebte Amaryllis, aber ich nehme an, daß wir einander, selbst in gewandelter Gestalt, wiederbegegnen werden.

Auch von seiten der Damen her ertönte nun erregtes Dafür und Dawider.

Dem Einspruch wird stattgegeben, sagte Amaryllis Sternwieser ruhig. Jeder einzelne Entschluß ist freiwillig und muß von uns allen respektiert werden. Selbst der jener Wesen, die nicht gesonnen sind, sich unserem Vorhaben anzuschließen.

In diesem Augenblick erklang eine wundersame Musik, und man konnte am oberen Rande des Wasserwalles eine kleine Flotte sehen, die sich unter bezaubernden Klängen sofort wieder entfernte. Auch vom Berg her war ein Ton zu hören, der wie leises unterirdisches Hämmern klang, und ein sanfter Wind kam auf, der die Bäume an den Hängen zum Ächzen brachte.

Aber wir, die wir hier versammelt sind, fuhr Amaryllis Sternwieser fort, sind übereingekommen, uns heute nacht zu entschließen. Und dabei senkte sie ihr Haupt, als sei sie von einem Augenblick zum anderen in Trance verfallen. Desgleichen taten alle anderen Anwesenden, und Sophie spürte, wie ihr Herz beinah stillstand. Und sie sah ihr ganzes Leben noch einmal vor sich und die Veränderung, die eintreten würde, sobald sie in Silbers großer Wohnung zu wohnen begann.

Und sie sah dieses neue Leben vor sich, mit all seinen verborgenen Möglichkeiten. Ihr schwindelte vor den Anforderungen der Seßhaftigkeit, vor der Tatsache, daß sie einen Sohn hatte, ohne je Mutter gewesen zu sein, daß sie Freunde haben würde und Freundinnen, mit denen sie auf Jahre hinaus dieselbe Stadt teilen würde. Eine Vision nach der anderen stieg aus ihr empor, und jede überwältigte sie aufs neue, bis sie sich als alte Frau sah, die, umgeben von anderen Menschen, mit denen sie in Beziehung stand, über diesen Beziehungen die eigenen Beschwerden vergaß oder zumindest leichter ertrug.

Als Sophie, trunken vor Zukunft, wieder zu sich kam, saß sie zwischen Amaryllis Sternwieser und Herrn Alpinox an einem hölzernen Tisch in einer alten Stube. Auch die übrigen Damen und Herren waren versammelt und führten in gedämpftem Ton Gespräche, aber schon kam aus verschiedenen Richtungen jenes helle Lachen, das sie an diesen Damen so liebte.

An einem Herd mit offener Feuerstelle stand jener klein gewachsene Mann in einheimischer Tracht, den sie auch im Hotel schon gesehen hatte, und briet auf Stöcke gespießte Saiblinge, während Herr Drachenstein in kleinen Stamperln Schnaps reichte. Seltsam war nur, daß die meisten der Anwesenden, einschließlich Sophie, nicht in ihre üblichen Gewänder, sondern in weiße und graue Schleier gekleidet waren, die sich mit den Fingern kaum greifen ließen.

Bedienen Sie sich, liebe Sophie, sagte Herr Alpinox, als der erste gebratene Fisch an den Tisch kam. Sie werden sicher großen Appetit haben. Dankbar griff Sophie nach dem dargebotenen Fisch, denn es war wirklich so, daß sie sich sehr hungrig fühlte. Nach und nach erhielten alle Anwesenden ihren Teil an der Mahlzeit, die auch noch aus gebähten Kartoffelscheiben bestand. Inzwischen hatte Herr von Wasserthal Wein kredenzt, und alle verstanden die gereichten Genüsse zu würdigen.

Und noch während man aß, erklang wieder jene wundersame Musik, wobei die Instrumente an der Decke schwebten und sich von selbst zu spielen schienen. Auch ging die Tür mehrmals auf und zu, ohne daß Sophie jemanden kommen oder gehen gesehen hätte.

Und als die Mahlzeit beendet war, kehrten die Fiedeln und Flöten an die Tische zurück, und der Mann, der die Fische gebraten hatte, griff zu seiner Zither und begann aufzuspielen, daß es sogar Sophie in den Beinen juckte. Da es aber weniger Herren als Damen gab, tanzten erst alle für sich und miteinander und schlossen sich dann zu einem großen Kreis zusammen, der sich immer schneller und schneller drehte, bis Sophie endgültig die Sinne schwanden.

※

Als Sophie anderntags erwachte, fühlte sie sich zwar etwas matt, aber ihr Kopf war klar und ihre Stimmung zuversichtlich. Nichts regte sich im Haus. Auch vom Gastgarten her drang kein Geräusch herauf. Zuerst dachte sie, daß es noch früh sein mußte, aber als sie dann ans Fenster ging, konnte sie sich mit eigenen Augen davon überzeugen, daß es später Vormittag war.

So wach ihr Geist auch schien, so müde fühlten sich ihre Glieder, und sie eilte zurück ins Bett, um noch einmal einzuschlafen, was ihr aber nicht gelingen wollte.

Sich anzukleiden schien ihr noch zu anstrengend, und so beschloß sie, im Bett zu frühstücken und dann erst weiterzusehen. Kurz nachdem sie geklingelt hatte, erschien das Zimmermädchen mit dem gewohnten Frühstück.

Es schlafen wohl noch alle, meinte Sophie leutselig, als sie das Tablett in Empfang nahm.

Nein, nein, sagte das Mädchen. Die Damen und Herren sind heute morgen abgereist. Die neuen Gäste erwarten wir erst gegen Abend und in den nächsten Tagen.

Sophie war wie vom Schlag gerührt. Abgereist …? fragte sie.

Das Mädchen schien verwundert. Aber Sie haben doch bis in die Morgenstunden mit ihnen Abschied gefeiert. Ich war ohnehin erstaunt, fügte es dann noch hinzu, daß die Damen so früh haben aufstehen können, wo sie doch sonst immer so lange geschlafen haben.

Ach ja, natürlich, erwiderte Sophie, die um ihre Fassung bemüht war. Nur mir ist es scheints nicht gelungen. Und sie brachte sogar so etwas wie ein Lächeln zuwege.

Als das Mädchen gegangen war, entdeckte Sophie einen Brief, der unter dem Körbchen mit Gebäck auf dem Tablett lag.

Sie öffnete ihn und las:

Liebe Sophie! stand da in einer Handschrift, die sie bereits kannte.

Es ist etwas Seltsames an Beschlüssen, einmal gefaßt, wollen sie auch ausgeführt werden. Dir mag das alles überstürzt vorkommen, aber es sind lange und reifliche Erwägungen vorangegangen. Unser plötzliches Verschwinden, wie Du es nennen wirst, hat so triftige Gründe, daß kein Aufschub möglich war. Wir alle werden Dir in Freundschaft verbunden bleiben. Bewahre uns in gutem Angedenken, und genieße die Tage, die Du Dich noch hier aufzuhalten gedenkst.

In tiefer Zuneigung
Deine
Amaryllis Sternwieser

Sophies Blick irrte eine Weile hilflos im Raum umher, bis er auf die Vase fiel, in der die Feuerlilien so makellos geblüht hatten. Sie war leer. Also waren die Blumen doch nicht unverwesbar gewesen. Wahrscheinlich waren sie schon gestern welk in der Vase gehangen, und das Mädchen hatte sie weggeworfen.

Sie versuchte sich an die letzte Nacht zu erinnern, aber da war nichts als die gewohnte Abendgesellschaft, die sich bis wer weiß wie lang hingezogen haben mochte. Auch diesmal wußte sie nicht, wann und wie sie ins Bett gekommen war, aber daran war sie nun nachgerade schon gewöhnt. Die eigenartige Zuversicht, mit der sie erwacht war, ging nun langsam in Traurigkeit über, in Traurigkeit über den Verlust von Wesen, für die sie selbst in dieser kurzen Zeit ein Gefühl der Anhänglichkeit und großen Sympathie entwickelt hatte.

Sie begann zu überlegen, was sie tun sollte. Noch bleiben, in einem Hotel, das sich nach und nach mit fremden Gästen füllen würde? Oder zurückfahren und sich auf das neue Leben vorbereiten, Silbers Wohnung in Ordnung bringen und die Umgebung erkunden? Wenn sie wieder spielte, würde sie dafür ohnehin wenig Zeit haben. Nach längerem Hin und Her entschloß sie sich für das letztere. Wenn sie gleich zu packen anfing, würde sie den Nachmittagszug noch erreichen. Und nach und nach empfand sie sogar so etwas wie Freude bei dem Gedanken, in Silbers Wohnung heimkommen zu können.